야수와
결혼했다

야수와
결혼했다

초판 1쇄 인쇄일 2017년 02월 17일
초판 1쇄 발행일 2017년 02월 23일

지은이 | 소년감성
펴낸이 | 김기선

편집장 | 김은지
편집부 | 임종성, 박지은, 김지현, 정미정

펴낸곳 | 와이엠북스(YMBOOKS)
출판등록 | 2012년 7월 17일 (제382-2012-000021호)
주소 | 서울시 도봉구 노해로 379, 1005호(창동, 대성빌딩)
전화 | 02)906-7768 / **팩스** | 02)906-7769
E-mail | ymbooks@nate.com

ISBN 979-11-322-4068-6 03810

값 9,000원

야수와 결혼했다

YMBOOKS
ROMANCE STORY
소년감성
장편소설

YM
BOOKS

차 례

"정민수입니다, 상무님."

정민수 변호사가 집무실의 문을 열었다. 강우는 흘깃, 손목시계로 시선을 내렸다. 정확히 약속된 시간이었다.

"제가 다 알아서 한다고 했잖습니까? 어머니는 들어가 계십시오."

정 변호사의 뒤를 따라 들어오는 모친을 보며 강우가 눈살을 찌푸렸다.

"맘 편히 있을 수가 있어야지. 여기 정 변이 김지현 씨에 대해 다 알아왔대. 나도 같이 듣고 싶구나."

모친 애라는 눈물까지 글썽거리며 아들에게 호소를 해 보였다. 강우는 데스크에서 몸을 일으키며 정 변호사가 들고 있는 USB를 흘끔 보았다.

"그겁니까?"

"예. 김지현 씨의 신상입니다."

애라가 앉아 있는 소파 쪽으로 가면서 강우는 그만 입매를 꽉 굳혔다. 동시에 반듯한 미간에 주름이 깊어지며 두 눈매가 이글거렸다. 오랫동안 아버지의 일거수일투족에 안테나를 고정시키며 살던 모친 애라가 드디어 정황을 잡았다며 그에게 SOS를 쳤던 일이 사흘 전이었다.

"미리 말씀드리는데 확실한 것이어야 합니다."

독촉하는 강우의 눈길이 정 변호사에게로 향했다. 그러자 정 변호사는 노트북의 전원을 켜며 입을 열었다.

"그럼, 시작하겠습니다. 다들 아시다시피 우리 장재훈 회장님으로 말할 것 같으면 대동그룹의 오너입니다. 대동그룹이 또 어떤 곳이냐? 1950년대 설립된 기업으로서 제조, 건설, 서비스에 이르기까지 재계 5위의 위상에다가 계열사만 80여 개가 있고 전 세계 120개 이상의 지사가 있는 회사로서 르네상스의 포문을 연 메디치 가문을 롤 모델 삼아 예술을 사랑하고 후원하는 것으로 가치를 높이는……."

"지금 그걸 제가 다 듣고 있어야 합니까?"

강우는 어이없다는 얼굴로 한마디 날카롭게 쏘았다.

"김지현, 그 여자에 대해서만 간략하게 시작하시지요. 듣자 하니 아버지와는 고등학교 동창이라고 하던데요?"

숱이 적은 정수리를 쓰다듬으며 정 변호사가 낯을 붉혔다.

"예, 1956년생으로서 청주의 분진고등학교 학생이 맞습니다. 유의할 부분은요, 김지현 씨의 남편이 몇 년 전에 작고했는데 그분이 바로 생활 도자기로 유명한 소동일 도공입니다. 상무님은 미국에서 공부 중이셔서 잘 모르시겠지만, 일전에 회장님이 우리나라 전통의 도자기를 살리시는 문화 사업 계획을 추진한 적이 있었습니다. 소동일 도공님은 저희 회장님의 워너비라고 할 수 있겠습니다. 그러나 이미 고인이 되셔서 후원은 못 받으신 것으로 압니다."

"그러니까 우리의 전통을 살린다는 구실로 자기가 좋아하던 첫사랑의 남편을 도와주려는 속셈이었다?"

애라가 평소 좀처럼 볼 수 없었던 분개한 얼굴로 나서자 강우가 쉬잇, 하고 주의를 주었다. 일단, 아버지가 바람이 났다고 의심이 되는 여성은 고등학교 동창, 그리고 이루어질 수 없었던 첫사랑이라는 정보를 알아냈다.

그럴듯했다. 장재훈 회장은 지나치게 감성적인 편이어서 지나간 사랑을 반추할 만한 인물이다. 아마도 중년이 되어 만난 첫사랑을 도와준답시고 손을 내밀면서 정이 발동한 것이리라.

"김지현 씨의 가족관계는요?"

테이블 위에 놓인 찻잔을 들며 강우는 다른 것을 물었다.

"특이사항이 있습니다. 바로 무형문화재 박운열 선생의 수제자입니다."

뜬금없는 발언에 손에 든 찻잔이 멈칫했다.

"……누가 말입니까?"

정 변호사는 두 눈에 흥미를 띠며 천천히 입을 열었다.

"김지현 씨에게 외동딸이 있습니다. 이름은 소하나, 서울대 재학 시절에 이미 김예승 교수의 추천으로 무형문화재 박운열 사기장님 밑에 들어갔다고 합니다."

강우는 안경을 벗었다. 강퍅한 턱 선과 깎아지른 것같이 높은 콧날이 살아 있는 그의 얼굴은 이지적인 한편으로 차가운 인상을 여실히 드러내고 있었다.

"혹시 그 딸이 아닌가…… 싶은데."

그의 눈에는 조소와 경멸이 한가득이다. 생각해보니 아무리 첫사랑에 대한 기억이 아련하다고 해도 그는 남자였다. 솔직히 젊은 여자를 더 좋아해야 맞는 것 아닌가? 재벌 회장이라는 위치에서는 얼마든지 가능한 일이다.

재벌?

혹자는 돈으로 모든 것을 산다고 빈축할지도 모른다. 그렇다, 맞는 소리다. 그러나 그 모든 것에 비리나 불법이 있어선 안 된다.

강우의 올바른 지론이었다.

그런 데다가 강우는

'대한민국 1%의 재벌가 사람은 뭐가 달라도 달라야 한다!'

라는 사고방식이 심겨져 있었다. 그것도 아주 뿌리 깊이!

과연, 뭐가 다른가? 이미 가지고 있는 돈을 더 불릴 수 있는 처세? 아니면 기술? 능력?

노노. 한 여자에게 빠져서 쓸데없는 짓을 저지르지 말아야 한다는 것! 이것이 뼛속까지 재벌인 사람의 특징이라 믿었다. 게다가 그는 누군가 다른 한 사람을 마음에 두는 일은 어리석음의 지름길이라고 믿는 남자였다. 더 나아가 그는 '돈이면 다 되는 남자'에게 사랑한다고 고백하는 여자는 진심이 없다고도 믿었다. 그런 여자는 세상 어디에도 없다고 그는 단언했다.

"그건 절대 아닙니다. 우리 회장님께서는 단 한 번도 그 따님을 만난 일이 없으니까요. 이 보고서도 보면 회장님은 여태 세 번 정도 김지현 씨와 차를 마신 것이 전부입니다."

"그래, 그건 강우 네가 너무 앞섰다."

정 변호사와 애라가 한목소리를 내서 그가 틀렸다고 지적을 해 왔다.

"모르시는 말씀. 남자는 멀티가 가능한 동물입니다."

혹시 아는가? 아무에게도 들키지 않고 몰래 만난 건지도.

"그 반대일 텐데요. 원래 남자가 단순한 거고, 여자가 멀티 가능하지 않나?"

혼잣말을 하며 고개를 갸웃거리는 정 변호사를 향해 강우의 눈이 못마땅하게 빛났다.

"변호사라면 모든 상황에 가능성을 열어두어야 하는 것 아닙니까?"

그사이에 애라가 한탄을 쏟아냈다.

"네 아버지가 그랬어. 만약에 우리 부부가 이혼을 하면 재산 분할 소송은 절대 하지 말자고 말이다. 아니, 할 필요도 없대. 왜겠어? 너도 알다시피 외가가 예술계 아니냐? 네 아버지 사업에 우리 외가 쪽이나 내가 기여한 게 전혀 없다는 뜻이지. 여태 그렇게 안 봤는데 아주 이기적인 양반이었어. 세상에, 내 팔자에 무슨 황혼 이혼이냐고?"

"어머니는 이만 들어가보십시오. 여기 계셔서 이익 될 것 하나 없습니다. 만일에 나중에라도 아버지가 알게 되면 저와 정 변, 저희 둘이 모의한 일이 되어야 합니다."

머뭇거리면서도 애라가 방을 나갔다. 항상 애라는 아들에게 인생의 고충을 상의할 정도로 그의 냉철한 판단을 믿는 편이었다.

"자아, 더 보고 얘기합시다."

강우는 노트북을 자신 쪽으로 당겼다. 파일 안에는 김지현에 대해 제법 상세한 내용이 담겨 있었다.

"상무님, 보시면 아시겠지만 김지현은 점점 가관입니다. 정년퇴직이 가까운 초등학교 교사인데 아무리 사별했다고는 해도 엄연히 딸자식이 있는 여자가 대기업 회장과 염문이라니요."

강우는 아무런 말없이 소하나의 증명사진을 확인했다. 헤어밴드로 이마를 다 드러내고 찍은 얼굴은 자그마했고, 커다란 눈이 정면을 응시하고 있는 모습은 예쁘장했다. 반듯한 이목구비의 사내들이라면 누구나 돌아볼 만한 외모였다.

"됐습니다. 이 아가씨를 만나봐야겠습니다."

"상무님이 직접? 먼저 회장님을 설득해보시는 게 순서가 아닐까요?"

정 변호사는 감정 표현이 풍부한 스타일인 장 회장과 반대로 치밀하면서 속을 알 수 없는 상무가 맞닥뜨리는 상상을 하며 기묘한 흥분을 느꼈다. 그러나 강우는 고개를 저었다.

"오물이 묻었으면 닦아내면 그만인 겁니다."

"아, 예. 맞습니다. 오물, 쓰레기……."

"어차피 제가 물려받을 회사입니다. 저는 흠이 없는 대동을 원합니다. 이제껏 깨끗하게 버텨왔던 기업 이미지에 이런 식으로 흠집이 나선 안 된다는 말입니다. 회장님이 만약에 이 여자의 어머니와 스캔들이라도 터트리게 되면 모든 것이 일시에 바닥으로 곤두

박질치는 것은 물론이겠고……."

말을 멈추고 강우가 좀 더 신중한 눈빛으로 고개를 돌렸다. 그의 눈은 조부인 창업자 장대승의 사진에 가서 멈추었다. 잿빛의 양복을 입은 모습으로 날카로운 눈이 형형한 조부는 강우의 얼굴과 꼭 닮아 있었다.

"가장 최악의 시나리오는 말입니다. 부모님이 황혼 이혼이라도 하시게 되고 첫사랑이라고 포장한 여교사가 대동의 안방을 차지하게 된다면? 그렇게 되면 분명히 진흙탕 전쟁이 일어날 것은 불 보듯 뻔한 이치입니다."

강우의 눈은 노트북을 가리켰다.

"보십시오."

정 변호사는 강우가 주목한 부분을 소리 내어 읽었다.

"값싼 공장 도자기가 판을 치는 현세에 생활 도자기는 사양 사업이 된 지 오래. 이에 소동일 도공은 자신만의 신념을 지키다가 어마어마한 빚을 남기고 작고함. 공방의 밀린 가스비만 몇천만 원. 결국 빚에 몰린 모녀는 여주의 세종대왕릉 근처에 자리 잡았던 공방과 가게를 팔고 서울로 올라왔음. 그러니까 이거 혹시……."

강우가 나직한 음성으로 받아쳤다.

"어쩌면 돈으로 해결되는 간단한 일일지도 모릅니다."

"에이, 회장님의 딸이 되면 그깟 빚이 문제겠습니까?"

"그러니까 만나서 이야기해야겠지요. 이 아가씨는 어디서 근무합니까?"

"그게 말이지요. 도담공방이라는 곳인데, 그 공방이 바로 박운열 선생님 것입니다. 지금은 그 아들이 물려받아 명맥을 잇고 있다고 합니다만."

"젠장, 첫사랑 운운한다고 불륜이 로맨스가 되는 것은 아니지 않나?"

씁쓸하게 혼잣말을 중얼거리던 강우는 돌연 정 변호사와 눈을 마주쳤다.

"깨끗한 대동이어야 합니다."

다시 한 번 강요하는 강우의 단호한 어조에 정 변호사는 무심결에 '그렇죠.'라고 맞장구를 쳤다.

"완벽해야 합니다. 따라서 흠집은 있을 수 없습니다."

강우의 미미하게 굳어진 입매를 보며 정 변호사는 다시금 고개를 주억거려 동의를 표했다.

"그러고 보니 우리 상무님도 외동, 소하나라는 아가씨도 외동이네요. 잘하면 남매도 가능한 사이 아닙니까?"

웃으면서 털털하게 제 소견을 밝히는 정 변호사의 의중이 무색하게도 강우는 딱딱하게 굳어 있었다.

"남매는 무슨! 어떻게 해서든 제가 막을 겁니다."

"그렇죠, 그래요! 상무님은 원래 사람을 만나서 상황 설명과 이해를 시킬 재주, 그것이 확실하신 분이 아닙니까? 따로 교육과 훈련도 받으셨지요."

정 변호사는 반색을 하며 또다시 박수를 쳤다. 강우는 은연중에 인상을 구겼다. 정 변호사는 호들갑스러운 타입이었다. 아마도 그 부분이 애라와 잘 맞는 것 같았지만 자신에게는 몹시 불편했다. 그의 심기를 눈치챈 정 변호사가 호호, 웃으며 변명을 주워섬겼다.

"제가 50이 넘으니까 여성호르몬이 생성되었지 뭡니까?"

"주의…… 하십시오."

정 변호사를 향해 경고를 준 다음에 강우는 그녀의 사진을 보며 중얼거렸다.

"소하나…… 적을 알아야겠지. 직접 얼굴 한번 보자고."

1. 한우와 야수?

추근추근 비가 오는 아침이었다. 하나는 우산을 접으며 공방의 문을 열었다. 그러자 원형의 나무 탁자가 방의 절반을 차지하는 거실이 나왔다. 목재로 만든 선반에 가득 진열된 도예 작품들이 우선 눈에 띄었다.

하나는 접은 우산을 문 앞의 양동이에 꽂아 넣고는 습관처럼 리모컨을 찾아 눌렀다. 오디오에서 헨델의 '울게 하소서'가 흘러나왔다.

"시작해볼까?"

그녀는 거울 앞에서 어깨에 닿는 길이의 머리를 대충 정수리에 붙여 묶었다. 눅눅하게 만져지는 캔버스 천의 앞치마를 두르며 하나는 제 입술에 난 상처를 유심히 살폈다. 그녀는 늘 피곤하면 입술부터 부르텄다. 연일 밤샘 작업을 한 탓에 몸이 보내는 신호였다. 그래서 늘 립글로스 같은 제품을 앞치마 주머니 속에 챙겨두곤 했는데 오늘은 손에 잡히지 않는다. 하나는 입술을 꼭꼭 씹으며 성형실로 들어갔다.

백자 작업을 주로 하는 '도담공방'은 본 작업실인 성형실 외에 건조실과 소성실을 따로 두고 있었다.

그녀는 반죽을 시작했다. 그렇게 제일 먼저 하는 일인 꼬박 만들기는 언제 해도 힘이 드는 작업이었다. 토련기를 이용해 흙을 뽑아내는 다른 공방과 달리 도담공방은 모든 과정이 전통 방식 그대로이기 때문이다.

하나의 팔에 힘이 들어가면서 어느덧 이마에 송골송골 땀이 맺혔다. 꼬박 만들기를 마치고 물레에 반죽을 올려놓고 중심 잡기에 들어갈 무렵이었다.

똑똑.

유리창을 노크하는 소리가 났다. 무심결에 고개를 들어 블라인드가 걷혀진 창문을 본 그녀는 깜짝 놀랐다.

남자가 두 사람이다.

둘 다 검은색의 양복을 입고 있다.

한쪽은 키가 훤칠했고 다른 한쪽은 단신으로 약간 배가 나온 몸을 하고 있었다. 그 작은 남자가 키 큰 남자의 머리 위로 우산을 받쳐 들고 서 있는 폼이 우스워서 하나는 저도 모르게 미소를 지었다.

똑똑, 똑똑, 똑똑…….

"문, 문 좀 열어요. 잠겨 있어요."

우산을 받쳐 든 남자가 현관을 열라고 재촉하고 있었다. 생각해

보니 공방 문을 열어줄 사람이 아무도 없었다. 이번 방학에는 김예승 교수의 제자 세 명이 특별 수업을 받고 있었지만 오늘따라 그들은 박운열 사기장과 함께 국립중앙박물관 특별전을 간 터였다. 할 수 없이 하나는 물수건으로 손을 닦고는 총총 걸음을 옮겨 현관 앞에 섰다.

"어떻게 오셨어요?"

성북동의 산자락에 위치한 작업실은 박 사기장이 기거하는 단독주택과는 2백 미터 떨어져 있는 별채였다. 평소 북한산을 오르내리는 이상한 취객이 방문객이 될 수도 있는 탓에 하나는 잘 훈련된 경계의 날을 뾰족 세워야 했다.

"소하나 씨, 맞습니까?"

살짝 하나의 눈썹이 일그러졌다. 문 건너편의 낯선 외부인은 응당 밝혀야 할 제 신분은 놔두고서 그녀의 이름을 먼저 말하고 있었다. 그녀는 조심스럽게 현관문을 열었다. 그러고는 무심결에 웃음을 터트렸다. 우산대를 쥐고 있는 배가 나온 남자의 앞자락이 벌어지는 바람에 배꼽이 드러나 보였기 때문이다.

"웃는 겁니까?"

그녀의 웃음이 불쾌했던 걸까? 키가 큰 남자가 하나를 빤히 쏘아보며 못마땅하다는 듯이 따져 물었다. 의외로 말쑥한 생김을 자랑하는 남자였다. 하나는 흠, 하고 헛기침을 삼키고는 키가 작은 남자를 가리켰다.

"반대로 해야지요."

키가 큰 당신이 우산을 들어야지요, 라고 말하고 싶었지만 대충 뭉뚱그려 설명한 셈이었다. 그러면서 하나는 우산을 받쳐 드느라 팔을 쭉 뻗고 있는 남자의 아랫배 부근에서 시선을 거두었다. 스물세 살 아가씨에게 배꼽 모양을 들킨 것은 평생 비밀로 해줄 것이다.

"들어오라고 안 합니까?"

딱딱한 어투로 다그치는 남자와 눈이 마주쳤다. 뭐랄까? 오만하면서 고압적인 인상이다. 절도가 있다고 해야 하나? 꼭 집어서 말할 수는 없지만 아무도 그의 말에 반박하지 못할 것 같은 위엄이 서렸다. 그러나 하나는 자신까지 설설 기어야 할 필요가 없다고 생각하며 그들이 안으로 들어오도록 비켜주었다.

"상무님, 우선 닦으십시오."

키 작은 남자가 건네는 손수건을 신경질적으로 치우며 그는 하나의 머리에서 발끝까지를 훑었다.

'무례하네.'

속으로 뜨끔하면서 하나는 제 앞에 우뚝 서 있는 남자를 마주 바라보았다. 가만 보자…….

'제법이네.'

외모가 경쟁력인 세상에서 편하게 살게 생겼다고 하나는 속으로 감탄했다. 그랬다. 남자는 준수한 외모를 자랑하고 있었다. 하지만 그 점이 더 수상쩍다. 값비싼 양복을 빼입고서 비서와 같은 사람을 대동하고 다니는…… 젊은 남자라.

갑자기 소름이 오싹 끼쳤다. 상식적으로 그런 남자는 어둠의 세력에서 일하는 부류가 아닐까? 문득 겁이 나서 하나는 침을 꿀꺽 삼켰다. 그러고 보면 처음부터 그의 쏘는 눈길이 범상치 않았다.

"저를 찾아오신 것 맞으세요?"

"소…… 소…… 그러니까…… 당신."

잘생긴 남자가 갑자기 말을 잇지 못하며 안경을 고쳐 잡았다. 그러자 키 작은 남자가 슬쩍 끼어들었다.

"소하나, 소하나요."

"압니다……. 소하나 씨! 이야기 좀 하고 싶습니다만."

"신분."

그녀는 자그맣게 반문했다. 그러자 그가 무슨 말이냐는 듯이 눈썹을 구겼다.

"그쪽 신분을 먼저 밝히시라고요. 그게 순서이고 상식인데."

무심코 그녀는 남자가 입은 옷에 시선을 두었다. 검은색인 줄로만 알았던 양복은 짙은 남색이었고 수제 작업을 한 무척이나 고급스러운 옷이었다. 자신도 손으로 만드는 일이 전문인 사람이다. 꼼꼼하고도 솜씨 훌륭한 재단이나 재질 좋은 원단을 못 알아볼 리가 없다. 그녀 주변에 이런 옷을 입고 다닐 만한 사람이 아무도 없다는 데에 생각이 미쳤다. 이거 큰일이다. 정말 양아치 같은 조폭인가? 그녀의 창백한 피부에 도드라진 새까만 눈썹이 크게 휘어졌을 때였다.

"앉으라고 안 합니까?"

그를 세세히 살피던 하나는 요즘 남자들은 피부 관리도 열심이라더니, 하고 또 한 번 탄복했다. 그는 도자기처럼 결이 매끄러운 피부를 가지고 있었다. 남성적으로 우뚝 솟은 콧날에 걸쳐진 안경테가 지적인 이미지를 뽐내고 있었지만 본래의 야성은 숨길 수 없는 것 같았다. 그것은 후천적으로 길들여진 것이라기보다는 태생

적임을 알 수 있었다. 그러니까 본성은 야수인 사람이 겉을 번지르르하게 꾸미고서…….

저도 모르게 하나는 코웃음을 쳤다. 영화에서나 본 협박, 감금, 폭행 따위와 남자의 이미지를 겹쳐보았기 때문이다.

"조폭들이세요?"

무심코 흘러나온 하나의 말에 남자는 어이가 없다는 듯이 물어왔다.

"나를 모릅니까?"

……모른다.

내 인생의 좌우명이 착하게 사는 것인데 어찌 당신과 같은 깡패를 알겠어요? 라고 하나는 속말을 덧붙였다.

"이 근방에서 누구나 알아주는…… 그런 분이신가 봐요?"

그녀의 말에 두 사람은 각자 곤혹스러운 표정이더니 마침내 키 큰 남자가 총대를 멘 듯이 입을 열었다.

"김지현 씨가 지금 제주도에 가 있는 줄 아십니까?"

갑자기 모친의 이름을 들먹인 탓에 흠칫, 하나가 어깨를 떨었다. 그렇구나. 그녀는 속으로 몸서리를 쳤다. 역시 이들은 사채 빌려주는 사람들인가 보다.

"얼마나 빚진 거예요?"

당장의 큰 빚을 막기 위해 이런 위험한 금융권에 손을 댄 모친을 생각하니 하나는 저도 모르게 눈시울이 뜨거워졌다. 그러자 남자는 의아하다는 듯이 눈을 치켜떴다.

"무슨 말씀입니까?"

"엄마가……."

그때였다.

"소하나?"

갑작스럽게 문이 열렸다. 박상현, 그는 박 사기장의 아들이자 전수 조교이며 하나에게는 스승이기도 했다.

"선생님 오셨어요?"

하나는 서둘러 사채업자들에게 은밀한 눈짓을 해 보였다. 제발, 나가서 이야기하자…… 라는.

"무슨…… 일이시죠?"

상현은 그녀와 손님들과의 대치를 보며 조금 놀라는 눈치였다. 하나는 곁눈질로 문을 가리키며 사채업자들을 향해 말했다.

"저 아래로 내려가면 길상사가 나와요. 아시죠? 그 앞에 카페가 있거든요. 거기로 가 계세요."

그녀는 아예 현관문을 열고서 두 남자에게 고개를 꾸벅 해 보였다. 그들은 다행히도 아무 말 없이 문밖으로 나갔다. 그녀가 닫은 문에 등을 대고서 상현을 보고 씩, 웃었다.

"아무 일도 아니에요, 선생님."

"주차장에 굉장히 비싼 차가 서 있더라고. 난 또 아버지의 VVIP가 도자기 구입하려고 직접 온 줄 알았지. 근데, 왠지 낯이 익은 것도 같다. 아, 그 키 큰 남자 쪽 말이야. 분명 낯이 익어."

상현은 창문 쪽으로 시선을 보냈다가 고개를 갸웃했다.

"그럼, 선생님. 잠시 다녀오겠습니다."

하나는 빠른 손길로 앞치마를 벗고는 보랏빛 장지갑을 꺼내 들었다.

"걱정돼."

"네에?"

혼자 중얼거리는 상현의 말에 하나는 다시 몸을 돌렸다.

"아니야, 가라."

그녀는 양동이에 꽂아놓았던 우산을 들고 급히 공방을 나섰다.

혼자 남은 상현은 묵묵히 그 자리에 선 채로 중얼거렸다.

"자식, 걱정시키네. 저 나이에는 젊고 잘생긴 남자만 봐도 설레는 건데."

며칠 밤을 새워가며 일하는 그녀를 위해 비타민 음료와 아이스크림을 사오는 길이었다. 나이답지 않게 우직한 그녀가 흐뭇하기도 하면서 일견 고마웠다.

사실 소하나는 아버지 박운열의 첫 제자이자 마지막 제자이기도 했다. 박 사기장의 아들인 자신은 정작 뜨뜻미지근한 데에 비해 그녀는 남달랐다. 상현은 어떤 형태를 반드시 갖추어야 하는 공예의 기능이 싫었다. 그런 그가 프랑스에서 마지못해 귀국했을 때에 하나를 처음 만났고 그 후에 모든 것이 달라졌다. 기형을 만드는 장인보다는 자유로운 예술가이고 싶었던 그는 아직 어린 그녀의 치열하게 만들어내는 도자기에 감명을 받았다. 그녀의 섬세한 솜씨로 도자기 표면에 오밀조밀 그려내는 꽃이며 새가 그의 눈을 뜨게 해주었다고나 할까? 잔꾀 한 번 부리지 않고 박 사기장의 전통 방식을 따라서 도자기 작업을 해내는 그녀에게 할 말을 잃으면서 그는 그렇게 아버지의 전수자로 자리 잡을 수가 있었다.

하나가 맘에 들었다.

예술가로서도, 여자로서도.

하지만 그의 나이 서른두 살, 아직 하나는 스물세 살. 둘 사이의 나이를 그는 신중하게 고려하며 자칫 붕괴될지도 모를 스승과 제자라는 관계 속에서 마냥 조심스러웠다.

나이만이 문제인 걸까?

상현은 피식 웃으며 고개를 저었다.

고운 눈매와 햇살같이 화사한 미소를 짓는 외모가 무색하도록 하나는 선머슴 과였다. 즉, 그녀는 남자에 대해 둔감한 스타일이었다. 그가 아무리 남자로서 다가가려 해도 하나에게서 틈이라고는 없었다. 모르는 척을 하는 건지, 아니면 진짜 모르는 건지 하나는 그를 외롭게 만들었다.

'그래, 그거야. 소하나는 도자기를 너무 사랑하는 거지. 너무……'

애써 하나의 예술세계를 인정하는 척, 그는 자신의 스산한 심경을 보듬고 있는 건지도 몰랐다.

"그런데 저 남자는 뭐지?"

자신에 대해 미동이 전혀 없는 하나 때문에 울적하면서 그는 또 한편으로 손님들이 궁금했다.

"남자가 말이야, 매끈하게 빠져서 말이야……. 감이 안 좋아."

강우는 '도담공방'이라는 글씨가 음각으로 새겨진 현판을 쏘아보며 가만 주먹을 쥐었다. 그러고 있자니 여자가 나왔다.

이름이 뭐 그래?

소하나?

호리호리한 몸매에 흰 피부가 돋보이는 작은 얼굴이 도공보다는 발레가 더 어울려 보이는 여자였다. 흡사 잠을 못 잔 듯이 창백한 얼굴에 퀭하게 뜬 눈은 뱀파이어에게 피를 다 빨린 여인의 그것과도 같았다.

"여깁니다."

차 앞에 서 있던 그는 손을 번쩍 치켜들었다. 그러자 지갑을 옆구리에 끼고 우산을 든 채로 여자는 그의 차가 세워져 있는 쪽으로 쪼르르 달려왔다. 추적추적 내리던 비의 방향은 이내 사나운 바람에 의해 흔들거리기 시작했다. 여자의 어깨끈이 달린 원피스에 세찬 빗줄기가 때리듯 꽂혔다.

"카페에 들어가 계시라니까요."

여자가 바싹 다가왔다. 어느새 새하얀 뺨에 비 얼룩이 졌다. 이마를 훤히 드러내놓고 묶은 머리가 약간 엉클어져서 목덜미며 귀 밑으로 잔머리가 흐트러져 있었다. 브이넥으로 빠지는 티셔츠를 입은 탓에 쇄골이 얼핏 보이는 목에서는 하트 모양의 펜던트가 반짝거렸다. 딱 그 나이에 맞는 여성스러움과 싱그러움이 동시에 발현이 된 모습이었다. 안됐다, 라고 그는 속으로 혀를 끌끌 찼다.

그쪽 어머니가 내 아버지와 불륜 관계라 이거지.

"비 때문에 안 되겠습니다. 잠시 차에 타십시다."

그가 눈짓을 하자 수행비서이자 운전기사인 이기철이 뒷좌석의 문을 열었다. 망설임 없이 하나는 미끄러지듯이 차 안으로 들어갔다. 그도 그 옆으로 앉았다.

"얼마나 돼요?"

그녀의 입에서 뜻밖의 질문이 나왔을 때에 강우는 곧바로 고개

를 돌렸다. 걱정스러운 얼굴로 그러나 각오했다는 듯이 그녀는 입
술을 질끈 깨물고 있었다. 본래의 색인지 발간 분홍색 입술에 상처
가 나 있는 게 보였다.

"무슨?"

"말 그대로예요. 얼마를 갚으면 되겠어요? 정확한 금액 말이에
요."

점차 격앙되는 감정을 억누르며 강우는 입을 열었다.

"금액으로 환산할 수 있겠습니까? 이런 문제가 우리 사회에 아
주 없지는 않겠지요. 하지만 저는 절대 못 보겠습니다."

"직업을 바꾸면 안 보고 살아도 되잖아요? 군이 왜 사채업자를
해서……."

뭐?

강우는 그녀의 손목을 잡아채 힘을 꾹 주었다. 제대로 설명해주
고 싶어서였다.

"한 여자가 있습니다. 어렸을 때부터 음대 교수인 부모 밑에서
오로지 음악만 배우고 살았던 사람에 대한 이야기입니다. 작곡가
가 명곡을 쓸 때에는 엄청난 노력과 고뇌를 동반한다고 합니다. 그
럼, 연주자는 어떨 것 같습니까? 연주자는 작곡가를 대신해 작품
을 음악으로 말하는 사람입니다. 그 여자는 오로지 피아노 건반을
통해서만 표현하는 사람으로 성장했습니다. 섬세하고 따뜻한 기
운이 넘쳐흘러서 듣는 사람을 귀하게 여겨지게 만드는 연주를 하
는 사람이란 말입니다. 그런 여자가 아무것도 모른 채로 사람 됨됨
이 하나만을 보고 기업가의 와이프가 되었습니다. 타인에게 폐를
끼치는 것이 두렵다고 말하는 사람입니다."

말을 마치고서 그는 진지하게 그녀의 기색을 살폈다. 그러나 하나의 표정은 그저 무덤덤했다.

"할 말 없습니까?"

그는 하나의 두 눈을 똑바로 응시한 채 물었다.

"이 손…… 손부터 놔주세요."

아!

내가 흥분했나 보군. 강우는 그제야 자신이 여자의 손목을 꺾을 듯이 쥐고 있다는 것을 깨달았다. 제 손에서 바로 힘을 풀었다. 그녀가 후다닥 손을 빼내더니 민망한 손짓으로 제 귀에 머리카락을 걸었다.

"미안하게 됐습니다. 그보다 다른 할 말은 없는 겁니까?"

"그분께 옳다고 전해 주세요."

"무슨?"

"그 여자분의 사는 방식이 참 올바르다고요. 앞으로도 그렇게 사시면 되겠어요."

"그게…… 다입니까?"

"그래요? 그렇다면 이 말도 해주세요. 예술의 가치를 소중하게 여기는 사람이 내면도 아름답다고요."

"이대로는 답이 안 나오겠어."

기가 막힌 강우는 혼잣말을 중얼거렸다. 그래, 내 입으로 밝혀야 한다. 그러려고 여기까지 온 거 아닌가?

"방금 당신에게 소개한 그 여자가 남편을 잃게 생겼습니다. 그 이유는 바로 김지현 씨 때문입니다. 자아, 대리님……."

그가 말끝에 이 대리를 불렀다. 곧바로 이 대리가 부스럭거리며 서류봉투를 내밀었다. 하나가 먼저 그것을 낚아채더니 봉투를 열어 그 안에서 확대한 사진을 여러 장 끄집어냈다. 사진마다 지현의 모습이 들어 있었다. 교묘하게 남자의 등을 보이게 찍힌 앵글에서 지현은 웃고 있기도 했고 침통한 표정이기도 했다. 보통의 사람이 촬영한 것은 아니라고 짐작되는 사진을 보며 하나의 안색이 변했다.

"이번 일은 유감입니다만……."

갑자기 그의 말을 자르듯 하나가 속삭였다.

"아무 말 마세요. 단 한마디도."

그렇겠지, 이해가 되었다. 아마도 당황스러울 것이다. 순순히 그는 기다려주기로 했다. 일, 이, 삼…… 초쯤? 여자의 눈에 당혹스러움과 함께 수치스러움의 감정이 반짝, 하고 지나갔다.

"무슨 말인지 알아들었습니다."

금방 그녀는 온갖 감정을 감추고서는 심상한 눈으로 돌아왔다. 평상심이 대단하군, 하고 그는 혼자 감탄했다.

"소하나 씨, 아시겠습니까? 김지현 씨는 이성과 상식을 갖춘 사람이라면 하지 않을 행위를 범한 것 맞습니다."

"이성과 상식이라. 지금 말을 너무 함부로 하고 있어요."

하나는 자조적으로 웃으며 그의 말을 인정하지 않으려 했다.

"아니, 소…… 소……."

그가 잠시 말문이 막히자 이 대리가 잽싸게 도와주었다.

"소하나 씨요."

"제길, 이름도 참!"

화가 난 나머지 그는 혼잣말로 욕설을 터트리고 말았다.

"지금 남의 이름을 가지고 어처구니없어 하는 거예요? 그게 이성과 상식을 갖춘 사람이 할 짓인가요?"

그녀의 얼굴이 발갛게 익어 있었다.

"현실을 똑바로 보자고요. 당신 어머니와 제 아버지가 하는 짓이 바로 온 세상이 단죄를 하는 불륜입니다."

"그래서 저를 찾아와서……."

"따님이라면서 회피하고 싶은가 봅니다."

"저는 이만 가보겠습니다."

그녀가 화가 난 기색으로 차 문을 열자 그는 당황스러웠다.

말이 통하지 않는다!

강우는 이 대리에게 눈짓했다. 눈치껏 이 대리가 밖으로 나가서 우산을 펴 들었다. 하지만 하나는 그의 우산을 피해서 홀로 섰다. 강우는 차창을 열고는 소리쳤다.

"그렇게 가면 후회할 텐데요? 더 듣고 싶은 것 없습니까?"

"당장은 없어요."

그는 시선을 옮겨 뒤돌아선 여자의 손을 바라보았다. 주먹을 꽉 움켜쥐고서 부들부들 떨고 있었다.

"딸이라면서 김지현 씨가 오늘 어디 있는지 모르고 있는 것 같습니다."

"그렇게 말씀하시니까 이제야 비로소 겁이 나네요."

그녀는 자꾸 우산을 씌워주려는 이 대리를 향해 가벼운 묵례를 했다.

"저 먼저 들어갈게요, 실례합니다."

공방 안으로 뛰어 들어가는 여자의 뒷모습을 보며 강우는 슬쩍 입매를 굳혔다.

"따라갈까요? 명함을 못 전해줬어요."

"젠장, 죽도 밥도 안 되겠네. 도무지 인정하려 들지를 않아."

"저 도예가 아가씨가 지갑을 두고 갔는데요?"

이 대리는 소가죽 시트 위에 덩그렇게 놓인 장지갑을 가리켰다.

"일단 아버지와 관계는 없어 보이는군."

마치 폭설 속에서 흩날리는 눈발을 보듯 심기가 어지러웠다. 강우의 이마에 푸른 핏대가 세워졌다.

공방 안으로 들어온 하나는 허겁지겁 휴대폰부터 찾았다.

"혹시 이거 찾아? 바닥에 나뒹굴고 있던데."

아직도 방 한가운데에서 팔짱을 끼고 있던 상현은 그녀의 동태를 수상쩍어했다.

"감사합니다, 선생님!"

하나는 급히 소성실로 들어가 문을 닫고는 숨을 몰아쉬었다.

"……엄마."

젖은 손으로 액정을 클릭하며 부디 지현의 목소리와 닿기를 소원했다.

'딸이라면서 김지현 씨가 오늘 어디 있는지 모르고 있는 것 같습니다.'

제주도 워크숍이 아니었나? 딸에게 거짓말을 하면서 남자를 만나러 간 것인가?

그러니까 상황이 얼추 깨달아졌다. 자신을 찾아온 남자들은 상대방 여자의 고용인들, 즉 심부름센터 같은 곳의 직원인 것 같았다. 원래 하나는 어머니 지현이 누구와 만나건 크게 상관하지 않을 마음이었다. 벌써 부친이 이 세상과 이별한 지도 4년이 지났다. 그리고 살아 있을 동안에 부부의 정이 각별했고 진심이었음을 하나는 누구보다도 잘 알고 있었다.

엄마에게는 남자를 만날 자유가 있다! 그러나 지현의 상대가 유부남이라면? 그리고 그 남자의 아내가 그것을 알아채고서 심부름센터의 직원을 고용한 거라면?

-전화기가 꺼져 있어 음성 사서함으로…….

"뭐야, 진짜야? 그 야수같이 생긴 남자가 한 말이 맞다는 거네?"

하나는 전화기를 가슴에 끌어안고서 벽에 기댄 채로 주저앉았다. 정말 어디서 유부남하고 밀회라도 즐기고 있는 거야, 뭐야?

그때였다.

띠링, 그녀의 핸드폰에 문자 하나가 떴다.

[내일 저녁 7시, 웨스턴 그랜드 호텔 지하 라운지에서 김지현 씨를 보실 수 있습니다. 나오건 말건 그쪽 자유지만 본인은 그 자리에서 두 사람을 만날 작정입니다.]

하나는 무심코 앓는 소리를 내며 문자의 연락처를 저장했다.

다음 날, 저녁 7시.

하나는 웨스턴 그랜드 호텔 앞에서 차를 내렸다.

결국 왔다.

[저 여기 호텔 지하에 와 있어요.]

문자를 전송한 하나는 숨을 크게 한 번 내쉰 뒤에 호텔 로비를 걸었다. 꼭 야수나 포식자의 눈을 하고 있는 그 남자를 마주칠 생각을 하니 착잡하기 그지없었다.

지하의 바(Bar) 입구에 서서 하나는 제 옷차림을 살폈다. 시스루로 된 랩 스커트에 흰 블라우스를 입고 머리를 풀어 내렸다. 되도록 단정한 차림이었다. 혹여 지현과 함께 상대방 유부남을 맞닥뜨리게 되더라도 결코 호락호락하게 보이고 싶지 않아서였다. 그녀는 숨을 죽이면서 어젯밤 지현과의 통화를 떠올렸다.

-하나밖에 없는 우리 딸, 세상 어디에도 없는 우리 단 하나의 딸, 그래서 이름도 소하나, 전화했었네? 별일 없지?

처음엔 말문이 막혔다. 대체 뭘 어떻게 설명해야 옳단 말인가? 앞이 막막한 채로 하나는 그저 안부가 궁금한 척을 했다.

'응, 제주도는 어때? 비는 안 와?'

-날씨 죽이지. 오늘은 하루 종일 해변을 따라 돌아다니느라 전화벨 울리는 것도 몰랐네. 딸, 다음엔 같이 오자. 아니다. 네 나이 때는 남자와 여행을 와야 제맛이지.

양미간을 끌어모으고 목소리에 집중했지만 지현에게서는 한 치의 고뇌나 망설임 같은 것은 보이지 않았다. 이에 그녀는 목이 멘채로 물었다.

'엄마, 그동안 많이 외로웠어?'

-무슨 말이 그래?

하나는 꽉 막힌 목을 가다듬고 다시 질문을 했다.

'거기 제주도 맞아?'

-그럼, 제주도지. 왜? 내 도플갱어가 응암동 일대를 돌아다니는 모양이지?

밝게 농담까지 하며 지현은 즐거워 보였다.

뭘까?

눈 가리고 아웅 하고 있는 어머니에게 자신이 농락당하고 있는 것일까?

하나는 간밤에 한숨도 잘 수 없었다. 결국 이런저런 고민을 뒤로하고 하나는 일단 제 눈으로 확인을 하기로 했다. 만약 제주도에 있다는 지현이 현장에 나타난다면, 하고 하나는 그다음 장면에 대해서도 고민하지 않을 수 없었다.

엄마에게도 사생활이 있을 텐데.

내가 나쁜 딸이 되는 것은 아닌지.

아니야, 남의 가정을 파탄 내는 짓은 죽어도 못 봐.

그녀는 지배인이 안내하는 대로 안쪽의 아늑한 코너 쪽으로 갔다. 일부러 구석의 자리를 택한 모양이었다. 남자는 그녀를 알아보고서 손 하나를 까딱해왔다. 하나도 가볍게 인사를 했다.

"마침, 방금 문자를 보냈던 참입니다."

하나는 아직 손에 쥐고 있는 휴대폰의 액정을 들여다보았다. 과연, 그에게서 문자가 와 있었다.

[웨이트리스의 안내를 받으십시오.]

"앉으십시오."

그녀는 휴대폰을 테이블 위에 올려놓고는 스툴에 걸터앉았다. 눈이 부신 하얀 드레스셔츠에 진한 슈트 차림인 그는 어제와 마찬가지로 귀티 나는 모양새였다.

"뭡니까?"

문득 테이블 위의 휴대폰 화면을 보고 있던 남자가 퉁명스럽게 다그쳐왔다.

"뭐가요?"

그녀 또한 딱딱하게 받아쳤다.

"야수? 내가?"

그의 문자를 저장하면서 이름을 '야수'라고 한 것이 들통이 난 모양이었다.

"이름을 모르니까요. 별 뜻 없어요. 그냥 살짝 인간이 아니라는 뜻이랄까?"

"피차일반이군."

"피차일반?"

"나도 그쪽을 인간으로 저장하지 않았다는 말입니다."

하나가 손을 내밀었다. 휴대폰을 보여달라는 뜻이었다. 그래도 그는 꿈쩍하지 않았다.

"보자고요. 인간이 아닌 것으로 저장했다면서요? 뭔데요?"

그는 중앙으로만 눈길을 고정한 채로 그녀 쪽은 쳐다보지도 않고서 딱 한마디로 답했다.

"한우."

뭐라고요? 라고 항의하려는 찰나, 남자가 손가락을 튕겼다.

"쉬잇, 저기 도착했습니다."

절절한 음색의 재즈곡이 엉기듯 흐르고 있는 중앙 홀은 높은 천장으로부터 은은한 조명이 쏟아지듯 했다. 누가 누군지 사람이 분간이 되지 않는 가운데 하나의 눈이 한 곳으로 쏠렸다.

"이곳 분위기가 젊지?"

지현을 이끌어 칸막이가 쳐진 곳으로 안내하며 재훈은 어깨를 으쓱거렸다.

"뭐, 그럭저럭."

지현은 어둑한 조명이 그리 마음에 들지 않는 것 같았다. 재훈은 뒤따라온 수행비서에게 됐다, 라는 신호를 했다. 가방을 든 수행비서가 묵례를 한 뒤에 물러나자 장 회장은 껄껄 웃었다.

"저래 봬도 저 친구가 아주 영민해. 저번 주부터 예약해놓았다니까? 연어하고 아스파라거스 요리가 아주 죽여준대."

지현은 주변을 휘둘러보면서 재촉을 해왔다.

"어서 시작합시다. 나 빨리 집에 가봐야 해요."

"워크숍은 내일까지라면서?"

"그래도 오늘 올라왔으니까 가봐야지요."

이런 이야기들을 하며 두 사람은 마주 앉았다. 유유히 나오던 재즈곡이 영화 '바그다드 카페'의 ost로 흐느끼듯 이어지고 있었다. 재훈은 감탄을 하며 말했다.

"난 요새 젊은 애들 감각이 좋아. 그런데 자식이라고 하나 있는 아들 녀석은 나보다 더 고리타분해. 워낙에 그렇게 타고난 것 같아. 내가 좋은 아빠 노릇 좀 해보겠다고 팔 걷어붙이고서 그 녀석 데리고 야구를 같이 하거나 그러면 뭐라고 했는지 알아? 거대 기업을 이끄는 수장이 얼마나 바쁜지 아느냐고, 만약에 그렇지 않다고 해도 바쁜 척해야 하지 않느냐면서 사생활보다는 일을 하라고 날 나무랐던 물건이야. 야구 정도는 아빠라는 존재가 없이도 얼마든지 혼자 마스터할 수 있다고 하더라니까. 자식, 어찌나 뻣뻣한지 내가 심심해서 죽어. 이런 데 좀 같이 오고 그러면 어때서 말이야."

"너희는 소위 우리와는 사는 물이 다르잖아? 당신들만의 품격이라는 게 있으니까. 지킬 것도 많고 잃을 것도 많겠지. 오히려 장재훈 네 그릇이 아들보다 작아 보인다."

지청구를 주면서도 지현의 얼굴에서는 밝은 웃음기가 돌았다.

"아들 멋지더라. 벌써 그 나이에 막 허투루 사는 인생은 아닌 것 같아서 좋아. 보기만 해도 침 넘어가더라고. 뭘 먹고 컸는지 기력지도 남다르고 생긴 것도 완전 상남자고. 아무튼 장재훈 너하고는 달라."

"우리 집안에서는 다들 나 안 닮았다고 환영하는 분위기야. 나처럼 감정 풍덩하지 않다나? 우리 마누라가 아주 깔끔한 스타일이거든? 잘 키웠어."

"근데 이 장소는 좀 오버다."

"불편해도 참아. 우리라고 늘 가야금 산조 들으면서 산적이나 먹으란 법 있어?"

둘은 함께 웃음을 터트렸다. 지현은 하얀 냅킨을 무릎 위로 펼쳤다.

"실은 나도 이런 데가 궁금했어. 사는 게 바빠서 여태 구경 한 번 못 해봤거든. 우리 애도 누가 제 아버지 딸 아니랄까 봐 죽어라고 흙덩어리 반죽하다가 대학 갔어. 대학 가면 꽃단장하고 놀러 다니려나 했더니 웬걸? 남은 인생을 그릇에 바친다나, 뭐라나?"

"바로 그런 점이 마음에 들어! 딱 내가 원하던 아이야. 한눈팔지 않는 외길 인생의 기본이 되었다고 할까? 그러니 일을 서둘러야 해. 내가 내일이면 독일에 가야 하거든. 2주나 걸려."

"하나한테 어떻게 운을 떼야 할지 몰라서 말이야. 대뜸 대동그룹에서 너를 스카우트하려고 한다, 뭐 이렇게 해?"

"똑똑한 아이니까 알아들을 걸세. 자아, 우선 건배부터 하자. 메세나!"

재훈은 넥타이를 조금 느슨하게 끌러놓더니 미리 세팅이 된 와인글라스를 집어 들었다. 그러자 멀찍이 떨어져 있던 웨이트리스가 다가와 와인을 따라주었다.

"메세나?"

지현은 제 앞에 놓인 잔을 들면서 물었다. 재훈이 입을 열어 타박을 했다.

"이 사람 좀 보게! 아이들 가르친다는 사람이 이렇게 무식을 티내는 건가? 내가 대동기업의 이름을 걸고 하려는 문화 사업이 메세나잖아."

하하, 하고 지현은 과장된 모양으로 크게 웃으며 고개를 주억거렸다.

"알아듣겠네. 그럼, 대동 회장님의 메세나 사업을 위하여!"

그들은 사이좋게 건배를 하고는 각자 한 모금씩 와인으로 목을 축였다.

"어때, 딸아이의 의중은?"

재훈이 조심스러운 얼굴을 하며 잔을 내려놓았다. 그러자 지현은 고개를 저으며 인상을 썼다.

"못 들었어? 아직 말도 못 꺼냈다니까. 요즘 딸아이가 바빠. 전시회 준비로 며칠 밤새우며 공방에 다니고 있는 통에 말이야. 나도 이제야 학교가 방학한 터라 차근차근 이야기 꺼내야지, 하고 마음먹고 있는 중이야."

"대학원 다닌다고 했나?"

"박운열 사기장님이 많이 도와주셨어. 그분 장학금이 아니었으면 우리 처지에 가당키나 해?"

"그러게, 진즉에 나한테 시집왔으면……."

"됐고요! 너하고였으면 하나 같은 애도 없었겠죠?"

"나도 우리 강우 같은 녀석은 너하고 못 만들었을 것 같다."

또다시 그들은 한차례 유쾌한 웃음을 흘렸다.

"나는 미켈란젤로라든지 다빈치 등의 예술가를 지원했던 피렌체의 부자를 롤 모델이야. 내 아내가 예술하거든? 그 점에 반했다면 말 다 했지? 그래서 그런가, 네 딸이 참 욕심이 나."

"이봐요, 장재훈 회장님. 인간에게 예술과 문화가 필요한 것은 일단 배가 부른 뒤여야만 가능하답니다. 내가 아무리 일평생 도자기 굽는 남편 뒷바라지한 인생이었어도 말이지, 나는 돈이 우선이라고 봐. 결국은 대동의 선대 회장님이 있었기에 오늘날의 장 회장이 꿈꾸는 문화니 예술 사업이 있는 거 아니겠어?"

재훈은 손가락을 하나 까딱하며 오만한 얼굴 표정이 되었다.

"자아, 보라고. 애플 기업이 왜 시장을 선도하는지 알아? 절대로 기술 우위가 아니야. 애플의 아이패드와 아이폰 같은 제품에는 디자인의 예술적 감수성에 첨단 기술이 결합되어 있는 거지. 예술적 감흥, 그게 바로 세계가 인정하는 경영 감각이라고."

"그런데 하필 우리 하나에게 일을 맡긴다는 것도 그래. 내가 많이 망설이는 게 바로 그 부분이거든. 꼭 내 딸이어야만 해?"

"내가 모르는 사람도 아니고, 뭐 어때서?"

"이래서 남자는 단순하다는 거야. 너와 내가 동창이고 지인이라면 얘기가 달라지는 거잖아? 나한테 그렇게까지 동정할 필요는 없다는 소리야. 그리고 우리 하나는 아직 스물셋밖에 안 됐거든. 직접 봐봐, 얼마나 아기 같은데."

"우리 회사에서 추진하는 '예술가의 초상'이라는 '메세나 프로젝트'의 핵심이 젊은 예술가를 후원하는 일이야. 자리 잡은 기성들이 아니라고. 생각해봐. 아이디어가 막 샘솟지, 손은 미친 듯이 춤을 추고 있지, 그런데 생활전선 앞에서 좌절할 수밖에 없는 그런 예술가들이 있단 말이지. 만약에 우리 회사 직원한테 시키면 그들은 유명한 자문위원 모셔놓고 추천을 받을 거야. 나는 그렇게 상투적으로 하고 싶지 않아. 조금만 도와주면 꽃을 확 피울 젊은 감각의 예술가를 후원하고 싶은데 하나 양이 적임자라는 얘기지."

"순 제 아버지 밑에서 보고 배운 것만 해도 너무 올드한데, 이젠 박운열 사기장 밑에 있으니 애가 완전 퍼펙트 올드라니까?"

"이 사람아, 소하나가 누구야? 고(故) 소동일의 유일한 피붙이, 일류대 도예과 장학생, 그리고 현존하는 도자기계의 전설인 박운열의 제자 소하나, 이 얼마나 더할 나위 없이 좋은 프로필인가?"

"젠장, 알아들을 수가 있어야지……. 무슨 대화를 저렇게 다정하게 하는 거야? 도청이라도 했어야 하나? 이보십시오, 한우!"

아까부터 두 사람의 모습을 유심히 관찰하고 있던 강우는 오페라글라스를 내려놓았다. 하나는 핸드백에서 무언가를 꺼내더니 입에 넣고 우물우물 씹고 있었다.

"잠깐만요. 말 시키지 마요."

"뭘 그렇게 유감 가득해서 씹고 있습니까?"

"빈속에 술 먹으면 안 될 것 같아서요."

"술?"

"술 좀 하려고요. 맨 정신으로 못 앉아 있겠어서요."

강우는 그녀를 유심히 보았다. 불그스름한 할로겐램프 아래에서 그녀는 어제와는 판이하게 다른 분위기로 앉아 있었다. 옆 가르마를 타서 풀어 늘어뜨린 머리와 클래식한 분위기의 블라우스 차림인 탓이었다. 어제는 꼭 손에 망치만 쥐여주면 사다리 타고 지붕에 올라갈 것만 같더니 오늘은 작정하고 꾸미고 나온 모습이었다. 그런 그녀는 당연한 일이지만 지금 화가 나 있었다.

"저도 주세요."

아까부터 강우의 술병에 눈독을 들이고 있었던 모양이다. 강우가 허락하기도 전에 그녀는 양주병을 채갔다.

"가정이 있는 남자라고요?"

어이없다는 말 한마디를 던지듯 하고는 바로 크리스털 양주병을 기울여 잔에 따랐다.

"그게……."

강우의 입 모양이 굳어졌다. 그녀는 와인글라스에 술을 그득 채우고 나더니 양주병을 빤히 보았다.

"이거 이름이 뭐예요? 크리스털로 만든 병 모양은 참 제대로 심장 저격이네."

그녀는 한 번에 잔을 비우고 탁 소리를 내며 테이블 위에 올려놓았다. 눈 하나 깜빡거리지 않으며 그녀는 손등으로 입술을 훔쳤다.

"달모어 50년산 디켄터."

그가 나직이 중얼거리듯 이름을 말해주었다.

"이름도 멋지고, 그 이름을 말해주는 목소리도 참 섹시하고."

벌써 취했나? 강우는 눈썹을 모으고 그녀를 주시했다. 하나는 다시 잔에 술병을 기울였다.

"가격이 1,400만 원도 넘는 녀석입니다."

"오케이, 더 맘에 들어. 자아, 치어스!"

그녀는 콸콸 술을 따라낸 잔을 높이 치켜들었다.

"여기가 술 마시러 온 자리가 아닐 건데."

그가 의미심장한 눈빛으로 오페라글라스를 가리켰다. 너도 한 번 저 꼬락서니를 보시지, 하는 심술궂은 심보였다.

"불륜인 듯, 불륜 아닌, 불륜 같은…… 대체, 뭐야?"

그녀가 어눌한 어조로 혼자 중얼거렸다.

"제대로 불륜이라고 하지요."

그가 무화과가 든 안주 접시를 그녀 앞으로 내밀면서 서슴없이 정답을 말했다.

"그럭저럭 잘 살아왔는데, 이런 고난이 딱 버티고 있을 줄이야."

그녀가 가라앉은 목소리로 중얼거렸다.

"이럴 때일수록 우리라도 정신을 똑바로 차려야 합니다."

"우리…… 라뇨?"

"우리가 우리지요."

"무슨 우리요?"

"당신 어머니와 내 아버지가 불륜을 저지르는 장본인들 아닙니까? 자식들인 우리가 공통분모를……."

그제야 하나는 납득한 표정을 지었다.

"아드님?"

이제 그는 본론에 들어가야 할 것이다.

'얼마면 떨어져 주겠습니까?'

이래야 하는 건가? 어떻게 시작을 하지?

강우는 고심했다. 사실 이런 식으로 자신의 치부를 드러내는 것도, 또한 남에게 치부를 확인시키는 것도 딱 질색인 노릇이었다. 그러나 해야만 했다. 그는 이미 이 모녀에게 돈 문제가 있다는 사실을 잘 알고 있지 않은가? 그 약점을 건들기만 하면 된다.

"……불륜."

한편, 하나는 원 펀치에 투 펀치를 맞은 듯이 정신이 하나도 없었다. 아프게 진실을 말해주는 남자의 어조가 지극히 딱딱했기에 괜스레 죄스러웠다. 아버지가 세상을 떠날 때와 비슷한 강도로 명치가 아려왔다. 아무런 준비도 없이 사랑하는 사람을 잃었을 때와는 좀 더 다르게 절망스럽기도 했다.

이로써 명백해졌다.

진실은 이곳에 있었다. 제주도에서 동료 교사들과 워크숍을 한다고 말했던 엄마가 서울 한복판에서 남자와 함께라니, 그것도 젊은 사람들이나 출입한다는 호텔 지하의 와인 레스토랑에서 말이다. 두 사람은 참으로 친근해 보였다.

"……돈이 필요하다는 것을 잘 압니다. 그건 부끄러운 일이 아닙니다만."

이 남자가 지금 무슨 말을 하고 있는 거야? 하나는 남자의 반듯

반듯하게 새겨진 이목구비를 바라보았다.

처음 먹어보는 독한 양주가 문제인가?

달모어, 뭐 어쩌고 하는 이름은 지독히 세련되고 달콤하게 들렸는데. 목에서는 부드럽게 넘어가면서 위장에 들어가서는 무시무시한 취기를 발휘하고 있었다. 순식간에 혈관을 타고 따스한 기운이 퍼지는 것을 느꼈다. 두 잔째에는 독하디독한 양주가 달달하고도 부드럽게 퍼졌다.

"……도식적으로 들리겠지만 요는 그렇습니다. 돈으로 해결 보자는 말입니다."

딱딱하게 설명하는 남자의 얼굴이 어질어질한 시야에 그대로 클로즈업이 되었다. 오오, 하고 절로 감탄이 터졌다. 코끼리 상아 조각을 깎아놓은 것처럼, 혹은 대리석을 깎아 만든 것처럼 남자의 얼굴은 구멍 하나 없는 예술품이었다.

"……김지현 씨와 의논을 하십시오. 장재훈 회장을 상대로 했다면 솔직히 돈을 배제할 수 없었을 것 아닙니까?"

장재훈 회장이라.

시야가 아찔하면서 취기가 확 올라왔다. 사실 취하기를 바란 것이 아니었다. 술에는 워낙에 문외한인 탓에 그저 분노와 절망을 잠재울 뭔가가 필요해서 눈에 보이는 양주를 마신 것뿐이었다. 술이라도 넘기면 지금의 어처구니없는 황당함이 삭아질 것 같아서 그랬는데.

상식적으로 빈속에 술이 들어가면 안 될 것 같아서 평소 휴대하고 다니는 고디바 초콜릿을 잔뜩 씹어 먹고 연달아 두 잔을 마셔주었지만 역부족이었다. 이 남자가 헛소리를 하는 것이 아니라는 것은 알겠는데, 지금 당장은 사고 회로가 돌아가지를 않는다.

이러면 안 되는데.

그녀는 온 정신을 집중하면서 간신히 입을 뗐다.

"당신 아버지는 말이에요. 어디서 많이 본 얼굴 같아요."

"설마, 장재훈 회장, 대동의 현 오너를 모릅니까?"

"우리 엄마가 능력녀였네."

아무 생각 없이 대꾸를 해놓고서 마음속으로 '대동의 현 오너'를 되새겼다. 취했는지 뇌가 백지화가 된 모양으로 그저 캄캄할 뿐이었다.

"그다지."

그의 답변에 하나는 웃었다.

"맞아, 진짜 능력녀라면 스무 살 연하의 젊은이가 누님~ 하고 따랐어야지. 저분은 너무 늙었어."

하아, 하고 그녀는 숨을 토해내며 또 웃었다. 뭐지? 대동의 현 오너? 장재훈 회장? 왜 이렇게 아무 생각도 안 나지? 진땀이 난 하나는 슬그머니 제 휴대폰을 찾아 쥐었다. 그러고는 재빨리 검색창을 열었다. 시선은 그 남자에게 두고서 손가락으로는 한글을 두들겼다.

[장재훈]

그녀는 눈을 내리깔아 휴대폰의 액정 화면을 보았다.

장재훈 회장?

뭐야, 이제야 알겠다!

연관 검색어로 대동그룹이 뜬 순간, 멍한 머릿속으로 불이 밝혀졌다. 하나는 숨을 골랐다.

"그럼, 장재훈이 그 장재훈?"

갑작스럽게 사채업자로 빙의한 남자가 했던 말이 툭 떠올랐다.

'제가 누군지 모르겠습니까?'

해답이 나왔다. 처음부터 끝까지 오만한 남자의 분위기, 사포의 거죽같이 까칠한 남자의 거슬리기만 했던 태도가 왜 그랬는지 그녀는 이제야 알 것 같았다. 그녀는 계속해서 연관 검색어인 '장강우'를 클릭했다.

[대동 장강우 상무]

"장재훈의 아들은 장강우인데, 당신이 그 장강우?"

그는 보란 듯이 1,400만 원을 호가한다는 크리스털 술병을 흔들어 보였다. 답이 됐습니까? 하듯이 그가 히쭉 웃었다.

"그렇다면 음악으로 후진양성을 하신다는 사모님이 그쪽의 어머니……."

더 이상 말을 잇지 못하고서 하나는 그대로 테이블에 쿵, 이마를 박았다.

"……이보십시오!"

웅웅, 벌레소리처럼 말소리가 들려왔다. 하나는 얕게 신음하며 그대로 수마와도 같은 잠 속으로 빨려 들어갔다.

"젠장……."

의식의 마지막에서 하나는 남자의 난처해하는 목소리를 들었다.

"지금 내가 무슨 짓을 하고 있는 거야?"

강우는 하나를 등에 업고 엘리베이터 안에 서 있었다. 오늘따라 이기철 대리도 곁에 없었다.

문득 세인들의 시선을 의식하지 않을 수가 없었다. 몇몇 경제부와 연예부 기자들이 그를 스토킹하는 일은 이미 유명한 사실이었다. 그렇잖아도 다들 혈안이 되어 있을 터에 이런 모습은 조금 위험하지 않을까? 그는 조급함을 느꼈지만 달리 방법이 없었다.

그대로 술에 취해 엎어진 여자에게 해줄 일이란 이것밖에 없었다. 초저녁이랄 수 있는 8시에 그가 외간 여성을 등에 업고 와인 레스토랑을 빠져나갔다는 소식을 접한 사람들은 드디어 서른네 살 장강우의 여성편력이 끝났다고 환호하거나, 아니면 우스운 추문쯤으로 여길지도 모른다.

둘 다 기분 나쁜 일이다.

그는 지배인의 안내를 받으며 엘리베이터에 카드 키를 꽂았다가 버튼을 눌렀다. 급한 대로 호텔 스위트룸으로 정했다.

아무래도 보안이 먼저니까, 하고 그는 그녀를 업은 몸을 한 번 추슬렀다. 기다란 두 팔이 그의 어깨에서 아무렇게나 늘어뜨려졌다.

원망스럽다! 이 여자는 정신이 있는 거야, 없는 거야? 이 험한 세상에서 똑똑하게 굴어야 살아남을 것 아닌가?

어제는 제대로 대화조차 못 해봤는데 오늘도 글렀다. 사실을 확인시키면 냉정하게 일을 착착 진행할 줄 알았는데 그건 그의 오산인 모양이었다.

지배인은 스위트룸의 카드 키를 꽂아준 뒤에 팁을 받고는 인사를 꾸벅, 해 보였다.

화려하고 넓은 스위트룸은 그에 어울리게 은은한 꽃향기가 진동해 있었다. 굳이 거슬리지는 않았지만 괜한 짜증이 일었다.

저벅저벅 안으로 들어간 그는 그녀를 침대에 눕혀놓았다. 얼마나 취했는지 과연 창백하기만 했던 두 뺨이 발갛게 익어 있었다. 그녀는 잠결에도 괴로운 듯이 가쁜 숨을 몰아쉬면서 신음했다. 자세히 들여다보고 있노라니 솜털이 보송보송한 살결은 그야말로 익지 않은 복숭아 같았다.

"완전 아기잖아, 이거?"

두 팔이 만세 모양이 된 것을 아래로 얌전히 내려주고는 블라우스 자락이 스커트 위로 함부로 삐져나온 것을 갈무리해주었다. 골반 뼈가 튀어 나온 잘록한 허리 부분을 만질 때에 저도 모르게 숨을 죽였다.

에어컨의 기분 좋은 온도를 가만히 감지해보았다. 자는 동안에 감기라도 걸리면 안 된다는 생각에 얇은 시트를 목까지 덮어주면서 그는 여자의 헝클어진 머리를 손가락으로 쓸어 넘겼다. 머릿결을 정돈해준 다음에야 그는 뒤돌아섰다.

정신을 차리고 나면 어떻게든 되겠지.

이제 자신은 빠지고서 정 변호사가 그들을 상대해도 될 성싶었다. 소하나, 이 여자에게 제 모친의 처신을 맡길 셈이다.

아마도 둘 중의 하나일 테지?

돈을 왕창 요구한다거나, 아니면 상식적으로 조용히 물러난다거나.

너는 잘 하고 있는 거야, 장강우.

언제나 이익을 위해 움직여야 한다. 떼낼 것은 떼어내고 다시 붙일 것은 붙이고.

"나가야겠군."

막 냉장고에서 생수병을 꺼내 입에 대고 있는데 휴대폰 벨 소리가 울렸다. 그의 눈썹이 천천히 일그러졌다. 액정에 뜬 이름은 '아버지'였기 때문이다.

-장강우! 너 딱 걸렸다.

"뭡니까?"

강우는 속에서부터 치미는 분노에 기가 막혔다. 지금 누가 누구에게 할 소리인가? 딱 걸린 사람이 누군데? 그러나 능글맞은 웃음을 흘리며 재훈은 그를 조롱하듯 말했다.

-너 인마, 여자 업고서 스위트룸 올라갔지? 아주 제대로 걸렸어!

강우는 벌써 한 시간째 가만히 앉아 있었다. 자단나무에 소가죽이 덧대어진 의자의 팔걸이에 두 팔을 얹었다. 그는 넥타이를 끌러놓고 버튼을 두어 개 풀어놓은 드레스셔츠 차림이었다. 평소에 깔끔하게 빗어 넘기는 모양의 머리는 약간 흐트러진 채로 관자놀이에 내려와 있어서 그의 각이 진 윤곽을 다소 완화시켜 주고 있었다.

의자 앞에 놓인 작은 티 테이블에 태블릿과 손목시계가 놓였다. 그는 생수가 든 병을 한 손에 쥐고 있었는데 천천히 그것을 입으로 가져갔다.

꿀꺽, 물을 삼키고서 정면을 응시했다. 그가 아까부터 보고 있는 것은 여자였다.

소하나.

그녀는 똑바로 누워서는 고른 숨을 일정하게 내쉬며 잠들어 있었다. 눈 밑의 광대뼈 조금 위에 붉은 홍조가 도는 얼굴이 편안해 보였다.

'너 이제 끝이다. 진을 치고 있는 거머리들한테 먹이를 던졌네. 그러게 우리 계열사 호텔 놔두고…… 너도 참, 잘하는 짓이다.'

재훈은 아들을 올가미에 가둔 것마냥 즐거워했다. 마침, 평소 강우의 일거수일투족에 관심이 많은 '더 리치 the rich'의 채춘수 기자가 와 있다고도 덧붙이면서 절대로 내려오지 말라고 신신당부를 잊지 않았다.

'하긴, 둘이 결혼할 사이라면 이참에 만천하에 공개되는 것도 나쁘지는 않겠지.'

재훈은 이런 말까지 했다.

"누가 누굴……."

허술했구나, 싶었다.

그러나 그는 옳지, 하며 눈을 빛냈다. 이 기회에 바로 직구를 날리면 되겠다. 부친에게 사실을 털어놓으며 불륜에 대한 강한 저항을 토로해도 되리라. 사실 그는 망설이고 있었다. 기업인답지 않게 물욕이 없는 재훈이었다. 애라의 말이 증명하지 않는가?

'막 몰아붙였다가는 분명 모두 내려놓고서 그 여자하고 떠난다고 할 양반이야.'

어떻게 해야 하나?

강우는 꼼짝 않고서 잠들어 있는 여자를 바라보고 있었다. 여자는 딱 한 번 눈을 뜨고는 그가 있는 쪽으로 고개를 돌려서 심장을 철렁하게 만들기도 했다. 그녀는 약간은 부은 얼굴에 두 눈을 커다랗게 뜨고는 그를 보며 헤실헤실 웃었다.

취하긴 했군.

잠꼬대인지, 술주정인지 그녀는 야수? 라고 그를 불렀다가는 안심한 얼굴로 다시 죽은 듯이 눈을 감아버렸다. 약하게 코까지 곯았다.

"야수는…… 얼어 죽을."

무방비하게 잠이 든 여자와 호텔 방에서 단둘이 되었어도 그저 쳐다보기만 하는 야수 봤냐? 먹잇감도 안 되는 주제에!

똑딱똑딱.

시간은 거침없이 흘렀다.

안 되겠다. 용단을 내리자!

그는 재훈에게 문자를 넣었다.

[긴급히 의논할 일이 있습니다. 올라오십시오.]

[의논은 무슨! 이 사태를 어쩔 거야?]

오히려 따지는 답장이 전송되어왔다. 아무렇지도 않은 얼굴로 강우는 문자를 써 보냈다.

[바로 그 문제입니다.]

[알았다. 같이 의논하자.]

드디어 때가 왔다.

"아버지는 어떤 인생을 사셨다고 자부하십니까?"

"내 이야기를 할 때가 아니지. 그렇잖아도 김도현 작가 시켜서 자서전 쓰고 있으니까 그렇게 궁금하면 나중에 직접 읽어보든지. 책은 꼭 네 돈 주고 사 보길 바란다."

호텔 스위트룸의 발코니에 두 부자가 마주 앉아 있는 채로 입씨름이 한창이었다.

"지금 그렇게 여유 부릴 틈이 없을 텐데요? 아버지의 발등에 붙은 불부터 끄셔야 할 겁니다."

"무슨 소리! 발등의 불은 네가 꺼야지. 평소에 뭐라고 했어, 너? 여자는 믿을 게 못 되는 종족이니 절대 가까이하지 않겠다고? 또 뭐? 솔로로 평생 일만 하다 가겠다고?"

재훈은 적의 고지에서 깃발을 쟁취한 자의 얼굴로 아들을 보았다. 그 얼굴을 노여움 반과 기막힘 반의 눈빛으로 대하며 강우는 어조를 낮추어 입을 열었다.

"김지현, 로아초등학교 담임교사, 고(故) 소동일의 미망인."

판도라의 상자라고 했던가?

강우는 그 상자의 뚜껑을 여는 기분이었다. 설핏, 재훈의 미간에 주름이 그어졌다. 그리고 두 눈동자는 묘하게 씰그러지며 당황스러움을 표출하고 있었다.

"네가 지현이를 알아?"

"아버지께서 본능에 충실한 나머지 노년에 늦바람이 났든지, 뭐가 났든지 저는 상관 안 합니다. 관심도 없습니다. 단, 제 일생을 바치게 될 대동과 함께 어머니…… 이 두 군데에 치명타만 안 끼치면 된다고 생각합니다."

강우는 여태 살면서 부친에게 한 번도 제 논리가 통하지 않은 적이 없었다. 비단, 아버지뿐만 아니었다. 그는 어느 누구든 상대방의 기준에서 평균 이하로 떨어져본 일이 없었다. 그랬기에 논리로도 압도했다고 믿었다.

"이게 대체, 무슨?"

재훈의 얼굴이 바싹 강우 앞으로 붙었다. 그는 냄새를 맡는 모양으로 강우의 목덜미와 얼굴에 대고 코를 킁킁거렸다.

"너 취했냐?"

"저는 챙길 것 챙기고 버릴 것은 버리는 사람입니다."

"그거 이기적인 거잖아."

"바람직한 거겠죠. 아버지 당신의 편협한 욕망으로 인해서 한 가정이 파괴되고, 회사가 리스크를 견뎌야 한다는 것은 말이 되지를 않습니다."

"쉽게 말해라. 알아듣기 어렵구나."

"두 가지면 됩니다. 죄책감을 느끼십시오. 그리고 김지현, 그 교사를 청산하십시오."

"청산?"

"예, 말 그대로 정리하시라는 겁니다."

재훈은 넋을 놓고 아들을 보고 있었고 강우는 부러 턱을 치켜들면서 유유히 생수를 들이켰다. 이제 2단계로 넘어갈 차례다.

"물론 쉽지 않은 결정일 것입니다. 사람의 감정이라는 게 어디 마음대로 되나요? 이해합니다. 그런데요, 부득이 아버지는 제 말대로 하시게 될 겁니다. 꼭 그래야 할 이유가 생겼으니까요."

잠시 물벼락을 맞은 얼굴로 숨을 몰아쉬던 재훈은 천천히 입을 열었다.

"그러니까 네 말은…… 내가 김지현 교사와…… 불륜이라 이거지? 그리고 그건 회사나 내 가정을 박살 내는…… 그런 거다, 이 뜻이냐?"

"미리 말씀드리는 거지만 이 일은 제 관할입니다. 혹여 어머니를 다그치시면 안 됩니다."

어허, 이거 점점 갈수록…… 하고 재훈이 장탄식을 내뱉었다.

"혹시 네 어머니도 그렇게 알고 있다는 뜻?"

대답을 회피하면서 강우는 미소를 그었다. 그것은 아주 바삭바삭 건조하고도 비릿한 미소였다. 상대방을 비웃으며 얕잡아봐 주는 그것은 그의 오래된 훈련에서 비롯된 것이었다. 제 부친이라 할지라도 인정사정 봐주면 안 된다. 그는 지금 사냥터에 나온 맹수가 되어야 했다. 아니, 지금은 더한 존재가 되었다. 그는 마치 신이라도 되어 이 세상의 모든 불륜을 다스리며 엄벌을 내리는 쾌감을 느꼈다.

소하나.

갑자기 그녀의 얼굴이 떠올랐다. 무익한 분노와 짜증으로 그녀의 감정을 막 대한 것은 아닌지 이제야 미안해졌다. 진즉에 이렇게 부친을 상대할 것을 그랬다.

"그러니까 너는 지금…… 나의 불륜을 탓하겠다는 거냐?"

"바로잡아야지요."

"그 방법이 뭔데? 아들 녀석이 불륜입니다, 하면 그 아버지는 오냐, 미안하다. 마음 가는 대로 했더니 이 지경이네, 이러고 사죄하면 돼? 그럼, 끝이야?"

"김지현, 그 교사를 끊어내시면 됩니다."

"아들아……."

재훈은 신음했다.

"말씀하십시오."

재훈과 강우는 눈싸움이라도 하듯이 서로를 응시했다.

"네 말이 다 오산이라고 한다면?"

마침내 짧다고 하면 짧고 길다고 하면 긴 침묵의 끝에서 재훈의 입이 열렸다.

"그게 사실과 다르다고 한다면?"

그러자 강우의 고개가 좌우로 흔들렸다.

"김지현이 치근덕댑니까? 아님, 아버지 그릇이 그 정도인 겁니까? 첫사랑 타령 좀 그만하십시오. 젠장, 이 아들은 뭐 첫사랑이 없었는지 아십니까?"

"아니, 내 말은 네가 지금 알고 있는 사실이······."

"제가 오늘 누구와 있었을까요?"

"스위트룸으로 업고 들어왔다는 처자 말이냐?"

"소하나, 김지현과 소동일의 딸입니다."

재훈의 눈빛이 곧이어 크게 흐트러졌다.

"오, 아들!"

재훈의 입이 딱 벌어졌음은 말할 것도 없었다.

"저는 그 아이와 말입니다."

그리고 다음 순간에 이전보다 훨씬 큰 폭탄이 재훈의 머리 위로 투하되었다.

"그 아이와 결혼할 겁니다."

"왜? 왜 그러는 건데? 차 되돌렸잖아요."

지현은 툴툴거리며 호텔의 회전문을 통과했다. 로비에서 서성거리던 재훈이 어서 오라는 듯이 손을 흔들었다. 어쩐 일이지? 그는 아들을 만나러 간다면서 룸으로 올라가지 않았는가?

"전화는 놔뒀다가 뭐하게? 무슨 이야기를 하려고 집에 가는 사람을 도로 불러들인담?"

지현은 계속해서 원망조로 투덜거렸다.

"일 났어, 일 났다고."

재훈은 흥분으로 인해 들떠 있었다. 그는 지현의 팔꿈치를 잡아 엘리베이터 쪽으로 향했다.

"올라가서 직접 확인해봐. 두 눈으로 직접."

"이 사람! 늙은 주제에 곱게 미칠 일이지! 이거 타면 룸으로 올라가는 거잖아?"

지현이 짝, 소리를 내며 재훈의 등을 때렸다.

"이봐, 진짜 일 났다니까!"

"무슨 일? 그래 봤자 나하고 상관없는 거잖아?"

"왜 상관이 없어? 하나, 소하나, 네 딸, 네 애가……."

"왜? 하나? 응, 내 딸이 왜?"

"우리 아들하고 사귀는 사이였어. 그것도 꽤 깊이!"

이게 무슨 소리란 말인가? 지현은 날벼락을 맞은 얼굴로 우뚝 멈춰 서서는 움직일 줄을 몰랐다. 그와 반대로 재훈은 매우 흡족한 얼굴로 하하, 웃었다.

"쐐기를 박아줄까? 방금 강우가 그러더라고. 우린 결혼할 사이 입니다, 라고 말이야."

"우리 하나는……."

지현의 아연실색한 눈빛이 허공에서 한참을 헤맸다.

"뭐? 왜 그래? 이 여자가 너무 좋아서 맛이 갔나?"

지현은 속눈썹을 파르르 떨면서 몇 번이고 눈을 깜박거리고는 이내 혼잣말처럼 중얼거렸다.

"우리 하나는 박운열 사기장의 며느리 되게 하려고 하는데?"

"뭐야? 하나가 그래?"

"아니, 사기장님하고 내가 그렇다는 거지. 죽은 아이 아버지 뜻도 그렇고."

"난 또 뭐라고! 요즘 세상에 그런 고루한 이야기가 통한다고 생각해?"

한시름 놓았다는 식으로 타박하면서도 장 회장은 여전히 흥분한 채로 즐거워 보였다.

2. 의문의 1패

그들이 함께 스위트룸으로 들이닥쳤을 때는 이미 강우와 하나가 거실에 나와 있었다. 하나는 초췌한 낯으로 겨우 잠에서 깬 듯이 푸석푸석 부어 있었고 강우는 그 곁에 우뚝 서서 팔짱을 낀 채로 한 치의 흐트러짐도 없이 단정했다.

"소하나!"

날카로운 소리로 지현은 딸을 향해 고함을 쳤다. 절로 부드럽지 않게 소리가 나왔다. 하나는 믿을 수 없다는 눈으로 지현을 보고 또 재훈을 보고 했다.

"손님들이 오신다고 두들겨 깨우다시피 한 이유가 그럼……."

하나의 목소리는 까끌까끌하게 미어져 나왔다.

"소하나, 너 이게 무슨 꼴이니?"

지현은 하나의 곁으로 득달같이 다가가서는 어깨를 찰싹 때렸다.

"제주도에 계신다는 김 선생님을 서울에서 뵙습니다."

하나는 아직도 취기에서 헤어 나오지 못한 모양으로 소파에서 허우적거리며 일어나더니 지현을 향해 허리를 구부렸다.

"어머? 애, 술 취한 것 좀 봐."

"자자, 앉으라고. 쇠뿔도 단김에 빼랬어."

재훈은 다들 놀라고 어리벙벙한 사람들을 진정시키더니 강우의 등을 툭 쳤다.

"뭐 해? 장모님께 인사 올려야지? 내가 쏜살같이 모셔왔다."

강우가 천천히 그러나 한껏 못마땅하다는 기색을 하고는 지현 쪽으로 몸을 돌렸다. 그는 이를 악물고 두 주먹을 꽉 움켜쥔 채로 묵례를 했다.

"장강우입니다."

마치 '꺼져!'라고 내뱉는 느낌에 지현은 진저리를 쳤다.

"어떡해. 실물로 보니까 꽤 건방진 인상이야."

재훈은 제 아들에게 불만족을 표시하는 지현에게 화를 냈다.

"언제는 좋다고 하지 않았어? 그 눈은 어디 가고? 어째서 한 입 가지고 두말이야?"

"그건 내 사위로 보지 않았을 때의 눈이니까……."

"사위로서가 더 백점 만점이지! 대동그룹 후계자 스펙에다가 정신이 온전히 박힌 어엿한 젊은이가 김지현의 사위가 된다, 이거야."

지현이 뭐라고 반박을 하려던 순간에 강우가 기침 소리를 내며 두 사람의 말씨름을 막았다.

"두 분 모두 사건의 심각성을 제대로 인지해주시기 바랍니다."

지현은 하나의 팔을 잡아채서는 자신에게로 주의를 기울이게
했다.

"소하나, 엄마 봐봐. 네가 무슨 연애를 한다는 거야? 여태 아무
소리 없었잖아? 근데 난데없이 저런 남자와……."

"말조심해. 그냥 저런 남자가 아니지."

"장재훈! 끼어들지 마라."

"아니, 교육자라는 양반이 며느리 될 아이 앞에서 지금 너무 막
나가는 것 아니야?"

"며느리?"

며느리라는 말에 사색이 된 지현은 빽, 소리를 질렀다.

"하나, 소하나! 너 이게 대체 무슨 시추에이션인지 말해, 너 이
남자하고……."

"강우, 장강우라니까! 장재훈의 아들 장강우."

"입 좀 다물고 있어, 장재훈!"

"잠깐, 스톱!"

그제야 뭔가를 파악한 듯이 하나는 두 눈에 초점을 되찾고서 입
술을 앙다물었다. 그녀는 소파에서 몸을 일으키며 주변을 둘러보
았다.

"며느리…… 라니요?"

"가만있어, 내가 할게."

그녀의 양쪽 어깨를 잡아 도로 자리에 앉히며 강우가 조용히 말
했다.

"저희 둘, 이렇습니다. 상상하시는 대로, 지금 보시는 대로입니
다. 다만……."

말을 끊고서 그는 천천히 심호흡을 했다.

"다만?"

지현과 재훈의 입에서 동시에 똑같은 소리가 터져 나왔을 때였다. 하나 또한 영문 몰라 어리둥절한 얼굴로 강우를 올려다보았다. 강우가 손바닥을 활짝 펴서 그녀의 눈을 가렸다.

"저희 둘은 결혼할 의사가 있는 사람들임에는 틀림없습니다. 다만 부모님들이 걸림돌이 될까 우려하고 있는 상황입니다."

"걸림돌?"

같은 소리가 터져 나온 후에 방 안에는 괴괴한 정적이 흘렀다. 제각각 강우의 말이 미치는 파급력에 의해 휘둘리는 중이었다. 강우는 가만히 그들을 비웃으며 만족해했다. 다들 맘껏 당황해하십시오. 머릿속으로 부지런히 계산기 두드려보시라고요.

과연, 그의 의도대로 되는 것인가? 강우가 짓는 회심의 미소를 보며 재훈이 갑자기 흡족한 표정을 지었다. 그러나 지현은 황당함을 넘어 짙은 당혹감을 드러내고 있었다. 강우의 손바닥에 얼굴이 가려진 하나만이 조용했는데 그건 필시 말이 막힌 침묵이었다.

"오늘은 너무 늦었으니 돌아가십시오. 하나 양은 제가 데려다주겠습니다."

"저기, 그게……."

불편한 자세로 몸을 일으키며 지현이 망설였다. 그러자 재훈은 흔쾌히 아들의 말을 듣는 태도로 지현을 부축했다.

"우린 나가자고. 맞아, 너무 늦었어."

"하나야, 너는 이리 와."

"걱정 마. 우리 아들 녀석이 데려다준다잖아? 지금 둘이 한창 불붙을 때 아닌가? 사람이 촌스럽게…… 교사가 되어 사고방식이 그렇게 고리타분해서야 되겠어?"

"그런 식으로 교사 운운하면 어디 교권 단체 같은 곳에 푹 찔러버리는 수가 있어, 장재훈!"

"……우린 빠져주자니까. 들었지? 얘네들이 결혼할 사이라잖아."

마치 썰물이 빠져나가는 것 모양으로 와자지껄하며 두 사람이 방을 나갔다. 돌연, 강우의 입에서 욕설과 비명이 동시에 터져 나왔다.

"……우욱, 갓 뎀, 쉣!"

하나가 제 얼굴을 가리고 있는 그의 손가락을 확 깨물어버렸기 때문이다.

"이건 너무 지독하군."

그가 통증을 이기지 못해 손을 뒤로 확 뺀 순간에 하나는 어깨를 움츠리며 두 눈을 질끈 감았다. 그건 마치 한 대 맞을 것이 두려운 사람의 동작이었다. 강우는 워워, 하고 두 팔을 저었다.

"폭력 행사할 의도는 전혀 아니었습니다."

"어쨌든 위협적이었어요."

하나는 고개를 돌리며 흐트러진 머리카락을 쓸어 넘겼다. 천천히 심호흡을 하는 폼이 자신도 꽤 당황한 모양이었다.

"자자, 서로 흥분은 금물입니다. 특히 이런 대형사고 앞에서는 뭐든 냉정한 시선이 필요한 법입니다."

"……대형사고."

강우의 말을 조용히 읊조리며 그녀는 낮게 신음했다.

"야수, 그쪽이 나하고 결혼한다고요?"

하나는 핏기가 싹 가신 얼굴로 몸을 일으켰다. 유유히 강우는 냉장고에서 캔을 꺼내 와서는 그녀 앞의 테이블에 놓았다.

"이 또한 금방 지나갈 겁니다."

"뭐가 금방 지나가는데요?"

"마셔요. 지금 갈증이 장난 아닐 텐데."

강우는 차가운 캔의 마개를 직접 열어 하나에게 건넸다.

"우리 이야기부터 해봐요. 방금 상무님은 우리가 결혼할 사이라고 어른들이 믿게 만들었어요. 공갈치고는 유치해요, 알아요?"

그녀의 진지한 어조에 강우는 차분히 답했다.

"저 두 사람 봤습니까? 티격태격하는 폼이 아주 친근하더군요. 다행히 끊어놓는 방법은 이리도 간단한 겁니다."

하나는 캔을 들어 벌컥벌컥 소리를 내며 마셨다. 그렇잖아도 속에서 열기가 치밀어 올랐다.

"저분들을 끊어놓는 간단한 방법이라는 게…… 사돈이 되게 하는 거예요?"

"빙고."

강우의 툭 던져진 말에 하나는 캔을 쥐고 있는 손에 힘을 주었다. 캔은 쉬이 우그러지지 않았지만 대신에 가냘픈 하나의 손등에 푸른 핏줄이 도드라졌다.

"다 마셨으면 일어나십시오. 11시가 넘었습니다. 갑시다."

"잠깐만요, 그러니까 지금 내 머리가 과부하가 되어 정신이 하나도 없거든요?"

"그렇다면 간단히 브리핑하겠습니다. 시간 관계상 이후에 다른 어떤 질문도 금지할 테니까 잘 들어요."

강우는 하나의 앞으로 가서 섰다. 그는 오른손으로 주먹을 쥐더니 검지를 펼쳐 들었다.

"첫 번째! 먼저 한우 그쪽이 문제를 제공했습니다. 아주 볼만했습니다. 술에 취해서 테이블에 이마를 쿵 박으면서 의식을 잃었으니까요. 두 번째! 두 번째는 이렇습니다. 내가 그쪽을 냅다 업고서 여기 이 방으로 올라왔습니다. 세 번째! 그 모습을 내 아버지 장재훈 대동그룹 회장이 목격을 했고, 거기에 그치지 않고 바로 전화를 걸어왔습니다. 너 이제 큰일 났다, 여자 업고서 스위트룸에 올라간 것은 실수였다는 듯이 신나서 비아냥대셨습니다. 네 번째, 아버지와의 독대를 청했습니다. 호텔 스위트룸에 업고 들어온 여자는 소하나, 그리고 곧 결혼할 사이…… 이렇게 설명을 했습니다."

"강아지 풀 뜯어 먹는 소리 같아요."

하나는 손가락 네 개를 쫙 펴고 서 있는 강우를 보며 빙그레 웃었다.

"강아지가 풀을 뜯어 먹든 말든, 우리는 어떻게 가도 한양만 가면 되는 겁니다."

강우의 목소리가 들떠 있었던 걸까?

"좋으세요?"

하나는 웃음으로 반문을 했다.

"이해 안 됩니까?"

"전혀요!"

하나는 고개를 살래살래 젓더니 이내 웃음기를 거두었다.

"혹시라도 만에 하나, 야수 그쪽이 사실은 내가 맘에 들어서 이런 꿍꿍이를⋯⋯."

잠시 강우가 그녀를 향해 고개를 숙여왔다.

"믿지 못하겠지만 나는 여자보다는 일에 목숨 거는 스타일입니다."

"이상하네. 남자의 뇌는 8할이 여자 생각이라던데?"

"제대로 검증도 되지 않은 이론을 믿지 말고 내 말을 믿으십시오."

그가 입꼬리를 왼쪽으로 길게 그으며 웃었다. 그러고는 덧붙였다.

"이 사태는 단순 해프닝으로 끝날 겁니다."

"해프닝?"

"우리가 결혼하는 사이라고 폼만 잡으면 된다, 이겁니다."

"아, 알겠다! 우리 엄마한테 장재훈 회장님과는 사돈으로만 살아달라고 말하면 된다, 이거지요?"

"그러면 어느 정도 사태가 일단락되지 않겠습니까?"

하나의 태도가 많이 누그러져 있었음을 눈치채고서 강우는 그녀를 안심시켰다.

"우리의 결혼 스토리는 급조된 것이니만큼 곧 짜게 식을 겁니다."

"어떻게요?"

그러나 하나는 여전히 불안해 보였다.

"나는 결혼보다는 일에 집중한다는 핑계로 적당히 넘어갈 겁니다. 한우 그쪽은……."

"저도 아직 결혼은 하고 싶지 않다고 하면 돼요."

그러고 나서 하나는 덧붙여 말했다.

"적어도 우리가 사귀는 사이라는 것은 밝혀진 거죠. 그렇게 되면 불륜이고, 뭐고 끝장이에요."

"그야말로 손 안 대고 코 푸는 격입니다."

하나는 눈썹을 모으며 화를 냈다.

"정말 화가 나요, 어처구니도 없고요. 살면서 이런 치욕은 없었는데. 안 봐도 뻔해. 잔잔한 호수에 돌멩이가 던져졌을 거예요. 우리 엄마는 절대 그런 사람이 아니란 말이에요."

그런 사람이라, 하고 강우는 혼자 쓸쓸레 웃었다.

"한우, 그쪽은 은근히 편견에 사로잡혀 있습니다."

"여봐요, 야수 아저씨. 자꾸 한우라고 부르지 마요. 소씨 성이 모인 집성촌에 가서 장강우란 사람이 소하나를 한우로 부르더라, 이렇게 한마디 하고 싶으니까요."

"한우가 얼마나 좋은 건데."

혼잣말을 한 뒤에 강우는 벗고 있던 슈트 상의를 걸치면서 나갑시다, 하고 일갈했다.

그러나 이틀 후에 한국경제신문을 필두로 여러 신문에는 다음과 같은 기사가 실리며 전세는 달라졌다.

<……2017년 현재 한국을 이끌어 가는 100대 젊은이들 중에 단연톱은 장강우이다. 한국경실련의 젊은 임원을 역임하고 있으며 주식회사 대동의 상무보인 장강우(만 33세)는 대동의 주식 119만 465주를

보유해 보유 주식 시가총액만 2,223억으로 부친인 장재훈 대동그룹 회장 못지않은 재력가로 알려졌다. 이런 그에게 드디어 피앙세가 나타났다. 장재훈 대동그룹 회장이 직접 본지의 기자와 만나 자랑하듯 예비 며느리에 대해 피력을 했다. 국가 지정 문화재 제105호 사기장 기능 보유자 박운열에게서 이수받았고 대학원에 재학 중인 재원이라고 예비 며느리를 소개한 장재훈 회장은 대동그룹이 추진하고 있는 '메세나 사업'에 긴히 필요한 인재라고 치하를 아끼지 않는 모습이었다. 그렇잖아도 모 가십 기사를 통해 장강우 상무보가 피앙세로 보이는 여성과 호텔 지하 바에서 단둘이 데이트를 즐기는 모습을……>

"젠장, 젠장, 젠장!"

뒤늦게 신문 기사를 접한 강우의 입에서 욕설이 단말마로 튀었다. 순간, 그의 손에 든 휴대폰이 부르르 몸을 떨었다. 볼 것도 없이 재훈이었다.

-강우, 너! 축하한다.

의문의 1패.

인정한다. 하지만 그는 냉철하게 이성을 찾아서 보란 듯이 역전시킬 수가 있을 것이다.

"언론사 다 막아요, 무조건 막아! 무슨 수를 써서든 막아. 오늘내일 안으로 막지 못하면……."

그가 인터폰으로 홍보부에 막 지시를 내리고 있을 때였다. 다시 재훈의 메시지가 날아들었다.

[모든 언론사에 아주 최선을 다해 말해뒀다. 일주일 내내 기사 내보내달라고 말이다. 대동의 회장이 직접 부탁하는데 그 누가 어

길쏘냐? 결혼 축하한다, 내 아들!]

냉정해지자. 냉정해지자. 냉정해지자. 나는 충분히 이런 예기치 않은 현실을 타개해 나갈 깜냥이 있어.

'나 자신을 믿자, 장강우.'

마치 올림픽에 출전한 양궁 선수가 전 국민이 주목하는 가운데 과녁을 향해 시위를 당기는 것처럼 그는 전의를 다지며 심호흡을 하기 시작했다.

[왜 전화도 받지 않나요? 이러다 정말 우리가 결혼식장에서 만날 것 같아요.]

하나는 자신이 보낸 문자를 다시 읽어보면서 답변을 기다리고 있었다. 이 남자, 답이 없다. 전화도 물론 받지 않는다.

허탈과 동시에 괘씸하다는 생각이 들었다. 곧바로 그녀는 토도독, 하고 거친 소리를 내며 손가락으로 휴대폰 화면을 두드렸다.

[기자들이 벌써 공방에까지 쳐들어왔어요. 내 신상이 털렸다고요.]

"소하나, 이리로!"

아까부터 문 입구에 서서 바깥을 감시하듯 살피고 있던 상현이 그녀를 불렀다.

"지금이야, 어서!"

처음에는 두서너 명의 기자들이 공방 앞을 지키며 진을 치고 있더니 오늘은 그예 몇 배로 늘어서 열 명은 족히 넘어 보였다.

사기장의 아들이자 전수 조교인 상현조차도 뜬금없는 인터뷰 요청으로 몸살을 앓고 있었다. 김예승 교수의 실습생들은 뭣도 모르고 취재에 응하고 싶어 해서 공방 식구들의 질타를 받고 있는 중이었다.

"경미 학생과 내가 먼저 주차장으로 가서 주의를 끌 테니까 쏜살같이 뛰어. 불러도 뒤돌아보지 말고."

"예, 알겠어요."

하나는 빨간 배낭을 훌쩍 등에 메고는 선글라스를 꼈다. 김 교수의 제자인 경미가 그나마 하나와 체형이 비슷했다. 그녀는 하나가 출근할 때 입었던 원피스를 입고서 머리도 풀어 내린 채로 모자를 눌러썼다. 완벽하게 하나의 모습을 연출한 셈이었다. 이른바 '교란 작전'이라고 명명한 상현의 솜씨였다.

상현은 하나처럼 꾸민 경미를 데리고 먼저 밖으로 나가 기자들이 대기하고 있는 주차장으로 갈 작정이었다. 그러면 그 틈을 이용해 하나는 바로 지하철역으로 향하면 된다. 경미와 옷을 바꿔 입은 통에 하나는 데님으로 된 짧은 반바지에 소매 없는 상의 차림이었다.

"옷이 이래서야……."

하나는 상현이 한 손으로 짚고 있는 문을 통과하며 자신의 옷차림에 불만을 표했다.

"지금은 어떤 방법이든 써야 하지 않나? 지금 네가 아무것도 안 하고 그 남자의 연락만 기다렸다간 죽도 밥도 안 돼. 어쨌든 뭐니 뭐니 해도 일의 원흉인 장 씨 부자와 소통을 하는 게 우선이니까."

상현은 이미 기사를 통해 어느 정도 하나의 사정을 알고 있는 사람이었다.

갑작스럽게 띠링, 하고 그녀의 손안에 쥐고 있는 휴대폰에서 소리가 났다. 반갑게도 '야수'라고 쓰여 있었다.

"왔어요. 야수…… 아니, 장 상무요."

"뭐라고 해?"

그녀는 액정에 뜬 문자를 들여다보았다.

[부친은 독일 장기 출장 체류 중. 본인은 라이언 호텔 토파즈 홀에서 경제인 포럼 행사 중임. 40층 라운지에서 5시 30분까지. 그리로 오면 브리핑할 것임!]

"브리핑 진짜 좋아하네. 설명해준다고 만나자고 하네요."

기가 막힌 얼굴로 하나는 헛웃음을 지었다. 그녀의 눈 밑으로 도도록한 애교 살을 보며 잠시 상현은 의미심장한 얼굴이 되었다.

"그 친구, 이대로 결혼을 강행하겠다는 건 아니겠지?"

하나는 아니요, 하고 펄쩍 뛰듯이 고개를 젓고는 답했다.

"아무튼 오늘은 그래도 대화가 될 것 같아요."

"내가 같이 가줄까? 우리 쪽의 변호사 운운하려면 역시 어른인 내가 어필을 해야 할 것 같은데?"

"아니에요, 선생님. 이런 것으로 폐 끼치기 싫습니다. 그럼, 다녀오겠습니다."

하나는 손을 흔들어 보였다. 그와 동시에 상현과 경미는 주차장 쪽으로 걸음을 옮기기 시작했다. 그러자 기자들의 떠들썩하게 웅성대는 소리가 저쪽에서부터 들려왔다.

라이언 호텔의 엘리베이터를 타고 강우가 말한 40층의 라운지 바에 도착했을 때는 아직 5시도 되지 않은 시간이었다. 문득 하나는 제 차림을 곤란해했다. 흰색의 민소매 셔츠는 그럭저럭 봐준다고 해도 반바지는 너무한 거 아닌가? 어린 소녀처럼 종아리와 허벅지를 온통 내놓은 모습은 영 그녀답지 않았다.

하지만 뭐, 진짜 격식을 가지고 상대할 사람도 아니지 않은가? 하나는 깔끔한 수국이 세팅이 되어 있는 테이블에 가서 앉았다. 훤히 내려다보이는 전경을 맘껏 감상할 수 있는 테라스의 강점을 살린 라운지의 바닥은 잔디였다. 그것도 인조가 아닌 실제의 잔디가 깔려 있었다.

하나는 실크 같은 잔디밭의 감촉을 즐기기 위해 샌들을 벗었다. 맨발로 잔디밭을 쓸며 그녀는 배낭을 내려놓고서 태블릿을 꺼냈다. 아직 시간이 남아 있는 탓에 우두커니 앉아 있기 싫어서였다.

웨이터가 다가와 무엇을 원하느냐고 묻기에 하나는 그냥 평범한 오렌지 주스를 말했다. 술밖에는 없다는 답에 고심하는 눈치를 본 웨이터는 샹그리아를 권했다.

할 수 없이 치즈 안주와 샹그리아를 시켜놓고서 하나는 태블릿으로 그들의 결혼에 대한 기사를 검색하는 일을 시작했다. 점차 손끝이 떨려오고 가슴이 막히는 것 같았다. 온 세상을 향해 자신이 발가벗겨진 채로 서 있는 기분이었다.

그녀의 고등학교 졸업앨범 사진을 사용하고 있는 기사도 있었고, 또 어떤 기사에는 대학 졸업의 학사모를 쓴 사진이 보였다. 그래도 이 정도면 양반이었다. 대개 그녀의 앳되고 반듯한 용모가 뚜렷하게 드러난 반명함판 사진들이었기 때문이다. 그러나 다음과 같은 사람들의 혹독한 소리가 그녀의 눈살을 찌푸리게 했다.

[어디까지 고쳤나? 고딩 때보다 대학 사진이 훨 낫다.]

[장강우가 빠진 게 아님, 알고들 말하서. 나이 어린 여자가 대놓고 꼬리친 것임. 둘이 호텔 들어간 거 걸려서 결혼 말 터진 것이 팩트임.]

[임신했다더라.]

"여러분, 우린 결혼할 사이가 아니라고요."

일시에 어이가 없어진 한편으로 속이 상한 그녀는 손톱 끝을 씹었다. 가끔씩 호의적인 댓글들도 보였다.

[한동네 살던 언니인데요, 원래 어릴 때부터 예쁘게 생겨서 미스 코리아 나갈 뻔했거든요?]

'무슨 소리야. 내가 그 정도는 아닌데.'

그녀의 지인이 쓴 것 같은 글에 그녀는 금방 부끄러워졌다.

곧이어 그녀는 다른 기사를 접하고는 얼음처럼 얼굴이 굳었다. 호텔 바에서 강우의 등에 업혀 나가는 장면이 포착된 사진이 실린 기사였다. 희미하게 그녀의 모습은 실루엣뿐이었지만 강우는 확실하게 제 모습을 드러내고 있었다.

문제의 댓글들은 더 가관이었다.

[봐라, 여자하고 이런 데서 놀다가 초저녁부터 호텔 룸으로 고고? 역시 여자는 어리고 예뻐야 해요.]

기타 등등의 악의에 찬 의견들을 보며 하나는 한숨을 푹푹 내쉬었다.

"어떻게 이런 사진이 찍혔냐고? 술이 원수지. 아니야, 엄마가 그런 지하 바에서 회장님을 만나서 그래. 더 깊이 들어가면 엄마가 유부남이랑 바람이 나서 그런 거잖아. 따지고 보면 나비의 날갯짓이 여기까지 파장을 미친 거라고."

나비효과까지 들먹이며 지현을 원망하고 있는 그때였다.

"어머, 어머! 처음 뵙겠습니다. 뭐야? 훨씬 영~한 페이스네?"

소프라노로 들뜬 남자의 목소리가 들려와 하나는 고개를 반짝 들었다. 오십 대 중반쯤의 나이로 보이는 전연 모르는 남자였다.

"저를 아세요?"

하나는 조심스럽게 선글라스를 벗으며 의혹에 찬 눈빛으로 그를 보았다. 그러자 남자는 단번에 명함을 내밀면서 어투를 중후하게 고쳤다.

"실례 좀 하겠습니다. 저는 오애라 사모님의 개인 변호사인 정민수라고 합니다. 사모님이 너무 궁금해하셔서 제가 공방에서부터 뒤를 따라왔습니다."

"오애라 사모님? 그분은 대동 안주인이시잖아요?"

그녀의 창백한 얼굴이 사색이 되면서 눈이 더욱 커다래졌다.

"바로 맞혔습니다. 우리 사모님으로 말씀드릴 것 같으면 대동의 안방마님이시며 이 나라 예술 발전에 혁혁한……."

"잠깐만요!"

하나는 급히 손을 내저으며 스툴에 걸터앉으려는 그를 저지시켰다.

"그러니까 장강우 상무의 어머니를 제가 왜……."

"왜라뇨? 당연하게도 저희 사모님은 예비 며느리에 대해 지대한 궁금증을 갖고 계시지요. 그렇지만 정작 상무님이 아무런 언급조차 없으셔서 저를 직접 이렇게 보낸 거 아니겠습니까?"

"그러니까 왜…… 제가 궁금한 건데요?"

겁에 질린 채로 하나는 자리에서 일어났다. 이거 사달이 났다. 진짜 결혼할 사이도 아닌 데다가 기실은…… 지현과 대동 회장의 불륜에 대해 일말의 자책을 갖고 있는 채로 그녀는 도저히 오애라 교수를 볼 낯이 없었다.

물론 지현은 아무 사이도 아니라고 못을 박았었다. 아니, 지현은 딱 잡아떼기보다는 그녀와 강우의 사이를 더 무섭게 따져 물으며 역으로 공격을 해왔다. 그리고 연이어서 두 사람의 결혼 기사로 인해 지현은 지인들로부터 봇물처럼 터진 축하 인사를 받느라 지금 제정신이 아니었다. 아무튼 공식적인 결혼 기사가 사실이 아닌 마당에 하나가 오애라 교수를 맞닥뜨려야 한다는 것은 이치에 맞지 않는다.

"죄송합니다만, 저는 오 교수님의 아드님과 만나기 위해 여기 온 겁니다. 우리는 긴히 해결해야 할 일이 있거든요."

대뜸 하나는 자신의 목적을 확실히 밝혔다. 그러자 정 변호사는 오호호, 하고 여성스럽게 웃었다.

"저도 아가씨를 미행하면서 눈치챘어요. 상무님이 여기 호텔에서 동아시아 경제 포럼에 참석 중이잖아요. 그러니까 지금 두 분께서는 막간을 이용한 깜짝 데이트 중인 거 아닙니까? 이거 제가 다 흥분됩니다. 너무나도 꿀 같은 시기입니다."

"예? 우리는 그게 아니라……."

"지금 이 시점에서 레이디께서 가장 신경 써야 할 분은 바로 예비 시어머니로 알고 있는데요? 아닌가요?"

그건 진짜 며느리가 될 경우나 가능한 얘기죠, 하고 하나는 뾰

로통하게 속엣말을 했다. 그러자 마침, 강우의 비서인 이기철 대리가 황급히 그들에게로 다가왔다.

"소하나 님? 먼저 오셨네요. 아니, 정 변이 왜 여기 계세요? 설마, 사모님 심부름입니까?"

하나는 그래도 구면이라고 그가 반가웠다. 정 변호사는 이 대리를 향해 펄쩍 뛰기부터 했다.

"설마라니? 예비 시어머니가 예비 며느리를 찾는 일이야 당연한 거 아닌가요?"

"저는 먼저 실례하겠습니다."

그 와중에 하나는 태블릿을 배낭에 집어넣고 서둘러 벗어놓은 샌들을 손에 쥐었다. 오애라 교수를 피해 어떻게든 빠져나가고 싶었다. 막 라운지 바를 벗어나 엘리베이터 앞에 섰을 때다.

"한우?"

놀랍게도 엘리베이터 문이 열리며 강우가 보였다. 그를 알아본 하나는 아, 하고 외마디 비명을 질렀다.

"그 모양은 뭡니까? 다 죽어가는 얼굴이며 맨발은……."

두 손에 굽 높은 샌들을 들고 서 있는 하나의 곧장 울음이라도 터트릴 것 같은 얼굴에 그는 말이 막힌 듯했다.

"사정이 안 좋아요."

하나는 너무나 황당한 상황에 눈물이 고이는 것을 참으며 기어들어가는 목소리로 겨우 답을 했다. 그러나 그의 사정도 여의치 못했다. 강우는 엘리베이터가 만원(滿員)이 되도록 카메라 플래시를 터트리며 서 있는 기자들에게 둘러싸여 있었기 때문이다.

"……어쩐다?"

하나는 가만히 숨을 삼켰다.

"피해요."

강우가 입술만 간신히 달싹거리며 지시하고 있었다.

"얼굴부터 가리고."

그의 속삭임에 하나는 재빨리 헤어밴드처럼 걸쳐져 있던 선글라스를 썼다. 그렇게 주춤거리며 뒷걸음을 치는 찰나, 기자들이 그녀보다 빨랐다.

"소하나, 소하나다!"

"소하나 양?"

당황한 하나가 뒤돌아서 뛰려는 순간에 강우가 외쳤다.

"한우, 잠깐만!"

얼음처럼 동작을 멈춘 그녀에게 다가간 강우는 한쪽 무릎을 꿇고 앉았다.

"왜 이래요? 뭐 하려고……."

하나가 잔머리를 귀 뒤로 넘기며 그를 내려다보았다. 그는 그녀의 손에 들린 샌들을 빼앗듯이 하고는 흘깃, 눈을 마주쳤다.

"신발은 제대로 신고 다녀야 할 거 아니야?"

그러면서 그는 하나의 맨발에 신을 신겨주었다. 손바닥이 발등에 잠깐 스치고 떨어져 나갔다. 하나는 속으로 몸서리를 치며 몹시 쑥스러운 한편으로 이 광경이 우스꽝스럽다고 여겼다. 이 남자가 연기를 하는구나. 그때를 같이해서 찰칵찰칵…… 소리도 요란하게 기자들의 카메라 플래시가 터졌다.

"먼저 가 있어."

그녀의 발에 샌들을 다 신기고 나서 그가 몸을 쭉 펴며 일어났다. 그와 마주 보게 되자 다시 카메라 셔터가 바쁘게 소리를 냈다.

하나는 이 대리와 함께 라운지 바의 밀실에 들어와 있었다. 얼마 안 있어 강우가 찾아왔다.

"여기 있었습니까?"

그는 한 치의 틈도 없게 단정해 보이는 어두운 슈트 차림에 안경을 쓰고 있었다. 긴장한 모양은 그의 꽉 쥔 주먹에서나 엿보였을 뿐으로 전혀 미동 하나 없는 자태였다.

왜?

갑자기 하나는 울컥, 서러워졌다. 왜 나는 이런 꼴로 이 남자 앞에 있어야 하는가?

그리고 왜?

야수 당신은 왜 아무 문제가 없어 보이지? 이런 게 그쪽에게는 쉬운 일인가? 나는 엉망진창으로 힘들고 있는데.

"사과하세요."

사뭇 화가 난 어조로 말했다.

"사과?"

무뚝뚝하게 강우는 되물었다.

"내가 뭘 사과해야 합니까?"

"두루두루, 전부. 나한테 사과해야 해요."

하나의 코끝이 빨개지면서 눈물이 송골송골 맺혔다.

"내 일상이 사라졌어요. 많은 사람들이 내가 그동안 노력해서 얻어낸 것들에는 전연 관심 없으면서…… 그저 어린 나이와 학벌을 이용해서 재벌 그룹 며느리가 되려는 속물로 보고 있어요."

난 또 뭐라고, 하는 얼굴로 강우는 그녀의 말을 받아쳤다.

"원래 사람들의 잣대는 제멋대로인 겁니다."

"난 이제 다른 데로 시집도 못 가게 생겼어! 아니, 내가 어째서 그쪽의 와이프감인가요? 그리고 왜 상무님은 여태 아무 소식 없다가 이제야 이런 호텔로 나를 부른 건데요? 바빴다는 핑계로요? 우리의 '결혼 보도'보다 더 급한 일이 어디 있어요?"

그러자 억누르는 어조로 그가 역정을 냈다.

"난 뭐, 기분 좋은 줄 압니까?"

"우리가 무슨 결혼을 해요……."

"혹여, 우리가 결혼한다고 했을 때에 누가 더 이익이 큰지 계산해보셨습니까?"

"당연하게도 서민인 제 쪽이 더 유익하다고 말하고 싶으신 거죠? 그런데 저한테는 가혹한 일이니 어쩌죠? 마른하늘에 날벼락이 친 노릇이라고 하면 알아들어요?"

"아하! 그렇게 나오신다?"

한마디 핀잔을 하고는 그가 입을 다물고서 팔짱을 꼈다.

"침착하십시오. 이 일의 원인이 뭐였는지 잘 생각해보면 답이 나올 겁니다."

아아, 하고 하나는 낮게 신음을 내쉬며 그의 페이스에 말려들지 않을 결심을 했다.

"맘대로 하세요! 난 이 길로 나가서 기자들한테 몽땅 털어놓을 거예요. 우린 결혼할 사이가 아니다. 장강우, 저 사람이 멋대로 꾸며낸 거다. 사면초가 앞에서 그걸 모면하려고 저 장강우가……."

"쉬이, 한우, 진정해요."

느닷없이 강우의 손이 다가왔다.

순간, 그녀의 어깨가 움찔했다. 그는 무작정 하나의 손목을 부여잡아서는 제 앞으로 쭉 당겼다. 절로 하나의 몸이 그에게 끌려갔다. 그가 하나의 얼굴에 시선을 꽂은 채로 어느새 곁에 서 있던 이 대리를 향해 나직이 일갈했다.

"나가 있어."

"가지 마요!"

화들짝 놀란 하나가 이 대리를 향해 애원조로 말했다.

"나가, 똑같은 말 안 해."

눈썹을 일그러뜨리며 강우가 거듭 명령조로 말했다. 아니, 그것은 거의 엄포였다. 그의 말에 실린 무게가 장난 아니라고 느꼈던 것일까? 이 대리는 하나에게 묵례를 하고는 홀을 빠져나갔다. 그가 나간 것을 기척으로 확인한 강우는 하나를 내려다보았다.

"그 사면초가의 사연을 직접 말하겠습니까?"

"아?"

그가 느릿하게 팔을 뻗어 하나의 이마에 흐트러진 머리카락을 쓸어 올렸다.

"내가 왜 그쪽과 결혼할 사이로 조작했는지 말입니다. 그 내용을 저 밖에 있는 기자들에게 사실대로 털어놓겠느냐는 겁니다."

그의 손길을 뿌리치며 하나는 흠칫, 미간을 찌푸렸다.

"그렇게 되면 평범한 여교사인 김지현 씨는 사회생활을 제대로 할 수나 있겠습니까?"

그녀는 하얗게 질린 얼굴로 고개를 저었다.

"아시죠? 이 나라에서 불륜은 엄격하게 단죄됩니다."

그가 비웃는 웃음을 띠며 설명조로 말했을 때에 하나의 눈에 새로운 공포심이 가득했다.

"그렇게 겁먹고 있는 얼굴이 참⋯⋯."

그는 불현듯이 하나의 오물거리는 입술에 집중을 하며 말문이 막혔다. 해사한 햇볕이 보송보송한 분위기의 여자가 바로 그의 코앞에 있다는 것은 그를 남몰래 싱숭생숭하게 만드는 것이었다. 그의 기분 따위는 아는지 모르는지 잠시 뒤에 하나는 뭔가 떠오른 듯이 박수를 쳤다.

"아, 맞다! 엄마요, 우리 엄마요. 그러고 보니까 일반적인 반응이 아니었어."

"일반적인 반응이라."

"그래요, 일반적인 반응. 우리 엄마의 평소 가치관으로 볼 때요, 딸이 재벌 그룹 아들과 결혼을 할 사이라고 한다면 펄쩍 뛰며 가장 좋아해야 한단 말이에요. 우리 엄마가 원래 돈에 맺힌 게 많거든요. 근데 이상했어. 예사로 하는 행동 범주에서 벗어났어요. 그것도 아주 많이."

"나를 싫어⋯⋯ 합니까?"

"그 이상이었어요. 마치 그쪽이⋯⋯."

"알겠습니다. 더는 말하지 마십시오. 미움받는 일에는 워낙 단련받은 덕분에 아무렇지도 않습니다."

"좋겠다, 그런 것도 단련을 받아요? 미움 많이 받으세요?"

"내가 남들 눈에는 운 좋은 금수저일 뿐이니까요."

하나는 흠, 하고 헛기침을 한 뒤에 슬쩍 그의 눈치를 살폈다.

"댁 같은 사위를 얻을 것 같으면 우리 엄마의 예사 행동은 말이지요, 춤이라도 추면서 절이고 성당에 거액을 기부할 사람이거든요? 근데 이상했어요. 고민 많아 보였고요."

"바로 그겁니다. 딸의 결혼을 위해 첫사랑을 포기해야 할 마음에 번민이 왜 없겠습니까?"

방금까지 사과하라고 기세등등했을 때의 분노가 사그라진 모습으로 하나는 이제 원론적인 문제로 고심하고 있었다.

"우리가 대동단결해야 하는 이유이지요. 밖으로 나갑시다. 그런데……."

그가 앞장섰다가 갑자기 뒤돌아섰다.

"왜요?"

"옷이…… 그래서야……."

강우의 눈이 하나의 훤히 드러난 종아리와 허벅지를 오갔다.

"어딜 주목하시는 거예요?"

하나는 제가 입은 짧은 반바지를 내려다보며 끌탕을 했지만 일부러 기죽지 않을 각오로 코웃음을 쳤다.

"어쩔 수 없었어요. 일종의 변장이라고 설명하면 알아들으실까요? 어서 나가요."

밖으로 나가기를 재촉하는 것이 무색하게도 강우는 아무래도 그녀의 다리가 신경 쓰이는 것 같았다.

"이리로."

"네에?"

하나의 눈이 휘둥그레지자 그가 낮게 웃었다.

"못 알아듣습니까? 다시 하겠습니다. 소하나 양, 이리로 와주십시오."

그가 사뭇 정중하게 부탁하는 어조를 했다.

"그러게…… 왜요?"

의문의 눈을 하고 있던 하나는 그가 제 양복저고리를 벗자 황당해했다.

"아니, 안 그래도 되는데."

"……거슬려."

그는 상체를 수그려서는 감청색 양복저고리를 가지고 하나의 허리에 둘러주었다. 그래 봤자 허벅지 아래까지만 간신히 내려오는 기장이었다.

"이 정도라도 가리는 게 좋겠습니다."

그는 그런대로 만족해했다. 결이 고운 피부가 온통 드러난 허벅지를 남자들이 어떤 눈길로 탐하는지를 그는 잘 알고 있었다. 특히 하나의 길게 쭉 뻗은 종아리는 더 위험하다.

"근데, 지금 같이 나가면 안 될 것 같아요. 기자들이 아직도 진치고 있는 것 같은데요? 그대로 발각되면 어쩌려고요."

"우리 이 대리가 얼마나 유능한지 한번 봅시다."

둘은 나란히 라운지 바를 걸었다. 다행히도 강우의 예상과 기대는 어긋나지 않은 것 같았다. 이미 이 대리가 기자들을 모두 따돌린 모양으로 라운지 바는 좀 전과는 달리 한산한 분위기였다. 오오, 하고 하나는 감탄을 했다.

"대리님, 일 잘하시네요."

"원래 내가 유능한 사람만 씁니다."

"말을 해도 꼭……."

"내가 재수 없습니까?"

강우는 그녀가 뒷말을 삼키는 것을 보며 입꼬리를 가만 늘였다. 그러나 호텔 라운지에 도착한 두 사람은 더 이상 티격태격할 수가 없는 처지가 되었다. 이번에는 더 큰 카메라 세례를 맞이했기 때문이다.

찰칵, 칼칵…….

시선을 두는 곳마다 온통 기자들이었다.

"소하나 씨? 소하나 씨 맞죠? 여기 좀 보십시오."

"장강우 상무와는 집안의 소개로 만난 겁니까? 아니면 대동그룹의 메세나 사업의 일환인 문화재 전수자로서…….'

하얗게 질린 얼굴로 하나가 뒷걸음질을 치며 그의 옷자락을 잡아당겼다.

"아무리 내가 재수 없어도 지금은 바싹 붙어 서십시오."

강우가 그녀의 허리를 잡아채서는 제 품에 당겨 안았다.

"자아, 지금부터 정공법입니다."

그녀가 소스라치게 놀라는 것을 아랑곳하지 않고서 그가 빠르게 그녀의 귀에 재차 속삭였다.

"쉬이, 조금만 이러고 있읍시다."

"이게…… 정공법이에요?"

그녀는 뒤통수에 닿은 남자의 손바닥에 힘이 들어가 있는 것을 알았다. 때문에 마음대로 피하는 것도 여의치 못했다.

강우는 곧바로 우렁찬 음성으로 기자들을 향해 소리쳤다.

"차후에 정식으로 인터뷰하겠습니다. 지금으로선 보도 자료가 전부입니다. 저희는 이만 가보겠습니다."

그 후 어떻게 호텔을 빠져나왔는지 그녀는 정신이 하나도 없었다. 겨우 강우의 차 안에 앉은 그녀는 엉클어진 머리를 쓸어 모아 다시 묶는 일부터 했다.

"아, 잊고 있었습니다."

그는 차 키를 꽂으려다가 갑자기 생각난 듯이 품 안에서 무언가를 끄집어냈다.

"우리는 주고받을 게 있는 사람들이지요."

설마 자신에게 돈을 주겠다는 건가, 하고서 대번에 하나의 낯이 뜨거워졌다.

"설마 돈으로 해결하려는 거예요? 실례예요, 모욕적으로 느껴지잖아요."

"실례? 모욕?"

그가 어처구니없다는 얼굴로 웃음 지었다.

"이 지갑에 돈이 들어 있긴 합니다만, 그런 용도는 아닐 건데."

그가 건네는 보랏빛 장지갑을 보며 하나가 뜨악해했다.

"아, 내 지갑!"

그녀의 반응이 우스운지 강우가 그녀를 뚫어지게 바라보았다. 전에 없이 비웃음이 들어 있지 않은 눈빛에 하나는 한결 마음이 놓이면서도 무슨 꿍꿍이인지 의아하기도 했다.

"받아요, 사양 말고."

그제야 하나는 그의 손에서 잽싸게 지갑을 낚아챘다.

"요즘 하도 멘탈이 무너지는 일이 많아서 지갑을 잃어버린 것도 몰랐어요. 야수, 그쪽이 가지고 있었던 거예요?"

"그쪽이 두고 갔습니다만."

그녀는 말없이 배낭 속에 지갑을 넣으면서 눈시울을 붉혔다.

"웁니까?"

그의 갑작스러운 질문에 하나가 배시시 웃어 보였다.

"안 울었는데? 누구에게나 하찮은 것이 소중할 수도 있는 거잖아요. 이건 돌아가신 아버지께서 사주신 거예요."

"울다가 웃다가…… 좋을 때군."

그의 혼잣말에 하나의 목소리가 밝아졌다.

"아버지는 보라색이나 빨간색의 지갑을 가지고 다니면 돈이 들어온다고 하셨었어요."

"그래서 돈 좀 들어왔습니까?"

강우가 저도 모르게 옅은 미소를 지으며 물었다. 아버지를 언급하는 그녀의 두 눈에 가득 찬 것은 행복한 그리움이었다.

"장강우 상무이사님께는 껌값이라고 할 수 있는 정도? 그만큼은 들어왔어요. 저기 차 좀 세워보세요. 배가 고팠는데 잘됐다. 지갑 찾은 기념으로 한턱 쏠게요."

그가 말릴 사이도 없이 하나는 차에서 내려 '푸드 트럭'이라는 간판이 걸린 노점상으로 다가갔다. 강우는 운전대 위에서 손가락을 까딱거리며 그녀를 기다렸다. 이윽고 그녀는 두 개의 핫도그를 들고 차에 올라탔다. 붉은 케첩과 노란 머스터드소스가 묻은 핫도그는 나무젓가락에 꽂혀 있었다.

"이거 이래 봬도 맛도 있으면서 제법 배도 차요. 내가 쏘는 거니까 맘 놓고 드세요."

그는 하나가 스스럼없이 쥐여준 핫도그를 보며 머뭇거리고 있었다. 하나는 그가 먹든지 말든지 상관하지 않고 우선 핫도그의 표면에 묻은 소스에 혀를 굴렸다. 그 모습에 강우가 눈썹 하나를 일그러뜨리며 당황해했다.

"왜 그렇게 먹는 겁니까?"

"양념을 먼저 빨아먹는 거예요."

그녀가 이번에는 혀를 길게 빼더니 핫도그의 몸체를 쓱 핥아 올리기 시작했다. 빨갛고 노란 소스들이 그녀의 혀에서 녹아들어가고 있었다.

"아, 이런!"

강우는 갑자기 아랫도리가 팽팽하게 당겨지는 고통에 이를 사리물지 않을 수가 없었다.

생긴 것도 나쁘지 않은 여자가…… 아니, 생긴 것이 문제가 아니다. 여자라는 존재가 그 앞에서 혀를 날름거리는 모습은 사실 별로 야한 상황이 아니다. 문제는 자신에게 있는 것 같았다.

이 여자에게서 예상할 수 없는 장면이어서 그런가, 그는 어쩔 줄 모르는 심기가 되었다. 이해가 안 된다.

젠장, 내가 요새 너무 일에만 신경을 썼어.

이런 여자 정도야 마음만 먹으면 어디서든 쉽게 취할 수 있다. 내가 왜 이 여자의 모습을 섹시하다고 느껴야 하는가?

옳지 않다!

그러나 마음과는 달리 강우의 온몸은 달아올라 있었다.

뭐지? 정신 차려, 장강우.

원수의 딸, 아버지 불륜녀의 딸이 아닌가?

근데, 뭐 이렇게 귀엽지?

"먹는 것 가지고 장난치면 못써요."

할 수 없이 강우는 그녀를 만류했다.

"전 원래 이렇게 먹어요. 이게 장난으로 보여요?"

하나는 흡족한 미소까지 지어가며 다시 혀를 가지고 핫도그의 몸체를 쓸어 올렸다. 동시에 꿀꺽, 하고 강우의 입에서 마른침이 넘어갔다. 그녀는 혀를 놀려 핫도그의 소스를 다 핥아 먹고는 그제 야 강우와 눈이 마주쳤다.

"안 드세요? 그럼, 이리 주세요."

"가져가십시오."

냉담한 어조를 가장하며 강우는 그것을 쉬이 건네주었다.

"내가 생각이 짧았어요. 재벌 상무님이 이런 것을 드실 리가 없 는데 말이죠."

"무슨 소리? 난 이미 식사를 해서 생각이 없는 것뿐입니다."

"안 믿어져요. 분명 이런 길거리 음식은 불량식품이라고 생각했 을 것 같아요."

"……그런 게 아니란 말입니다."

강우는 쿨럭, 하고 주먹을 말아 쥐고서 기침을 하며 뺨을 붉혔 다. 이 여자야, 내가 지금 불량식품이니 뭐니 그따위를 생각할 겨 를이 있겠어?

이십 대 초반의 여자가 핫도그 표면에 혀를 대고서 날름날름 소스 를 핥아먹는 모습에 이상한 상상을 하고 있는 사내가…… 나란 말이 다. 강우는 제 자신이 언제부터 이렇게 음탕했는지 고민이 되었다.

"그럼, 실례할게요."

혼자 끌탕 중인 그와는 반대로 하나는 정중히 양해를 구하는 눈 빛을 했다. 그녀가 제 손에 쥐어진 핫도그를 향해 혀를 쓱 내미는 순간이었다.

"스톱!"

강우가 스톱을 외쳤다.

"왜…… 요?"

미심쩍다는 듯이 하나가 놀란 토끼 눈을 했다. 뭐야? 이 여자가 왜 이렇게 예뻐? 원래 이 또래의 여자들은 보통 이런 식인 건가? 그래, 이 여자만 특별한 것은 아닐 거라고. 그렇게 그는 침을 꿀꺽 삼키면서 목이 뜨끈해지는 것을 느꼈다.

"이리 줘보십시오. 내가 제대로 먹는 걸 보여드리겠습니다."

그는 그녀의 손에 들린 핫도그를 낚아채서는 덥석 한 입 베어 물었다. 안 그랬다가는 이 여자가 또 핫도그를 혀로 애무하듯 먹는 모양을 보게 될 것 같아서였다.

"맛있죠?"

그는 대답 대신 핫도그를 우적우적 씹어 삼켰다.

"맛 좋죠? 보통의 맛이 아니죠, 그렇죠?"

확인하듯 묻는 하나의 눈꼬리가 크게 휘어져 있었다. 진짜 재밌어 하는 표정으로 온 얼굴이 환했다. 그는 그녀를 뚫어져라 노려보면서 속으로 무슨 맛인지도 모르겠다, 라고 중얼거렸다.

"……아닌가? 고무 씹는 표정을 하고 있네요?"

머쓱해진 하나는 웃음기를 거둔 얼굴이 되었다. 기실, 강우는 핫도그가 자신의 그것이었더라면…… 하고 엉큼하고 추악한 상상을 하고 있었다. 그것이 들킬 것이 두려운 그는 필사적으로 핫도그를 먹어치웠다.

한 시간 후, 그의 차는 응암동에 있는 주공아파트 앞에 당도했다. 차창을 여니 눅눅한 습기를 머금은 더운 바람이 들어왔다. 잠 금장치의 전원을 끈 그는 고개를 옆으로 돌렸다가 이내 입을 꾹 다물고 말았다.

"여러모로 큰일 날 여자네."

하나의 고개가 창 쪽으로 기울어져 있었는데 어느덧 잠에 취한 채였다. 어째 꾸벅꾸벅 조는 것 같더라니.

그는 잔뜩 못마땅한 채로 미간을 찌푸리고는 그녀의 머리를 향해 조심스레 손을 뻗었다. 그 머리를 제 어깨에 기울게 하고는 숨을 죽였다. 꽤나 고단한 모양인지 그녀는 일정한 숨소리를 내면서 잘도 자고 있었다. 아까 먹은 핫도그보다 더 맛있게 잠을 먹는 것만 같아서 그는 희미하게 웃음이 나왔다.

"무슨 여자가 내 옆에서는 긴장도 안 하냐?"

그는 슬쩍 거울에 비친 제 턱 선을 어루만지며 곁눈질로 그녀를 살폈다.

"하긴, 내가 여자가 없이 지낸 지도 꽤 돼."

갑자기 이 여자가 사랑스러워 보이는 이유가 혹시 자신의 금욕이 문제인 것은 아닌지, 그는 얼토당토않은 생각을 했다. 여자에게서는 아기의 분 같은 달고 고소한 냄새가 맡아졌다. 이 여자는 샴푸도 아기가 사용하는 제품을 쓰나 보다.

"베이비 같으니라고, 그러니 내 옆에서 잠이 들 수가 있는 거지."

이 세상 어느 여자가 장강우 상무를 곁에 두고서 홀로 잠을 청할 수 있단 말인가? 내가 수면제를 먹였다면 모를까?

그나저나 이 여자의 곤한 잠을 어찌 방해할 수 있을까? 그녀의 낮잠은 세상천지까지 평화로워 보이게 했다. 강우는 막간을 이용해서 자신도 휴식이나 취하자, 라고 생각했다. 그는 버릇대로 카스테레오의 버튼을 눌렀다. 조용한 클래식을 선곡하고는 볼륨을 매우 낮추었다. 뺨에 닿은 하나의 정수리 부근에서 뜨거운 기운이 흘러나왔지만 그는 애써 모른 척하며 눈을 감았다.

이상하다. 지금 아무리 눈이 뻑뻑하고 피곤해도 이 순간은 잠이 오지 않는다. 그런데도 이 여자는 무심하게 잘도 자고 있으니……
강우는 문득 자신이 손해 보는 느낌이었다.

"……안 일어나실래요?"

강우는 카네기 홀에서 연주되는 클래식 '볼레로'를 감상하는 중이었다. 그는 반복되는 리듬이 가열차게 고조되는 것과 함께 가슴이 벅차오르고 있었다. 베를린 필하모닉의 지휘자 페트렌코는 정열적인 모습으로 명연주를 이어갔다. 그런데 아까부터 어디선가 여자의 음성이 섞여 들어와 그를 훼방했다.

"저 들어갈게요."

"쉿!"

카네기 홀에서 음악 감상을 하는 순간이다. 이런 무례가 어디 있을까? 그는 맹렬히 눈을 부릅뜨며 옆의 여자를 향해 손가락으로 조용히 하라는 주의를 주었다.

"원래 상무님은 그런 식으로 잠에서 깨요?"

이런!

강우는 순간 어이가 없어 말문이 막혔다. 그의 눈앞에 소하나, 그녀가 있었다. 차 안에는 웅장한 사운드로 '볼레로'가 클라이맥스를 향해 막 몰아치듯 울리고 있었는데 그는 하나를 향해서 손가락을 입에 대고 쉿, 하는 동작을 취했던 것이다.

"뭐가 이렇게 커? 고막이 고장이라도 났나?"

그는 민망한 기분을 감추기 위해서 인상을 그으며 볼륨부터 만졌다.

"상무님을 깨우려고 부러 크게 틀어놓은 거예요. 근데 많이 피곤하셨나 봐요."

하나는 갑자기 제 가방을 뒤적여서 물티슈를 꺼냈다. 이마에 물티슈를 가져오는 것을 그가 흠칫, 피했다.

"해치지 않아요. 땀 좀 봐. 얼마나 곤히 주무시는지 땀까지 흘리셨어요."

차가운 물티슈가 그의 이마를 훑게 내버려두고서 강우는 가만 있었다.

"잠깐, 기다려보세요. 저기 편의점에 가서 드링크 한 병 사올게요. 그 상태로 운전해 가시면 안 돼."

"나는 그런 거 안 마십니다."

그는 제 손으로 이마에 흐트러진 머리카락을 쓸어 올리며 다소 냉정하게 대꾸했다. 하나는 전혀 기죽지 않은 모습으로 다시 제 가방 속을 뒤적이더니 노란 껌 종이 같은 것을 꺼냈다.

"아, 하고 입 벌려보세요."

"무슨……."

그가 놀라는 순간에 하나는 그것을 강우의 입에 쏙 넣어주었다.

"비타민 C예요. 피로가 좀 풀릴걸요? 이거 엄청 생각해주는 건데."

굉장히 큰 호의라도 베푼 모양으로 그녀는 만족한 표정이었다. 마치 어린 아기가 엄마에게 무익한 도움을 주고 나서 혼자 좋아하는 것과 같았다. 그는 어처구니가 없었지만 다음 순간에 눈을 감으며 인상을 찡그려야 했다.

"⋯⋯뭡니까?"

시다.

몸서리가 쳐질 만큼.

"원래 그 사탕이 신맛 나요. 깨물었구나."

그녀는 혼자 키득거리고는 저는 내릴게요, 라고 말하며 문의 손잡이를 당겼다. 강우는 얼른 그녀를 불렀다.

"한우, 일을 마무리 지읍시다."

한우라고 불리는 것에 파르르 떨며 항의해올 줄 알았는데 그녀는 바로 고개를 끄덕거렸다.

"맞아요, 나는 이 일의 결착을 위해 이 모양 이 꼴로 상무님을 만나러 간 거였어요."

음, 하고 강우가 전방으로 향하던 시선을 곧장 하나에게로 돌렸다. 그의 꽂히듯 날카로운 눈동자가 묘하게 서늘한 가운데 입이 열렸다.

"지금부터 게임을 시작합시다."

그러자 하나는 웃음을 터트렸다.

"웃깁니까?"

그러나 그는 마냥 진지했다.

"아, 맞다. 지금이 웃을 상황이 아닌데. 실례했어요."

하나는 함초롬히 피어났던 연꽃잎이 시들어지듯이 바로 웃음이

만개한 표정을 거두었다. 그는 또다시 아랫도리가 뻣뻣해져오는 것을 감지하며 진저리를 쳤다. 이 여자가 왜 이러나? 내가 진짜 요즘 여자가 절실해진 건가? 그는 조금 과장하면 이를 악물 정도로 괴로웠다.

"나는 원래 내 인생에서 결혼에 대한 계획이 전혀 없던 남자입니다. 그건 지금도 마찬가지이고요, 그것도 당신 같은 여자와 결혼 같은 것을 할 마음은 추호도 없습니다."

"그래서요?"

"한우, 이봐요."

그는 그녀의 말을 막았다.

"이쯤 되면 나 같은 남자가 왜 결혼에 대해 흥미가 없는지 물어봐줘야 하는 거 아닙니까?"

"그건 내가 알 바 아니니까요. 어서 말씀 계속하세요."

조용한 어조로 하나는 난색을 표했다. 내가 왜 당신 같은 남자에게 관심을 가져야 해? 라는 표정은 완전히 그를 무시하는 행태와도 같았다.

"일단 결혼합시다."

이 말이 떨어지자 와락, 하나는 손끝에 힘을 넣어 그의 어깨를 잡았다.

"이보세요! 아직 잠이 덜 깼나 봐요? 카페인이 부족해서 그래요? 커피 한 잔 사올까요?"

그는 제 어깨의 옷깃을 잡은 하나의 손목을 움켜쥐더니 가볍게 뿌리쳤다.

"진정하십시오. 게임이라고 하지 않았습니까?"

"이런 게임은 말이 안 돼요. 게임도 게임 나름이지."

하나는 눈을 크게 뜨면서 어이없다는 듯이 고개를 저었다.

"돈이 필요하지 않습니까?"

그가 한쪽 입꼬리를 끌어 올리며 차갑게 이죽거렸다. 그러자 안색이 가라앉으며 하나는 입술을 앙다물었다.

"어떻게 알았는지 안 궁금한가?"

"장강우 정도의 위치에 있는 사람이면 불가능한 게 있겠어요?"

하나의 대답에는 체념이 들어 있었다.

"어떻습니까? 소 도공이 작고하시면서 남겨진 빚을 내가 싹 다 갚아준다고 하면 게임이 성사되지 않겠습니까? 게다가 더 좋은 경우의 수가 있습니다. 우리의 결혼은 시한부라는 겁니다."

"시한부…… 시한부?"

하나는 떨리는 목소리로 시한부라는 말만 되새김질하고 있었다.

"시한부! 결혼은 하되, 이혼을 염두에 둡시다. 한 2년이나 3년쯤 살다가 각자의 삶으로 돌아가면 되지 않겠습니까?"

그가 보기에 하나는 앞길이 창창하다는 표현을 쓸 만큼 아직 나이가 어린 것이 장점이었다. 2년쯤 후에 크게 위자료 챙겨서 저 하고 싶은 것 하고 살면 나쁘지 않을 성싶었다. 게다가 요즘은 이혼이 그리 나쁜 경력이 되지 않기도 하고, 하면서 그는 자신이 여러모로 좋은 생각을 한 것 같았다.

"이혼…… 이혼이라."

하나는 또 앵무새처럼 이혼이라는 말을 되뇌었다.

"룰을 정합시다. 룰이라는 것은 깨지면 안 되는 거니까……."

그러자 하나는 을씨년스러운 얼굴로 고개를 저었다.

"잠깐만요, 정말 이게 해답일까요?"

"나는 훌륭한 장사치로 길러졌습니다. 훌륭한 장사치는 상황 판단이 합리적이고 정확해야 하는 법이지요."

그가 말을 멈추는가 싶더니 돌연 날카롭게 반말로 지적을 했다.

"너 돈 필요하잖아? 한우, 너는 내가 주는 것 받아 챙겨서 결혼만 하면 돼."

하나는 어이가 없다는 표정이었다.

"설마, 그걸 합리적이라고 말하고 싶은 거예요? 저기요, 내가 지금…… 충격을 받았는지 골이 빠개지듯 아프거든요. 단순한 감기 몸살의 전조증상인지 생리 증후군인지 알 수 없지만 지금 아픈 것 맞아요. 머리가 안 돌아가는 것 같아요."

쿨럭, 하고 그는 기침을 했다.

그녀의 입에서 '생리 증후군'이라는 단어가 나온 것에 지레 놀란 탓이다. 게다가 이 여자는 제 스스로 무슨 말을 했는지 모르는 얼굴이 아닌가? 진짜 나를 낯선 남자로 의식하지 않고 있다는 건가? 스스럼없는 행동이 이해가 되지 않았다. 보통 그와 단둘이 되는 여자들은 모두 성적 긴장감을 느끼며 예민하게 굴지 않던가? 하지만 지금은 오히려 반대였다. 그 자신이 그녀의 곁에서 초조하고 긴장하고…… 싱숭생숭하고 있었다. 아니지, 지금은 이럴 때가 아니다. 그는 딱딱한 어조로 입을 열었다.

"회피하는 겁니까?"

"아니요. 갑자기 머리가 빠개질 것 같아요."

"길거리 식품을 이상한 방식으로 먹더라니. 경고 한마디 해주겠는데, 더 이상 그따위로 핫도그를 먹지 마십시오! 특히 남자 보는 앞에서는 더더욱……."

그러고 나서 그는 덧붙였다.

"모든 준비는 내가 알아서 하도록 하지."

창백한 얼굴로 하나가 말을 더듬거리는 소리를 냈다.

"아니…… 어쩌자고…… 내가……."

진짜 아픈가? 소하나, 쟤 왜 저래?

강우는 비척거리며 차에서 내리는 그녀를 보며 약간 수상쩍다는 표정을 지었다. 핫도그 소스를 야하게 핥아 먹지를 않나, 낮잠을 자기에 기다려줬더니 먼저 깨어나서 남자를 놀려먹지를 않나? 대관절, 그 여자는 어디로 갔지?

가짜로 결혼을 해서 부부가 되자는 말이 그렇게 충격적인 소리였나? 따지고 보면 손해 볼 게 뭐 있어? 빚도 갚게 생겼잖아? 사실 나 같은 남자와 임시로라도 살아보고 싶어서 호기심 정도는 유발해야 맞는 건데?

그는 내심 불쾌했다.

그가 지켜보는 동안에 하나는 아파트 입구를 향해 천천히 걷고 있었다. 한 번 뒤돌아볼 법도 하건만 그녀는 끝내 그러지 않았다.

며칠 뒤, 검은색의 유려한 디자인을 한 고급 세단이 인사동의 산정(山亭)식당 앞에 멈추었다. 이윽고 깍듯하게 예의를 차리는 절제된 동작으로 기사가 차 문을 열어주었다. 그러자 애라가 상기된 얼굴로 장재훈 회장과 함께 모습을 드러냈다. 마침, 갓 도착한 지현이 식당 현관 앞에 서 있었다. 독일 출장 중인 재훈의 급거 귀국 덕분으로 양가 부모들의 회동이 이루어진 날이었다. 그들은 이내 지배인의 안내를 받아 밀실 같은 방으로 들어갔다. 금강산의 절경이 수묵 담채화로 담긴 열두 폭의 병풍이 쳐진 방이었다.

"처음 뵙겠습니다. 제가 하나 어미 되는 사람입니다."

"우리 회장님의 첫사랑을 여기서 뵙네요. 그간 제가 얼마나 궁금해했는데요? 저는 오애라입니다."

한정식을 사이에 두고 마주 앉은 사람들은 다시 한 번 인사를 나누었다. 야단스럽지 않은 개량 한복으로 은은한 멋을 낸 애라는 한 송이 백합꽃을 연상시키는 반면에 지현은 그저 수수한 투피스 차림이었다. 특별히 신경 쓴 것이라면 오래전에 해외여행을 다녀온 남편이 선물한 진주 목걸이 정도였다.

"우리 아이가 이번에 호되게 앓아눕는 바람에 그만……."

사실 지현의 얼굴도 애라와 마찬가지로 잔뜩 고무되어 있었다. 왜 아니겠는가? 결혼을 일생일대의 중대사로 믿는 지현이었다. 그런데 구렁이가 담 넘어가듯 딸의 혼사가 정해진 일은 마치 그녀의 혼을 쏙 빼놓는 것만 같았다.

"왜 안 아프겠어요? 아무래도 이번에 언론에서……."

애라는 지현의 손을 찾아 쥐면서 위로하듯 말했다. 그러자 재훈이 애라를 향해 일침을 쏟았다.

"당신은 발언권 없는 것 알지?"

한순간에 분위기는 싸하게 가라앉았다.

"인정해요. 소 뒷걸음치다가 쥐 잡은 격으로 아이들의 결혼이 떠들썩하게 발표된 일이요. 제 잘못이 커요."

그렇게 말해놓고서 이내 애라가 들뜬 어조를 했다.

"근데 너무 재밌을 것 같아. 안 그래요, 여보? 강우가 원래 자기는 결혼 같은 것은 안 한다고 큰소리쳤던 물건이잖아요?"

"잘됐어, 아주 이참에 보란 듯이 똑똑하고 예쁜 며느리를 들이는 거야."

"이거야 원, 얼떨떨해서……."

두 사람의 들뜬 기분에 찬물을 끼얹듯이 지현의 어조가 낮게 울렸다.

"우리 하나가 병까지 도졌는데요. 아무래도 결혼 발표는 너무 이른 것 같아요."

재훈은 인상을 그은 얼굴로 입을 꽉 다물었다가 고개를 치켜세웠다. 그러나 이미 입가에는 숨기지 못하는 웃음이 확연히 드러나 있었다.

"어쨌든 두 아이의 결혼이라. 이건 하늘이 준 기회야. 우리 어른들이 정신 똑바로 차리자. 먼저 본의 아니게 오해를 끼친 점은 깨끗이 사과하지. 이봐, 우리 애라 씨. 듣고 있어? 내가 미안하다고 사과하는 거야."

애라는 잠자코 고개를 끄덕거리면서 물 잔을 쥐었다. 그녀는 그녀대로 그동안에 은밀히 사람을 시켜 남편을 미행하게 한 세월을 들킨 것이 민망했다. 재훈은 연이어서 말했다.

"따지고 보면 내가 오해 사게 행동했거든. 여보, 내가 김지현, 이 사람한테 긴히 부탁할 것이 있었어. 실은 예술 사업의 일환이라는 구실을 내세워서 사람을 탐냈다네. 이 친구의 여식이 말이야, 두어 번 멀찍이서 봤는데…… 일이 이렇게 되려고 그랬는지 몰라도 아이가 참 열심인 거야. 내가 반했으면 말 다 했지."

"그럼, 재훈이 너는 일찌감치 우리 하나를 며느리로 탐냈다는 소리…… 아, 실례."

아무 거리낌 없이 반말을 썼다가 지현은 애라의 눈치를 보며 급히 정색을 했다.

"그러니까 회장님은 이미 우리 딸을 며느리로 염두에 두었다는 말이지요?"

"설마, 며느리로 탐냈겠나? 아들 녀석이 삼십 대 초반에 벌써 결혼 마음을 접었다는데 꿈이나 꿨겠냐고? 나도 거반 그 녀석을 어려워하며 살았어. 그냥 하나 그 아이에게 두루두루 일을 맡길 요량으로……."

그만해요, 라고 애라는 작은 소리로 만류하며 지현의 앞에 놓인 죽 그릇의 뚜껑을 열어주었다. 그 손길이 살가워서 지현은 미소를 짓지 않을 수 없었다.

"자자, 이러쿵저러쿵해도 결국은 사람을 욕심낸 거네요. 따님이 요즘 젊은 사람 같지 않다고 들었어요. 사부인께서 얼마나 공들여서 곱게 키우셨는지 눈에 선해요. 아무튼 경사가 난 거예요. 우리 강우 고집은 아무나 못 꺾거든요? 그 아이가 결혼에 마음을 굳혔으면 게임 오버란 소리지요. 하나 양하고는 얼마나 오래된 사이인지 알 수 없지만 정 변호사의 말에 따르면 금쪽같은 시간을 쪼개면서까지 만난다고 합디다. 둘이 아주 깊은 것만은 분명해요. 자아, 우리는 맛있게 식사해요."

"좋은 날의 시작인데 축배가 빠질 수 없지. 잔들 들자고."

재훈은 맑은 술이 든 잔을 들어 올렸다.

"두 아이들의 앞날을 위하여! 아니, 우리의 손주를 기대하며, 어때? 분명, 둘 사이에서 굉장한 물건이 나올 거야."

그의 장난스런 선창에 아우, 하고 여자들이 자지러졌다.

"우물가에서 숭늉 찾는 셈 치고…… 기대하며!"

애라와 지현은 잔을 부딪치며 이제까지의 떨떠름한 표정을 버리고서 화통하게 웃었다. 애라는 사과부터 했다.

"정식으로 다시 한 번 사과드릴게요. 제가 먼저 오해해서 아들에게 바람 넣었어요. 그 녀석이 하나 양과 사귀는 사이라고는 짐작도 못 했지 뭐예요?"

"그 넉분에 딸아이가 사꾸만 저와 회장님의 관계를 추궁해요. 아니라고 둘러대도 그 고집이 쇠심줄이라서 여전히 의심하는 중이에요."

"냅두게. 실컷 의심해봤자 우리는 사돈 지간인데, 뭘."

재훈이 유쾌하게 말했다. 그러자 애라는 어린아이처럼 신나서 제 의중을 마냥 털어놓기 시작했다.

"우리 신랑의 첫사랑 김지현 님, 걱정 마세요. 솔직히 딸을 시집보내는 그 심정을 우리가 왜 모르겠어요? 그러나 절 봐서라도 안심해요. 저요, 이래 봬도 진짜 좋은 시어머니가 될 사람이거든요. 저는요, 저만의 세계가 아주 확고해요. 연주회 할 때도 저는 기분만 내킨다면요, 앙코르를 10여 곡도 가능하답니다. 이게 바로 열정이란 건데, 우리 며느리 될 아이가 불을 다루잖아요? 그 열정이 저와 상통하지 않겠어요? 그런 데다가 도자기는 눈으로 봐도 좋고, 손으로 만져도 좋고 물 따르는 소리도 좋은 예술의 집합체고요. 그런 도자기를 만드는 아이와는 뭔가가 잘될 것 같은 예감이 들어요."

과연 그럴까?

지현은 술을 목 안으로 넘기며 약간은 미심쩍은 표정을 지었다.

사실 그녀는 내심 장강우가 걸렸다. 우리 애를 아껴주는 눈빛이 아닌데, 하고서. 도자기에 미친 남편이나 돈을 버느라 맞벌이를 해야 했던 자신은 외동딸이라고 해서 하나에게 특별하게 애정을 기울여 키우지 못했다. 그런 아이의 외로움을 잘 아는 지현은 딸의 결혼을 통해 치유해주고 싶었던 마음이 컸다. 제아무리 재벌 2세라고 하면 뭐하나? 제 여자라면 아주 끔찍해할 푸근한 스타일의 남자를 신랑감으로 원했었던 만큼 조금은 속이 편치 못했다. 장강우, 그는 특히 일벌레로 소문나 있었다. 그리고 평소에 강우는 돈은 믿어도 여자는 믿지 못한다는 등의 소리를 한 모양이었다. 그런 점들이 걸렸다. 그러나 어쩌겠나? 딸이 사랑하는 남자였다. 깊이 사귀는 사이니까 호텔도 드나들었던 거겠지.

그랬다. 지현은 딸에게 져주는 마음이었다.

3. 나는 결혼, 너는 돈?

뚜르르르, 뚜르르르.

겨우 눈을 뜬 하나는 스탠드 불빛에 의지해서 휴대폰을 집어 들었다. 액정에 뜬 이름은 '야수'였다. 심장이 덜컥, 내려앉는 기분이었다.

받아야 해, 말아야 해? 그녀는 물기가 맺힌 눈으로 애꿎은 휴대폰 액정만 노려보다가 마지못해 귀로 가져갔다.

-이제 와서 빼는 겁니까?

다짜고짜 그는 이렇게 말했다. 그녀가 잠자코 있자니 그가 재차 물어왔다.

-왜 내 연락을 피하는 거냐고 묻는 겁니다. 이 게임에서 발을 빼겠다는 뜻으로 받아들여도 되겠습니까?

"아니, 빼는 건 아닌데요. 조금 납득이 안 돼서요."

하나는 목에 가시가 걸린 것같이 쉰 음성으로 대꾸를 했다. 실은 그날 헤어진 뒤로 심한 감기에 걸려버렸다. 그리고 머리 복잡한 속으로 자꾸 마음까지 괴로웠다.

―……아프다더니.

그가 감정 없는 목소리로 무심코 중얼거렸다.

―공방에도 이틀 동안이나 나오지 않고 있다고 하던데. 목소리도 착 가라앉아 있는 게 영 신통치 않군.

무슨 상관이람?

그렇잖아도 하나는 연이어 빵빵 터진 사건들 속에서 그만 몸살을 일으킨 자신의 체력이 원망스러운 참이었다. 그렇다고 스스로 병원조차도 갈 수 없는 처지였다. 마치 먹잇감을 노리는 하이에나와 같이 기자들이 진을 치고 있는 밖으로는 한 발자국도 뗄 수 없었기 때문이다. 아스피린을 삼키고서 잠을 청하는 방법으로 병을 견디는 중이었다.

"그나마 아픈 게 나아요. 멀쩡한 몸으로는 아마 미칠 거예요. 그거 아세요? 우리 김지현 선생님이 오늘 이 딸을 데리고 상견례 자리에 나가려고 안달이었던 것을요. 몸 아픈 덕에 안 나가도 되었지만요."

―나도 내뺐습니다만.

그의 말에 하나는 심드렁하게 웃었다. 오늘 인사동에서 사돈 내외를 만난다고 외출한 지현이 생각나서였다. 야수, 이 남자도 내뺐다고 하는 것을 보면 당사자들도 없이 어른들끼리 만나는 자리가 된 것 같았다.

"불륜이니 뭐니 따지다가 등짝만 세게 얻어맞았어요. 몰라요."

눈물까지 핑 돌면서 그녀는 공연히 하소연을 늘어놓았다.

-아직도 맞고 삽니까?

그의 행간에 묻어 있는 비꼬는 투에 하나는 질린 어조로 대답했다.

"컨디션도 안 좋은데 통화할 시간 없어요. 저 이만, 끊을게요."

막 전화를 끊겠다는 선언을 하고 난 뒤였다. 강우가 어눌하게 혼잣말을 하듯 중얼거렸다.

-병원은 다녀왔습니까?

"기자들이 집 앞에도 몰려와 있어요. 한 발자국도 못 나가네요."

-그렇다면…… 기자들에게 좋은 구경 시켜줄 기회인가?

별 대수롭지 않다는 듯이 하나는 어떻게요? 하고 물었다.

-내가 직접 가서 한우를 병원에 데리고 간다면? 기자들은 우리가 다정한 연인 사이라고 확실히…….

"병원 안 가도 돼요."

찬물을 끼얹듯이 착 가라앉은 음성으로 하나는 일갈했다.

-그래요? 아님, 뭐 먹고 싶은 거라도 있습니까?

"딸기 치즈 타르트요."

불시에 하나의 입에서 타르트라는 말이 툭 튀어나왔다. 아, 하고 입술을 깨물면서 후회했을 때는 이미 늦었다는 것을 깨달은 뒤였다.

-그게…… 뭡니까?

갑자기 휴대폰 속에서의 공기가 변한 것 같았다. 에라, 모르겠다. 하나는 눈을 질끈 감았다.

과일 타르트는 평소 그녀가 자주 먹는 간식이었다. 아니, 도자기 굽느라 시간 가는 줄 모르는 날에는 거의 주식이 되기도 했다. 어제는 지현에게 귀갓길에 타르트를 좀 사다달라고 부탁하고 싶었다. 그러나 요즘 그녀와는 냉전 중이었기에 입이 떨어지지 않았다. 그래도 딸이 앓고 누워 있으면 알아서 사올 줄 알았는데…… 하고 하나는 몹시 서운했다. 지현은 퇴근을 하면서 빈손이었던 것이다.

"있어요, 그런 거. 크림치즈가 토핑된 것으로요, 사워크림이랑……."

─다시 말하십시오, 딸기…… 뭐라고 했습니까?

"뭐라더라? 훌륭한 장사치라면서요? 본인 입으로 자신은 예리하다고 하지 않았나요? 그런데 그걸 한 번에 못 외우네요?"

일부러 내치려고 한 소리였는데 그가 열심히 대꾸를 해왔다.

─크림치즈와 사워크림이 들어간 딸기 치즈 타르트. 이 정도면 예리한 거 맞습니까?

하나는 할 말을 잃었다.

─듣고 있는 겁니까?

우쭐한 티를 역력히 내면서 그가 재촉을 해왔을 때에 어쩔 수 없이 하나는 응수해야 했다.

"보니까 야수 사방에는 아부하는 무리들 천지일 텐데, 굳이 나한테까지 그런 칭찬을 듣고 싶으세요? 나까지 보태고 싶지 않습니다."

─바로 가겠습니다.

"오지 마세요."

정중한 어조로 오겠다는 말에 화들짝 놀라 만류했지만 그는 요지부동이었다.

-우리의 게임 룰에 대해서도 자세한 브리핑이 필요합니다.

뭘 또 그런 일로 와?

통화를 마치고 난 그녀는 난감했다.

모녀가 사는 11평의 낡은 아파트는 군데군데 벽지가 떠 있는 데다가 작년과 올해에 걸친 장마로 인해 누렇게 변색이 되어 있었다.

그녀는 온몸의 근육이 찌뿌듯해서 도저히 움직여지지 않은 몸으로 샤워를 하고 나왔다. 옷을 입으면서 하나는 짜증이 났다. 내가 왜 그 인간에게 잘 보여야 하는데? 엄마는 왜 또 장재훈 회장을 만나서 불륜이니 염문이니…… 아우, 골 아프다.

겨우 힘을 끌어모아 그녀는 주섬주섬 레깅스를 꿰어 입었다.

바로 그때였다.

삐리리!

벨 소리가 울렸다. 이따금 보도 의식이 투철한 기자들이 몇 명씩은 직접 그녀를 찾기도 했었다.

기자인가? 아님, 야수인가?

지금으로서는 그 어느 쪽도 달갑지가 않았다.

"소하나, 나다."

상현의 조심스런 음성이었다.

"선생님이세요?"

하나는 반가움 반 놀라움 반으로 문을 열었다.

"알아? 기자들이 와 있어."

"그러게요. 뭐가 그렇게 대단한 일이라고 이 난리인지 모르겠어요."

"대동 장재훈의 하나밖에 없는 피붙이가 장가간다고 공표가 났으니 그 신붓감이 궁금할 수밖에. 솔직히 장 상무가 여태 연예인하고도 그 흔한 소문 한 번을 안 냈잖아? 그 방면으로는 털 것도 없었으니 기자들이 그간 얼마나 심심했겠어?"

상현은 옅은 웃음을 웃으며 베이커리 카페의 상표가 붙은 종이 가방을 건넸다.

"몸은 어때? 여태 잘 버틴다 싶더니 기어이 선생이 문병 오게 만드네?"

"선생님도 참……. 안 오셔도 되는데."

하나는 쑥스러운 표정을 숨기듯이 하고 가방을 받아 들었다. 생각해보니까 상현과는 아직까지 공방이 아닌 다른 장소에서 단둘이 되어본 일이 없었다. 자연히 혼자 있는 집에서 그를 맞이한다는 것은 많이 어색한 일이었다.

"김 선생님은 아직 학교에 계실 시간인가?"

거실 한가운데에 서서 주변을 둘레둘레 살피던 상현이 물었다.

"오늘은 토요일이라 출근 안 했는걸요. 상견례라나 뭐라나, 사돈끼리 식사한다고 해서 나가셨어요."

갑자기 상현은 얼음같이 굳었다. 아니, 일시 정지가 된 화면을 보는 느낌이었다.

"소하나."

그가 간신히 입을 뗐을 때였다. 똑똑, 하고 문을 노크하는 소리가 들렸다.

"문 열어주십시오. 내가 왔습니다."

하나는 순간, 움찔했다. 그 모습을 보며 상현도 덩달아 당황한 눈빛이었다.

"뭐야? 설마, 장강우 상무가 이 집엘 온 건가?"

상현은 어이없다는 듯이 신경질적으로 혀를 찼다.

"선생님, 제가 나중에 다 설명할게요. 지금은……."

"무슨 일이야? 대체, 너하고 저 상무가 무슨 사이……."

"급한 불을 꺼야 해서요, 일단은……."

"미쳤어? 뭐가 급한 불이라고?"

하나는 이때껏 살면서 남자의 생생한 분노에 직면해본 일이 없던 터라 지금 상현의 모습에 어떻게 대처해야 좋을지 알 수가 없었다. 그렇다! 상현은 분노하고 있었다.

"너는 분명히 장강우 상무하고는 어머니 일 때문에 엮였다고 했어. 그런데 상견례 자리는 또 뭐고, 장강우란 인간이 직접 너를 찾아오는 것은 뭐란 말이며…… 그냥 기사만 난 거라면서? 잘못된 보도라고 하지 않았어? 이 상황이 도대체가 말이 된다고 생각해?"

"……소하나, 죽었습니까?"

노크하는 소리가 점차 커짐과 함께 강우의 말소리도 그랬다.

"선생님, 잠시만이요."

상현의 시퍼런 서슬에 질린 하나는 차라리 강우의 존재를 환영하며 현관으로 갔다. 문이 벌컥 열렸다. 그녀는 강우가 우뚝 서서 자신을 뚫어지게 보는 것을 맞닥뜨리며 하하, 웃었다.

"빨리도 오셨네요."

강우가 흘깃 상현을 한 번 보고는 속삭이듯이 그녀를 불렀다.

"이리로, 이리로…… 와보십시오."

강우의 왼손에는 상현이 사 들고 온 베이커리 가방과 똑같은 것이 들려 있었다.

"자아, 안겨요."

그녀가 잘못 들은 것이 아닌가, 하고 제 귀를 의심하는 순간이었다.

"못 들었습니까? 안기라고, 어서!"

"아니, 뜬금없이 무슨……."

그의 재촉에도 하나는 볼을 붉히며 긴가 민가 하는 표정을 짓고 있었다.

"거참, 말 안 듣네."

와락, 팔을 잡아채는가 싶더니 그가 자신의 품으로 하나를 당겨 안았다.

"쉬이, 가만."

그녀의 등을 감싼 팔에 잔뜩 힘이 들어갔다. 또한 강우의 턱이 그녀의 정수리 위에 얹어졌다.

"……이거 놔요."

그의 가슴팍에 안긴 채로 하나가 반항했지만 그의 몸은 돌덩이처럼 꿈쩍하지 않았다.

"이봐요, 이러려고 왔어요?"

그녀의 저항이 거세지자 안 되겠는지 그가 귓가에서 소곤거렸다.

"기자들에게 좋은 구경 시켜줘야 한다고 안 그랬습니까?"

"그래도 이건 아니지요."

"강력한 한 방이 가장 좋은 겁니다."

하나가 이를 악물었다. 그러자 그가 이번에는 제 손을 하나의 뒤통수에 가져다 대는 것이 아닌가? 그것은 누가 봐도 다정한 위무의 표현이었다.

"걱정 말아요. 장사치는 말입니다, 아무런 계산도 안 하고 한 방을 쓰지는 않는 법이니까요."

그러면서 그는 그녀의 뒤통수를 쓰다듬기까지 했다. 그것도 지극히 다정한 손놀림이었다.

"안 보여요? 손님이 와 있다고요."

상현을 의식해서 하나가 한 말이었다.

"……가만있지 좀 말고, 도와주지."

하나는 하마터면 꺅, 하고 소리를 지를 뻔했다. 그가 하나의 정수리에 괴고 있던 턱을 옮기더니 살짝 귓불을 물었기 때문이다. 그러고는 스리슬쩍 그녀의 귓바퀴에 대고 입술을 비벼대기까지 했다. 일시에 온몸에 소름이 끼치면서 하나는 눈을 감았다.

"그럼, 안녕히 돌아가십시오."

이윽고 그녀의 몸을 여전히 한 팔로 감싸 안은 채로 강우가 인사를 하고 있었다. 상현을 향해서였다. 하나는 그저 강우의 옷에 얼굴을 묻은 채로 몸을 떨었다.

"몸조리 잘하고 있어라. 공방에서 보자."

가라앉은 목소리로 인사를 하고 나서 상현이 신을 신었다. 강우는 자연스럽게 하나와 함께 비켜섰다. 문이 닫히자마자 그는 기다렸다는 듯이 하나의 엉클어진 머리를 이마에서 쓸어 넘겨주었다.

"너무 뻣뻣해. 그래선 안 돼요."

그는 뻔뻔하게 경고를 잊지 않았다.

"이제 풀어주세요. 대체, 나한테 왜 이래요?"

그제야 그는 하나의 몸을 놓아주었다. 그녀는 수줍으면서 화가 나 있었지만 짐짓 평정을 가장하며 다그쳤다.

"이것도 게임?"

강우는 소파에 느긋하게 앉으면서 종이 가방을 테이블 위로 올려놓았다.

"게임."

딱 한마디를 내뱉고 나서 그는 넥타이를 느슨하게 끌러낸 후에 양복저고리를 벗었다. 그런 다음에 커프스가 달린 드레스셔츠의 소매를 두어 번 걷어 올렸다. 뭔가 굉장한 일을 준비하는 기대감이 그의 눈에 들어 있었다. 신나 보인다고 할까? 흥미진진한 모양이라고나 할까? 아무튼 그에게서는 어두움에 존재하는 사람이 그리워할 만한 햇살 같은 에너지가 넘쳐흘렀다.

그는 종이 가방 속에서 타르트와 함께 투명한 병에 들어 있는 우유를 꺼내놓았다. 어쩜 저렇게 군더더기 없이 깔끔하지? 모든 동작들이 한 치의 오차도 없이 반듯하고 정연했다. 저런 것도 모두 훈련을 통해 나오는 건가? 문득 하나는 궁금해졌다. 예전에 신문에서 얼핏 본 그의 '제왕의 수업'이라는 칼럼을 읽은 기억이 났다. 그가 은색의 스푼을 꺼내 들어 그녀에게 건네주었다.

"먹어요."

그는 마치 대단한 일을 하는 사람 모양으로 무언지 뽐내는 기색이었다.

"한발 늦었습니다. 벌써 우리 선생님이 사오셨네요."

그를 기죽이고 싶어서 하나는 바로 상현이 사온 베이커리 가방을 가리켰다.

"그래도 내가 이겼습니다. 이건 한우 그쪽이 원하는 메뉴거든요."

"우리 선생님도 똑같은 것으로 사오셨는데요?"

"아마 그대가 원하는 딸기가 아닐 겁니다."

하나는 속는 셈 치자, 하고서 상현이 가지고 온 종이 가방을 열었다. 그 안에서 타르트를 꺼내놓고 아차 싶었다. 각종 열대 과일이 얹어진 것이었다. 그것 보라는 듯이 강우는 흐뭇한 얼굴이었다. 그녀는 일부러 깐족깐족 그를 공격했다.

"이것도 경쟁이랍시고. 그래, 이런 걸로 이기니까 좋아요? 무슨 남자가 다짜고짜 안기라고 하지를 않나……."

"이 아파트 복도에서 기자들이 웅성거리며 장강우의 약혼녀가 혼자 있는데 다른 남자가 들어갔다고 수군거리고 있었습니다. 내가 어떻게 해야 했을까요?"

"그래서 껴안았다고요?"

하나는 손부채질을 하며 한숨을 토했다. 생각해보니까 남자와는 첫 포옹이었다. 이 남자는 타인의 사정은 전연 고려하지 않고서 목적을 위해서는 무조건 제 맘대로 하는 오만한 타입이라는 생각이 들었다. 일이 꼬여도 한참 꼬였다. 뭐가 어떻게 된 건지 알 수 없다, 라고 마음속으로 푸념하는 사이에 그가 그녀를 독려해왔다.

"정신 똑바로 차립시다."

하나는 발끈해서는 대차게 대꾸를 했다.

"졸지에 결혼식장에 들어가게 생겼는데 야수, 당신 같으면 어떨 것 같아요? 제정신이겠어요?"

이해한다는 듯이 그는 의연한 얼굴로 코웃음을 쳤다.

"우리에게는 이제 이익을 따져 행동하는 일만이 남았습니다."

하나가 이마 위에 흘러내려온 머리를 쓸어 넘기며 물었다.

"이익을 따져서 하는 행동이라고요?"

"어차피 판은 벌어졌고, 여기서 우리는 각자의 이익을 챙기기만 하면 된다는 소리입니다."

하나는 어깨를 흠칫, 떨었다. 현실이 보이면서 일시에 얼굴에 그늘이 졌다. 그러자 그가 작게 웃음을 터트리며 혼잣말로 중얼거렸다.

"이 반응 좀 보게. 귀엽네."

내가 귀여워? 하나가 두 눈을 휘둥그렇게 뜨며 표정을 일그러뜨리는 사이에 그가 은 스푼에 타르트 조각을 푹 떠서 몸을 숙여 왔다.

"자자, 이익이고 뭐고 따지기 전에 일단 건강하고 봐야겠지요. 아, 하고 입 벌려요."

"지금 뭐 하는 거예요?"

그녀는 붉은 딸기를 보면서 식욕이 도는 것을 느꼈지만 입을 꾹 다물어 그가 내민 타르트 조각을 외면했다.

"입 벌리십시오."

"괜찮……."

그녀가 입을 뗀 순간에 강우는 스푼을 밀어 넣었다. 어쩔 수 없이 입 안에 들어온 타르트를 우물우물 씹으며 하나는 무심결에 얼굴을 붉혔다. 그는 자연스럽게 스푼을 움직여 하나의 입에 그것을 거푸 떠 넣어주었다.

"내가 먹을 수 있어요."

"그냥 받아 드십시다."

거의 다 먹은 음식을 내려놓고 강우는 서류 봉투를 꺼내 들었다.

"무엇이 들어 있을 것 같습니까?"

뭐가 그리 신났는지 그의 표정은 의미심장하고도 들떴다.

"글쎄, 뭘까요?"

"혼인 계약서."

하나는 쿨럭, 하고 기침을 시작했다. 뜻밖의 말에 놀라는 바람에 타르트 조각이 식도가 아닌 곳으로 흘러들어간 탓이다.

"여자가 좀 조심하지 않고……."

좀처럼 멎지 않는 잔기침에 강우가 옆으로 건너와 등을 두드려주기 시작했다.

"거기서 여자가 왜 나와요?"

눈물이 맺힌 채로 하나가 그 와중에도 그를 향해 눈을 흘겼다.

"실례. 정정하겠습니다. 사람이 좀 조심하지 않고…… 됐습니까? 자아, 마셔요."

그가 우유가 든 병의 뚜껑을 열며 권했다.

"고마워요."

우유를 꿀꺽꿀꺽 삼키는 그녀의 눈가에 눈물이 그렁그렁 매달려 있었다. 언뜻 강우가 손가락으로 눈물을 훔쳐내자 그녀는 또 펄쩍 뛰었다.

"만지지 말아요."

"실례…… 한 겁니까?"

그가 어눌한 어조로 묻자 하나는 볼이 붉어진 채로 울상을 지었다. 이 남자, 정말 모르나 봐. 자기가 지금 무슨 짓을 하는지를.

"혼인 계약서나 봐요."

그녀는 발갛게 상기된 얼굴로 서류 봉투를 가리켰다.

"마저 먹어요. 내가 읽어드리겠습니다."

그는 하나가 제 손으로 스푼을 집어 드는 것을 보면서 서류를 펼쳐 들었다.

"시작합니다. 갑 장강우, 을 소하나. 변호사 없이 인감 날인합니다. 일, 갑은 을에게 혼인 계약금 10억 원을 지급한다. 이, 혼인 계약기간은 3년으로 한다. 단, 법적 혼인 절차는 밟지 않는다. 삼, 사회적 지탄을 받는 행위를 하여 상대방에게 손해를 끼쳤을 경우 계약금의 두 배를 지급한다. 사, 3년 이내에 계약을 해지하고 싶을 경우 서로 합의에 의해 할 수 있다. 이상입니다."

말을 마치고 난 강우의 표정은 마치 개선장군과도 같이 의기양양해져 있었다. 하나는 입에 넣은 수저를 빼내지도 못한 채로 두 눈을 깜박거리면서 그의 시선을 받아냈다.

"뭡니까, 그 표정은?"

그녀의 얼굴에 대고 그가 무안한 표정으로 미간에 주름을 잡았다.

"설마, 나한테 귀여워 보이겠다고 작정하고서 그런 얼굴인 건…… 아니겠지?"

하나는 말을 더듬거렸다.

"그게 아니라…… 뭐가 뭔지…… 도통…….."

"서면으로 읽어보십시오."

그녀가 말귀를 못 알아듣는 것으로 파악했는지 그는 서류를 건네주었다. 하나는 유심히 서류를 살펴본 뒤에 겨우 입을 열었다.

"말도 안 돼, 뭐가 이렇게 간단해요?"

"원래 계약서는 서로 원하는 것만 넣는 겁니다."

"원하는 거요?"

강우의 눈에 갑자기 날카로운 빛이 스쳤다.

"난 결혼, 너는 돈."

그녀의 잔뜩 굳어진 얼굴을 조롱하듯이 그가 혼잣말처럼 중얼거렸다.

"한우, 그쪽은 다행히 파산신청은 겨우 면했다지만 앞으로 갚아야 할 빚도 태산이고……."

"그래서요?"

"알다시피 나는 돈으로는 부족함이 없는 사람이고."

하나는 가만 입술을 깨물며 눈빛이 어둡게 침잠되었다.

"그런 우리가 서로 시한부 결혼을 하는 겁니다. 자아, 시너지 효과가 장난 아니겠지요?"

"그 시너지라는 것이 양쪽 어른들의 잘못된 만남을 중단시키는 것, 그리고……."

말을 잇지 못하고서 헤매는 그녀를 위해 강우가 입을 열었다.

"소하나의 빚을 해결하는 것을 의미합니다."

"혹시 잠을 같이 자고 싶다는 등의…… 그런 말은 아니겠지요? 사랑도 없이 결혼한 관계에서 의미 없는…… 부부관계…… 그러니까 내 말은······."

그러자 그의 얼굴이 딱딱하게 굳어지는가 싶더니 혼잣말을 중얼거렸다.

"아무래도 드라마를 너무 많이 봤어."

이내 그는 숙련된 배우처럼 곧바로 미간의 주름을 풀고서 여유로운 미소를 지었다.

"도자기에 붓질하고 가마 온도나 잴 줄 알았더니, 드라마도 봅니까?"

하나는 그의 조롱에도 흔들리지 않고서 해야 할 말을 부득불 입에 담았다.

"계약서에 그런 말은 빠져 있잖아요. 섹, 스······ 요. 설마, 가짜 결혼인데 한 침대에서 자는 것을 아주 당연하게 생각하는 것은 아니겠지요? 이런 것은 확실히 짚고 넘어가야 해요."

그는 두 손가락으로 관자놀이를 두드리며 툭 내뱉었다.

"나 정도면 괜찮지 않습니까?"

어머?

하나는 가늘게 신음을 터트렸다. 그녀가 어이없어 하거나 말거나 그는 계속했다.

"내가 어디 가서도 빠지는 인물이 아닌 데다가 사회적으로도 개인적으로도 배경이 나무랄 데가 없고······ 아니지, 오히려 넘친다고나 할까?"

점점?

하나는 이제 마른침을 삼키며 다음에는 무슨 말이 나오는지 주의를 기울였다.

"같이 즐기는 것도 나쁘지 않을 것 같은데."

"즐기자고요?"

"우린 둘 다 어엿한 성인 남녀입니다."

"무슨 뜻으로 그런 말을 하는 거예요?"

"순전한 성욕!"

그의 입에서 이런 말이 나왔을 때에 하나는 숨을 삼키며 제 귀를 의심할 수밖에 없었다.

"수, 수, 순…… 뭐라고요?"

"뻔한 것을 가지고 뭘 그리 놀랍니까? 아님, 척하는 겁니까?"

"그게 그렇게 되는 건가요?"

비로소 양 볼을 붉히는 하나에게 그는 찬찬히 설명을 해주었다.

"성욕은 인간의 가장 근본적인 욕구라고 안 배웠습니까?"

"그러니까 시한부 결혼을 하는 사이인데…… 왜, 그걸 굳이 나하고……."

"아님, 밖에서 해결을 하라?"

"그건 상무님이 알아서 할 일이고요."

하나는 공연히 머리카락을 쓸어 넘기며 덤덤한 척 대답했다. 여기서 객쩍어하면 안 된다, 라고 그녀는 무던히도 애를 쓰고 있다.

"강제는 없을 테니까 그리 아십시오. 굳이 건들지 말라는데 덤빌 정도로 그쪽이 매력적이라거나……."

"좋아요, 게임이라고 했지요?"

돌연 그녀는 이 남자를 놀리고 싶었다. 두 주먹을 꽉 틀어쥐고서 하나는 그를 똑바로 바라보며 선언하듯 말했다.

"내기해요. 누가 넘어가게 될지."

"……누가 넘어가는지?"

그녀는 일부러 침착하게 보이기 위해 남은 타르트 조각을 스푼으로 떠서 입에 넣었다. 딸기와 치즈 맛이 한데 섞인 내용물을 씹으면서 그녀는 제발 자신이 그보다 더 우위에 있어 보이게 해달라고 빌었다.

"강제는 아니라고 했잖아요? 섹스가 하고 싶으면 내가 원하게 해봐요. 어디, 야수에게 넘어가나 보자고요. 나도 내가 어떻게 될지 궁금해요."

"궁금하다?"

"과연, 상무님이 내게 남자로 보이는지가 궁금하다고요. 아니, 정확한 말로 밤에도 야수로 보이는지가 궁금한 거겠지요."

그가 자신을 탐색하듯이 엿보는 눈길을 피하며 하나는 계속해서 타르트를 먹었다. 이젠 맛도 모를 지경이었다.

"너, 내가 만만해?"

문득 그가 야유조로 물었을 때에 하나는 자신 있게 대답해주었다.

"네에, 그래요."

"만만하다고? 내가?"

그는 믿을 수 없다는 얼굴로 고개를 갸웃했다. 혹시라도 그에게 수줍은 속마음을 들킬까 봐 하나는 기어들어가는 목소리였지만 확실한 의견을 말해주었다.

"그러니까 야수, 그쪽한테 내가 넘어간다면…… 그때는 할 의향이 있다고요."

"뭐를?"

"같이 잠자는 거요. 섹스."

은연중에 그의 손이 하나의 얼굴에 불쑥 닿았다. 흠칫, 놀라 손길을 뿌리치는데 그가 그녀의 얼굴을 가렸다.

"코에 크림이 묻었습니다."

그녀는 무심코 고개를 들다가 눈앞에 캄캄한 그림자가 덮치는 느낌에 화들짝 놀랐다. 곧이어 강우의 입술이 콧등에 급하게 닿았다가 떨어졌다. 화를 내고 말고 할 사이도 없었다. 그는 키스를 마치고는 말짱한 표정으로 냅킨을 건넸다.

……당했다!

하지만 여기서 당황해하거나 소위 말해서 '쫄면' 안 된다고 하나는 제 자신을 다그쳤다. 그녀는 새하얀 냅킨으로 코를 문지르고는 다시 자세를 바로잡고서 침착하게 대응을 했다.

"혹시 야수, 그쪽 몸에 무슨 병이 있는 건 아니죠? 여자를 때리는 그런 난폭한 성향이나…… 그런 것도 병에 포함시켜서예요."

"난 누구도 상상 못 할 최고의 엘리트 교육을 받고 자란 사람입니다."

한마디도 지지 않는 남자다! 한숨을 내쉬면서 그녀는 아무리 생각해도 이건 아니라고 고개를 도리도리 저었다. 갑자기 강우가 자신의 손목을 낚아채듯 붙잡더니 진지한 어투로 당부했다.

"명심해. 이 결혼은 가짜야. 이득을 위해서라면 난 이보다 더한 것도 해."

자신의 손목을 움켜쥐고서 그가 힘을 주는 느낌에 하나는 눈살을 찌푸렸다. 그 눈길을 집요하게 파고들던 강우가 그제야 아, 하고 황급히 손을 떼어냈다.

"……미안합니다."

그는 가볍게 사과했다.

"코에다가 키스도 하고, 사과도 맘대로…… 하고. 제멋대로예요."

아픈 손목을 문지르며 하나가 중얼거리는 동안에 그는 벌떡 일어났다.

"정말 모르는 것 같아서 대답해주는 건데, 방금 그런 건 키스가 아닙니다. 몸 좀 잘 추스르고 있어요. 결혼 준비는 차질 없이 내가 다 알아서 할 테니 걱정 안 해도 될 겁니다."

양복저고리를 걸쳐 입고 다시 넥타이를 바싹 조이며 그는 현관으로 내려섰다. 저기요…… 하고 하나가 그의 뒤에서 말을 걸었다.

"우리 엄마요, 너무 미워하지 마세요."

그녀는 조심스레 혼자 짐작되는 부분을 밝혔지만 그는 괘념치 않는다는 얼굴이었다. 그는 돌아서지 않은 채로 문을 열며 툭 말했다.

"아, 혹시 해서 말하는 겁니다만, 남자 친구 같은 부류는 적당히 정리해야 좋지 않겠습니까?"

"남자 친구요?"

하나의 기함에도 그는 물러서지 않고 단언했다.

"아까 그 샌님의 경우 말입니다."

우리 박상현 선생님이 얼마나 고매하고 단정하신 분인데, 하고 하나는 소리치고 싶었다. 그러나 이미 문은 닫힌 뒤였다. 혼자 남아서 잠시 눈을 말똥거리던 하나는 그만 실소를 했다.

"뭐 저런 인간이 다 있어?"

그러자 삐걱, 하며 현관문이 열렸다. 석고상 같은 강우의 얼굴이 보였다.

"있어. 것도 네 남편 될 사람입니다."

강우가 진행하는 회의는 다른 생각을 할 수 없게 만드는 긴장감이 있었다. 한 달에 한 번 열리는 계열사 간 현안회의 분위기는 오늘이 가장 최악이었다.

"안강석 사장님."

대동물산의 안 사장을 부르는 강우의 목소리에 울화가 숨겨져 있었다. 안강석, 그는 회계통 출신으로 아주 정밀한 성격이었다. 심증은 가는데 물증이 없어서 지금까지 지켜보고 있는 자였다. 즉, 비리에 연루가 되어 있지만 쉬이 건들 수가 없다는 말이다.

뭐야, 이거?

한편 재훈은 결혼 문제로 인해 아들과 삐걱거리는 차였다. 강우가 신혼여행을 마다하고 있었다. 어쩔 수 없이 하는 결혼을 암묵적으로 티 내는 행위였다. 결혼식도 될 수 있으면 가장 간략하게, 모든 절차와 형식을 생략한다고 주장하고 있어서 은근 속을 끓이는 중이었다. 그런데 지금 강우가 안 사장을 몰아붙이는 기색을 읽고서 조금 의아했다.

이 녀석이 혹시 자신이 끝내 못 찾은 증거를 드디어 찾았다는 건가? 역시 우리 아들은 똑똑한 그릇일세! 어느새 강우를 바라보는 재훈의 눈빛에는 뿌듯함이 실려 있었다. 보면, 저 녀석이 딴 건 다 잘났는데 여자 운이 없었단 말이야. 잘됐어, 이참에 야물어 보이는 처자와 맺어지게 됐으니! 제발, 소하한테 꼼짝 못 하게 잡혀 살아라. 아주 볼만하겠구먼.

"안 사장님, 수고가 많으셨습니다."

강우가 까칠한 어조로 말을 건네고 있었다.

"감사합니다."

아직 아무 낌새도 못 챈 안 사장의 입가가 올라갔다. 그러나 재훈은 확연히 알아보았다. 아들 강우는 안 사장을 비웃는 거였다. 아니나 다를까, 강우의 공격이 시작되었다.

"분기별 실적을 올리기 위해 무리한 밀어내기 하느라고 얼마나 수고가 많으셨습니까?"

올라오는 모든 보고서를 허투루 넘기는 법이 없는 강우답게 바로 날리는 직언이었다. 지난 분기 때도 재훈이 그렇게 눈치를 줬는데, 안 사장의 일처리는 늘 비리였다. 장강우를 물로 본 탓이다.

"박걸순 회계사님, 세무 감사팀은 오늘부터 대동물산 감사를 시작하십시오."

"네, 알겠습니다."

박 회계사가 피식, 웃었다. 머리가 너무 좋은 안 사장이 아작 나게 생겼다. 자기 머리 위에는 아무도 없는 줄 알았을 테지. 아니, 범새끼인 강우를 몰라본 죄다.

"상무님, 그런 부당한 처사를……."

"안 사장님처럼 저도 특히 숫자에 강합니다. 부당한 처사인지 아닌지는 회계 감사가 끝나는 2주 후에 이야기하도록 하시죠."

안 사장의 얼굴이 붉어졌다.

"다른 의견들 없으신 거죠?"

눈으로 임원들을 훑어보는 강우의 눈빛이 사납고 날카로웠다. 사람의 마음이 본래는 선량하다고 믿는 아버지는 그룹 회장보다는 대학 교수가 더 어울릴지도 모른다.

대동물산의 회계 감사를 시작한다는 말을 들어도 재훈은 아무 말이 없었다. 재훈의 오른팔이라 불리던 '안강석'이 회계장부 조작으로 무얼 했는지, 대리점에 어떤 갑질을 했는지, 그것이 나중에 어떠한 부메랑으로 돌아올지 모르는데도 재훈은 화조차 내지 않고 심지어 아들이 해치운 것으로 시원섭섭한 얼굴이었다.

이런 젠장!

강우의 얼굴에서 핏기가 가셨다. 항상 이런 식이 문제다.

"자아, 다음은 대동건설의 현안 보고 시작하십시오."

강우의 목소리에 서릿발이 서렸다.

"올해 3월 세계문화유산 등재를 위한 계림마을 복원 사업에 저희 대동건설이 최종 선정되었습니다. 사원과 석축 등 원활한 복원 사업을 위해 이탈리아 피렌체와 문화재 복원을 위한 MOU를 맺기로 하였습니다. MOU 체결을 위해, 그리고 대통령 메시지를 전달하기 위해 문화재청 차관이 직접 가신다고 합니다. 저희도 본사 그룹 차원에서 움직여야 결례가 되지 않을까……."

"강우, 네가 가."

갑작스럽게 재훈이 공석에서 반말을 해왔다. 원래 회사에서는 완벽하게 장 상무라는 칭호를 붙여주던 회장 재훈이 아닌가? 강우는 주변을 둘러보면서 넥타이를 고쳐 잡았다. 그러고는 나직하게 반문을 했다.

"지금 무슨 말씀을 하시는 겁니까?"

"네가 가라, 하와이…… 아니, 이탈리아."

재훈은 흠, 하고 헛기침을 하더니 마저 말했다.

"……라고 했다."

일순, 잔뜩 긴장감으로 팽배해 있던 회의실 안에 웃음소리가 번졌다. 임원들이 키득거리기 시작했던 것이다. 표정 변화 없기로 유명한 비서실장마저 손으로 입을 가렸다. 뜻하지 않은 회장의 성대모사가 상당히 풀어진 분위기를 일으켰다. 지금 웃고 있지 않는 자는 회계 감사를 앞둔 안강석 사장과 장강우 상무, 둘뿐이었다. 강우는 툭툭 테이블 위를 두들겨서 주의를 환기시켰다.

"회장님, 본사 그룹 대표가 가야 한다고 주병열 사장이 보고하고 있었습니다."

"이름만 회장인 내가 가면 뭐해. 실권은 다 장강우 상무한테 있는 거 세상이 다 아는 일인데."

"이탈리아 출장은 날짜만으로 열흘 이상을 소요하는 일입니다. 지금 산적해 있는 현안이 얼마나……."

이를 악물듯이 설명을 하는 강우에 맞서기 위해 갑자기 정색을 한 얼굴로 재훈이 입을 열었다.

"박걸순 회계사, 대동물산 회계 감사는 나한테 직적 보고해. 비서실장, 강우가 하던 현안 업무 나한테 결재선 돌려. 이제 됐습니까, 장강우 상무님?"

"회장님, 순서가 틀렸습니다."

"순서가 틀리긴. 아주 딱 맞습니다. 어차피 결혼하고 나서 바로 이탈리아로 떠나면 되지 않겠습니까? 장 상무의 신혼여행 겸, 출장인 셈입니다. 잘 다녀오면 되겠습니다."

결혼.

그 단어에는 힘이 실려 있었다. 여태 웃는 소리로 수런거리던 임원들이 일시에 조용해졌으며 강우의 안면근육이 더 이상 그럴 수 없을 만치 딱딱하게 굳어졌다.

"지금 무슨 말씀을 하시는 겁니까? 사적인 일에 공적인 일을 대입시키는 법은 없습니다. 아니, 안 됩니다. 제가 불허합니다."

두 눈으로 아버지, 라고 부르면서 강우는 제발 회의에 집중하라고 고함치고 싶은 모양이었다. 그러나 재훈은 더욱 부채질을 했다.

"문화재청 차관이 간다는데 일개 회사 상무가 일정 비서까지 데리고 해외 나가지 말고 로마 지사장한테 현지 가이드만 붙이라고 해. 장 상무 부부만이 떠나는 허니문을 겸한 출장을 결재합니다."

일부러 강우의 구겨진 얼굴을 보지 못한 듯이 임원들은 박수를 쳤다. 이로써 하나와 강우의 허니문을 보낼 수 있게 되었다, 라고 그는 혼자 흡족해했다.

요새 신문이나 잡지에서 가장 뜨거운 감자는 뭐니 뭐니 해도 대동그룹의 상무이사 장강우와 그의 여자였다. 특히 강우와 하나의 나이 차이와 함께 평범한 결혼식을 하는 스토리가 화제였다. 호텔에서의 원나잇이 걸려서 급조된 결혼이 아니냐는 세간의 눈길도 피할 수 없었다. 혼수와 호화 예식을 피해서 단 두 가족만 모여 호텔에서 조촐한 식을 올릴 예정이라는 대동의 보도 자료 또한 의혹을 더하는 것이었다. 게다가 강우의 지인들이 나서서 둘이 연인 사이인 것은 금시초문이라는 인터뷰를 자처하는 일까지도 있었다.

결국 강우는 궁여지책(窮餘之策)을 펴내서 하나와 데이트를 가장한 만남을 하기에 이르렀다.

"그러니까 이게 비즈니스란 말이죠? 남들 보기에 진짜 결혼하는 연인들 같은 모양을 연출해야 하는 의도적인……."

전시회 준비로 한창 바쁜 시기에 말도 안 되는 결혼을 해야 하는 하나는 마지못해서 그가 만든 자리에 나와 있었다.

"데이트."

"그러니까 의도된 연출?"

두 사람은 일부러 기자들 보라는 듯이 카페의 야외 테라스에 자리 잡고 앉아 있었다.

"확실히 하려면 이리로 가까이 와야 해요."

강우가 제 옆자리를 가리켰다. 하나가 네에? 하고 눈을 휘둥그렇게 뜬 순간에 그가 어서, 하고 짧게 말하며 손바닥을 내밀었다. 하나는 주섬주섬 책과 가방을 챙겨 들고서 몸을 일으켰다. 강우는 보란 듯이 그녀의 손을 잡아당겨서 그 손등에 쪽, 키스를 했다.

"정말 희한해요. 처음 봤을 때부터 눈빛이 야수 같더니, 이런 짓도 서슴지 않는 것을 보면……."

"야수가 그런 뜻이었습니까?"

"모르겠어요. 그냥 무서운 눈? 잡아먹을 듯이 상대의 틈을 노리는 빈틈없는 눈? 그런 눈이 야수 같았는데."

그는 일어서서 의자를 뒤로 밀어준 뒤에 하나가 앉게 했다.

"이러지 마요. 너무 오버야."

"쉬이, 이제 됐습니다."

과연, 두 사람이 나란히 앉는 순간을 놓치지 않고서 저쪽에서 찰칵, 하고 카메라 셔터 소리가 들려왔다.

"내 얼굴을 가까이에서 보고 반한다거나 그러면 곤란합니다."

그의 말에 하나는 인상을 찌푸렸다.

"잘난 척하는 사람은 싫은데."

"척이 아니라 실제로 일어날 수 있는 경우의 수를 가르쳐드리는 겁니다."

강우가 선글라스를 벗으며 툭 핀잔을 던졌다.

"그리고 이렇게 날씨 기막힌 주말에 나 같은 미남하고 시간 보내는 일은 그쪽에게 그리 나쁘지 않은 걸로 아는데요?"

"억울해요. 지금 한창 작업실에서 할 일이 태산인데 끌려나온 거거든요. 덕분에 오늘 밤도 잠은 다 잤어요. 상무님은 힘든 상황에서는 어떻게 대처하는 스타일이에요?"

하나가 일부러 길게 투덜거리며 물었다.

"나는 어떤 상황이든 우선 긍정적인 부분부터 찾아봅니다."

그가 자신의 커피 잔을 하나의 잔에 부딪치며 유쾌하게 웃었다.

"지금 이 상황도 얼마든지 좋은 쪽으로 끌어갈 수 있을 겁니다."

하나가 계속해서 잠자코 있자 그가 중얼거리듯 덧붙였다.

"피할 수 없으면 즐기는 거죠."

하나는 불투명한 색의 빨대를 빼내고는 조금 남은 레모네이드를 한 번에 다 마셨다. 그러고는 빈 잔 속에서 빨대를 뒤적거리며 그를 흘끔, 보았다.

즐기고 있는 것 맞구나.

그는 태블릿을 앞에 놓고 여유로운 자세로 앉아 있었다. 흰 셔츠와 재킷 차림이 말쑥하게 잘 어울렸다. 타고나기를 훤칠한 키가 압도적인 서글서글한 미남이기도 해서 어디에서든 당당하게 돋보일 남자였다.

오늘은 평소에 쓰는 안경 대신에 색이 옅은 선글라스로 포인트를 주고 있었다. 항간에서 그를 가리켜 '국민 상무'라는 등의 찬사를 보내는 데는 외모나 스타일도 한몫을 하는 것을 잘 알기에 하나는 속으로 쓰게 웃었다.

어림도 없어, 나는 절대 반하지 않아! 외모만으로 반한다는 것은 말이 안 돼. 아! 물론, 이 남자는 돈도 있지. 하지만 그것도 나를 흔들지 못할걸?

그녀는 자신의 마음을 다잡으며 일부러 막간을 이용하기 위해 들고 나온 전공 서적을 펼치고는 형광펜으로 색을 칠했다. 하지만 글자가 눈에 들어올 리가 만무했다.

"뭘 그렇게 열심히 합니까?"

그렇게 물어놓고 그는 눈썹을 일그러뜨렸다.

"노노, 안 돼요. 책 덮어요."

"왜요?"

"결혼할 남자보다 책이 더 좋으면 안 되지 않습니까? 카메라 의식해야 합니다."

"말 되네요. 그럼, 커피나 한 잔 더 마실게요. 아, 이게 좋겠다. 에스프레소 콘파나 그러니따요."

"알고 시키는 겁니까?"

"노코멘트 할게요."

새침하게 하나는 책을 접었고 강우는 손가락을 튕겨서 웨이터를 불렀다. 커피를 추가로 주문하는 그에게 그녀가 물었다.

"엄마가 이상해요. 아니, 수상쩍어요. 그쪽 회장님은 어떠세요?"

강우가 한쪽 눈썹을 일그러뜨리며 호기심을 보였다.

"며칠 전에는 이 결혼에 대해 불안해하고 그랬는데 지금은 완전 좋아서 날아다니는 것 같아요. 생각해보세요. 바람나서 불꽃이 팡팡 튀던 두 사람이 졸지에 사돈으로 엮이는 거잖아요?"

"우리 회장님도 마찬가지입니다. 김지현 씨는 아예 잊은 것같이 행동하니 말입니다. 그보다 우리는 오늘 1차 목표를 달성하는 데에만 주력합시다."

"1차 목표요?"

"이렇게 붙어 앉아서 이마를 맞대고 이야기를 하면 일단 우리의 1차 목표는 달성하는 겁니다."

"그럼, 2차 목표도 있어요?"

"나를 보고 환하게 웃어봐요. 이야기해드리겠습니다."

아이고, 소하나! 오늘 두루두루 수고가 많다. 하나는 속으로 잔뜩 툴툴거리면서도 강우가 이마를 가져다 붙이는 대로 가만있었다.

"스마일해요. 웃고 싶지 않아도 연기해요. 웃으면 예쁘던데?"

그의 재촉에 하나는 웃고 말았다. 강남 한복판의 카페테라스에서 두 남녀가 나란히 앉아 이마를 대고서 웃는 모습을 연출한 셈이었다. 어쨌든 다정한 앵글이었다.

"2차 목표는요?"

"그렇잖아도 그 이야기하러 왔습니다. 결혼식 후에 바로 신혼여행이 예정되어……."

신.혼.여.행!

쿵쾅쾅쾅, 하고 그것은 마치 베토벤의 '운명 교향곡'이 귀를 울리는 기분이었다.

"말도 안 돼!"

하나는 경악했다. 쉿, 하고 강우는 하나의 뺨에 흐트러진 머리카락을 귀 뒤로 넘겨주며 가볍게 일갈했다.

"웃어야 해요."

강우는 뻔뻔하게 하나의 손등을 끌어당겨 쪽, 입술을 댔다. 하나는 그에게 잡힌 손을 빼내지도 못하고서 작은 소리로 따졌다.

"무슨 난데없이 허니문?"

"불가피해졌습니다."

"그래도……."

그녀는 항의를 하려던 입을 다물었다. 웨이터가 커피를 가지고 왔기 때문이다.

"감사합니다."

눈빛에 친절함을 가득 담아 하나가 인사를 하자 아직 앳된 얼굴의 남자 웨이터는 양 볼이 화르르 달아올랐다. 그 모습을 뚫어지게 살펴보던 강우가 마침내 기분 나쁜 심중을 털어놓았다.

"우리가 지금 비록 남들에게 보여주기 위해 같이 있는 거라고 해도…… 그게 그러니까…… 아무한테나 친절할 필요는 없는 것 같은데요?"

"지혜로운 사람은 이해관계를 떠나서 아무에게나 친절하고 어진 마음으로 대한다…… 파스칼이 그런 말을 했대요."

하나는 마냥 햇살같이 환하게 웃는 얼굴로 대꾸했다.

"고독한 인간이 가장 강하다는 말을 압니까? 아무에게나 친절을 휘두르며 사교성을 높이느니 혼자 고독해지는 것도 나쁘지 않은데 말입니다."

입씨름이 시작되려는 순간에 웨이터가 다가와 타르트를 놓고 갔다. 하나는 어리둥절해서 물었다.

"안 시켰는데요?"

웨이터는 같이 온 애인이 특별히 부탁한 것이라는 언질을 해주고 물러났다. 붉은 딸기가 먹음직스럽게 토핑이 된 타르트를 보며 하나는 다시 강우를 보고 했다. 그는 으쓱해진 얼굴로 딴청을 부리며 중얼거렸다.

"너무 고마워할 것 없습니다. 상대방의 기호를 파악한 것뿐이니까요."

"타르트 잘 먹을게요. 근데요, 상무님. 어쨌든 신혼여행만큼은 제발 막아주셨으면 해요."

"나도 어리둥절합니다. 말도 안 되게 이탈리아 피렌체랍니다."

그의 입에서 튀어 나온 피렌체라는 지명에 갑자기 아, 하고 하나가 소리를 질렀다.

"아시시가 가까운 거죠?"

그녀는 갑자기 목이 멘 음성으로 그렇게 묻고 있었다.

"아시시?"

"예, 아시시…… 이태리의 시가요."

그녀는 양 뺨에 홍조를 띠며 흥분한 어조였다.

"음, 피렌체에서 약 한 시간 정도?"

얘가 왜 저래?

한강 변에서 비둘기에게 모이를 주고 있는 하나의 뒷모습을 보며 그는 슬쩍 이탈리아의 아시시를 떠올렸다. 아시시는 성벽으로 둘러싸인 도시로 성 프란체스코가 탄생한 덕에 가톨릭의 중요한 순례지였다. 거기에 숨겨둔 첫사랑이라도 있는 것일까? 새파랗게 질려서 허니문이 뭐냐고 질색을 하던 여자는 어디로 갔나?

하나는 들뜬 얼굴이 되어 아시시가 가깝냐고 물었다. 즉, 신혼여행지인 피렌체에서 조금만 이동하면 되는 거리인 아시시에 가서 관광을 즐기겠다는 뜻이다. 뭔가 있는 거야, 하고 강우는 미심쩍은 얼굴로 하나를 살폈다.

그들은 신문기자들이나 파파라치들이 집요하게 따라오는 것을 이기지 못하고 고속도로를 탔다가 결국 한강 둔치로 차를 몰아 와야 했다. 차를 세운 뒤에 그는 망연히 앉아 있는 반면에 하나는 폴짝 뛰어서 밖으로 나가 그새 비둘기들에게 먹일 스낵을 사온 거였다.

신혼여행을 이야기했다가 반은 잡아먹을 듯이 달려들던 그녀는 어느새 사라지고 지금은 아주 즐겁다는 듯이 '비둘기에게 먹이를 줍시다.'와 같은 한 편의 광고를 찍고 있었다.

"그만 좀 하시지. 사람들이 비둘기가 아니라 돼둘기라고 부르는 거 못 들어봤습니까?"

세일러 칼라가 달린 흰색의 원피스를 입은 그녀는 누가 보기에도 눈부신 한 폭의 그림이었다. 주변의 사람들도 힐끔거리며 그녀를 주시하고 있었다.

"한 살이라도 젊은 게 좋긴 좋군."

뭐랄까?

그녀는 예쁘장한 데다가 그 나이에 맞는 싱그러움을 갖추고 있었다. 처음 공방에 찾아갔을 적에 마주친 그녀는 창백한 피부에 부르튼 입술을 하고서도 씩씩하게만 보였던 것을 기억한다. 그 후에 마주칠수록 그녀는 사랑스러워 보였다.

이거, 이상한데? 가짜로라도 내 아내가 된다 싶으니까 눈에 껍질이 씌워지는 건가? 아니다, 여자는 겉모습으로만 판단하면 안 된다.

혼자 별의별 생각을 다 하고 있노라니 어느새 그녀가 다가왔다.

"자아, 마셔요."

500밀리미터 맥주 캔이 눈앞에 있었다. 방울방울 이슬이 진 초록색의 캔을 보며 그는 무심코 침을 꿀꺽, 삼켰다. 그러나 술은 안 된다.

"마셔요. 왜요? 독이라도 탔을까 봐요? 아까 생각지도 않은 타르트를 선물 받은 보답이니까 걱정 마시고요."

그녀가 눈을 더욱 크게 뜨고 채근을 했다.

"운전."

그가 짤막하게 대답했다. 그 말은 사실이었다. 오늘은 일부러 이 대리도 동반하지 않은 탓에 그는 손수 운전을 해야 했다.

"내가 할 수도 있잖아요?"

"아서요."

말은 그렇게 하면서도 유혹에 진 그는 캔을 낚아챘다.

"운전 잘합니까?"

"그럼요, 그럼요."

하나는 어린아이같이 해사하게 웃고 있었다. 그는 천천히 맥주 캔을 기울였다. 차가운 맥주가 목을 넘어가며 씻은 듯이 꿀꿀함을 벗겨내는 것 같았다.

잠깐, 내가 꿀꿀했었나?

사실 그는 속으로 뭔가 모르게 가슴이 뛰고 있었다. 긴장감? 기대감? 이 여자와 있어서 그런 건가?

그럴 리가.

모처럼 기분이 밝다고 해야 하나, 몇 년 묵은 스트레스가 풀린다고 해야 하나? 여하튼 그는 지금 좋았다.

"물어볼 게 있어요. 야수, 그쪽의 진짜 여자는 따로 있는 거지요?"

비어버린 캔을 한 손으로 구기고 있는데 그녀가 느닷없이 이렇게 물었다.

여자? 진짜 여자라.

그가 픽, 웃으며 하나를 보았다.

"어디서 무슨 소리를 듣고 그러는지 모르겠는데, 말이 된다고 생각합니까?"

"네에, 말이 돼요. 상식적으로 봐도 서른네 살이나 먹은 노총각
에다가……."

"노총각이라니."

그는 혼잣말을 하며 또 자조적인 미소를 입가에 그었다.

"이제 그런 말은 사라졌어요."

"그래요? 그럼, 정정할게요. 상무님은 일단 나이도 꽉 찬 데다가
여자들이 알아서 쓰러져준다고 들었어요. 그것도 아름답고 지적
인 여자들로만. 예전엔 유명 아나운서가 상무님을 이상형이라고
하는 소리도 들었어요. 그런 야수한테 여자가 없다는 말은 어불성
설 같아요."

"굳이 대답해야 한다면, 그런 거 안 키운다고 해둡시다."

하나가 금방 빈정이 상한 표정이 되었다.

"그런 거? 왜 그렇게 표현해요? 미혼 남녀가 사귀는 과정은 아
름다운 일인데."

"일전에도 말했듯이 나는 여자를 안 믿습니다. 아주 학을 떼었
다고 표현하면 맞을 겁니다. 갑시다, 이만."

강우는 수틀린 얼굴로 대답을 하고는 보조석으로 가서 앉았다.

여자, 여자, 여자라……

지금껏 그는 세 번의 애인을 가졌었다. 그리고 그 세 번을 다 보
기 좋게 차였다. 혹자들은 믿을지 모르겠지만 그는 자신이 버림받
았다는 것을 아주 잘 알고 있었다. 차라리 진심을 주지 않았으면
모를까, 분하게도 그는 전부가 진짜였다. 사귈 때마다 마지막인 것
처럼 그는 사랑을 했고, 버려졌다.

이유는 다 같았다.

'강우, 결코 네가 좋은 게 아니야.'

결국 배경이라는 말이다. 규모가 작은 해운업을 하는 부친을 둔 외동딸인 첼리스트는 거의 강제로 그와 사귀라는 명령하에 접근한 거였고, 대현건설의 딸은 이미 남자가 있는데도 불구하고 그와 약혼까지 갈 뻔했다가 깨졌으며, 비교적 평범한 집안이라고 할 수 있는 법조인 부부의 딸도 마찬가지였다. 그는 항상 버려졌고 그럴 때마다 매번 죽을 듯이 고통스러웠다. 아무도 모르는 그만의 비밀이었으며 이가 갈리는 치욕이었다.

"운전해요."

그는 운전대를 가리키며 명령조로 일갈했다.

"뭐 합니까?"

자신의 뒤에서 꾸물거리는 그녀를 뒤돌아보며 그가 재촉했을 때였다.

"이 차가 그 유명한 람브르기니 아벤타도르라는 거예요?"

하나는 휴대폰의 액정을 그에게 들이대며 물어왔다. 그사이 구글링이라도 한 모양이었다. 어이없다는 듯이 혀를 차며 강우가 그녀에게 곧바로 찬물을 끼얹었다.

"정신 차리십시오. 그거 절대 아닙니다."

"네? 기사에도 났는데? 이것 봐요, 아닌가?"

순간, 강우는 이를 악물고 퉁명스럽게 타박했다.

"오보입니다. 그 기사를 낸 국제일보 윤소윤 기자는 다시는 내 담당을 못 하게 되었다는 것만 알아두십시오. 요즘이 어느 때인데 외제차를 끌고 다닌단 말입니까? 그리고……."

그가 하나의 얼굴 가까이로 제 얼굴을 붙이며 작게 덧붙였다.

"요즘은 이미지로 먹고 사는 시대입니다. 관리 까딱 잘못했다가는 죽어요. 이번에 우리가 결혼까지 감행하면서 부모의 불륜을 막는 사태만 봐도……."

"알았어요, 알았어. 내가 잘못 알았어요."

하나가 스스럼없이 운전대를 잡으며 가볍게 사과를 해왔다.

"그런 마음가짐은 맘에 드네요. 맞아요, 재벌들이 먼저 모범을 보여야지요."

그는 하나의 코앞에 카드 키를 한 장 꺼내 보였다.

"앞으로 본인이 들어가 살 집인데 직접 눈으로 확인이라도 해야 할 것 아닙니까? 여태 살던 곳이니까 필요한 것은 다 있을 겁니다."

앞으로 신접살림을 할 집은 한남동의 그가 혼자 살던 오피스텔로 정했다. 결혼을 발표하면서 허례의식 타파라는 명목으로 혼수를 따로 주고받지 않기로 결정했기에 하나는 준비할 것이 없었다. 지금 강우는 그녀가 앞으로 살 집을 보여주려는 심사였다.

"알았어요. 나 혼자 가보면 돼요."

하나는 그의 손에서 카드 키를 받으며 발그레 뺨을 붉혔다.

"그러시든지."

그는 사진기자들이 어디에 있든지 좋은 각도로 찍히길 원한 사람답게 차창 밖으로 손을 흔들었다.

"왜 그래요? 촌스러워요."

"바로 이런 것이 제대로 된 먹이를 던지는 사냥꾼의 자세라고나 할까?"

"사냥꾼? 이상하네. 우리가 덫에 치인 짐승 같은데요?"

"그거 압니까? 우리의 결혼으로 인해 지금 대동의 주가가 한껏 올랐습니다. 더 올라갈 것도 같으니까 이 정도는 서비스해줘야지요."

"그래요? 그럼, 제대로 한번…… 스피드 좀 올려볼까나?"

하나는 상체를 운전대로 숙이며 입술을 지그시 깨물었다. 다행히 그녀는 한껏 밟아서 달릴 수 있는 코스를 알고 있었다.

"아가야, 스트레스는 그렇게 푸는 거 아니다."

잽싸게 하나가 부여잡은 운전대를 한 손으로 붙들며 강우가 엄중히 경고를 날렸다.

"저 사람들 따돌리려고요. 양수리 쪽으로 도로 끼고 달리면 스피드도 낼 수 있어요. 절로 드라이브도 되고요. 벨트 꽉 매요!"

"소하나."

그가 나직하게 하나의 이름을 불렀다.

"그러면 바로 키스해버리겠어."

돌연, 그는 운전대에 얹어진 하나의 손등을 감싸 쥐듯 했다. 기죽지 않고 하나는 의연하게 고개를 치켜들고는 강우 쪽을 향해 눈길을 돌렸다.

"야수? 의외로 겁이 많네? 언제든 필요하면 말해요. 내가 저런 기자들 다 따돌릴 수 있으니까요. 비록 면허 딴 지는 얼마 안 되지만 이래 봬도 베스트 드라이버라고요."

무슨!

하나는 까르르 소리를 내어 웃고 있었다. 순간, 흐트러진 갈색 머릿결 사이로 배꽃 같은 미소를 짓고 있는 하얀 얼굴이 선연하게 드러났다. 자연스럽게 그의 하체가 뱀처럼 꿈틀거렸다.

"이런."

강우는 입을 꾹 다물었다. 웃어야 할까, 울어야 할까? 왜 이 어린 여자와 자신이 이러고 있는 거지? 강우는 새삼 자신의 부친이 원망스러웠다. 한참 웃던 하나는 한숨을 내쉬며 미간을 접은 그에게 타이르듯 말했다.

"농담이에요, 제대로 밟을게요. 미안해요. 참 나, 남자가 쫄기는……."

"안 쫄았습니다."

그는 이를 악물듯이 하고 대답했다.

4. 목적지에 도착하셨습니다

결혼식 전날이 되었다.

"당장 내일 결혼식을 앞둔 예비 신부가 어딜 간다고 하는 거야?"

아까부터 지현은 딸의 뒤를 졸졸 따라다니며 안달을 하고 있었다.

"말했잖아요."

하나는 멜빵이 달린 청바지를 입은 모습으로 커다란 보스턴백을 들고서 현관으로 갔다.

"소하나 언니, 내일이 네 결혼식이라고요."

지현은 문 앞을 가로막으며 화가 난 어투로 애원하다시피 했다.

"저도 안다고요."

"안다고? 그러면서 이게 무슨 짓? 결혼식을 하루 앞둔 예비 신부가 전문 숍에서 피부 마사지 받는 것이 싫다고 내빼는 것까지는 양보할게. 그래, 그런 건 백번 포기할 수 있다고 쳐요. 그래도 엄마가 해주는 오이 팩 정도는 하고 있어야 하는 거 아니니? 너 장강우 상무의 와이프 된다면서요?"

하나는 후, 하고 심호흡을 하며 지현을 보았다.

"엄마는 잊었어? 그새 까먹은 거야? 아버지가 후원하는 보육원 아이들의 도예 교실이 내일이잖아요. 후딱 다녀올게요."

"결혼식은……."

"어차피 저녁 5시까지만 가면 되잖아? 도예 교실은 낮에 할 건데, 뭘."

너무 태연하게 답하는 하나를 보면서 지현은 아예 발을 구르며 만류를 해댔다.

"말이 되는 소리를 하셔요. 그리고 왜 그렇게 부득이 오늘 간다는 거야? 차라리 내일 가. 엄마가 같이 가줄게."

"지금 가도 미리 준비해야 할 게 많아서 빠듯해요."

조바심치는 지현을 아랑곳하지 않으면서 하나는 현관문을 열고 밖으로 나갔다.

"너 이러는 거 장 상무는 알고 있니?"

지현이 고함치듯 물었지만 이미 문은 닫혀버린 뒤였다. 안 되겠다, 하고 지현은 마침 손에 쥐고 있던 휴대폰을 보았다. 그녀는 이내 예비 사위인 강우에게 문자를 보냈다.

[이보게, 사위! 소하나가 경기도 안양에 갔어. 내일이나 되어야 온대. 결혼식에 차질 없겠나?]

하나는 안양으로 향하는 버스 안에서 눈물이 흐르는 뺨을 닦아내고 있었다. 자신이 아무리 결혼에 대한 꿈이 없었다고 해도 그렇다. 이런 식으로 팔려가는 것은 온당하지 않았다. 게다가 당연한 일이겠지만 강우는 그녀에게 애정 같은 것은 일점일획도 없을 것이다. 그녀 또한 애정 따위는 추호도 바라지 않는다.

그런가?

그러면서도 서운한 마음이 드는 것은 참으로 이상한 일이었다. 웨딩 플래너들을 만나는 날에 강우가 한 말이 있었다.

'……우리는 진짜가 아니기 때문에 갖출 것을 다 갖춘 예식을 할 필요가 없습니다. 그러니 대충 하는 식으로 가야 합니다. 내가 미리 플래너들에게 뭐든 다 생략하자고 그랬습니다. 공연히 한우 그쪽이 성대한 결혼식을 원한답시고 초치지 맙시다.'

물론 그녀야말로 성대한 웨딩을 바라지 않았다. 그러나 그의 말이 서럽게 새겨지는 것은 어쩔 수가 없었다. 그리고 또 있었다. 웨딩드레스를 고르는 날이었다. 강우에게서 전화가 왔다.

-혹시라도 이 기회에 드레스를 원 없이 입어보겠다는 건 아니겠지요? 여자들은 보통 드레스에 대한 로망이 있다고 하더군요. 시간도 없으니 한우, 그쪽은 그냥 아무거나 입는다고 해요. 정 서운하면 다른 남자랑 결혼할 때, 그때나 소원 풀어보든가.

그날을 회상하며 하나는 쓴웃음을 머금었다.

그녀는 생전 처음으로 웨딩드레스를 입는 일이 언뜻 설레었다. 훤칠한 강우가 턱시도를 입은 모습으로 자신의 손을 잡아줄 상상에 잠시 행복하기도 했다. 그러자 전혀 의식하지 못한 설렘에 깜짝 놀란 것도 사실이었다.

하도 곁에서 수선을 피우며 예비 신랑한테 사진을 찍어 보내라기에 그녀는 자신의 드레스를 입은 모습을 휴대폰으로 전송했다. 그러고 나서 막 옷을 갈아입으려고 하는데 전화가 왔었다.

 -너무 야합니다.

 이 남자, 뭐라는 거야? 하나는 기가 막혔지만 디자이너에게 그대로 전달을 했다.

 '하프 드레스라서 가슴이 모아지는 바람에 더 그렇게 보이나 봐요.'

 키가 크고 바싹 마른 몸매의 그녀는 반전인 듯이 유방 모양이 그리 작지 않아서 다들 놀라는 눈치였다.

 디자이너는 차이나칼라의 웨딩드레스를 골라주었다. 그 사진을 전송했다가 그녀는 식겁했다.

 [평범한 것으로 합시다.]

 신랑이 평범한 것으로 고르라고 하는데요? 라고 그녀가 디자이너에게 말했을 때였다. 모두 웃음을 터트리며 한마디씩 했다.

 '너무 아름다웠나 보다.'

 '아무리 차이나칼라라고 해도 목부터 가슴까지 시스루여서 더 야릇하고 섹시해 보이거든요. 그걸 알아보신 게지.'

 '백합같이 청초해요.'

 그들의 반응에 할 수 없이 다들 이게 좋대요, 라고 문자를 전송했을 때였다. 그가 직접 전화를 걸어와서 다음과 같이 말했다.

 -그렇게 예쁘면 내가 무슨 소리를 듣겠습니까? 저 인간은 얼굴 예쁘고 어린 여자하고 결혼을 한다, 라고 다들 야유하지 않겠습니까?

 '사실인걸요? 내가 얼굴도 예쁘고 어린 데다가……'

'장강우를 사랑하는 여자.'

뜬금없는 그의 말에 두 눈을 가늘게 뜨며 인상을 긋자 그가 즉시로 대답해왔다.

'아무리 얼굴도 예쁘고 나이가 어리면 뭐합니까? 장강우를 사랑하는 여자가 아니지 않습니까?'

무슨 남자가 농담을 해도 더럽게 재미가 없다. 하나는 쓸쓸히 전화를 끊고는 디자이너가 골라주는 대로 그들 기준으로 그나마 평범한 스타일의 드레스를 골랐다.

서러웠다.

왜 내가 이런 결혼을 해야 하는가?

물론 결혼을 전제로 자신의 어머니와 상대방 회장님의 불명예는 덮어지게 생겼다. 또한 자신은 돈을 받아 챙겼고 덕분에 부친이 남긴 빚은 어느 정도 갚을 수가 있었다. 하지만 결혼생활을 이행한 뒤에 홀로 서야 하는 앞날은 그리 순탄한 것이 아닐 것이다. 마음에도 없는 상대와 결혼생활이라니!

물론 그녀는 도자기를 굽는 일을 천직으로 알고 정진하는 것을 게을리하지 않을 것이다. 그러나 어쨌거나 '가짜 결혼식'을 하루 앞둔 신부의 마음은 착잡하기 그지없는 거였다. 나는 앞으로 어떻게 되는 걸까? 또 어떻게 행동해야 하는 걸까?

물론 강우는 그녀에게 아내로서의 내조를 바라지 않을 셈이다. 자신은 변하지 않는다. 여태까지 살아오던 대로 박 사기장의 곁에서 열심히 그릇 만드는 것을 배우고 대학원 공부를 게을리하지 않으면 된다. 그런데도 왜…… 가슴에 무거운 추를 이고 있는 것처럼 두렵고 답답할까? 내일이 영영 오지 않았으면 좋겠다, 라고 하나는 나지막하게 한숨을 토해냈다.

다음 날, 호텔 '고려'의 금관 룸, 오후 6시.

예정대로라면 장강우와 소하나의 결혼식이 거행될 시간이었다. 지금 현재 시각은 4시 50분.

강우는 이미 신랑으로서 예복을 갖춰 입고 있었다. 그의 외가와 친가로 이루어진 하객들과 하나의 몇 안 된다는 친척들도 속속 도착하고 있었다. 이대로라면 결혼식은 순조롭게 이루어질 전망이다.

잠깐!

순조롭게?

과연, 그럴까?

강우의 얼굴은 겉으로 보기에는 그저 담담했지만, 사실 은근한 부아가 치밀어 오르는 중이었다. 아니, 부글부글 대놓고 분노가 끓고 있었다.

'이것 봐라? 혹시 이런 식으로 나를 엿 먹이려는 수작은 아니겠지?'

물론 지현에게서 하나의 정황을 전해 들었었다. 그렇지만 일이 이런 식으로 꼬일 줄은 몰랐다.

깜찍한 것 같으니!

강우의 입매가 굳어지면서 주먹이 쥐어졌다.

이대로라면 큰 사건이 터질지도 몰랐다. 그의 신부가 아직 나타나지 않고 있었다.

오전부터 웨딩숍이나 미용실의 사람들은 물론이고 플래너들까지 어리둥절한 모양이었다. 지현은 아까부터 풀 방구리에 드나드는 쥐처럼 그에게로 다녀가면서 휴대폰으로 전화질을 하느라 바빴다. 안양의 '천사들의 집'에 있다는 그의 예비 신부는 천연덕스럽게 총알택시를 타고라도 갈 테니 염려 붙들어 매라는 소리를 했단다. 진짜 태평한 아이다!

"주십시오."

마침내 강우는 흰 장갑을 벗으며 지현이 들고 있는 휴대폰을 낚아챘다. 파랗게 질린 얼굴로 지현은 딸과 통화하던 차였다.

"소하나 양! 계약금이 입금되었다는 것을 잊지 마십시오."

그는 일부러 차게 쏘아붙였다.

-지금 갈 거예요.

하나의 목소리는 까끌까끌했다. 뭐야? 누가 들으면 도예 강습을 한 게 아니라 노래방에서 밤새워 마이크 붙들고 온 영혼을 불태운 것으로 보이지 않는가?

"거기서 지금 출발한다는 것 자체가 이 결혼에 뜻이 없으며 나를 물로 보는 거라고 생각해도 되겠습니까?"

-말씨름할 시간 없어요. 곧장 갈게요, 미안해요.

그는 고개를 숙이고 낮게 으르렁거렸다.

"자꾸 이런 식이면 화냅니다. 한우, 너 지금 내 품위를 손상시키고 있어!"

그가 잠시 주변을 둘러본 후에 나직하게 경고하듯 덧붙여 말했다.

"그리고 품위를 손상시키는 일이 이것이 처음은 아닌 걸로 아는데?"

그는 날카로운 눈으로 지현을 향해 있었다. 아무것도 모르는 지현은 긴장감 있는 얼굴이면서도 반갑게 그를 향해 손을 흔들어 보였다.

──……갈 거예요.

그의 추궁에 토라진 것인지 하나가 시무룩하게 웅얼거렸다.

"거기 있으십시오. 리무진으로 데리러 가겠습니다."

─리, 리무진은 왜요? 내가 택시 타고 간다지 않아요?

강우는 담담히 설명을 했다.

"차 안에서 신부 단장을 하고 호텔로 오면 되겠습니다."

웨딩플래너와 함께 헤어와 메이크업을 해줄 팀을 데리고 강우는 직접 리무진에 올랐다. 역시나, 하고 강우는 혀를 찼다. 소식이 새어나간 모양이었다. 호텔 앞을 진치고 있던 방송국과 신문 잡지의 기자들이 우르르 그가 탄 차를 쫓았다.

"따라오든 말든 속력을 높이십시오."

다행히 도로가 막히지 않았던 덕분에 지현이 가르쳐준 주소를 따라 보육원에 도착한 시간은 30분도 채 되지 않았다. 외곽이었던 탓에 보육원은 숲에 인접해 있었다.

"기자들에게 좋은 구경 시키게 생겼네."

강우는 보조석에서 내리면서 자신의 턱시도 차림을 훑어보았다. 그러자 찰칵찰칵, 하고 촬영기자들이 사진을 찍는 소리가 들렸다. 강우는 '천사들의 집'이라는 현판을 한 번 올려다보고는 잠시 동작을 멈추었다.

이거, 제법 모양이 그럴싸하지 않은가?

어떤 기회든 잡고 봐야 한다. 지금이 어떤 상황인가? 결혼식을 한 시간가량 앞둔 마당에 대동그룹의 장강우 상무가 보육원을 방문했다. 이유는 또 얼마나 그럴싸한가? 일생에서 가장 중요하다는 결혼식이 있는 날이지만 보육원생들에게 재능기부를 해주고 있는 그의 예비 신부라!

그는 그런 천사 같은 신부를 에스코트하러 온 것이다. 이거 진짜 극적이지 않은가? 한국인들은 특히 '스토리'에 열광하기 마련이다. 그는 잠시도 쉬지 않고 굴러가는 머리를 쓰면서 부러 촬영기자들이 모여들기를 기다렸다.

'대동그룹의 이미지는 언제나 바르다!'

회사의 캐치프레이즈와 지금의 상황을 부지런히 연결 짓는 중이었다. 우르르 기자들이 차에서 내려 그를 에워쌌다. 그는 자신 앞에 마이크 무더기를 내밀고 있는 기자들을 향해 입을 뗐다.

"저의 피앙세는 여러분들이 알고 있듯이 도예가의 피가 흐르는 사람입니다. 생전에……."

가만있자, 우리 예비 장모가 뭐라고 했더라? 어서 기억해내라, 장강우. 그러자 지현의 흥분한 것같이 한 톤 높은 목소리가 그의 귀를 울려댔다.

'하나 아버지가 워낙에 인정이 많은 사람이었어. 가난하고 어려운 이웃들에게 관심이 많았지. 그러면 뭐해? 물질적으로 도울 수가 없잖은가? 그러니까 그 양반이 딴에는 불우이웃을 도울 방법을 고안해낸 것이 그거야. 보육원의 자라나는 아이들에게 무료로 도예 교실을 열어주는 것. 그걸 우리 하나랑 같이 했었지. 아이는 제 부친의 뜻을 이어받아서…….'

머릿속으로 반짝이는 전구를 켜면서 강우는 천천히 설명을 하기 시작했다.

"……그러니까 생전에 소동일 장인 어르신은 어려운 이웃들에게 관심이 많았습니다. 이제 저의 피앙세가 그 뜻과 정성을 이어받아 결혼식이 있는 뜻깊은 날임에도 불구하고 도예 교실을 차마 외면할 수가 없어서……."

그러나 앞을 다투듯이 기자들이 질문을 쏟아냈다.

"결혼식 시간이 임박했잖습니까? 아직도 신부가 여기 있는 이유가 뭡니까?"

"혹시 결혼식을 회피하려는 것 아니냐는 일각의 보도가……."

하하, 하고 강우는 예의 그 여유로운 웃음을 지었다. 이런, 여우 같은 기레기들을 봤나, 하고 속으로는 뜨끔하면서 말이다.

"제가 피앙세에게 허락했습니다. 될 수 있는 한 아이들과 오래 시간을 보내고 오라고 말입니다. 저는 사실, 이런 천사와 같은 피앙세의 됨됨이에 반해 결혼을 결심한 사람입니다……."

해냈다!

경비원의 안내로 보육원 안으로 들어서면서 강우는 은연중에 후, 하고 한숨을 내쉬었다. 무엇이든, 어떤 자투리든 좋은 것이라면 그는 자신이 운영하는 회사의 이미지에 사용하고자 애썼다. 그리고 오늘 뜻을 이루었다.

"뭐라고 하지? 소하나 선생님, 모시러 왔습니다…… 아니야. 자칫 사람들도 많은데 빈정거리는 소리로 들릴 수 있어. 소 선생님, 결혼식 하러 갑시다. 이것도 별로야. 예비 신부님, 결혼하러 가실까요? 이게 더 낫나?"

그는 하나에게 할 말을 준비하며 마당을 걸었다. 보육원의 넓은 앞마당에는 천막이 쳐져 있었다. 작열하는 9월의 뜨거운 태양빛을 막기 위함인 것 같았다. 그 천막 밑에 수녀들과 아이들이 모여 기념촬영을 하고 있었다. 다들 찰흙으로 빚은 것같이 생긴 항아리나 액자 등을 들고서 함박웃음을 짓고 사진에 찍히는 모습들이었다. 그의 눈은 재빨리 하나를 찾았다.

"소하나 선생!"

두리번거리며 그녀를 입 속으로 작게 부르던 그는 하나를 발견하고는 흠칫, 멈추었다. 새까만 티셔츠에 발목까지 닿는 앞치마를 걸치고서 머리를 질끈 묶고 있는 그녀는 아이들에게 뽀뽀를 해주면서 일일이 안아주고 있었다. 뭔가 자신이 방해를 하는 모양 같아서 그는 섣불리 다가갈 수가 없었다. 하나의 눈에 가득한 애정이 진심으로 비쳐졌다. 갑자기 기자들에게 보여주기 식으로 행세를 한 자신이 큰 죄인이 된 기분이었다. 이용가치가 있으면 무엇이 되었든 가차 없이 자신의 이익 쪽으로 돌리는 것을 선용(善用)이라고 믿었다. 그런 자신이 굉장히 때가 묻어 있는 존재 같았다. 반면 하나는 아이들을 사랑하고 있었다. 진심으로 그들을 걱정하는 온정이 묻어나는 눈빛에 그의 가슴이 찌르르 시려왔다.

"흠!"

부러 헛기침을 하자 그제야 하나가 그를 알아보았다.

"오셨어요? 잠깐만요."

그녀는 모두에게 작별인사로 포옹을 하면서도 대여섯 살은 되어 보이는 뺨이 통통한 아이를 품에 안고 있었는데 한눈에 봐도 그 아이는 맹인 같았다.

"……눈이, 그러니까……."

아이의 상태에 대해 적당한 말이 떠오르지 않아서 망설이는데 하나가 고개를 가만 끄덕여주었다.

"태어날 때부터 앞을 못 봐요."

하나의 눈시울이 붉어진 채 그를 향하는 시선이 곧고 예뻤다. 그는 다시 한 번 주먹을 말아 입으로 가져가 헛기침을 했다. 이 상황에 할 말은 원래 이런 거였다.

'정신이 있는 겁니까, 없는 겁니까? 나하고 하는 결혼이 맘에 안 들어도 그렇지, 이제야 내빼려고 하다니! 나를 물 먹이려고 작정했습니까?'

그러나 그는 부드러운 어조로 다음과 같이 말했다.

"우리의 결혼을 기념하여 이 아이의 개안수술을 알아봅시다. 아, 이것은 내 개인적인 일일 겁니다."

"정말이요?"

하나가 물기로 반짝거리는 두 눈을 동그랗게 뜨더니 곧이어 아이의 이마에 입술을 비벼댔다.

"잘됐다, 진짜 다행이야."

강우는 하릴없이 주먹으로 입을 가리며 또다시 마른기침을 했다.

"수술은 내가 해주는 건데…… 왜 뽀뽀는 아이한테 하고……. 자자, 바쁩니다. 결혼식장으로 어서 가야 해요."

그는 하나를 재촉하여 그 자리를 빠져나왔다.

"저 아이는 결혼식이 일생에 딱 한 번이었어도 이랬을까?"

그가 중얼거리고 있는 옆에서 하나는 기분 좋게 졸고 있었다. 비행하고 있는 기내 안은 조용했다.

강우 또한 많이 피곤했지만 태블릿을 켜놓고서 '계림마을 복원 사업'에 대한 보고서를 주의 깊게 확인하고 있었다. 말이 허니문이지 사실상 출장길이 아닌가? 집중, 집중……. 그러나 그는 도저히 집중할 수가 없었다.

그래서 잠시 곁에서 졸고 앉아 있는 새신부를 보았다.

웨딩드레스를 위해 땋은 머리가 약간 흐트러져 있었고 며칠 못 본 사이에 반쪽이 된 얼굴로 그녀는 눈을 감았다가 떴다가를 반복하고 있었다. 양 볼에, 더 정확히는 광대뼈로 추측되는 부위에 발간 볼터치를 한 탓에 오늘은 뭔가 달라 보였다. 웨딩드레스를 벗고 바로 갈아입은 플리츠로 된 원피스는 그녀의 자세를 불편하게 하는 것 같았다. 게다가 치렁치렁한 귀걸이를 한 귓불은 붉게 늘어져서 아파 보였다.

머리로는 버석버석하게 모든 것이 '가짜'라고 알고 있는데, 마음으로는 이상하게 노곤했다.

기분 탓이야!

그들은 단출하게나마 식을 올린 공식적인 부부였다. 급하게 치러진 식을 회상하며 그는 진땀을 닦는 기분이었다.

참으로 희한했다. 겨우 시간에 맞춰 도착한 금관 룸에서 하나는 그의 팔짱을 끼고 버진로드를 걸었다. 그때 이미 그녀는 완벽한 신부 차림이었다. 그는 오만해 보이는 턱을 치켜들고서 신부와 나란히 섰고, 유유히 반지를 끼워주면서 그녀의 눈치를 살폈다. 일부러 그러는 듯이 신부는 그와 눈을 마주치지 않았다.

식이 진행되는 내내 지현은 까무러칠 정도로 안절부절못하는 반면에 재훈과 애라가 흐뭇한 얼굴로 무척 대비되는 장면을 연출했던 일도 우스운 추억으로 기억되었다. 주례사 중에서 '배후자의 불륜'이라는 대목이 나왔을 때다. 강우는 부친인 재훈을 의도적으로 쳐다보았다. 그러나 그의 부친은 흥에 겨워 춤이라도 출 판이었기에 별 낌새가 없었다. 예식만을 치른 조촐한 식이 끝나고 양가 부모와 일가친척들은 식사를 했다.

'자칫, 결혼식을 작파할 뻔했는데 음식이 입으로 넘어갑니까?'

마카롱을 정신없이 집어 먹고 있는 하나를 보며 살짝 비꼬았을 정도로 그는 결혼식에 대해 그 어떤 감흥이 없었다. 아니, 하나의 태연함을 탓하고 싶었다.

'이 호텔 마카롱은 괜찮은지 검사 중이에요.'

그것은 이 여자도 마찬가지인가 보다. 그녀는 그에게 말 시키지 말라는 듯이 접시에 수북하게 쌓인 색색의 마카롱을 먹어치웠다.

'내가 가짜 결혼을 하면서 이런 사치를 부릴 형편은 아니지만요, 이거 맛 좋은데요?'

'맛이 나쁠 리가 없지요. 여기는 유명 프랑스의 파티시에가 와 있습니다만. 그런 일도 다 내 결제하에 이루어지는 겁니다.'

'어쩐지. 근데 프라이즌 호텔에서 졸업 사은회를 했었는데요, 거기 파티시에가 더 잘하는 것 같아요. 달다고 다 좋은 게 아니거든요. 거기가 좀 더 촉촉해요.'

하나가 감탄을 섞어 뿌듯한 표정으로 마카롱을 바삭, 소리 내어 씹었다. 붉고 탐스런 입술에 부서지는 파이 조각을 보며 그는 절로 주먹에 힘이 들어갔다. 내가 왜 이러지? 입술을 오물거리는 그녀의 얼굴을 만지고 싶은 충동이 느껴져서 난감했다.

……위험한데?

너무 붙어 있지만 않으면 된다.

그 후로 강우는 다시는 그녀 쪽은 쳐다보지도 않았다. 그렇게 식사를 마치자마자 신랑신부는 쫓기듯 비행기에 오른 참이었다. 하나는 일등석의 자리에 앉아서 담당 스튜어디스의 인사를 받는 둥 마는 둥 하며 꾸벅꾸벅 졸기 시작했다. 자신도 보고서에 집중을 할 차례였다. 그러나 시간이 지날수록 그는 집중이 되지 않아서 짜증이 나는 중이었다.

대체, 뭐지?

이 여자가 곁에 있어서 그런가?

그는 생각다 못해 그녀에게로 손을 뻗었다. 고개를 한껏 기운 탓에 상앗빛의 목덜미가 훤하게 그의 눈을 자극하고 있었다. 뚫어지게 관찰하고 있자니 그녀가 살짝 앓는 소리를 내며 몸을 뒤척이는 것을 볼 수 있었다. 어디 불편한 모양이지? 강우는 우선 귓불이 축 늘어지도록 보석이 무겁게 달려 있는 귀걸이를 빼내는 일부터 했다.

"……아예 푹 자든가."

그녀가 화들짝 놀라 잠이 깨려는 것을 제지하며 그는 하던 일을 마저 했다. 치렁한 보석이 매달린 귀걸이를 떼어낸 후에 그는 담요를 목 밑까지 덮어주면서 은근한 목소리로 일렀다.

"옷을 갈아입고 오는 게 낫겠는데?"

"……잠옷으로요?"

반짝, 하나가 눈을 떴다. 그는 어이가 없었다.

"지금 입고 있는 옷이 불편해 보여서 한 말입니다."

"그렇지만 오 교수님이 이세이 미도리 원피스를 입고서 공항에 내려야 한다고 하셔서요. 마중 나오실 지사분들에게 장강우의 와이프로서 첫인상이 중요하다고 하시면서……."

"그럼, 지금 입고 있는 이 옷이 그……."

"네에, 맞아요. 미도리 디자이너의 원피스래요."

그는 더욱 어이가 없어서 말문이 막힐 지경이었다.

"오 교수님…… 그러니까 어머니가 한우 그쪽에게 이 브랜드 옷을 입고 출장지에 도착하라고 했단 말이지요?"

하나는 겁먹은 얼굴로 고개를 끄덕거려 답을 대신했다. 강우는 혀를 쯧쯧, 차고는 일갈했다.

"일본 브랜드예요. 당장 벗어요. 내가 은근히 국수주의자입니다."

그녀는 얼핏 그의 말을 알아듣지 못한 채로 뜨악한 표정이었다.

"이렇게 아무것도 몰라서야……."

강우는 고개를 젓고는 그녀에게 다시 한 번 말했다.

"설마 이 브랜드로만 준비했다고 말하지 마십시오. 지금 우리의 허니문은 출장이 목적입니다. 그것도 문화재 복원을 위한 대통령 메시지를 가지고 어찌 보면 한 나라의 사절단으로서 가는 길이란 말입니다."

겁박하듯이 하는 말에 하나는 충격을 받은 듯이 잠자코 있었다. 피로로 인해 쑥 꺼진 두 눈과 창백한 얼굴이 그의 마음을 약해지게 했지만 그는 상관하지 않을 작정이었다. 하나는 지그시 입술을 깨물었다.

"곧장 갈아입을게요. 그런데 시어머님이 옷 가방을 싸주셔서요. 모두 미도리 패션인 것 같은데, 그건 내가 어떻게든 해볼게요."

"다시는 오애라 여사님의 말대로 하지 마십시오. 평생을 새장 안의 새처럼 음악밖에 모르는 양반이라 전혀 융통성이 없는 분입니다."

"알았습니다."

하나는 순순히 대답하더니 휘청거리며 몸을 일으켰다.

"설마?"

"내조는 잘 못하더라도 애국은 해야 하겠지요. 당장 옷 갈아입고 올게요."

의외로 그녀는 화장실로 가서 옷을 갈아입고 나타났다.

"이런!"

그의 신부가 사라진 후에 한참 태블릿을 들여다보고 있던 강우의 눈매가 험악한 듯이 치켜떠졌다. 갑자기 주변이 환해졌다.

아내가 그 앞에 서 있었다.

강우는 할 말을 잃었다. 아니, 넋을 놓고 보았다는 말이 맞았다. 하나의 땋은 머리가 돋보이는 정수리에는 떨잠이 단아하게 얹어져 있었는데 몸에는 은은하게 빛나는 진분홍색의 스란치마와 옥색의 저고리를 입고 있었던 것, 당연히 그의 눈에 당황한 기색이 역력할 수밖에 없었다.

저 아이가 여자였어.

그녀는 고전무용을 전공했다고 해도 믿어질 모습이었다. 조선시대의 미인도에서 툭 튀어나온 듯이 하나는 그의 곁에 앉았다. 비단의 서걱거리는 소리가 듣기 좋게 귓속에 닿았다.

"표정이 왜 그래요? 이건 불만 없을 텐데요? 국익과 회사를 위해서라면 조금 민망하고 거북해도 참아보세요."

하나는 한복을 입는 일을 도와준 스튜어디스에게 친근한 몇 마디를 하더니 휴대폰을 받아 들었다. 비밀 엄수, 어쩌고 하는 말을 들으며 강우는 눈썹을 모았다.

"뭐 해요? 어서 상무님 곁으로 오시라니까요."

하나는 그녀에게 손짓을 했다. 스튜어디스는 냉큼 그들 곁으로 붙어 섰다. 그러자 하나가 제 손으로 휴대폰을 들고서 자아, 김치…… 하고 사진을 찍는 것이 아닌가? 두 부부와 사진을 찍은 스튜어디스는 얼굴이 발개진 채로 후다닥 도망치듯 물러났다.

"……무슨?"

이게 무슨 해괴한 짓이냐고 따지려는 찰나, 그는 더 이상 말을 할 수가 없었다. 하나가 얼굴 가득 천진한 미소를 짓고 있었기 때문이다.

"딱 봐도 알겠던데요? 저 스튜어디스 언니가 처음부터 우리 야수 상무님을 보는 눈이 심상치 않더라고요. 아마도 우리 상무님은 누군가의 워너비인 모양이에요. 그리고 너무 친절하잖아요? 옷고름 매는 것을 도와주는 것도 고맙고 해서 내가 기회를 준 거예요. 아니, 선물인 듯 선물 아닌 호의를 베풀었다고나 할까?"

젠장, 하고 그가 앓는 소리를 뱉어낸 다음에 말을 이었다.

"큰일 날 사람이네. 저 스튜어디스는 그게 직업인 거지, 진짜 친절은 아닌 겁니다."

"어째, 내가 만지는 흙보다 상무님의 인심이 더 팍팍한 것 같네요?"

"어떻게 감히 내 얼굴을 찍을……."

다시 생각해도 어이가 없어서 강우는 불쾌한 눈으로 고개를 저었다.

"어디 닳아 없어지는 것도 아닌데 같이 공유도 하고 그러고 삽시다. 인간이 서로 나누고 사는 맛도 있어야 하지 않아요?"

"이것보라고요. 우리는 지금 이 비행기의 VIP로서……."

"아이고, 난기류인가 보네."

마침, 약간의 흔들림이 감지되는 것을 의식하며 하나는 그의 어깨를 꽉 붙들었다. 강우는 절로 몸에 힘을 주었다. 그녀에게서 맡아지는 살 냄새가 꽤 자극적이었다.

"앞으로 열 시간은 비행해야 하는데 벌써 그 거추장스러운 차림이면 어떡하라는 겁니까? 사람이 왜 그렇게 계획성이 없는 거냐고?"

"쉬잇, 난 괜찮아요."

그녀는 그의 어깨에서 손을 떼고는 안대를 착용하며 넌지시 말했다.

"앞으로 내게 말을 놓든지, 높이든지 둘 중의 하나만 하셨으면 해요."

"말 나온 김에 호칭 정리 들어갑시다. 한우, 그쪽은 나를 뭐라고 부를 겁니까?"

"야수, 그쪽부터 고치셔야 해요. 걸핏하면 나한테 한우니 뭐니 하잖아요."

"나는 원래 내 맘대로 합니다. 그리고 이 관계의 갑은 철저히 나라는 사실, 모릅니까?"

"관둡시다. 그냥 공식적으로는 상무님이라고 할게요."

안대를 한 채로 대답한 하나를 향해 그는 실소를 머금었다.

"옳지 않습니다. 전 국민이 나를 상무님이라고 부릅니다."

"그럼, 아저씨?"

이번에는 강우의 미간에 핏대가 그어졌다.

"그건 너더욱 옳지 않습니다."

"설마, 강우 씨?"

"……그게 그나마 낫겠군."

"그건 내가 싫어서 패스하겠어요."

"이유가 궁금합니다."

"강우 씨, 라고 부르면 친근해 보이잖아요. 나이 차이도 없어 보이고. 우리가 거의 띠 동갑이지요?"

이 여자가 진짜?

강우는 적이 당황스러웠다. 여자고 남자고 가릴 것 없이 그 앞에서 사람들의 반응이란 한결같았다.

알아서 기거나, 맞춰주거나.

그게 그건가? 문득 강우는 하나의 입을 통해서 '오빠'라는 소리를 들어보고 싶다는 충동을 느꼈다. 그거 꽤 근사할 것 같다, 라고 속으로 의식한 순간이었다. 당황한 그는 얼른 다른 말을 꺼냈다.

"뭐라고 부르든 신경 쓰지 않을 테니 남들 시선만 주의하십시오."

이런, 하고 다음 순간에 그는 이를 앙다물어야 했다. 하나의 표정이 바싹 얼어붙은 듯이 변했기 때문이다. 자신의 말이 얼마나 재수 없게 들렸을까? 후회가 되었다.

"알았어요. 상무님은 참 인생철학이 뚜렷한 사람인 것 같아요. 그러니까 그 위치에 있는 거겠죠."

그녀가 시무룩하게 중얼거리는 동안에 강우는 가만 담요를 덮어주었다. 그러면서 혹시 이 여자가 자신의 호의에 화를 내면 어떡하나, 하고 강우는 심장이 오그라드는 느낌이었다.

"어쨌든 내 말을 알아들은 것 같아서 고맙기도 하고······."

쿨, 하고 하나가 그대로 잠에 곯아떨어지는 모양을 보며 그는 입술이 딱 붙었다. 할 말 없음, 지금 심정이 그랬다.

그러고 보니 그녀가 안양에서 서울로 이동할 동안에 차 안에서 웨딩플래너에게 했던 말이 떠올랐다.

'도예 교실은 아이들이 참 좋아하는 프로그램이에요. 근데, 준비가 너무 허술한 것 같아서 어제 밤을 꼬박 지새웠지 뭐예요.'

목이 많이 쉬셨어요, 라고 걱정해주는 플래너에게 그녀는 선생 노릇이 서툴렀기 때문이라고도 둘러댔었다.

"진짜 피곤한 것 같으니까 내가 봐준다."

아무리 그래도 한복을 입고 잠드는 건 너무 아닌 것 같은데, 하고 그는 약간은 염려를 했다. 꿈속에서도 불편할 것 같아.

조금 있으려니 그들과 사진을 찍었던 스튜어디스가 다시 사무적인 몸가짐으로 돌아와서는 기내식 서비스를 물어왔다. 강우는 아내가 깨어나면 같이 먹겠다고 대답했다.

챠오, 이태리!

하나는 벅찬 가슴으로 환호했다.

내가 왔다, 드디어 왔다!

이탈리아 로마였다. 지중해의 햇살은 갓 구운 **빵**처럼 **빠삭빠삭**한 느낌이었다. 하나는 마냥 두근대는 가슴으로 환하게 웃었다.

'미안, 이탈리아! 네가 좋은 건 아니야.'

아니, 다시 하자. 하나는 회심의 미소를 지으며 속으로 급히 인사말을 정정했다.

'이탈리아, 너만 좋은 게 아니야.'

실은 허니문과 출장의 목적지인 피렌체가 반가운 이유는 그리 멀지 않은 곳에 아시시가 있다는 점 때문이었다. 왜 꼭 아시시일까?

아시시는 부친에 대한 추억이 특별한 곳이었다. 그녀가 나고 자란 한국의 도자기와 유럽의 도자기는 태생부터가 다르다. 그녀의 부친은 그 차이를 아직 어린 그녀에게 가르쳐주고 싶었던 모양이다. 생전에 부친은 유럽으로 출장을 다녀오면서 어린 그녀에게 도자기 타일과 그릇을 잔뜩 사다 주었었다.

'하나야. 아시시를 아니? 이탈리아에 있는 작은 도시야. 우리 공주님, 핑크색 좋아하잖아? 거기는 온통 핑크색이란다. 핑크빛 돌이 생산되기 때문에 바로 그런 색으로 도시 전체가 빛나고 있지. 얼마나 따뜻하고 예쁘고 반짝반짝한지 넌 모를 거다. 아빠가 이다음에 꼭 데려가줄게. 내가 거기서 이렇게 예쁜 그릇을 만드는 마에스트로를 많이 봤어. 나와 같이 물레로 그릇을 만드는 공방 주인들이란다.'

그 당시에도 잔뜩 설레며 귀 기울였던 부친의 설명이 기억에 남아 있다. 그때 아시시에서 사온 그릇들은 이제 그녀의 가장 소중한 아버지의 유품이 되었음은 말할 것도 없었다. 아시시의 마에스트로가 만들었다는 그 도자기 제품들을 보면서 하나는 다짐했었다. 언제고 꼭 아시시에 방문하리라고. 자신의 손을 붙잡고 같이 여행해줄 아버지는 이제 그녀의 곁을 영영 떠나고 없지만 말이다. 혼자서 아시시의 공방을 찾아다닐 그날은 한참 오래 기다려야 될 줄 알았다.

'이탈리아 피렌체랍니다.'

그런데 강우가 툭 뱉어내듯 말하던 허니문 장소가 뜻밖에도 이탈리아라니?

'아시시가 가까운 거죠?'

급히 아시시를 언급했던 그녀는 이미 심장이 터져 나갈 정도로 흥분했었다.

'피렌체에서 약 한 시간 정도?'

그렇게 그 기회가 빨리 찾아온 것은 불행 중의 행운이었다. 조작된 그들의 결혼에서 자신에게 좋은 것은 이태리 허니문뿐……그리 생각할 지경이었다.

"한우, 이봐요, 똑바로 서지 못…… 합니까?"

부친을 회고하느라 잠시 혼자만의 감상에 젖어 있었나 보다. 목을 길게 빼며 하늘을 올려다보고 있는 그녀에게 강우가 다가왔다. 그는 그녀의 손목을 다소 거칠게 붙들어 제게로 이끌었다.

"아, 아파! 놔요."

손목을 잡힌 탓에 그의 품으로 와락 안기게 된 하나는 당황했다.

"한양에서는 눈 뜨고 코 베인다는 말도 못 들어봤나?"

그는 팔 하나로 그녀를 단단히 안고서 화가 난 어조로 속삭이듯 했다.

"호칭 정리한 지가 언젠데 아직도 말투가 그렇게 애매하면 어떡해요?"

통박을 주면서 하나는 그의 팔을 뿌리쳤다. 다행히 그의 팔에서 힘이 풀렸다. 그녀를 놓친 강우는 지나치게 굳은 얼굴로 경고를 했다.

"정신 똑바로 차려야 합니다. 우리는 지금 수행원 한 명 없이 타지에 와 있는 겁니다. 위급 상황일 수도 있습니다."

"설마 위험하겠어요?"

"조심해서 나쁠 것 없습니다. 게다가 그 차림은 모두의 시선을 끌고 주목을 받는……."

그러나 그는 더 이상의 말을 할 수가 없었다. 그의 신부는 어느새 지나가던 서양인 노부부에게 붙잡힌 채로 사진을 찍히고 있던 것이다.

"삐아체레!(만나서 반갑습니다.)"

관광객 복장을 한 노부부는 하나와 다정하게 포즈를 취하며 사진을 찍고 나서는 이태리어로 인사말을 했다. 용케도 하나는 그사이에 이탈리아 인사말을 습득한 모양인지 바로 대답을 했다.

"쏘노 디 코리아, 서울.(한국의 서울에서 왔어요.)"

노부인은 그녀와 포옹을 나누었다. 막 남편 쪽의 포옹이 시작될 차례였다.

"스쿠지!(실례!)"

강우는 재빨리 그들 사이를 파고들어 하나의 손목을 덥석 잡았다. 이태리 인사법은 양 볼에 키스를 한다거나 뺨끼리 비비는 것이 특색인데 혹시라도 이 늙은 관광객이 그것을 숙지하고 있을 것 같아서 그랬다. 아무것도 모르는 얼굴로 하나는 노부부와 '그라치에'

라는 말을 끝으로 이별을 했다. 어이가 없어진 강우는 그녀를 보고 눈에 힘을 가득 주었다.

네 죄를 네가 알렷다?

화가 난 그의 심중은 아랑곳없이 하나는 그저 무심하고도 담담한 얼굴이었다. 참지 못하고서 기어이 강우가 한마디를 내뱉었다.

"백치미, 매력 없습니다."

"무슨 말이 그래요? 실례잖아요?"

하나가 항의를 해오자 그는 후우, 하고 입바람을 불었다.

"그래요, 백치미 발언은 내가 심했다고 칩시다. 그래도 그렇지, 모르는 사람이 사진 찍자고 하면 다 찍어줍니까?"

"국익 우선, 회사 이익 창출! 친절해야지요. 한복을 입고 코리아에서 왔다고 했는데 막 불친절하면 안 될 것 같았어요."

지금 그들이 서 있는 피우미치노 공항에서 가장 눈길을 끄는 것이 있다면 단연 소하나, 그녀였다. 대부분 간소한 여행객의 모습들인 데 반해 하나는 막 무대에 오르기 전의 무용가로 보일 정도로 화려하고 우아한 한복 자태를 뽐내고 있었으니 말이다.

"아까 그 스튜어디스한테는 뭐라고 한 겁니까? 둘이 헤어지는데 아주 남과 북으로 찢어지는 줄 알았습니다."

"희망을 주었다고나 할까요?"

"희망이라."

"그 언니에게 맘 놓고 장강우 상무를 좋아해도 된다고 했거든요."

"……미친 거 아닙니까?"

카트를 끌던 그가 걸음을 딱 멈추고 경악한 표정을 지었다. 스란치마 자락을 잡고서 유유히 앞장서던 하나가 덧붙여 말했다.

"이 결혼은 조작된 거니까 걱정 말고 상무님을 좋아하라고, 그렇게 일러뒀어요."

"나는 망했어."

각종 SNS 같은 곳에 루머를 입은 진실이 떠다닐 것을 상상하며 그는 오싹 소름이 끼쳤다.

"뭐지?"

그의 딱딱하게 경직된 표정과는 반대로 그녀는 잔뜩 생글거리는 낯이었다. 저렇게 천진난만하기도 힘들 것 같았다. 그때서야 그는 자신이 가짜 아내에게 놀아나고 있었다는 사실을 깨닫고는 아차, 싶었다.

"맞아요. 미쳤다면 모를까? 안 그랬어요. 그냥 인사만 나눴을 뿐이에요. 그건 그렇고 나는 여행을 와서 기분이 무척 좋아요. 상무님도 얼굴 펴세요."

"이 시간 이후로 장난은 안 받아주겠습니다."

알겠어요, 하고 하나가 장난스럽게 맞장구를 쳐왔다. 뭐야? 결혼식장에서는 전연 달갑지 않은 표정이더니.

"앞을 보고 똑바로 걸어요, 다쳐!"

강우는 한복 차림으로 뒷걸음질을 치고 있는 그녀에게 경고를 보냈다. 그제야 하나는 몸을 돌렸다.

"제발, 치맛자락을 걷어쥐고 똑바로 걸어주라."

다시 한 번 그녀에게 주의를 주며 강우는 한숨을 내쉬었다.

"출장지에 온 것만도 전쟁터 입성인데, 이거 많이 피곤하겠군."

대동그룹의 로마와 근처 독일 지사장들까지 동반하여 안내를 해준 호텔 방은 당연하게도 부부 침실이었다. '부부 침실'이라는 말만 빼고 하나는 만족했다. 특히 두오모 성당이 훤히 보이는 전망이 압권인 것이 마음에 꼭 들었다. 호텔이 오래된 건물이라는 점도 고풍스러움을 담당해서 하나의 감동은 배가 되었다.

"남의 나라에 처음 온 티를 너무 내는 것 아닙니까?"

테라스에서 아래를 내려다보며 환호하다가 타일이 신기하다고 욕실 구경을 했다가 이제는 벽에 걸린 도자기 액자들의 사진을 찍는 등 수선을 피우는 하나가 희한해서 그가 무뚝뚝하게 힐난을 했다.

"촌스럽죠? 그래도 뭐, 호텔 방 안에 들어온 순간부터는 부부가 아닌 각자 따로니까 신경 쓰지 않기예요."

하나는 도자기 액자를 만지며 킁킁 냄새까지 맡는 중이었다.

"옷이나 좀 갈아입든지. 안 불편한가?"

그가 또 혼잣말처럼 타박을 했을 때도 하나는 끄떡없이 이제는 콘솔 위의 화병을 관찰하기 시작했다.

"어머, 제비꽃 그림인가? 붓질 섬세한 것 좀 보게."

실상 그림은 그녀였다. 우리나라 한복이 저렇게 아름다운 것이었나? 그는 새삼 감탄하고 있었다. 한복을 어울리게 입고서 몸을 숙여 화병을 들여다보고 있는 여자는 도무지 이 세상의 사람 같지가 않았다. 그녀는 환희로 인해 볼을 발갛게 물들이며 달뜬 눈을 크게 뜨고서 병을 관찰하고 있었다. 문득, 자신을 향해서는 단 한 번도 저런 눈빛을 해본 적이 없다는 것이 생각났다. 결국 남자보다 도자기가 더 좋다는 뜻이다. 지금 상황은 말이 되지를 않는다. 자신과 한방에 단둘이 있는데도 그녀는 그저 도자기에만 흥미가 있다.

강우는 돌연 질투가 났다. 저 모습을 자신의 몸 아래에서 흥분하며 나락에 즐거워하는 표정으로 바꾸고 싶다는 음흉한 마음이 들었다.

같은 방을 쓰는 남자인 나에 대한 의식은 전혀 없는가?

그러니까 나한테는 아무 관심도 없다, 이건가?

……역시나 어려.

만약에 도자기에 미쳐 있지만 않았다면 저 여자는 분명 나한테 반할지도 모른다. 은근히 그는 이런 시나리오를 예상했었다. 허니문이라는 특성상, 멀리 떨어진 이탈리아에서 단둘이 된다면 그녀가 대놓고 자신을 유혹하지 않을까? 그런 상상 말이다. 말 그대로 자신은 재벌 그룹의 후계자인 데다가 준수한 외모에 젊고 유능하며…….

"아닌가?"

그런 남자를 곁에 두고도 어떻게 저렇게 도자기 때문에 해맑을 수가 있지?

'도자기보다 못한 놈은 짐이나 정리해야겠군.'

하는 수 없이 강우는 다른 데로 주의를 돌렸다. 역시 출장이 잦은 사업가답게 그는 캐리어에서 척척 슈트를 꺼내 옷장에 거는 일을 시작으로 능숙하게 짐을 풀었다. 그러면서 그녀에게 차후 일정을 설명하기 시작했다.

"들어보십시오. 이후의 내 스케줄에 대해 브리핑하겠습니다. 나는 이제 지사장들과 식사 겸 회동을 가질 겁니다. 원래 한우, 그쪽도 초대된 자리이지만 내가 밤새 비행기 안에서 잠을 못 잤다는 핑계로 둘러댔습니다. 그러니 이 시간 이후로 자유라는 겁니다. 그리고 나는 앞으로 몹시 바쁠 겁니다. 내일 오전부터 바로 이어지는 회의에 대비해야 하겠고, 앞으로 차관님과의 거취를…… 거, 집중 좀 합시다."

찰칵찰칵, 하나는 그에게 대답이라도 하듯이 이번에는 수반의 사진을 찍어댔다. 그는 후, 하고 심호흡을 하고는 신경질적으로 그 자리에 선 채로 상의를 벗어젖혔다. 양복 슈트로 갈아입어야 했다. 자신보다 나이가 많은 지사장들에게 나름대로 예의를 표하기 위해 식사 자리에서는 성장이 기본이었다.

"뭐 하는 거예요?"

하필이면!

무심코 하나가 뒤를 돌아보았을 때는 강우의 상체가 완전히 탈의한 뒤였다. 흠칫, 몸을 떨면서 당황한 쪽은 강우였고 그녀는 그저 담담했다.

"예의는 지켜주셔야죠. 냉큼 파우더룸으로 가세요."

이 여자가?

돌발 상황에도 당황하지 않고 턱짓으로 옷 방을 가리키는 여자가 괘씸했다. 그는 빙글, 미소를 지으며 금방 여유를 찾았다.

"잊었나 봅니다. 나는 그쪽에게 매력을 어필해야 하는 입장입니다. 그래야 그대가 내게 넘어오든 말든 할 것 아닙니까? 알고 있습니까? 넘어오면 바로 우리는……."

"우리는?"

그녀의 하얗고 반듯한 이마가 살짝 찌푸려지자 그가 마저 말했다.

"별거 있나? 화끈하게 19금을 찍는 거지."

그는 짓궂어 보이는 미소를 지으면서 바지를 벗으려는 듯이 허리춤으로 두 손을 가져갔다. 그때였다.

찰칵!

그녀가 DSLR 캐논 카메라를 들이대는가 싶더니 소리 내어 셔터를 눌렀다.

"이, 이것은 뭐 하자는 플레이……?"

하얗게 질린 얼굴로 강우가 겨우 입을 뗐을 때다. 찰칵, 연이어 카메라 셔터를 누르며 그녀가 심상한 어조로 대꾸를 했다.

"허리띠 풀어요. 이래 봬도 내가 하는 일이 아름다움을 숭상하지 않으면 안 되는 거잖아요. 진짜 한번 보고 싶었어요. 잘 만들어진 남자의 근육을 실제로 보면 기분이 어떨까, 내내 궁금했거든요. 어디 맘껏 매력을 발산해보시죠? 내가 홀라당 넘어가서 상무님과 섹스할 수 있는지…… 보자고요. 자아, 벗어봐요."

강우는 그들의 혼인 계약서를 작성하면서 부부관계에 대한 항목은 빼놓은 일이 기억났다. 그는 일부러 그랬다. 둘 다 뜨거운 피가 펄펄 끓지는 않더라도 그 비슷한 수준의 성인 남녀인데 말 그대로 꼴리기만 하면 그만 아닌가, 하고 그는 어쩌면 그 문제를 우습게 여긴 탓이었다. 그러다 결혼 전에 둘은 부부관계를 언급한 일이 있었다.

'강제는 아니라고 했잖아요? 하고 싶으면 내가 원하게 해봐요. ……넘어가나 보자고요. 내가 당신에게 넘어간다면 그때는 할게요.'

넘어간다면, 그때는, 할게요.

그녀의 말을 속으로 반복하며 강우는 갑자기 끌탕이 나왔다.

"아직 어린 아이가 못하는 말이 없군."

장강우, 똑똑하게 굴어.

잊지 말아야 한다. 우리는 시한부 결혼을 했다. 이혼이 목적인 부부들이다. 만약에 대책 없이 육체를 따라갔다가 그 뒷감당을 어떻게 하려고 하는가? 혹시라도 아이라도 생기면? 저 여자는 그게 목적일 수도 있다…… 라는 생각은 지나치게 앞서 나간 것 같았다. 아무튼 '충동적으로 굴면 안 된다.'가 결론이었다.

강우는 주섬주섬 제가 벗어던졌던 옷들을 주워들었다. 황당한 얼굴은 이내 홧홧하게 달아올라 있었다. 그렇게 욕실로 향하는 그를 하나가 놀렸다.

"매력 어필한다면서요?"

"일 없습니다."

"……나도 일 없습니다."

그가 욕실로 들어가 자취를 감추자 하나는 깔깔, 허리를 굽히며 웃기 시작했다.

"소하나, 하마터면 큰일 날 뻔했다."

그녀는 사실 다행이라며 가슴이라도 쓸고 싶었다. 만약에 그가 '바로 나의 매력 포인트는 몸이다.' 하고서 홀딱 바지를 벗기라도 한다면 어찌 됐을까?

침을 꿀꺽 삼키며 하나는 진땀이 나는 이마를 손바닥으로 훔쳐내는 시늉을 했다. 지금이야 위기를 모면했지만 앞으로는 조심해야겠다고 스스로 다짐을 하는 것이었다.

강우가 방을 비우자마자 그녀는 곧장 호텔을 빠져나왔다. 1초라도 참을 수가 없는 그녀는 바로 아시시로 향했다. 청바지와 티셔츠를 입은 가벼운 차림으로 아시시 곳곳을 누비고 다녔다. 하루가 반나절밖에 안 남았다는 사실에 그녀는 초조한 심경으로 잰걸음을 했다.

가파른 언덕을 올라가 넓게 트인 전망을 보며 부친도 이 경관을 눈에 담았을 거라고 추측해보기도 했다. 그녀는 들판 너머의 사이프러스 숲을 열심히 피사체에 담았고, 수도복을 입고 있는 사람들을 마주치면 인사를 건네며 경의를 담아 웃어주었다. 세계 각지에서 온 여행자들의 눈빛이나 표정은 다들 흡사한 것이었다. 그들도 그녀처럼 적당히 흥분하고 행복해했다.

생각해보니 종일 음식물을 거른 탓에 배 속이 출출해졌다. 그러면 젤라또 아이스크림을 사 먹으며 당분을 보충했다. 프란체스코와 관련된 성당 쪽으로는 관광객들에 치여서 맘대로 걸을 수도 없는 지경이었다.

이탈리아에 온 첫날이지만 오늘은 일부러 공방 구경을 생략하고 있었다. 가장 맛있는 것을 맨 나중에 먹는 심경으로 내일부터 찾아볼 요량이었다. 첫날은 사전 답사쯤으로 여기며 마음껏 도시 전체를 즐겼다.

아버지의 말대로 아시시의 돌로 지어진 건물들은 담홍색이었다. 그녀는 남다른 감회에 눈시울을 붉혔다.

내일부터는 본격적으로 아예 커다란 캐리어를 가지고 다니며 도자기 제품들을 사재기할 생각에 흥분이 되기도 했다. 어느새 해가 뉘엿뉘엿 기울자 그녀는 피렌체로 가는 기차를 탔다. 혼자서 충분히 사전 조사를 했던 것이 도움이 되었다. 막 피렌체에 도착했을 때는 완전히 날이 저물어 사방이 어둑했다.

무탈하게 혼자서 작은 여행을 마친 소감은 안도감이었다. 그러나 기차역을 빠져나올 때였다.

그녀 앞에는 자신처럼 혼자서 여행하는 차림의 여자가 있었는데 억양으로 보아하니 프랑스 쪽의 사람인 것 같았다. 그 여행객의 등에 메고 있는 륙색에 슬그머니 팔이 하나 올라가는 것을 보았다. 무심코 그것을 보고 있던 하나는 섬뜩해졌다. 그 손가락이 은밀한 움직임으로 가방의 후크를 내리는 것을 알아차렸기 때문이다. 호흡까지 멈추며 하나는 정신을 차리고 그 팔의 주인을 쳐다보았다.

"헤이, 돈나 벨라!(안녕, 예쁜 아가씨!)"

수염이 덥수룩한 금발의 미남이 윙크를 보냈다. 그러나 하나는 그가 소매치기라는 것을 바로 알아보았기에 그런 인사가 반가울 리 없었다. 잠깐이지만 갈등이 일었다. 그러나 본능이 먼저였다. 하나는 잽싸게 그 남자의 손목을 잡아챘다.

"쉿!"

조용히 해달라는 무언의 신호를 보내는 당혹감에 물든 남자의 푸른 눈동자에 대고 하나는 고개를 도리도리 저었다.

'도둑질은 안 돼!'

그녀의 눈빛을 읽은 남자가 힘껏 하나의 손을 뿌리치려고 했다.

"꺄악!"

그녀는 목청껏 비명을 질렀다. 웅성웅성 시끄럽던 사람들이 그들에게로 시선을 모았다.

'큰일을 낼 여자다! 조만간 나를 망치고 말 거야! 아니, 지금도

나를 망치고 있어!'

강우는 문화재청 차관 부부와 함께 막 만찬을 끝내고 호텔 방으로 돌아온 참이었다. 벌써 현지 시간으로 밤 9시가 지나고 있었다.

그런데!

이 여자가 아직도 방에 없었다.

저녁 7시쯤에 차관 부부가 하나를 몹시 보고 싶어 한다는 소식을 전하면서 에스코트하러 왔을 때도 그녀는 출타 중이었다. 그때도 그는 지금처럼 당황했었다. 아무리 그녀에게 자유시간이 주어졌다고 했지만 홀로 밖으로 나갈 것이라고는 예상하지 못했던 탓이다. 기껏해야 캐리어에 담아온 세계 각국의 도자기 사진첩이나 들여다보고 누워서 여독을 풀고 있을 줄 알았다.

어디에 간 건가?

갈 데가 있나?

걱정 반, 호기심 반의 심경으로 휴대폰으로 연락을 취했을 때는 또 아차 싶었다. 로밍도 안 했는지 이 여자의 전화는 불통이었다. 그가 미리 챙기지 못한 것도 문제였다. 비서는 뭐 했는가? 그는 공연히 비서라든가 경호원 한 명도 없이 출장을 명한 부친을 원망했다.

'혼자서 바람이라도 쐬러 나간 모양입니다.'

차관 부부에게 그는 아내의 저녁 만찬 부재에 대해 이렇게 변명할 수밖에 없었다. 다행히도 사람 좋은 그들은 이해해주었다.

'충분히 그럴 수 있어요. 여긴 얼마든지 혼자서 다니고 싶은 충동이 생기는 곳이잖아요.'

'그 속은 얼마나 서운할까? 일생에 한 번뿐인 신혼여행을 왔는

데 남편은 일을 하느라 혼자 내버려두기나 하고. 자네가 각별히 잘 해줘야 할 걸세. 평생 원망 거리야.'

그렇게 식사를 마치고 올라왔더니 아직도 그녀는 돌아오지 않고 있었다. 조바심이 나면서 그는 제 목의 보타이를 쭉 잡아 빼냈다. 와인 몇 잔 마셨더니 취기보다는 기분 좋은 피로가 몰려왔지만 분노도 상당했다. 이 여자가 진짜!

"가만있자……."

생각해보니 근처의 성당이나 미켈란젤로 광장 등으로 그녀의 동선은 한정되어 있을 것 같았다. 즉, 움직여봐야 부처님 손바닥 안이라는 의미다.

"젠장, 심심하지는 않아서 좋군!"

그는 욕설을 뱉어내면서 도로 밖으로 나갔다. 당장 찾아올 심사였다.

"딴 데서 주무시게요?"

이런!

하마터면 강우는 여자처럼 비명을 지를 뻔했다. 거짓말처럼 그녀가 문 앞에 서 있었다. 선글라스로 얼굴의 반을 가리고 있는 그녀는 다소 엉클어진 머리카락을 제대로 묶으며 그를 반겨왔다.

"반갑군……."

세상에, 그녀가 이리 반가울 줄이야!

말이 막힌 채로 문 앞에 우뚝 서 있는 그를 제치고 그녀가 안으로 들어가더니 객실 소파 위로 몸을 던지듯 누웠다. 그러고는 여태 선글라스와 함께 어깨에 메고 있던 핸드백을 휙 벗어놓았다.

"왜 거기를……."

그가 급히 그녀에게로 다가갔다. 그러자 하나는 가까이 다가오지 말라는 듯이 손을 휘젓고는 몸을 모로 눕혔다. 그건 누가 봐도 잠을 자겠으니 방해하지 말라는 신호였다.

"여기서 자겠다는 뜻?"

"아내로서의 배려예요. 혹시나 상무님이 침대를 양보할 것 같아서요. 아무래도 내 쪽은 놀러 온 경우이고, 상무님은 진짜 일하러 온 거잖아요. 소하나, 그렇게 물색없지는 않아요. 어서 가서 편히 주무세요."

"여태 밖에 쏘다니다 온 겁니까?"

그는 하나의 그늘진 눈 밑을 살피며 조심스레 물었다.

"자유라면서요?"

"자유라는 것은 품위가 손상되지 않은 범위 안에서……."

"맞아, 이 세상에는 품위 손상죄도 있다던데. 장강우 상무의 가짜 아내가 그런 죄를 지으면 대체 무슨 벌을 받을까요? 그런데 상무님, 난 지금 너무 피곤해요. 자고 싶어요, 불 좀 꺼줄래요?"

지쳐 보이는 하나의 모습에서 그는 차마 더 이상의 추궁은 무리라고 판단했다. 그러나 밖에서 들어오자마자 그대로 잠이 든다는 것은 있을 수 없는 일이 아닌가?

"밖에 나갔다 왔으면 적어도 손이라도 씻어주는 거라고…… 하다못해 유치원 선생님한테라도 배웠을 텐데."

투덜거리는 말을 들었는지 하나는 그에게 애원하는 어조를 했다.

"먹고살기 힘들다고 부모님이 유치원도 안 보내줬네요. 대신에 아버지랑 흙 만지고 잘 놀아서 정서적으로 잘 발달했으니까 불쌍해하지는 마세요."

하아, 기가 막히는군!

좋다! 나도 소하나, 너를 상관하지 않으면 그만 아닌가? 그래도 혼자서 타국의 밤거리를 쏘다닌다거나 하는 짓은 굉장히 걱정이 되는 일이었다. 지금도 길을 잃어서 한참을 방황하다가 겨우 들어온 것일 게다.

그는 맘속으로 툴툴거리면서 욕실로 들어간 다음에 타월에 물을 적셔왔다. 하나는 그에 잠들어 있었다.

"누군 팔자 좋군."

하나의 발에서 양말을 벗기고 그는 물에 적신 타월로 대충 문질러댔다. 한 손에 쥐어지는 작고 하얀 발을 만지며 강우는 믿을 수 없을 만큼 무게감이 느껴지지 않는다고 생각했다.

"괜히 감기에 걸리거나 그러면 나만 힘드니까, 어쩔 수 없이 해준다."

가만, 뭐지?

다음 차례인 손으로 향할 무렵이었다. 그녀가 팔을 들어 이마와 눈을 가린 것을 응시하다가 그는 그만 눈살을 찌푸렸다. 손목 근처에 시퍼렇게 멍이 잡혀 있었다. 혹시 자신이 공항에서 잡아끌다가 생긴 상처인가?

"내가 은근 과격한 맛은 있지."

그가 멍 자국에 손을 가져가자 어느새 하나가 펄쩍 뛰며 몸을 일으켰다.

"……나한테 손대지 마요, 만지지 마요! 이건 반칙이야."

그녀의 잠에서 막 깨어난 얼굴에 잔뜩 경계의 날이 두드러진 모

176

습에서 그는 어처구니가 없었다.

"이거, 왜 이래? 나도 애송이는 취미 없다고!"

내가 너 얼마나 걱정했는지 아냐? 라고 속에서 치미는 울화에 식겁한 순간이었다. 그러나 그는 흠, 하고 주먹을 말아 쥐며 마른 기침을 뱉어낸 뒤에 침착하게 입을 열었다.

"제정신인 거야? 이 낯선 외국에서 종일 나가 있다가 들어와 씻지도 않고 잠을 자는 사람이 누군데 그래?"

"……누구긴 누구겠어요? 예, 소하나가 그랬군요."

마치 남의 일처럼 그녀는 혼잣말처럼 중얼거렸다.

"우리가 여기 왜 와 있습니까? 일단 표면적으로는 장강우와 소하나의 허니문이니 그쪽의 안전은 내가 책임져야 할……."

그는 할 말을 잊어버렸다. 하나의 커다랗게 뜬 눈에 방울방울 눈물이 맺혀 있는 모양이 그를 망설이게 했던 것이다. 이 아이가 왜 이래? 너, 울어?

"앞으로는 절대 폐 끼치지 않을 거예요. 오늘 일은 사과할게요."

하나가 손등으로 입가를 가리며 누그러진 어조로 순순히 사과를 해왔다.

"그 손목의 상처는 젠장……."

"욕은 하지 마시고요."

"신경 쓰인다고, 젠장!"

그는 문득 말을 놓으며 복받치는 심경을 털어놓았다.

"남편이라는 자리가 가짜라고 참견하지 말라는 거야? 그러려면 네가 똑바로 처신해야 하는 거잖아? 없어져서 사람 걱정시키는 짓, 연락 안 되는 짓, 멍이나 들고 다쳐서…… 그런 짓들 하지 말아야 한다고, 알아?"

"설마, 나 걱정해주는 거예요?"

하나는 갑자기 눈물 맺힌 눈으로 씩, 웃었다. 미치겠다, 라고 중얼거리며 그는 제 앞머리를 쓸어 넘겼다.

"지금 상무님이 조금은 멋있어 보이려고 했잖아요. 그러니까 더이상 하지 마세요."

"무슨!"

또 그렇게 되나?

말문이 막힌 그는 눈을 지그시 뜨며 그녀를 바라보았다.

"그렇잖아요. 꼭 남편이 자기 와이프를 걱정해주는 것 같은 모습에 쪼오끄음……."

그녀는 손가락으로 약간이라는 표시를 하며 윙크까지 곁들여 속삭였다.

"……심쿵했어요."

'이런, 여우 같은 것을 봤나? 아주 나를 가지고 노네?'

화가 난다. 그리고 당황스러웠다. 어째서 화가 나고 당황스러운지 알 수 없었지만 그는 그런 감정들을 억누르면서 시큰둥하게 말했다.

"앞으로 걱정시키지 않겠다고 약속하십시오."

잠시 적막이 흘렀다. 강우의 숨 고르는 소리만이 방 안에 크게 울렸다. 이윽고 침을 한 번 꿀꺽 삼키고 나서 하나는 잠긴 목소리로 중얼거렸다.

"이거 암만해도 진짜 걱정해주는 것 같은데?"

이 여자가 진짜?

가지가지 한다!

그는 무심코 숨을 삼켰다. 이 여자는 어쩌면 나보다 더 우위에 있는 것 같다. 그는 맘속으로 자기 자신에게 외쳤다.

장강우, 정신 차리자. 나는 지금 살짝 맛이 가고 있다. 지나치게 가까이에 붙어 있는 탓에 맡아지는 여자의 살 냄새와 무방비하게 아내라는 위치에 있는 이 아이한테 육체적으로 흔들리고 있는 거다. 내가 요새 여자를 가까이 안 한 지가⋯⋯. 맞다, 나는 지금 정상이 아니다. 제정신이라면 이 아이가 예뻐 보일 리가 없잖은가?

그는 곧바로 평상시 쓰는 말투를 사용하며 거리감을 넓혔다.

"피곤할 텐데 어서 자요."

그의 말이 끝나기가 무섭게 하나가 몸을 발딱 일으켜 앉았다.

"저기요, 상무님, 진짜 잘못했습니다."

실핏줄이 비치는 말간 얼굴에 두 눈만 퀭한 것이 결혼식이 있기 전부터 잠을 제대로 못 잔 것까지 합쳐 그녀는 굉장히 수척해 있었다.

"근데요, 상무님. 내가 내일은 하루 종일 아시시에 가 있을 거예요. 그래도 되겠죠? 마음 같아서는 거기에 아예 숙소를 정해서 며칠 머물고 싶은데, 기차가 다니더라고요. 저녁 무렵에 여기로 돌아올게요. 그렇게 해도⋯⋯ 되겠지요?"

조심스레 묻는 그녀의 얼굴이 상당히 어린아이같이 무방비하고 또 그만큼 애처로웠다.

"부탁하는 태도가 별로 간절해 보이지 않다고 해야 할까?"

그는 일부러 맘 상한 척 투덜거렸다. 그러자 그녀가 잔뜩 울상인 얼굴로 고심을 하는 것이었다.

"어떻게 해야 해요? 원래 이게 아니잖아요? 우리 여행은 사실 '허니문'이라고 쓰고 '각자 볼일 보러 온 여행'이라고 읽어야 하는 게 맞잖아요? 근데 상무님이 안전을 빌미 삼아……."

그녀의 말을 막으며 그가 손가락을 딱, 소리 나게 튕겼다.

"스톱, 그만! 젠장, 막 사육하고 싶어져."

네에? 하고 눈을 휘둥그렇게 뜬 그녀의 하얀 얼굴이 확 붉어졌다.

"사, 사, 사육?"

"이제부터 넌 내 아내다, 하고 가둬놓고 내 멋대로 하고 숨도 못 쉬게 막……."

그런 다음에 그가 낮은 어조로 으름장을 퍼부었다.

"이랬으면 좋겠습니까?"

꿀꺽, 침을 삼키며 하나가 여전히 불안한 기색이었다.

"농담입니다."

그의 말에 하나는 맥이 풀리는 얼굴이더니 이내 웃음을 터트렸다. 그녀는 진정으로 우스운 모양인지 눈이 감겼다. 원래 스물세 살, 이런 나이 또래의 여자를 처음 겪는 그였다. 연속적으로 흠씬 두들겨 맞듯이 그는 혼미할 정도였다. 그래서 잠시 의식이 나가서 헛소리를 한 것 같았다.

사육이라, 사육.

꽤 자극적인 그 말이 왜 갑자기 튀어나온 걸까?

한편, 그의 당황함을 모르는 하나는 명랑하게 그에게 말을 하고 있었다.

"안전수칙도 정말 잘 지키면서 절대 상무님 걱정시키는 일이 없게 할게요. 이러면…… 조금 간절해 보여요?"

"오빠…… 라고 한 번 불러준다면 뭐……."

외동아들로 자란 그는 자신에게 여동생이 있으면 어땠을까, 라는 상상을 남몰래 해본 적이 있었다. 오늘이야말로 오랜 숙원을 이루는 날이 될까? 그러나 순순히 응해줄 여자 같지는 않아서 반은 체념을 했다.

"무슨, 그런……."

역시.

너무 터무니없나?

그는 하나가 두 눈을 굴리면서 입술을 깨무는 것을 보았다. 그는 쑥스러운 속내를 숨기며 겉으로는 장난인 것처럼 어눌하게 변명을 했다.

"그렇게 듣고 싶은 건 아니고…… 그냥, 약간은 좀……. 왜, 그 뭐냐……."

"오빠. 강우 오빠."

움찔, 그가 놀라며 목덜미까지 온통 후끈해졌다. 하나는 눈을 반쯤 감고는 두 주먹을 제 뺨에 대고서 본격적으로 아양을 부리기 시작했다.

"오빠, 오빠, 오빠…… 됐죠?"

그는 벌떡 몸을 일으켜 세웠다.

"침대로 갑시다."

"치, 치, 침대라고요?"

침대라는 단어에 민감한 모양으로 그녀가 펄쩍 뛰었다. 지레 놀란 그가 바로 대답을 했다.

"침대로 가서 편히 자라는 뜻입니다. 그 말은…… 내가 소파에서 잔다는 겁니다."

강우는 은연중에 그녀에게 호의를 베풀고 싶었던 건지도 몰랐다. 사실은 화르르 불이 붙은 것같이 후끈 달아오른 와중에도 그는 심장이 벌렁거렸다. 그러나 다행인지 불행인지 그녀는 아무렇지도 않아 보였다. 아니, 자신의 일정만이 중요한 모양으로 열렬하게 허락을 구하고 있었다.

"허락이죠? 그렇죠? 그러니까 내일의 일정을 내 맘대로 해도 되는 거지요? 절대 상무님 번거롭게 하지 않을게요."

"어서 침실로 가서 편하게 자도록 해요."

그래, 사람 걱정시키는 것이 네 자유라면, 걱정을 하는 건 내 몫이려니. 그는 어쩔 수 없다고 체념하면서 그녀의 손목을 끌어당겨 휙 일으켜 세웠다.

"기왕 신혼부부 놀음 하는 거…… 안아다 눕히면……."

하하, 하고 웃으며 하나가 받아쳤다.

"그러면 혼나요."

젠장, 혼나긴!

지금 누구 속은 용암처럼 펄펄 끓어오르고 있구먼.

그는 은근슬쩍 얼굴을 붉혔다.

이튿날, 아침 7시.

비록 소파 위에서 잤지만 강우는 조금 들떠서 일어났다.

'오빠라, 오빠……. 드디어 오빠 소리 한을 풀었네. 한우, 이 자

식, 은근 물건이야.'

눈을 뜨자마자 간밤에 자신에게 애교 아닌 애교를 선보인 그녀 모습부터 떠올라 심장 부근이 간질거렸다.

'제법이었어. 남자 간 떨리게 하는 법도 알고 말이야. 그나저나……'

한편으로 그는 어떤 얼굴로 그녀를 봐야 하는지 기분이 미묘했다. 하지만 빨리 그녀의 얼굴이 보고 싶은 것도 사실이었다.

'조식을 같이 하자고 해야 하나? 그래, 그거 괜찮아.'

그는 자신의 아이디어에 흡족해하면서 그녀를 깨우기 위해 침실로 갔다. 이미 말끔하게 면도를 마쳤고, 입은 옷에 향수까지 뿌렸다.

"한우, 일어났습니까? 생각해보니까 우리가 명색이 허니문으로 여기까지 온 거 아닙니까? 조식 한 번 같이 하는 것도……."

그러나 그는 허탈해졌다. 누가 그랬나? 젊은이들은 잠이 많다고.

이미 그녀는 침대를 박차고 나간 뒤였다. 어이가 없는 한편으로 그는 다시 한 번 그녀에게 감탄이 나왔다.

다소 낡은 것 같은 앤티크 스타일의 화장대 위에 메모 한 장이 놓여 있었다.

<덕분에 침대에서 잘 잤어요. 감사하게 생각해요. 약속한 대로 오늘 저 혼자 맘대로 다녀도 되는 거죠? 잘 다녀오겠습니다. 상무님도 오늘 일정 가운데 파이팅 하시길 바랍니다.>

여자다운 동글동글한 필체의 행간은 아무런 애정이 엿보이지 않은 그저 사무적인 것이었다. 그것이 왜 서운한 걸까?

'역시 한 살이라도 젊은 게 좋군. 기운도 좋아요.'

그는 쓴웃음을 지었다.

'아니, 이렇게 이탈리아로 여행 오고 싶어서 그동안 어떻게 참은 건가? 나 같은 부자 남편을 만났으면 차라리 지중해 크루즈 여행 패키지를 원할 일이지.'

아무리 필요에 의해 가짜로 식을 올린 부부라고 해도 그렇지, 이 여자는 여행지에만 관심이 있었다.

'오빠'라고 불러놓고서.

'오빠'라고 불렀단 말이다!

"그 나이가 한창 열정이 넘칠 때지. 그렇다고 아침까지 굶고 나간 건가?"

여행에 대한 '가짜 아내'의 대단한 열의에 탄복하면서도 그는 마음 한구석이 착잡했다.

'이 여자는 나한테 진짜 관심이 없는 거구나.'

내가 어디 가서 꿀리는 남자는 아닌데…… 라고 심란해하면서 그는 문득 꽃잎처럼 붉게 벌어지던 하나의 입술과 웃음기 들어 있는 눈망울을 떠올렸다.

……예쁘다.

5. 심장아, 나대지 마!

"핑크빛의 돌, 그리고 높은 하늘과 지중해의 바다여…… 시가 막 써지는구나."

하나는 아시시의 거리를 걸으며 가슴이 부풀었다가 간혹 아버지에 대한 추억으로 눈시울이 붉어지기도 했다. 오늘은 부지런히 공방을 찾아다니는 것으로도 하루가 다 지나갈 지경이었다.

다행히 공방의 주인들은 그녀에게 호의적이었다. 하나는 짧은 영어 실력으로 그들과 그릇에 대해 이야기를 주고받으며 또한 맘껏 사들였다. 미리 준비한 커다란 캐리어에 이것저것 도자기 그릇들을 담으며 그녀는 내심 행복했다. 허기지면 어제처럼 대충 젤라또를 먹으며 당을 보충했다. 서둘러야 했기에 현지의 음식을 즐긴다는 것은 꿈도 꾸지 못했다.

뚜르르르, 뚜르르르.

공방에서 오후를 다 보내고 해가 지는 것에 맞추어 막 기차역으로 총총 걸음을 걸을 즈음이었다. 강우가 전화를 해왔다.

"네에, 장강우 상무의 와이프는 아주 잘 있습니다."

그녀는 기분이 좋은 나머지 씩씩하게 대답을 했다. 그러나 강우의 억양은 심상치가 않았다.

-내가 전생에 소하나, 너하고 무슨 원수를 져서…….

장강우 상무가 왜 이러지?

내가 어제처럼 또 이 사람의 심기를 어지럽힌 거야? 무슨 실수를 했나? 하나는 긴장감이 서늘하게 등골을 타고 내려가는 것을 느끼며 물었다.

"또 왜요? 뭐 잘못됐어요?"

-잘못? 너, 너, 너…… 아무리 나이 어리다는 치기로 무마하려고 해도 이건 아니지 않나?

"상무님이 반말하는 것을 보니 심상치가 않네요?"

강우가 대번에 화를 냈다.

-한우, 너 정말…… 내가 수명 단축하는 것도 모르고.

"무슨 수명 단축씩이나……."

대동그룹 장강우의 와이프는 혼자서 아시시 같은 데를 쏘다니면 안 되는 법이라도 있단 말인가? 아님, 내가 어제 침대를 혼자 차지하고 자는 바람에 이 남자가 몸에 담이라도 결렸나? 맞아, 그럴지도? 이 남자는 매일 출장 스케줄이 어마어마하던데, 혹시 컨디션이 안 좋아서 일하는 데 차질이라도 생긴 건가? 자기가 먼저 침대 양보해놓고서는, 뭐가 이렇게 쪼잔해?

단 몇 초 만에 그녀가 머릿속으로 별 상상을 다 하는 사이였다.

강우가 냅다 소리를 질렀다.

-소매치기!

아아, 하고 하나는 그제야 입을 벌리고 걸음을 멈추었다.

"……그걸 어떻게 알았대요?"

-소하나, 젠장!

그녀는 눈망울을 또르르 굴리며 변명을 하기 위해 입을 열었다.

"따지고 보면 국위 선양한 건데요? 이탈리아 경찰들이 막 뭐라고 하나 봐요? 그럴 줄 알았어. 그 소매치기가 이탈리아 사람이거든요. 아마 자국민을 편드나 보죠? 다치긴 했어도 그리 심한 게 아닐 건데요? 하긴, 내가 한국의 매운 태권도 맛을 아주 정직하게 보여주기는 했지요. 그래도 그 소매치기가 잘못한 거잖아요. 무예가로서 불의를 그냥 지나칠 수가 있어야 말이지요."

-한우는 도예가 아닙니까?

"그건 그렇죠……."

사실, 별일도 아니었다. 그녀는 프랑스 여인이 날치기 당할 뻔한 순간을 목격한 것, 그리고 이탈리아 소매치기의 손목을 붙들어 꼼짝 못 하게 한 뒤에 비명을 질러 사람들의 이목을 끌었던 때를 회상했다.

그녀는 자신이 록 가수처럼 비명을 지르면 소매치기가 질겁해서 도망을 치거나 다른 사람들에게 붙들릴 줄 알았다. 그러나 믿을 수 없게도 그 남자는 유들유들하게 비웃어 보이며 도리어 그녀의 손목을 비틀어 잡아챘다. 그러면서 소매치기는 다른 한 손으로 프랑스 여인의 가방을 낚아채기까지 했다. 그 바람에 비대한 여자는 바닥으로 넘어졌고 남자는 가방을 들어 보이며 그녀를 놀렸다. 잡힌 손목이 꽤 아팠기에 그를 그냥 놔둘 수가 없었다. 그녀는 상대의 키를 가늠해보았다.

자신의 신장은 약 172, 그리고 금발 소매치기의 키는 176쯤? 그래, 해볼 만해!

그녀는 어렸을 때부터 갈고닦은 덕에 고등학교 들어갈 즈음에는 태권도 공인 4단이었다. 박운열 사기장의 휘하에 들어가기 전까지 그녀는 학비를 위해 도장을 전전하며 보조 강사를 한 실력을 가지고 있었다.

'하나, 둘, 셋…… 지금이야!'

그녀는 스텝을 밟은 다음에 얍, 하고 짧게 기합을 넣었다. 그 이유는 간단했다. 내가 너한테 공격 들어갈 건데, 이제라도 알아서 피하시지!

그거였는데…….

그러나 소매치기는 바보였다. 아니면 그녀를 한참 우습게 봤던 모양이다. 하여간 하나는 단숨에 긴 다리를 쭉 뻗은 다음에 상대방의 정수리를 찍었고, 순식간에 그는 뒤로 나자빠졌다. 사람들은 그들을 에워싸고는 박수를 쳐댔다. 누군가의 입에서 '가라데'라는 말이 나오자 하나는 노노, 반색을 하며 '태권도'라는 정확한 명칭을 가르쳐주기도 했다.

……그랬는데 이 남자가 왜 화를 내는 거지?

"상무님은 이미지 관리 꽤 집착하는 분이잖아요? 좋은 일 한 거라고 칭찬해주셔야지요."

그녀가 시큰둥한 말을 주워섬겼지만 강우는 조금도 봐주지 않았다.

-도대체 소하나의 목숨은 몇 개야?

"아아, 그러니까 지금 나 걱정해주는 거예요? 그럴 필요 없어요. 미처 말씀 안 드렸는데요, 내가 태권도 공인……."

-그런 일이 있었으면 나한테 바로 말했어야지, 이게 뭐야? 회장님이 전화해서 알았어! 벌써 유튜브니 SNS 등에 다 떴다고 해. 서울에서는 지금 소하나 씨 걱정에 속이 타들어가서…….

"알았어요, 무조건 내가 잘못했어요."

아이고, 하고 하나는 탄식했다. 그렇군, 장강우가 이렇게 서슬이 퍼런 이유를 이해했다. 아마도 장 회장의 불호령이 떨어졌을 것이다. 강우의 다음과 같은 설명이 그것을 입증했다.

-너는 뭐 하는 물건인데 네 마누라가 공항에서 혼자 소매치기를 때려눕히게 만들어? 이것이 내 아버지의 말이었습니다. 더 중요한 것은 그 사실조차 나는 모르고 있었다는 겁니다.

"알았어요. 두 손 들고 벌 설 각오는 되어 있어요. 설마 대동그룹 명예가 실추되었다거나 그런 건 아니겠죠?"

하나는 단숨에 풀이 죽었다.

-어딥니까?

"아시시……."

그녀는 조용히 대답을 하며 끌탕을 했다. 이 일로 자유를 빼앗기는 건 아니겠지? 아직 사야 할 그릇이 산적해 있는데.

-젠장, 그놈의 아시시에 옛사랑이라도 숨겨둔 건가? 두 번 갔다 간…….

"왜 욕을 하고 그러세요? 아시시가 잘못한 게 아니잖아요?"

그녀는 속상한 마음에 그만 본의 아니게 불퉁하게 대꾸가 나왔다.

-거기, 꼼짝 말고 있으라고.

"저기요, 내가 기차 타면 되는데요? 설마, 데리러 오려는 건 아니겠지요?"

하나의 얼굴이 사색이 되어갔다. 이 남자 무섭다. 맞닥뜨리면 안 된다.

-무조건 거기 있으라고.

그러나 그의 말에는 무시무시한 느낌이 묻어나서 거절하기가 쉽지 않았다.

"예."

-또 무슨 사고 치지 말고.

"예, 알았어요."

얌전히 대답을 하면서 그녀는 내가 어쩌다가 서른네 살 먹은 남자의 아내가 되어 자유를 잃고…… 라고 푸념을 했다. 아니, 아니야. 하나는 가만 고개를 저었다. 내가 이 남자를 걱정시킨 건 맞는걸.

"녀석, 완전 그림일세!"

그대로 꼼짝 말고 기다리라고 했더니 정말로 가만히 앉아서 자신을 기다리고 있는 폼이 마음에 들었다. 하나는 고아한 성 프란체스코 성당 앞에서 장구한 역사의 흔적에 주의를 기울이는 표정이었다.

이 여자가 언제부터 독실한 가톨릭 신자였다고?

그는 조금 의문을 품으며 그녀를 응시했다.

직접 운전을 해서 한 시간여를 달려온 길이다. 오는 도중에 눈에 뭐가 씌었나? 해거름의 산중턱에 위치한 성당의 베드로 성문 앞에 앉아 있는 하나는 그냥 수려한 풍경이었다.

그는 왠지 모를 감동으로 심장이 뻐근해졌다. 신혼여행이랍시고 외국에 와서 태권도의 '찍어 차기' 기술로 소매치기를 단숨에 제압한 여자가 저기 있다. 석양이 지는 지중해의 오후는 아름다웠다. 그리고 하나의 얼굴은 그보다 더 아름다웠다.

창백한 청동 같기만 하던 그녀의 얼굴이 마치 화사하게 망울을 틔운 꽃 같았다. 그는 서서히 차를 멈추면서 하나의 얼굴에 시선을 꽂은 채로 할 말을 잃었다.

'젠장, 보자마자 이마에 꿀밤 한 대 먹일 생각이었는데…… 무지 반갑네.'

초연한 인상의 그녀는 고딕 양식으로 지어진 성당에 압도된 모양이었다. 입가에 부드러운 바람처럼 머무는 미소, 허공을 응시하고 있지만 아마도 성인 프란체스코를 회고하듯 뭔가가 꽉 들어찬 해맑아 보이는 눈동자 등등, 그녀는 꿈결인가 싶었다.

'너는 이국의 성당에 심취해 있구나. 나는 너한테……'

그는 숨을 깊이 들이마신 뒤에 내뱉었다가 천천히 차창을 열었다.

"부인!"

그를 발견한 하나의 얼굴은 이내 현실로 돌아와서 잔뜩 겁을 집어먹은 모습이 되었다.

그는 가슴이 철렁, 내려앉는 느낌이었다.

'나한테 유감이 많은 모양이네.'

그녀는 운동화를 신고서 발레리나가 입을 것 같은 기다란 샤스커트와 헐렁한 검정 카디건 차림이었다. 제 딴에는 변장을 한 모양인지 챙 넓은 밀짚모자까지 쓰고 있었다.

"그동안 몰라봐서 미안합니다, 이젠 무서워서 함부로 대들지도 못하겠습니다."

운전석을 박차고 나가며 그가 일부러 밝게 말을 꺼냈다.

"못써요. 차라리 화를 내세요."

"화내면?"

그가 팔짱을 끼며 되물었다.

"군말 없이 빌어야겠지요. 정말 잘못했어요. 타국에 나와서 열심히 일하는 분한테 폐 끼쳤어요."

하나는 자리에서 일어나며 커다란 캐리어의 손잡이를 잡았다. 한눈에도 무거워 보이는 그것을 잡고 낑낑거리는 폼이 여간해서는 그가 움직여야 할 것 같았다.

"비키시지요."

"안 돼요, 되도록 조심해서……."

불안한 그녀의 얼굴을 보며 그는 캐리어의 손잡이를 잡아 팔목에 핏줄이 서도록 힘을 주었다.

"뭐가 이렇게 무겁습니까?"

그의 표정에는 여태 이런 것을 끌고 다녔다는 건가? 하는 황당함이 들어차 있었다. 그녀는 급히 선글라스를 쓰면서 묵묵히 대답했다.

"그릇들이에요."

"그릇? 음식 담아 먹는 그릇?"

그가 경악한 표정으로 하나를 살폈다. 그녀는 고개를 끄덕거렸다.

"설마, 이 아시시에 그릇 쇼핑하러 왔다는 것은……."

아니겠지? 라는 말이 나오기도 전에 하나는 시무룩하게 고개를 끄덕끄덕했다.

"맞아요."

"이런!"

강우는 눈을 가늘게 뜨며 그녀의 모습을 다시 위아래로 살폈다. 그의 시선에 하나는 볼을 붉히며 배시시 웃었다.

"여기는 아버지가 전에…… 여기서 도자기와 피겨린을 사다 주신…… 그러니까 내게는 아버지의 추억이……."

아아, 알겠다.

도자기 만드는 게 천직인 여자라지? 거기다가 작고하신 소동일 도공의 추억이 깃든 도시가 이곳이라는 거군.

"오케이, 알아들었어. 우선 탑시다."

선글라스로 가리고 있었지만 그녀가 꼭 울 것 같아서 그는 얼른 차에 타기를 종용했다.

"회사에 이미지 타격 같은 거…… 있는 거죠?"

차 트렁크에 캐리어를 조심스럽게 싣고 나서 그녀가 조수석에 앉기를 돕고 있을 때였다. 그녀가 느닷없이 회사 이미지 타격을 운운했다.

"그게 걱정됩니까?"

그녀가 말없이 고개를 끄덕거렸다.

"아무래도…… 인터넷에도 실리고 그랬으면……."

그는 입술을 깨물고 싶었다. 이 여자가 울상인 것이 마음에 들지 않는다. 젠장, 하고 속으로 누구에게랄 것도 없이 욕을 하며 그는 그녀를 얼렀다.

"잘못한 거 없어요. 따지고 보면 내가 죽일 놈입니다."

"왜 그런 말을……."

혹시라도 그가 조롱하는 것이나 아닌지 그녀는 조심하는 눈치였다.

"신혼여행을 와서 와이프도 돌보지 못한 천하의 나쁜 놈이 장강우입니다. 모두가 내 탓이라는 이야기입니다…… 라고 세상은 평가하더군요. 일벌레 장 상무가 그럼 그렇지, 하는 반응 말입니다."

그러자 그녀가 급히 선글라스를 벗으며 그의 팔을 붙들었다.

"안됐네요. 혹시라도 회장님이나 사모님이 뭐라고 하시면……."

그것은 충동적으로 일어난 일이었다.

"소하나, 예쁘네."

그가 달래듯 말하며 그녀의 머리카락 위에 가볍게 키스했다. 하나가 흡, 하고 숨을 들이켜는 사이에 그는 도저히 억누를 수 없는 기분으로 고개를 더욱 밑으로 내렸다. 그의 입술이 뺨에 가 닿았다.

"예쁘다고."

하나는 부르르 떨었다. 동시에 그는 뺨에 입술을 문지르며 숨을 토해냈다. 데일 듯이 뜨거운 숨이었다.

"……하지 말아요."

하나는 더운 숨결이 느껴지는 그의 입술을 피하며 놀라고 있었다. 이 남자가 왜 이러는 걸까? 예의 그 서늘한 눈에 어울리지 않게 옅은 미소까지 짓고서 그가 가만히 그녀의 코끝을 더듬고 있었다. 그것은 예상치도 못했던…… 더없이도 부드러운 손길이었다. 위험해! 그녀가 고개를 빼서 주변부터 얼른 살폈다.

"우리 지금 누구한테 보여주어야 하는 거예요?"

사람들의 눈을 만족시키기 위해서 두어 번의 포옹을 했던 때와 같이 연출이 필요한 순간인가? 그러나 이상하다. 그때와 같지 않았다. 강우는 지금 뭔가 서툴면서 그리고 다정했다. 하나는 자신의 심장이 쿵쿵 뛰는 일이 좀처럼 익숙한 것이 아니었기에 지금 몹시도 당황스러웠다. 삐익, 하고 그녀의 귓가에 경고음이 울렸다.

진정해, 소하나!

나는 이 남자한테 마음 주면 안 돼.

우리는 이혼할 사이야. 바보같이 흔들리면 안 되는 거다. 우리 사이에 진심은 없다. 내가 분위기에 휩쓸려버린다면 지는 것이 된다. 내 진심을 이 남자에게 주면 안 되는 거다. 마찬가지로 이 남자도 지금이야 여자가 궁하니까 잠깐은 미칠 수 있어도 그것이 진짜 애정은 아니지 않은가?

제대로 행동해야 해.

호랑이굴보다 더 나쁜 이 남자의 아내가 되는 일은 정신만 온전히 차리면 살아 나갈 수 있느니라!

"우리가 사이 안 좋아 보이는 신혼부부라고 소문났어요? 그래서 이래요?"

"……그렇게 되는 건가?"

하아, 하고 숨을 토해낸 강우가 멋쩍은 듯이 웃었다.

"나보고 야수라고 부르지 않았…… 어?"

"그랬죠."

뜬금없다는 얼굴로 하나가 대답했을 때였다. 그가 그녀의 손목을 움켜쥐고는 제게로 끌어당겼다. 그러고는 그녀의 코끝에 살짝 키스했다.

"그래, 야수. 나는 야수야."

그의 입술은 하나의 입술을 집어삼키듯이 덮쳤다. 남자의 뜨거운 혀가 감질나게 입술을 비벼댔다. 입술의 틈을 비집고 노련하게 파고들려고 하는 혀를 피해 하나는 본능적으로 꾹 힘을 주었다. 결국 그의 입술이 떨어지는 사이에 애원을 했다.

"안 돼! 이러지 마요."

"안 해, 안 한다고."

그가 아쉬운 표정으로 혀를 찼다. 그러더니 그녀의 머리를 제 가슴에 가져갔다. 뜻밖의 행동에 놀라 저항을 해도 그는 포옹한 팔을 풀지 않으려 했다.

"애초에 야수라면서? 야수의 본능은 말이야, 확……."

"내가 사고 쳤다고 해서 지금 이런 식으로 벌을 주려는 거예요?"

기어이 팔을 밀쳐내면서 그녀는 불편한 표정으로 그를 보았다. 이 남자가 갑자기 달라졌다. 날카롭기만 하던 그의 눈빛이 형형하게 자신을 향해 열려 있었다. 마치 뭔가 자신을 소중히 여기는, 숭배를 하는 감정이 엿보이는 것이었다. 아니다, 착각일 것이다! 절대 그럴 리가 없다.

"야수가 코에만 키스하고 그만두는 것도 이상하잖아? 거기에 산이 있다면 당연히 정상에 오르는 게 야수의 행동이지, 안 그래?"

"야수의 뜻은 그런 게 아니란 말이에요."

맞다, 야수가 그렇게 되나?

하나는 일시에 긴장감이 풀리면서 얼마쯤은 웃음이 나왔다. 안 되겠다, 야수의 이미지를 바꾸어야 할까 보다.

"잘 들어요, 상무님. 경영 수업만 하느라고 설마 인문학이나 동화책을 등한시하진 않으셨겠죠? 아님, 디즈니 만화는요?"

그는 신기한 것을 바라보듯 그녀의 눈동자를 빤히 바라보았다. 어디 말해보라는 듯이, 들어주겠다는 듯이 시선이 흥미진진한 빛이었다.

"어릴 때 재밌게 보던 동화책이 있었어요. '미녀와 야수'라고…… 귀에 익죠?"

그가 하나의 손을 쥐고는 그 손가락 마디에 키스하더니 빙글, 웃어 보였다.

"거봐, 맞네! 내가 그 야수라니까."

하나는 기겁을 하며 그에게 잡힌 손을 야멸치게 빼냈다.

"이보세요, 상무님. 거기 나오는 야수는 무척 착하거든요? 겉은 진짜 무섭고 흉물스러운 괴물이지만 알고 봤더니 마법에 걸린 왕자님인데……."

"거참, 애들 읽는 동화를 그따위로 만들다니. 야수는 속도 겉도 야수여야 해. 야수성, 몰라?"

"어머? 아닌데? 무시무시한 야수가 실은 마법에 걸린 잘생긴 왕자였다, 나중에 좋은 여자 만나서 다시 왕자가 되는 이야기가 얼마나 근사한 동화의 반전이에요? 근데 방금 전의 상무님 발언은 제 동심을 파괴한 거였어요."

그의 표정이 다소 가라앉았다.

"혹시라도 그런 반전을 믿고 나를 야수라고 불렀단 말이지."

"뭐, 동화처럼 달콤한 이야기를 기대했던 건 사실이에요. 물론 기대일 뿐이지, 그렇게 될 거라고 믿지는 않지요. 그런데 상무님이 막 아무렇게나 밝은 대낮에 거리에서 키스를 하려고 하면서 야수를 가져다 붙이네요?"

그녀는 잠시 말을 멈추고는 손으로 이마를 짚었다. 두통이 느껴지면서 현기증이 일었던 탓이다. 되짚어보니 요사이 자신의 몸을 돌보지 않았다. 나름대로 정신적으로 스트레스 소모가 컸던 결혼식에 이어 비행기를 타고 지구 반 바퀴를 돌아 타지에 온 데다 잠도 제대로 자지 못하고 이틀을 보냈다. 먹은 것이라고는 아이스크림 젤라또 정도였는데, 걷기는 또 무수히 했으니 지금 그녀의 컨디션이 그리 좋을 리가 없었다.

"어디 안 좋아?"

사정을 알 리가 없는 '무늬만 남편'인 강우가 부드러운 어조로 다그쳐왔다.

"아니요, 피곤한가 봐요."

그가 하나의 뺨에 흐트러진 머리카락을 거두어 귓바퀴에 걸어주면서 대꾸를 했다.

"왠지, 너한테 잘 보이고 싶은데?"

"자꾸 만지지 좀 말아요. 잘 보여서 뭐 하게요?"

다소 거칠게 손을 치우고 나서 하나는 그가 불쾌하지나 않은지 살짝 걱정을 했다.

"미안해요. 또 까칠해졌네요. 이건 내 진심이 아니에요. 사실은 낯선 곳에서 상무님이 짠, 하고 나타나니까 같은 동포라고 무지 반갑습디다."

그녀는 기운 없었지만 헤실헤실 웃어 보였다. 그는 아무 말 없이 벨트를 쭉 잡아당겨서 하나에게 매주고는 액셀러레이터를 밟았다.

"상무님, 저기요. 거듭 말하지만 공항에서의 격투는 내가 경솔했어요. 사람들 시선도 의식하지 못하고서……."

"딴 사람들이 문제가 아니야."

그는 작게 덧붙였다.

"내가 걱정했어. 알아?"

아무 대꾸가 없기에 그녀 쪽으로 고개를 돌렸다가 강우는 혼자 웃고 말았다. 밀짚모자의 끈을 목에 건 채로 그녀는 엉클어진 머리를 하고서 고개를 기울여 눈을 감고 있었다.

"좋겠다. 잠은 엄청 잘 자요."

푹 꺼진 눈자위와 미동 없는 모습이 꼭 구체관절인형과 닮았다.

"……배고파."

뜬금없이 그녀가 잠꼬대를 했다.

"한우, 세상 참 편하게 산다."

문득, 그는 고개를 절레절레 젓고는 냉소를 지었다. 이 아이가 귀여운 건 착각이야, 내가 지금 살짝 뭐에 맛이 간 거라고.

호기심 그리고 착각.

그런 거였다.

처음엔 자신에게 흥미가 전혀 동하지 않아 보이는 모습에 호기심이 끓어올랐다면, 그다음에는 착각이었다. 이 여자가 예쁘게 보이는 착각 말이다. 허니문이라는 분위기에 휩쓸린 거지, 라고 그는 다시 한 번 가슴을 쓸었다.

그러면서 아찔했던 순간이 되살아났다. 화면으로 본 그녀와 소매치기의 대치는 그의 호흡을 멎게 했다. 만약 그녀가 잘못되기라도 했다면, 하고 그는 영상을 보며 손에 진땀이 날 정도였다. 그 소매치기가 만에 하나 총기 같은 무기를 소지하고 있었다면…… 상상만으로도 그는 아찔했다.

가만있자, 이건 관심인데?

역시 하나는 상태가 안 좋았다.

"아픈 것 같은데?"

"아니에요, 그냥 피곤해서 그래요."

술에 취한 사람처럼 얼굴이 발갛게 익은 그녀가 호텔 방에 들어오자마자 비틀거리며 소파에 가서 쓰러지듯 누웠다. 그가 무릎 하나를 꿇고 앉아서 그녀의 헝클어진 머리카락을 쓸어 넘겨주었다.

"왜 자꾸 만지는 건데요?"

열기 어린 눈을 둥그렇게 뜨고서 힘없는 말투로 그녀가 항의했다. 그는 피식, 웃고 말았다. 아우, 귀엽다.

"돌이켜보면 김지현 씨와 내 아버지 덕분에 우리가 안 해본 것이 없지? 결혼식도 했고, 여기에는 부부로 와 있고."

그는 만져지는 하나의 이마가 몹시 뜨거워서 속으로 놀라고 있었다. 하나는 그의 손을 치워낼 힘도 없다는 듯이 앓는 소리를 내며 고개를 돌렸다.

"상무님, 지금 그거 하고 싶어서 그러는 거죠? 섹스."

그는 하나의 턱을 움켜쥐고서 그 코에 쪽, 입을 맞췄다.

"그렇게 말하니까 동하네."

강우는 그녀의 이마에 얹었던 손바닥을 들어 제 이마에 가져다 댔다. 그가 미간을 찌푸렸다. 역시 열이 있다.

"피곤해 보이는 데다 열도 있는 것 같군. 일단 푹 쉬도록 하지. 원래는 차관님 부부와 식사 약속이 잡혀 있지만 또 한 번의 핑계로 넘어가야겠지."

"조금만 쉬면 돼요."

그녀는 낮게 웃더니 그에게 물었다.

"있지요, 상무님. 한 가지 궁금한 게 있는데요. 지금 물어봐도 돼요?"

"물어봐."

그는 하나의 입술에 걸린 머리카락을 떼어내면서 무심코 미소를 짓고 있었다.

"우리 엄마에 대해 용서하실 의향이 있는 거예요?"

"왜 그런 걸 묻지?"

"갑자기 친절해지셔서요."

"한우야, 나 좀 봐."

그가 갑자기 하나를 정색하며 불렀다. 왜요? 하고 하나는 대꾸

하며 이맛살을 찡그렸다.

지끈거리는 두통에 끙, 하고 잇새로 신음이 비어져 나가는 것을 어쩌지 못하고서 그를 보았다. 그의 두 눈에 가득 찬 것은 분명하게 열망인 것 같았다. 왜 또 이런 눈을 하고 있는 거지? 하나는 침을 꿀꺽 삼키며 물었다.

"눈빛이 왜 그래요? 표정도 그렇고……. 상무님, 지금 정상이 아닌 거죠?"

그가 또다시 버릇처럼 하나의 머리카락을 쓸어주었다.

"내가 정상이 아닌 것으로 보이는 이유를 브리핑해주지."

"아니, 설명이라고 하세요. 브리핑은 무슨."

"알았어, 설명할게. 이래서 성교육이 중요하다는 거야. 한우, 잘 들어. 간단히 말할게. 남자는 말이야, 언제고 성욕을 배출해야만 해."

그러니까 지금 성욕을 배출하지 못해서 힘들다는 뜻?

자신의 머릿결을 만지는 손길을 피하기 위해 하나는 소파의 팔걸이에 그대로 머리를 묻어버렸다.

"그나마 다행이네요. 상무님은 이성이 있는 남자니까요."

지금 그녀의 두뇌 회전은 느려진 데다 무엇보다도 두통으로 정신이 사나웠다. 온몸이 무겁고 눅진했다. 무슨 인플루엔자라도 걸린 것은 아닌지, 그녀는 슬슬 불안해졌다. 가짜 남편의 성욕까지 신경 쓸 틈이 없었다.

"잘게요. 잠시 방해하지 말아주세요. 그러면 고맙겠어요."

"내가 옆에 있어주지."

"농담이시죠? 아시죠? 태권도 유단자가 소하나라고요."

하나는 그에게 핀잔을 툭 던졌다. 그러고는 스르르 감기는 눈꺼풀을 어쩌지 못하고 깊은 수마 속으로 빨려 들어갔다.

"누가 보면 혼자 돈은 다 벌고 다니는 줄 알겠네."

그가 멀찍이서 혀를 차는 소리를 들었지만 대꾸할 수조차 없었다.

꿈속에서 하나는 아버지를 만났다. 생전에 딸에게 언제나 흙을 사랑하라고 가르친 사람답게 아버지는 하나와 함께 흙을 반죽했다가 물레를 돌렸다가 했다. 아버지가 이 세상 사람이 아니라는 것을 인지하고 있는데도 자신이 안타깝다거나 전혀 슬프지 않은 것이 이상했다.

'빚이 많이 남았지? 미안하구나. 엄마와 네가 고생이 많다.'

동일의 입에서 빚에 대한 언급이 나오는 바람에 하나는 가슴이 미어졌다. 왜냐하면 사실대로 답을 말해줄 수가 없었기 때문이다.

'아빠는 걱정하지 않아도 돼요. 이미 다 해결했는걸.'

얼추 둘러대면서 하나는 꿈속이었지만 굉장히 난처해할 수밖에 없었다. 강우와 '이혼을 약속한 결혼'을 하면서 그녀가 받아낸 것이 채무 해결이었던 탓이다.

'아버지는 괜찮아? 거기서 행복한 거지?'

자꾸 확인하면서 하나는 부친의 장례식 이후 처음으로 마음이 놓였다. 동일의 모습을 보면서 은연중에 깨달아졌다. 그녀의 아버지는 평온해 보였고 두 눈에는 딸에 대한 사랑스러움이 가득 넘치고 있었다.

'내가 무형문화재 선생님을 보필하고 있다는 것을 알고 있구나. 나를 자랑스러워하시고 계셔.'

그렇게 아버지와 작업실에서 도란도란 흙을 빚고 있는데 어렴풋이 강우의 목소리가 들려왔다.

"진짜 안 일어나네……. 이젠 무서워지려고 해."

안 일어나? 무서워, 내가?

'아빠, 배고픈데 자장면이나 시켜 먹을까요? 아, 맞다. 아빠는 위수술을 해서 밀가루 안 드시지?'

강우의 말소리를 무시하며 막 부친과 대화하고 있을 때였다.

"하긴, 도자기 접시를 잔뜩 산 것 보니까 쟁반 자장을 만들어 먹으려고 작정한 사람 같긴 했어."

어라? 이 남자가 왜 자꾸 끼어들지?

'아빠, 보세요. 내가 아시시에서…….'

"제발, 이제 그만 돌아오라고! 자장면이든 뭐든 다 먹게 해줄게!"

버럭, 고함치는 강우의 짜증 섞인 소리에 하나는 깜짝 놀랐다.

돌아가?

어디로?

"한우, 젠장!"

물수건 같은 것이 뺨에 와 닿았다. 그 축축하고도 선연한 감촉에 하나는 정신이 확 드는 것을 깨달았다.

"아…… 빠?"

그녀는 스르르 눈꺼풀을 들어 올리며 신음했다.

"깬 건가?"

맨 처음에는 눈이 부셨다. 그런 다음에는 강우의 얼굴이 시선 가득 채워졌다. 동시에 아버지 소동일은 이미 가고 없는 사람이라는 현실이 찾아들면서 눈시울이 뜨거워졌다. 긴 꿈을 꾸었구나. 차라리 이쪽이 꿈이었더라면.

"참, 신기해. 너는 어째 시시각각 볼 때마다 반갑지? 그런데……."

강우는 기가 막힌 한편으로 가슴이 먹먹해졌다.

이 여자가 운다? 그것도 거의 열두 시간을 기절한 모양으로 자다가 깬 여자가 뭘 잘했다고 울기부터 하는 것인지 그는 이해되지 않았다. 아니, 어림짐작하고 있었다. 그녀는 간헐적으로 잠꼬대를 하며 제 부친을 찾았으니까.

"눈물 그쳐."

몸을 일으켜 창백한 얼굴의 눈가가 붉어진 채로 흑, 하고 하나는 흐느끼고 있었다. 깊은 잠을 자고 난 얼굴은 다소 부기가 올랐지만 창호지같이 창백했으며 엉클어진 머리가 어깨며 뺨을 가리고 있었다. 그는 손을 뻗으려다가 멈칫하고 말았다.

아 참, 만지는 거 싫다고 했나?

그는 흠, 하고 헛기침을 몇 번 했다. 한 손으로 눈을 가리며 하나는 온몸을 가늘게 떨며 울고 있었다. 이 나이 또래의 여자들은 전부 이렇게 예쁘게 우는 건가, 하고 그는 다시 헛기침을 하며 그녀의 주의를 일깨웠다.

"기운이 남지 않았을 건데, 그렇게 울면 안 되지 않나?"

"아버지를 봤어요."

"그런 것 같더라."

약간 쉬어버린 목소리로 하나가 입을 열었다.

"아버지는 좋아 보였어요. 그러니까 안도감에 눈물이 나는 거예요. 슬퍼서 그런 거 아니니까……."

그녀는 말을 멈추었다가 다시 말했다.

"그러니까 상무님은 걱정 마세요."

"젠장, 내가……."

어허! 어떻게 털어놓나?

강우는 끌탕을 하다가 버럭 화를 토해내고 말았다.

"살아 돌아와서 반갑네, 이 아가씨야. 정신없이 곯아떨어져서는 절대로 일어나지 않는 사람을 보며 내가 얼마나 간이 졸아붙었는지 알아?"

"내가 그렇게 오래 잤어요?"

하나는 고개를 숙이고서 손등으로 눈물을 훔쳐냈다. 그는 슈트 주머니에 있던 실크 손수건을 끄집어내더니 하나의 턱 끝에서 대롱대롱 매달려 있는 눈물에 손수건을 가져다 댔다. 하나가 흠칫, 떨었지만 이내 체념한 듯이 그것을 받아 쥐었다.

"정확히 열두 시간이었어."

그는 제 손목의 시계를 가리켰다.

"또 민폐네요. 미안해요."

"우선 먹자."

"……먹어요?"

촉촉한 눈으로 그녀가 아연한 표정을 담아 그를 보았다.

이런, 젠장!

무방비한 상태에서 하나의 눈물 젖은 눈과 마주한 강우는 조금 당황했다.

예쁘다!

아니, 위험하다. 이건 예쁜 게 아니야, 나쁜 거야!

이 아이는 선수다. 훅 치고 들어오는 게 장난이 아니다. 그녀의 맑고 서늘한 눈동자를 모른 척하고서 강우는 테이블 위의 쟁반에서 죽 그릇을 집어 들었다.

"너 우선 먹어야 해."

그는 망설이다 덧붙여 말했다.

"일부러 병아리 콩으로 수프를 만들어달라고 했어. 아마 빠른 원기 회복에는 도움이 될 거야. 너 많이 아프대."

"이리 주세요. 내가 먹을게요."

그가 볼 속으로 수저를 휘휘 젓는 것을 보고 하나는 선뜻 손을 내밀었다.

"그 손으로?"

그가 인상을 썼을 때에야 하나는 자신의 왼쪽 손등에 링거 바늘이 꽂혀 있다는 것을 깨달았다. 그녀는 자신의 잠옷을 입은 모습부터 해서 주사가 꽂힌 팔과 함께 링거 줄이 연결이 되어 있는 IV 걸대로 시선을 옮겼다. 이윽고 그녀의 얼굴이 자괴감으로 어두워졌다. 하나의 모습을 쭉 지켜보던 그는 웃고 싶은 것을 간신히 참으며 설명부터 해야 했다.

"안심해. 의사도 과로라고 했지, 병이라고는 안 했으니까. 넌 이제 세수도 내가 해줘야 해. 자아, 입 벌립시다."

그는 후우, 하고 입김으로 식힌 다음에 수저를 그녀의 입 가까이로 가져갔다. 반사적으로 하나가 입을 벌렸을 때.

"아, 머리카락이⋯⋯."

그는 수저를 놓더니 그녀의 입가에 뭉쳐 있는 머리카락을 떼어냈다. 눈물에 젖은 피부에 머리카락이 군데군데 엉겨 붙어 있었다.

"안 되겠다."

그는 자리에서 일어나 그녀의 뒤로 가서 섰다. 손가락으로 그녀의 머리를 한데 모아서 실크 손수건으로 묶었다. 처음 해보는 것이었지만 그는 무엇이든 못하는 것이 없는 사람답게 반듯하게 갈무리했다.

'머리통도 예쁘단 말이야.'

톡 튀어나온 그녀의 정수리를 보며 그는 혼자 흡족해했다.

"자아, 입 벌립시다."

하나는 얼떨떨한 얼굴로 입을 아, 벌렸다. 그렇게 하나는 그의 손에서 수프를 받아먹었다.

"맛은 딱히 없겠지만 기운을 내려면 어쩔 수 없는 노릇이지."

"맛 좋아요. 그런데 저기요, 상무님⋯⋯."

그녀가 소녀처럼 눈을 동그랗게 뜨며 묻고 있었다. 그는 침착하게 자기 자신을 두둔했다.

"내가 멋있어 보이려고 작정하고 매력 어필하는 것으로 보인단 말이지? 우리 아무 말 말자. 솔직히 지금은 내가 간호 따위로 매력을 어필하고 말고 할 여유가 없다고, 알아?"

그가 급히 수저를 그녀의 입으로 가져갔다.

"내가 누구 때문에 지금 많이 혼비백산해서 말이야. 그럴 여유가 없어."

그녀 때문에 거의 출장 일정을 소화하지 못했던 것을 떠올렸지만 지금은 은연중에 안도하고 있었다. 무엇보다 이 여자가 무사하니 다행이었다.

"······미안해요."

희고 풋풋한 하나의 얼굴에서 일시에 긴장감이랄까, 눈치를 보는 것 같던 기색이 사라졌다.

"그리고 고맙다는 말을 하려고 했는데."

하나가 머쓱한지 스르르 웃어버리자 그는 바로 마음이 놓였다.

"자꾸 그러면 머리를 쓰다듬어주고 싶다거나, 뺨에 뽀뽀를 하고 싶은 충동이 드는 것이······."

그가 그녀의 시선을 피하며 혼잣말을 했을 때다. 하나가 쿡쿡, 웃었다.

"에에, 지금 그 발언은 신중하지 못했네. 조금은 멋지게 보이려고 했는데."

"자자, 얼른 먹어야 해."

그가 붉어진 뺨으로 수저질을 했다. 다행히 하나는 잘도 받아먹었다. 거의 볼의 바닥이 드러날 즈음에 그는 지나가는 투로 말을 꺼냈다.

"천상병 시인의 '귀천'이라는 시를 알아?"

"나 하늘로 돌아가리라, 그거요?"

"잘 아네. 그 마지막 구절도 외우고 있나?"

하나는 앵두 같은 혀로 입술을 훑으며 곰곰 생각하는 얼굴이 되었다. 그녀의 입술 언저리를 엄지로 문질러 닦아내며 강우는 가슴이 저미듯 아파왔다. 이유는 알 수 없었다. 뭔가 보호해주고 싶은 마음, 위로해주고 싶은 마음이었다. 그는 휴대폰을 꺼냈다.

"어디 있더라? 아, 찾았다. 마지막 구절이 이렇게 돼. 나 하늘로 돌아가리라. 아름다운 이 세상 소풍 끝내는 날……."

그가 시의 마지막 구절을 읽는 소리를 듣던 하나가 침을 꿀꺽 삼켰다.

"가서, 아름다웠더라고……."

이내 하나의 눈에서 굵은 이슬방울이 뺨으로 그어졌다.

"아니, 그렇게 울면 그만둔다."

그가 퉁명스럽게 한마디 하자 하나가 얼른 입을 열었다.

"나도 다 외우고 있어요……. 가서, 아름다웠더라고 말하리라. 맞죠?"

후드득, 제법 굵은 눈물이 그녀의 무릎으로 떨어졌다. 그는 와락, 그녀의 어깨를 감싸 안았다. 그는 그녀를 끌어안고서 어깨를 토닥토닥 두드려주었다.

"잘 아네? 네 아버지는 이 세상 소풍이 아름다웠다고 하셨을 거야. 아마도 그 8할은 소하나 때문일 테고."

"상무님이 어떻게 알아요?"

"그냥 좋은 쪽으로 생각하자는 거지. 그래야 덜 아프니까."

그의 방어기제가 그랬다. 무조건 좋은 쪽으로 생각해서 덜 아프기, 안 좋은 것으로 시간 낭비하지 않기, 뭐 이런 것들. 지금 이 순간은 하나가 자신의 생각을 따라오기를 바랄 뿐이었다.

"위로가 돼요."

용케도 하나가 속삭이듯 답했다. 용기를 얻은 그는 하나의 등을 위무하듯 쓸어주었다. 흐느끼느라 자잘하게 떨리는 그녀의 등을 매만지며 그는 한숨을 내쉬었다. 우는 여자를 어떻게 달래야 하는

지 그 방법을 알지 못한다. 그리고 제 가슴이 당황해하면서도 꽃처럼 피어나는 설레는 감정을 그는 이기지 못한다.

"이건 절대 슬퍼서 우는 거 아니에요."

그가 어쩔 줄 몰라 하는 것을 눈치챘는지 그녀가 또다시 속삭였다.

"됐어. 사람이 그냥 울 수도 있지, 뭐."

"고마워요."

"그런 말도 됐고."

그는 그녀의 등을 토닥거리는 것을 멈추지 않고 있었다.

"근데요, 이제 놓아주셔도 되는데요?"

"이런!"

그는 황급히 그녀의 몸을 떼어냈다. 엉망으로 부풀고 젖은 하나의 눈이 배시시 웃는 모양을 보며 그는 이를 사리물었다. 하필이면 이럴 때 아랫도리가 뻣뻣하게 신호를 보내는 것에 절망하며 그가 나직하게 신음했다. 그녀가 품에 안겨 흐느낀 탓에 자신의 앞섶은 축축하게 젖어 있었다. 그는 그녀에게 고개를 저어 보였다.

"혹시 내가 너무 멋져 보여도 그거 믿지 마."

"네에?"

하나는 영문을 모르겠다는 듯이 어리둥절한 얼굴이었다. 그는 주먹을 움켜쥐었다. 여기서 더 멋져 보이면 안 된다. 어쩌면 상대방의 슬픔을 이용하려 한다는 비난을 들을지도 몰랐다. 소하나는 은근 예민한 여자가 아닌가?

"남자는 다 늑대니까."

그러니까 믿지 말라고, 라고 강우는 작게 덧붙였다.

"지금 진짜 본심이 나온 거죠?"

눈을 반짝 뜨고서 그녀가 눈이 감기도록 웃고 있었다. 진정 유쾌해 보였다.

"웃긴가?"

"미안해요, 웃겼어요."

"기운이 남아도나 보군. 먹인 보람이 있어."

그는 확 얼굴이 붉어지면서 목덜미가 화끈거렸다.

"네에, 병아리 콩 수프가 참 효과 좋은 것 같아요."

강우는 금방 입매를 굳히며 인상을 썼다.

"뭐야? 울었다가 웃었다가. 소하나가 막 날 갖고 놀아요."

그는 싱숭생숭한 기분을 느꼈다. 아니, 솔직한 말로 그녀를 끌어안고 온몸에 입 맞추고 싶을 만큼 귀여웠다. 그러나 아무것도 모르는 표정으로 하나는 퉁퉁 부은 눈을 하고서 생글거리고 있었다.

"내가 저런 어린아이를 데리고 무슨 이득을 보겠다고 이 짓을 하고 있는 건지."

보통 남녀가 이 정도 붙어 있으면 둘 사이에 야릇한 뭔가가 교류되어야 하는 게 마땅한 건데?

그는 쓴 입맛을 다셨다.

하나는 잠결에 자꾸 이상한 느낌이 들었다. 뿐만이 아니었다.

"……흡, 하앗!"

아까부터 남자의 격한 숨소리와 함께 질척하게 무언가 비벼대며 마찰하는 소리가 귀를 간질이고 있었다.

"흐윽, 젠장……."

뭐지?

강우의 목소리였다. 헉헉, 하고 다급한 호흡 소리도 같이 들려왔다. 이 남자가 러닝머신 같은 것을 타고 있는 건가? 하나는 눈가를 파르르 떨며 혼미한 정신을 다잡으려 애썼다. 곧이어 아흑, 하고 억눌린 신음 소리가 귀를 파고들어왔다.

이거 안 되겠다. 뭔가 굉장히 음란하다?

위기의식이 느껴진 하나는 어리둥절한 채로 힘겹게 눈꺼풀을 들어 올렸다. 그러나 물을 빨아들인 솜처럼 무겁게 질척이는 잠은 결코 쉽게 떨어지지 않았다.

"젠장, 싼다……."

뭐?

싸?

그때서야 하나는 겨우 의식을 챙겼다. 그리고…….

"엄마야!"

그녀는 비명을 지르며 두 손바닥으로 얼굴을 가리고 말았다. 물론 얼굴 전체를 가린 채로 눈만 쏙 빼놓고서 똑바로 정면을 보았다. 예상대로 강우가 있었다.

"으윽, 젠장!"

욕설과 함께 신음을 삼키며 그는 망했다, 라고 중얼거렸다. 낭패감이 가득 찬 얼굴은 붉게 달아올라서는 충격을 받은 듯이 두 눈이 일그러진 채였다.

"눈 감아, 젠장……. 소하나, 어서 눈 감으라고!"

그는 이를 악물며 소리를 냈다. 하나는 그제야 자신이 그를 응시하고 있다는 사실을 알아차렸다. 동시에 웃어야 할지, 울어야 할지…… 그녀는 갈피를 잡을 수가 없었다. 혹은 비명을 지르며 자리를 박차고 뛰쳐나가고도 싶었다.

"어떻게? 상무님이…… 음란마귀에……."

"눈 감아, 제발! 아직 끝나지 않았다고!"

안 끝나?

뭐지?

어렴풋이 사태가 파악이 되었다.

"하아!"

강우는 소파에 다리 하나를 걸쳐 놓은 채였다. 거무스름한 털로 수북한 남자의 복부와 물건, 그리고 탄탄한 허벅지까지 온통 그녀의 시야에 가득 찼다. 그는 샤워를 갓 마친 참이었는지 발가벗은 어깨에 타월을 걸치고 있었다. 젖어서 엉클어진 머리카락이 이마와 한쪽 눈을 가린 채로 얼굴은 달아올라 있었는데 그 모습이 하나의 주의를 끌었다. 그가 이렇게 엉클어진 모습은 처음이었다.

"내가…… 방해한 거예요?"

하나는 조용히 물었다.

"방해했냐고? 젠장, 소하나! 그래, 네가 원인이긴 해."

그는 곧바로 욕실로 뛰어 들어가버렸다. 홀로 남은 하나는 붉게 물든 자신의 뺨에 손부채질을 해대며 숨을 골랐다.

'나 저 사람 앞으로 어떻게 봐?'

그러나 평상시처럼 굴어야 했다. 그러는 편이 그도 덜 민망할 것 같았기 때문이다.

그로부터 한 시간 후였다.

"설마……."

그가 신음하듯 낮게 입을 뗐다.

"설마라니요?"

"나를 더럽다고 생각하는 건 아니겠지?"

둘 다 대리석으로 테를 두른 장방형의 거울로 서로를 바라보고 있었다. 아직 옷도 걸치지 않은 강우와 면 잠옷을 입은 하나의 모습이 거울을 통해 비쳐졌다. 그들은 욕실의 세면대 앞에 서 있었는데 아직 링거 병을 달고 있는 그녀를 위해 그는 손수 세수를 시켜주는 중이었다.

"그러니까 나를 짐승 취급한다거나, 더러운 거 보듯이 나를 대한다든가…… 하는."

한 손은 하나의 목덜미에 대고 또 한 손으로는 얼굴에 물을 묻히면서 강우는 자괴감이 그득한 목소리로 중얼거리고 있었다. 역시나 민망한 모양이었다. 하나는 속으로 웃음이 나왔지만 짐짓 아닌 척을 했다. 강우는 자괴감 가득한 얼굴로 욕설을 터트렸다.

"젠장, 무슨 말이 필요해. 순간의 욕구도 못 이긴 내가 죽일 놈이지."

"아뇨, 안 더러워요. 그저 신기했어요."

그의 손이 떨어지자마자 하나는 환하게 웃어 보였다. 이 남자의 부끄러움을 덜어주어야 했다.

"시…… 신기했다고?"

"남자가 그러는 것을 처음 보는 거니까요."

처음?

그의 손이 다시 얼굴로 다가오려다가 흠칫 멈추고는 낙심하는 표정이 되었다.

"그걸 말이라고, 젠장."

"그러니까 더럽다거나 흉측하다기보다는 신기한 느낌? 호기심이 충족되는 기분? 뭐, 나쁘지는 않았다고요. 너무 자책하지 말아요. 그리고 죽을 때까지 비밀로 할 테니까 걱정 마시고요. 이혼한 다음에도 어디에도 말 안 할 거예요."

흐흐, 하고 하나는 눈이 감기며 웃음을 지었다. 그가 헛기침을 하고는 다시 물을 묻혀 하나의 얼굴을 씻겼다.

"……믿어보도록 하지."

우물쭈물하며 그는 비누를 쥐고서는 거품을 내기 시작했다. 그는 이내 뽀얀 포말이 일어난 거품을 하나의 얼굴에 묻혔다.

"아파요, 살살!"

하나의 투덜거림에 그는 멈추었다가 다시 비누질을 했다.

"이렇게?"

"그 손으로 아까 자위한 것처럼 막 문지르면 안 돼요. 여자 피부는 부드럽게 살살 만지는 거라고요."

"……그 얘기는 다신 안 하기로 해놓고."

남자의 잘생긴 얼굴에 좌절감이 한가득이었다. 하나는 속으로 웃음을 참으며 쏘리, 라고 대꾸했다.

"그건 그렇고, 여자 얼굴을 처음 씻겨보는데…… 묘해."

그는 비누 거품이 묻은 손을 찬물에 담갔다가 다시 하나의 얼굴로 옮겼다.

"즐기지는 말아요. 그리고 흐르는 물에 헹구는 거예요."

하나가 눈을 감은 채로 지시를 했다.

"내가 미친놈이지……. 하필이면 너는 그때 깨고 말이야, 도움이 안 돼."

수돗물을 틀면서 그는 싱숭생숭한 한탄을 내뱉었다. 남자의 손길은 부드러웠다. 얼굴이 달아오른 것을 감추기 위해 하나는 숨을 죽였다. 겨우 거품기가 말끔히 가신 얼굴에 타월을 두드리면서 하나가 일침을 했다.

"웬만하면 옷 좀 입으시죠?"

"그럴 틈이 어디 있었어? 너 얼굴 씻겼잖아!"

버럭, 성을 내려는 순간이었다. 하나가 찡그린 눈짓으로 그의 하체를 가리켰다. 그는 난감하지 않을 수가 없었다. 언제부터 그런 것일까? 그의 물건이 불쑥 서 있었기 때문이다. 흉측한 물건은 장대하고 꼿꼿하게 위용을 자랑하고 있었다.

"어떻게 또 그렇게 돼요?"

얼굴을 붉히며 딴청을 하는 하나를 보고 그는 으으, 하고 낮게 신음했다.

"……낭패네."

그러면서 그는 이게 다 누구 때문인데, 라고 황당해했다.

"한우, 혹시 말이다. 이 일로 약점을 잡았다고 생각해서 막 까불거나 기어오르면 안 된다."

그는 이렇게 으름장을 놓았다.

다음 날이었다. 몸살기에서 해방된 하나는 홀로 식당에 앉아서 지현과 통화를 하고 있었다.

-너 올해 토종비결 봤던 것 기억나?

"엄마는 갑자기 무슨⋯⋯."

파스타 면을 포크로 둘둘 감으며 하나는 퉁명스럽게 답했다. 지현은 다짜고짜 커다랗게 웃음을 터트리고는 입을 열었다.

-내 딸이 사람들 입에 오르내리는 것으로 아주 끝장이니까 하는 소리다. 이탈리아 소매치기를 때려눕힌 대동의 며느리로만 유명한 게 아니야. 한복의 위상으로 공항 패션의 종지부를 찍다, 패션의 강국 이탈리아에서 허니문 한복으로 존재감 완성, 대동 그룹의 새댁이 한복을 유럽에 알리다⋯⋯ 아주 요란하게도 기사가 우수수 쏟아지고 있다. 아무튼 너 설날에 봤던 토종비결인가 뭔가에서 올해는 세인의 입에 오르내린다는 운세가 나왔잖아?

"됐어, 엄마. 귀인을 만난다고도 했는데 그럼, 이게 그 상황이겠어? 알지도 못하면서 엄마는⋯⋯. 그리고 이제 엄마 딸은 그런 거 안 믿어요."

-왜? 강우가 종교 바꾸래?

"무슨 얼토당토않은 소리를 해요? 그보다는 프란체스코 성인이 날 변하게 했지."

일부러 아시시를 추억하는 말을 꺼내며 아버지를 언급하려던 찰나였다. 느닷없이 지현은 급소를 찔러왔다.

-뭐 하는데 장 서방 없이 너 혼자야?

아차차!

강우는 라운지 바에서 차관 팀과 함께 회의를 하는 중이었다. 그녀는 이제 입맛을 찾은 김에 혼자서라도 제대로 된 이태리식의 음식을 먹겠다며 식당에 온 거였다. 이 모습이 자칫 오해나 염려를 불러일으킬 것이 아닌지? 해서 그녀는 서둘러 변명을 주워섬겼다.

"응, 잠깐 화장실에 있어. 그건 그렇고 나 삐쳤어. 아니, 엄마가 아무리 그렇게 태평한 사람이어도 그렇지요. 어떻게 된 게 허니문 기간 내내 딸한테 전화 한 통이 없어요? 꼭 내가 먼저 해야 해?"

-그게 어떻게 된 일이냐면 말이지. 재훈이가…… 아니, 장 회장님이…… 아니, 네 시아버지께서 단단히 이르더라고. 절대 전화하지 말라고. 신혼부부 방해하지 말아야 한다고 말이지.

쿡쿡, 웃은 다음에 지현은 조심스레 물어왔다.

-별일 없는 거지? 장 서방은 잘해주니? 보기보다 달라?

"그럼, 얼굴도 씻겨주던걸?"

얼른 대답하며 하나는 거짓말은 아니니까, 하고 속으로 덧붙였다.

-지금이 네 인생에서 가장 좋고 빛나는 때야. 무조건 즐겨, 알았지? 참, 이 엄마를 생각한다고 해서 값비싼 명품 가방을 사온다거나 그러면 안 된다. 알았지, 딸?

"걱정 마셔요, 이미 도자기 세트로 깔 맞춤해서 한 세트 샀지."

의기양양 대답하는 하나에게 실망한 모양으로 지현은 타박을 하기 시작했다.

-무슨 도자기 세트? 이것이 정말 누가 그 아버지의 그 딸이 아니랄까 봐, 허구한 날 그릇 타령이야? 네 아빠도 생전에 주구장창 그릇이나 사주면서 사랑한다느니, 어쩌느니 하더니 너도 똑같이 그러

냐? 너 그러는 거 아니다. 가뜩이나 혼자 늙는 것도 서러운데…….

"엄마, 잠깐만!"

파스타를 우물우물 씹고 있던 하나는 그만, 전화를 끊어버렸다.

"안녕하세요? 소하나 씨…… 대동그룹 장강우의 사모님이 맞으시죠?"

짙은 카멜 색상의 랩 스커트 차림으로 서 있는 여자가 선글라스를 벗으며 그녀를 아는 척해왔다. 삼십 대 초반으로 보이는 여자는 굵게 웨이브 진 머리를 틀어 올린 모습으로 한눈에도 꽤 육감적이고 세련된 인상이었다.

"네에, 안녕하세요?"

낯선 여자의 친근해 보이는 한국말에 위압감 비슷한 감정을 느껴서 저도 모르게 통화를 마친 하나는 침을 꿀꺽 삼켰다.

"그런데 강우는 같이 없네요?"

그녀는 하나 주변을 둘러보았다. 하나는 흠, 하고 마른기침을 밭아낸 다음에 크리스털 컵을 들어 천천히 물을 마셨다.

'강우'라고 했다?

해외에서 한국 사람을 만났으니 당연히 정답게 인사를 나눠야겠지, 그리고 세계 속의 기업을 키우는 장강우 상무를 아는 여자 같으니까 조심하고 또 조심해야지. 머릿속으로 엉기는 여러 생각을 정리하며 하나는 의자에서 몸을 일으켜 세웠다. 다행인가? 키는 자신이 더 컸다. 물론 가슴은 약간 뒤처졌지만 자신은 아직 방년을 갓 넘긴 나이가 아닌가? 혹시 모를 발육을 기대해보자, 하고 하나는 홀로 자신감을 고취시킨 뒤에 손을 내밀어 악수를 청했다.

"반갑습니다, 소하나라고 해요."

"예, 실례가 아닌가 하고 지금 속으로 엄청 불안했는데…… 반가워요. 저는 이런 사람입니다."

악수를 하고 나서 그녀는 제 손목에 끼고 있던 가방에서 명함을 꺼냈다. 하나는 명함을 건네받으며 의미심장한 표정을 지었다.

<주식회사 소향 어패럴 린다 카르소 패션>

영어로 써진 회사 이름을 대충 읽고서 그 밑으로 이름을 주의 깊게 살폈다. 김인정, 그리고 마리 킴이라는 이름이 보였다.

"아아, 린다 카르소 수석 디자이너분이시군요. 여기서 뵙네요."

회사 이름은 귀에 설어도 '린다 카르소'라는 브랜드는 얼핏 알고 있었다. 아쉽게도 상당한 고가의 제품이라서 그녀와는 거리가 먼 상품이었지만 말이다.

"마침, 10월 밀라노 패션위크가 있어서 와 있었어요. 뉴스 봤어요. 소하나 씨가 막 가라데 노노, 태권도 하고……."

말을 하다 말고 그녀는 밝게 웃음을 터트렸다.

"어머? 그게 뉴스에까지 나왔어요?".

"뭐, 저 아는 지인들은 유튜브에서 봤다고들 하는데 전 뉴스 화면으로 봤네요. 덕분에 강우가 결혼했다는 사실과 신혼여행을 여기로 왔다는 것도 그때 알았어요."

뭐지?

강우? 강우!

하나는 거듭되는 상대방의 말에 주춤, 이상한 감정을 느꼈다.

"말이 신혼여행이지, 제 남편은 출장 중이에요."

그녀는 일부러 '제 남편'이라는 표현을 썼다.

"알아요, 대동건설이 피렌체와 문화재 복원을 위한 MOU를 맺었다고 난리였었죠. 그 어려운 일을 장강우 상무가 해냈다고 매스컴에서 분위기 띄워주더군요. 원래도 굉장한 일벌레였어요."

"아, 알고 계시는구나."

께름칙한 표정으로 입술을 깨무는 하나와 달리 자연스럽게 인정은 자리에 앉았다. 뭘까, 이 여자는?

강우와 나이 또래도 비슷한 것 같은데? 그렇다면 학교 동기나 선후배 사이는 아닐는지, 하고 하나는 추리를 하기 시작했다. 그러나 다음 순간에 인정의 입에서 떨어진 말은 의외였다.

"혹시…… 강우가 잘해줘요?"

"혹시요?"

하나는 슬그머니 웃음을 담은 눈으로 그녀를 마주 보았다. 탐색을 하면서도 평정심을 유지하며 그녀는 아무렇지도 않게 미소 지었다. 그러나 인정은 웃지 않았다. 다소 이채로 번뜩이는 눈을 하고 있을 뿐이다.

"맞아요. '혹시'라는 말을 했어요. 강우, 그 친구가 설마 잘해주겠나 싶어서요."

"저희 이제 갓 결혼했는데……."

"나쁜 놈이에요, 장강우."

하나는 예상은 했지만 한 대 얻어맞은 얼굴로 바로 맞장구를 쳤다.

"아이고, 무지 세네요."

혹시나 했는데…… 맞네, 맞아!

이 여자가 바로 장강우의 전 여친? 그러니까 구 여친 되시겠다.

이상한 일이 아니다. 별일 아니다. 어차피 그 남자 나이에 모태솔로인 것은 이상한 일이고, 더욱이 애인이 수두룩했다 하더라도 자신과는 아무 상관이 없지 않은가? 하릴없이 하하, 하고 웃으며 하나는 커피 하실래요? 하고 정다운 어조로 물었다. 그 질문에는 대답을 회피하면서 인정은 쓸쓸한 미소를 지었다.

"사람 일에 어떻게 문제가 발생하지 않겠느냐, 이게 그 인간의 사람을 상대하는 기본 모토예요. 걔는 아무도 사랑하지 않아요. 자기 편할 대로만 생각하고 움직일 따름이지요."

하나는 답답했다. 분명히 귀에 들리는 것은 한국말인데도 그녀의 뇌는 상대방의 말을 정확히 습득하지 못하고 있었다. 그리고 이렇게 남의 뒷말을 확실하게 하는 사람을 처음 대하는 탓에 뭘 어떻게 해야 되는지를 가늠하지 못했다.

"저기요, 김인정 씨. 선은 이렇고 후는 이렇다, 말씀하셔야지 대뜸 하시는 험담이⋯⋯."

이 여자는 인간관계며 사회생활도 모르나? 아님, 인간성이 잘못된 건가?

하나는 진땀이 나는 듯이 느껴져 제 얼굴에 손부채질을 해댔다.

"하나 양은 아직 어려요. 실제로 보니 참 풋풋하고 앳되네요. 아마도 그 인간은 그 점을 노렸을 거예요. 어리고 말 잘 듣는 여자, 자기 멋대로 움직일 로봇이 필요했겠죠?"

"그 친구라고 했다가, 그 인간이라고 했다가⋯⋯ 통일 좀 하시지."

하나는 속의 감정을 감추기 위해서 또다시 활짝 웃어 보였다. 그러나 인정은 하나의 웃음에도 아랑곳없이 저 혼자 음울한 얼굴로 중얼거렸다.

"강우는 아마 저 자신이 이별당한 것처럼 피해자 코스프레하고 있을 거예요."

"인정 씨가…… 차였어요?"

역시 그런 거였구나, 하고 짐작하며 하나는 곤란한 얼굴을 했다. 그러자 인정은 피식, 자조하는 웃음으로 고개를 저었다.

"차인 건 그쪽이지요."

"그쪽이라면?"

"강우요, 그 인간이요. 내가 걷어찰 수밖에 없었어요. 내 모든 인격을 모독하고도 뻔뻔하게 아무것도 몰라요. 그저 본인만 잘난 줄 알고, 도무지 상대방을 사랑할 줄 모르는 사람이지요. 내 생각엔 하나 양한테도 별반 다르지 않을 것 같은데."

으음, 하고 하나는 신음하며 탁월한 말대꾸 한마디가 절실한 가운데 침묵을 지켰다. 자칫 말실수라도 할까 봐 겁이 났던 탓이다. 언제였더라? 강우가 했던 말이 주마등처럼 스쳐 지나갔다.

'나는 여자를 믿지 않아!'

그렇군, 답이 나온다.

하나는 미간의 주름을 그으며 고개를 끄덕거렸다. 대략적인 그림이 그려졌다. 자의식이 강하고 저 잘난 맛에 사는 남자 장강우가 연애를 했다. 그런데 여자한테 못되게 굴면서 자신만 사랑하기를 강요하다가 끝내는 이별을 당했던 모양이다. 그렇다면 이 상처받은 영혼에게 나는 어찌해야 하는가?

"내가 미친년이었지요. 그저 장강우라는 남자의 겉모습에만 혹해서……."

인정은 자기 스스로를 욕하고 있었다.

"어떻게 위로를……."

"위로요? 방금 위로라고 했어요?"

인정은 물기 머금어 촉촉해진 눈으로 따지듯 묻고 있었다. 이 여자 왜 이래? 나보다 어른이면서 타인 앞에서 뭐가 이리 감정의 폭이 큰 건가? 곤란해진 하나는 숨을 골랐다.

"내가 보기엔 소하나 양은 그나마 나와 같지 않아서 다행이네요."

"……같지 않다고요? 제가요?"

"딱 보니까 알겠던데, 뭘. 하나 양은 그 사람 좋아하지 않아요. 나는 숙맥 모양으로 푹 빠졌었거든요. 바보같이!"

이야, 김인정 선생!

어떻게 그렇게 나를 잘 아시나?

미아리 가서 돗자리 깔면 돈께나 만지겠구나, 하고 하나는 혼자 감탄을 했다. 그러나 하나는 자신의 표정이 무난해 보이도록 눈을 동그랗게 뜨고서 그저 어머나, 하는 감탄사를 쏟아낸 뒤에 손을 내저었다.

"무슨 말씀을요? 저희 연애했어요. 제가 나이는 이래도 강우 씨가……."

그러나 바로 인정이 말을 막았다.

"저한테는 솔직해도 돼요. 난 딱 보면 알아요. 아까 하나 양이 식당에 들어오면서부터 쭉 관찰했었거든요. 하나 양은 신혼부부로 여기에 온 얼굴이 아니었어. 남자에 대한 설렘도, 기대도 없는 얼굴이라고나 할까?"

아니, 그러면 '나는 장강우를 사랑해요.' 하고 써 붙이기라도 해야 하는 건가?

하나는 급작스러운 피로감을 느꼈다.

"댁이 뭘 아느냐고 속으로 욕해도 좋아요. 그러나 내 말을 들은 뒤에 혼자 남았을 때는 생각이 많아질 거예요. 저 인간, 장강우는 인간에 대한 배려나 호의 같은 것은 뒷전이고 그저 앞만 향해 달릴 때에 도움 되는 것들만 받아들일 거예요. 타인에 대한 이해? 그런 건 개나 줘버리자는 주의에 공감 능력? 그것도 아주 빵점인 데다 결론적으로 내 여자에 대한 관심이 없어요. 내 말이 다 맞죠? 아아, 지금 당장은 내 말을 알아듣기 어렵다 해도 나중엔 모두 이해하실 거예요."

야수 상무, 도대체 어떻게 살았던 거예요?

강우에게 안타까운 심정이 들면서 하나는 이 여자의 말이 맞는다고 느꼈다. 그들의 결혼만 해도 눈앞의 불이익을 막기 위해서, 다시 말하자면 그저 이익을 위해 성사된 경우가 아니던가? 하나는 할 말이 없었다.

"너무 아팠어요. 헤어지고 나서 충분히 고통스러웠다고요. 그런 남자를 사랑한 대가는…… 오로지 제 몫이더라고요."

고르는 언어도 어쩜 저렇게 탁월한가, 하고 하나는 인정을 새삼 다른 눈으로 보았다. 강우가 한심해지는 순간이었다.

이래 놓고서 뭐?

여자를 안 믿어?

그래도 하나는 자신이 대동그룹 장강우의 안사람으로서 대외적인 평판을 중요시 여겨야 하지 않겠나, 라고 고심하기 시작했다.

"그래도 믿어주시면 좋겠어요. 저는 장강우, 그 남자를 사랑해서 선택한 거거든요. 그리고 사랑…… 받고 있어요."

"애쓰지 말라니까요? 얼굴에 다 묻어나요. 아마 둘이 잠도 안 잔 사이 같아."

귀신이다!

하나는 불시에 습격을 당한 것처럼 말문이 막히고 또한 기가 막혔다. 그러나 급히 입을 열어 항의를 했다.

"불쾌해요. 전 김인정 씨와의 만남을 좋은 추억으로 상기하고 싶은데, 이러시면 제 기억에서 지워야 할 것 같은데요."

그녀는 클러치를 챙겨 일어나며 살짝 고개를 숙여 보였다.

"이만 일어날게요. 님의 앞날에 해로운 것 전혀 없이, 그저 무궁한 발전만이 있기를."

"죄송해요. 하지만 강우 그 인간은 쓰레기야. 이 말 고대로 전해도 돼요."

이 남자가 진짜!

대체 이 여자한테 얼마나 깊은 상처를 준 거야? 그러나…….

"김인정 씨, 말이 지나치세요. 서로 연인이었을 때의 일은 지극히 개인적인 일인데, 그 관계가 끝났다고 해서 상대방이 없는 데서 막 욕하고, 더더군다나 저는 장강우의 아내 되는 사람이에요. 이런 식이면 김인정 씨의 인격도 타격을 받는 법이에요. 어디 가서는 절대 그러시면 안 돼요. 아셨죠?"

하나는 묵묵히 레스토랑을 빠져나오면서 착잡한 기분을 떨칠 수가 없었다.

인정을 마주치고 나서 호텔 방 안의 소파 위에 멍하니 누워 있는 뒤에서 강우의 기척이 들려왔다. 릴레이 회의를 이제야 마친 모양이었다.

"뭐 좀 먹었어?"

"예, 잘 먹었어요. 상무님이야말로 식사는 하고 일하시는 거예요?"

하나는 심란한 마음이었지만 그를 반기며 일어나 앉았다. 손목에 걸고 있던 밴드로 머리를 묶고 있는데 그가 불쑥 말했다.

"부인, 사람들 앞에서는 뭐라고 부를 겁니까? 오늘 저녁에 드디어 차관님 부부와 식사를 하기로 했는데."

"또 그러신다. 나한테 존대했다가 반말했다가."

그녀가 투덜거리는 사이에 강우가 어눌하게 혼잣말을 하는 소리를 들었다.

"원한다면 오빠라고 불러도 뭐 괜찮을 것도 같고."

당황한 하나는 휙 고개를 들었다. 강우는 웃음을 참는 얼굴로 역시, 너무한 건가? 하고 고개를 갸웃했다. 갑자기 하나의 귀에 인정의 목소리가 환청처럼 되살아났다.

'타인에 대한 이해? 그런 건 개나 줘버리자는 주의에 공감 능력? 그것도 아주 빵점인 데다 결론적으로 내 여자에 대한 관심이 없어요.'

"얼굴이 왜 그 모양? 또 아프거나 그런 거면 곤란해."

그의 손이 하나의 앞으로 불쑥 나왔다. 하나는 미심쩍은 눈으로 그의 손바닥을 보았다. 은색의 줄에 제법 굵은 하트 알맹이가 대롱대롱 매달려 있었다. 알맹이는 짙은 푸른색이었다.

하나는 다시 그의 얼굴로 시선을 옮겼다. 무엇이 이 남자를 이리도 들뜨게 하는 걸까? 그는 매우 기뻐하는 낯이었다. 가만 돌이켜보니 이제껏 볼 수 없었던, 그에게서 처음 보는 얼굴과 분위기였다.

이번에는 그가 손가락으로 딱, 하고 튕기는 소리를 내며 현관 쪽으로 고갯짓을 했다. 자연히 그를 따라 현관을 쳐다본 하나는 입술을 잘근잘근 씹어댔다. 분홍색의 리본이 달린 커다란 케이크 상자가 트레이에 실린 채로 놓여 있었다.

"이럴 줄 알았지. 보석만으로는 충분치가 않을 것 같아서 준비했어. 보라고, 우리 한우가 남자보다 환장하는 수제 마카롱. 이태리의 유명한 호아키나 파티시엘이 심혈을 기울여 만들었지."

'호아키나'라는 사람을 모르는 그녀로서는 그의 말이 가지는 무게를 알지 못했다. 하지만 한 가지는 알 것 같았다. 이 남자가 자신에게 잘 보이려고 선물 공세를 하고 있다는 것을 말이다.

값비싸 보이는 목걸이와 수제 주문한 마카롱이라.

하나는 한 손으로 이마를 짚었다.

"소하나?"

그가 넌지시 소리 내어 부르는 자신의 이름이 심히 거슬렸다. 차라리 한우라고 톡 쏘는 것이 나을 성싶었다.

"어디 아프기라도 한 겁…… 니까?"

그가 다가오는 것을 피하며 하나는 손을 저어 보였다.

"아니, 안 아파요. 이제 다 나았어요. 파스타도 두 종류나 먹었는걸요? 또 기운이 펄펄 나서 내일은 마지막으로 한 번 더 아시시에 가려고 해요."

"내가…… 아니, 뭐가 마음에 안 들어?"

그는 큰 키를 구부려 하나의 얼굴에 제 얼굴을 가져다 댔다. 마치 냄새를 맡아보는 강아지같이 그는 코를 벌름거리며 하나의 뺨과 귀를 스쳤다.

"스킨십하려고 선물하는 거예요?"

하나가 잔뜩 달아올라서는 잽싸게 고개를 뒤로 젖혔다.

"아니면 자위…… 한 거 걸려서 입막음하려는 선물 공세?"

"뭐, 그럴 수도 있겠고."

강우는 얼른 그녀를 떨어뜨리며 인상을 찌푸렸다.

"이제 알겠어!"

그는 진정 안심한 것같이 한숨을 내쉬더니 바로 소리를 질렀다.

"바로 그거야, 소하나는 사파이어를 돌같이 보는 거지?"

하나는 고개를 숙였다. 모르겠다, 이 기분. 이 남자가 자신에게 호의를 베풀면서 좁혀오려고 하는 거리가 버겁다. 위험을 감지하게 된 감각이 본능적으로 몸을 사리는 이치와도 같았다.

"돌같이 보는 게 아니라 사파이어가 어차피 돌이에요. 그리고 상무님이 이러시는 거 별로 달갑지 않아요."

"아니…… 이유가?"

강우의 인중이 묘하게 씰룩거렸다. 멋쩍은 모양? 아니면 당황한 모양? 아무튼 복잡한 감정을 가지고 그는 제 머리를 쓸어 올렸다가 내렸다가 하고 있었다. 그런 그를 보면서 하나는 갑자기 미안해졌다.

따지고 보면 자신의 모친이 불찰을 저지른 관계로 결혼까지 온 것이 아닌가? 듣자 하니 이 남자는 결혼에는 전혀 관심이 없었다고 했다. 그런 남자에게 결혼이라는 굴레를 뒤집어쓰게 하고 자신을 감당하게 하는 일은 무조건 민폐가 아닐까? 속내가 복잡해진 하나는 그를 안심시키기 위해 얼른 입을 뗐다.

"나한테 신경 쓰지 않아도 된다고 했잖아요."

침을 한 번 꿀꺽 삼키고 나서 하나는 진지하게 말을 이었다.

"상무님은 참 친절하세요. 여기까지 와서 일하는 것도 버거울 텐데 그 와이프는 내조는커녕, 혼자 도자기 그릇 사러 다닌다고 사고나 치고 매스컴까지 나오고, 그런 데다가 몸살이나 걸리고 말이야. 그런데 상무님은 화를 내지 않았을 뿐만 아니라 최대한으로 배려를 해주었어요. 아픈 나를 혼자 놔두지 않고 의사도 불러주고 곁에 있어주고…… 수프도 떠먹여주었잖아요? 덕분에 그동안 이름도 몰랐던 병아리 콩 수프는 내게 특별해질 것 같아요. 이래저래 감사해요. 그러니까 나한테 미안한 감정으로 이런 거 저런 거 선물하고 그러지 않아도 돼요."

"저기……."

흠, 하고 그가 헛기침을 하더니 단언했다.

"그런 게 아닌데."

안 된다. 그가 무슨 말이든 하게 내버려두면 안 된다! 하나는 그의 말을 더 이상 들을 수가 없다고 판단했다. 설마? 남자가 여자에게 주는 선물이라는 명목으로는 다가온다면 그것은 가장 나쁜 예다. 내가 왜 이 남자와 사랑을…… 아니, 감정을 만들어야 한단 말인가? 게다가,

'너무 아팠어요. 헤어지고 나서 충분히 고통스러웠다고요. 그런 남자를 사랑한 대가는…… 오로지 제 몫이더라고요.'

그를 사랑했던 여자의 말로를 그녀는 잘 알고 있지 않은가? 하나는 제 자신이 우습지 않기 위해 단단히 담을 쌓아 올리기로 결심을 했다.

"미안하지만 우리는 이혼을 할 거잖아요. 나 또한 상무님과 마찬가지로 이 결혼이 소중하지가 않아요. 상무님 회사의 리스크를 막기 위해 임시변통처럼 한 결혼에서 나 자신을 잘 지켜낼 거라는 소리지요. 그러니까 막 들이대지 말아요. 안 넘어가줄 거니까요."

말을 하는 사이에 시야가 어두워져서 이상하다 싶었다. 남자의 머스크 향이 훅 끼치면서 갑자기 그녀의 턱이 잡혔다. 그가 그녀의 입술에 가볍게 키스를 했다.

쪽.

그는 한 번, 두 번, 세 번의 버드 키스를 연달아 하더니 뒤로 물러났다.

"진짜 귀엽단 말이야."

"이봐요, 이게……."

무슨 짓이냐고 따지기도 전에 그는 이미 재빠르게 뒷걸음을 쳤다. 어느새 그는 환해진 얼굴이었다.

"백번 이해해. 반박 같은 거 안 해. 그럼, 일이 있어서 이만."

그는 문밖으로 나가기 전에 케이크 상자의 리본으로 갈무리된 부분에 목걸이를 걸쳐놓고는 속삭이듯 했다.

"내가 완전 맛이 간 걸로 보이지?"

그녀가 여전히 어리둥절한 얼굴인 것을 보며 그가 다시 덧붙여 말했다.

"너한테 자위나 하는…… 못 볼 꼴 보여서…… 미안해서 그런 거니까 아무 생각 않고 넣어뒀으면 좋겠다."

이제 다음 날이면 귀국길이었다.

이번 출장행의 수행원들이 모두 모여 마지막 만찬을 하기로 했다. 이에 하나는 준비하지 않으면 안 되었다. 강우는 업무 차 바쁜 탓에 미리 로마 시내에 가 있는 관계로 하나는 차관 부인과 함께 뒤늦게 리무진을 타고 가기로 했다. 그녀는 목하 고민 중이 었다.

이 목걸이를 해? 말아?

그에게 미안한 것도 있고 사람들한테 보여주는 것도 중요해서 결국 그녀는 사파이어 목걸이를 착용하기로 했다. 강우는 여자한 테 먹힌다고 판단한 모양인지 무조건 알이 크고 비싸 보이는 보석 으로 고른 것 같았다. 하나는 마침 목걸이에 어울리는 짙푸른 색의 플리츠 롱스커트를 가지고 있었다. 그녀는 짙푸른 롱스커트에 어 울리는 어깨 트임의 블라우스를 입었다.

완벽한 메이크업을 스스로 해본 일이 없는 그녀는 그저 입술에 만 붉은 립스틱을 칠했다. 다행히도 워낙에 뽀얀 피부를 자랑하는 그녀의 얼굴에서 레드 와인의 입술은 자칫 치명적으로 드러났다. 쇄골이 드러난 어깨와 기다란 목에서 포인트인 사파이어 목걸이 가 반짝거렸다.

됐다!

특별하게 보여야지, 하고 그녀는 다짐했다. 이래저래 매스컴의 표적이 되고 화제가 된 그녀가 아닌가? 강우와 나란히 앉아 있는

모습은 행복한 새색시여야 했다. 아니, 행복해 보이는 새색시 말이
다.

　나는 할 수 있어.

　그녀는 심호흡을 하며 자기 자신에게 주입을 시켰다.

　대동그룹의 장강우 상무가 내 남편이다. 이제 내가 할 일은 대
외적으로 보이는 일에 충실하는 것, 어려운 일이 아니다.

예쁘다!

많은 사람들 속에서도 강우는 하나가 나타난 것을 단번에 알아 차렸다. 어디서 저런 옷을 또 구했나? 매일 미성숙한 소녀같이 혹 은 톰보이같이 입고 돌아다니던 그녀가 오늘은 웬일인지 격식에 맞게 입고 나타났다. 큰 키에 어울리게 자잘한 주름이 진 롱스커트 와 어깨가 드러난 상의를 입고서 클러치를 옆구리에 낀 그녀는 붉 게 도드라진 입술을 하고 있었다.

한마디로 표현하려면 매혹적이었다.

'녀석, 까칠하단 말이야.'

자신이 준 것들에 보인 반응이 지나치게 민감했다. 그냥 단순하 게 호의로 인해 선물을 준 것뿐인데.

그리고 어느 누가 여자는 보석이나 선물에 약하다고 일반화시

컸나? 하나의 경우는 영 아니었다.

생각해보니 그가 그녀에게 준 결혼 선물이라고는 반지뿐이었다. 그것도 플래너들이 고른 형식상인 것이었다. 원래 허영이나 물욕이 없다고는 해도 그녀에게 미안해졌다. 그래서 머리 아프게 고민하며 고른 것이 다이아몬드가 박힌 사파이어 목걸이와 유명 파티시엘에게 수소문해서 특별하게 부탁한 마카롱이었다.

그런데 경계하던 그 얼굴과 탁탁 튕기듯이 늘어놓던 궤변이며……. 그래도 그는 그녀가 사랑스러웠다. 그래서 그 후로 일부러 자극하지 않기 위해 될 수 있으면 마주치지 않으려고 했는데 어찌 되었든 일정을 마무리하는 기념 파티에는 마주치게 되어 있었다. 그녀가 나와준 것만으로도 감개무량할 지경이었다.

무지 반갑네, 소하나.

역시 가장 마음에 든 것은 그가 선물한 보석을 달고 예쁘게 치장까지 하는 수고를 하고 왔다는 거다. 우아한 양장 차림을 하고 있는 차관 부인의 팔을 잡고 하나는 환하게 웃어 보이고 있었다.

"여자들이 왔네. 식사를 시작하지."

누군가가 이런 말을 하자 강우는 그들을 에스코트하기 위해 자리에서 일어섰다. 그때였다.

"결혼 축하해."

현지인들이 왁자하게 앉은 테이블이 놓인 쪽에서였다. 김인정, 그녀가 웃음 짓고 있었다.

젠장, 하고 그는 입가를 굳혔다.

이 레스토랑이 그렇게 유명한 곳이었나?

아니었다. 로마 시내에서 잘 알려지지 않은 탓에 한국 관광객들이 별로 없는 곳으로 택했다. 덕분에 티본스테이크를 전문으로 하는 식당은 작고 아늑했다. 그랬는데 여기서 김인정을 마주쳤다? 그는 인정을 향해 눈썹을 일그러뜨리며 고개를 저었다. 뜻은 이랬다.

'볼일 없음.'

그러자 인정은 그럴 줄 알았다는 듯이 깔깔, 웃음을 터트렸다. 그러더니 별 감정 없는 얼굴로 테이블에 앉았다. 아마도 일행들과 함께 있었던 모양이다. 그때 마침, 저쪽에서 하나와 차관 부인이 걸어왔다.

"오오, 미남! 오늘은 기필코 내가 미남에게 키스를 받고 말 거야. 한국 돌아가면 언제 또 이런 날이 오겠어요?"

오랫동안 외국에서 살았다는 차관 부인은 넉살이 남달랐다. 그녀는 강우를 향해 손을 내밀고는 키스를 요구했다. 차관을 비롯해서 사람들이 박수를 치며 요란하게 환영을 하는 사이에 강우는 보란 듯이 예의를 다해 상반신을 숙여 부인의 손을 잡고 키스를 했다.

"자아, 마담에게 저 정도면 자기 와이프에게는 어떻게 환대하려나?"

왁자하게 웃는 소란 속에서 이런 말소리가 들려왔다. 옳거니, 하고 강우는 눈을 빛냈다. 그렇다! 다음은 하나 차례였다. 고양이 앞의 쥐처럼 얼마나 파랗게 질릴까? 어느 정도 예상을 하며 강우는 부러 두 팔을 활짝 벌렸다.

"자아, 부인!"

그런데 이게 웬일인가? 하나는 빙그레 미소를 짓고는 그에게 의자에 앉으라고 턱짓을 하고 있었다.

"……앉으라고?"

그가 미심쩍은 얼굴을 했다. 네에, 하고 하나는 고개를 끄덕거렸다. 그는 그녀의 말대로 자리에 앉았다. 하나는 천천히 그러다 가까이 다가가서는 조금 빠르게 해서 그의 무릎에 풀쩍 앉았다.

"이제 키스해도 좋아요."

그의 목에 두 팔을 두르고 그녀는 뺨을 내밀고 재촉했다. 얼떨결에 강우는 하나의 볼에 쪽, 키스를 했다. 그러자 하나는 그의 무릎에서 내려와서는 다른 일행들을 향해 꾸벅 인사를 했다.

"퍼포먼스야? 아님, 진짜야?"

차관 부부를 비롯해 거기 모인 사람들이 죄다 열띤 반응을 하는 가운데 그가 나지막한 소리로 물었다.

"먼 나라에 출장까지 와서 여태 수고해준 것이 고맙고 대견하다는 뜻이에요."

하나의 커다란 대답에 '말도 예쁘게 한다.' '과연 신혼이어서 좋구나.' 등등의 찬탄과 놀림이 쏟아졌다. 하나는 제 팔목을 붙잡는 손길을 느끼고 고개를 돌렸다. 강우의 눈이 먹잇감을 발견한 승냥이같이 빛났다.

"잠깐, 보자."

하나는 순순히 그를 따랐다.

"키스, 한 번만 하자."

그는 하나를 데리고 식당 홀을 지나서 복도로 나가서는 다짜고짜 키스를 졸랐다.

"여기…… 서요?"

"응."

"왜요?"

"목걸이…… 받아줬잖아. 고마워서 지금 내가 진정이 안 돼."

그는 격한 숨을 내쉬며 그녀를 뚫어지게 내려다보고 있었다. 하나는 아차 싶었지만 두 눈을 질끈 감았다. 아까부터 문 쪽에서 사람의 인기척을 느끼고 있었다.

김인정이 아닐까?

그 여자면 좋겠는데.

실은 레스토랑에 들어서자마자 인정을 발견했다. 그래서 일부러 무리해서라도 강우의 품에 안기는 포즈를 취했던 거였다. 꼭 그래야 할 것 같았다. 자신과 강우가 평범하게 서로를 원해서 결혼한 것이라는 구색을 맞추고 싶어서 그런 걸까? 아니면 한낱 질투 같은 것일까? 어떤 감정인지는 정확히 모르겠지만 강우를 위해서도 자신이 적극적인 것이 나을 것 같았다. 그래, 지금도 김인정은 우리를 지켜보고 있어. 나는 이 기회를 잡아야 한다. 그녀는 눈을 감았다. 저 여자한테 보여주자.

"알았어요, 한 번 하세요."

하나의 말이 떨어지자마자 남자의 진한 체취가 물씬 맡아졌다. 그가 덥석 하나를 포옹해왔기 때문이다. 뜨거운 입김이 하나의 귓가에 느껴지며 심장이 간질거렸다. 강우의 손가락이 머리카락을 감아쥐는가 싶더니 입술이 귓불을 빨아 당겼다.

"이건…… 키스가 아니잖아요?"

깜짝 놀란 하나가 소곤거리자 그가 쿡, 웃었다.

"이렇게도 하는 거야. 가만 좀 있어봐."

그는 하나의 귓바퀴에 자잘하게 키스를 퍼붓더니 손으로는 목
언저리를 더듬어 애무했다. 환히 드러난 어깨가 의식되면서 하나
는 마른침을 삼켰다. 다행히 그는 그녀의 가느다란 목선을 즐기며
탐미할 뿐이었다. 그렇게 그는 하나를 끌어안은 채로 귓바퀴를 핥
았다. 숨결이 거칠어지면서 온몸에 소름이 끼쳤다.

"이게 무슨?"

아까부터 입술을 쭉 내밀고 있던 하나가 결국 투덜거렸을 때였
다.

"사람이…… 예쁘면…… 이렇게 미치는 거군."

숨을 토해내듯 그가 속삭였다.

"네에?"

"너 그거 알아? 네가 잘 때 모습은 몇백 배 더…… 그것도 아주
환장하게…… 예쁘더라."

뭐지?

뭐긴 뭐야? 이게 바로 위험한 상황인 거지, 하고 그녀는 제 자신
에게 경고등을 켰다.

"저기, 지금은……."

하나가 헐떡이며 그의 품에서 빠져나오려는 순간이었다. 갑자
기 강우의 손이 하나의 턱을 움켜쥐었다. 다소 거칠게 그는 하나의
입술에 제 입술을 파묻었다. 그가 뜨거운 혀로 하나의 입 안을 사
정없이 훑었다. 입천장은 물론이고 치아며 혓바닥이며 할 것 없이
하나의 입 안에 있는 것들은 전부 그의 차지였다.

"아……."

하나는 휘청거리는 몸을 지탱하기 위해 할 수 없이 그의 어깨를

짚었다. 뭐든 제멋대로인 능수능란한 남자 같으니라고!

하나는 마음속으로 그를 욕하면서 견디기 어려운 채로 발발 떨었다. 그는 마치 잡아먹을 듯이 하나에게 입맞춤을 하고 있었다. 집요하게 혀를 놀리며 하나의 입 안을 헤집어놓은 채로 숨결을 앗아갔다. 감고 있는 눈에서 불이 반짝이는 것을 느꼈다. 하나는 신음했다. 그것이 자극적이었는지 그가 더욱 그녀의 몸을 바투 끌어안았다.

"으읍, 읍……."

몸이 떨렸다. 심장의 고조되는 두방망이질은 절대 멈추지 않을 것처럼, 끝없이 계속될 것처럼 이어졌다.

"으흣…… 예뻐!"

그가 그녀의 입 속에서 중얼거렸다. 입술을 떼어낸 그는 하나의 눈물이 그렁그렁한 눈을 두 손가락으로 훔쳐주었다. 그러고는 흐트러진 머리카락을 귀 뒤에 걸고는 이마에 쪽, 키스를 했다.

"잘 들어, 하나야."

그가 하아, 하고 깊이 숨을 내쉬더니 그녀의 이마에 제 이마를 가져다 대며 말했다.

"너한테 잘 보이려고 프랑스 과자니, 보석이니 선물한 거 아니야. 그런 거 아니야. 그건 그냥 호의였어. 순수한 호의! 젠장, 내가 너를 어떻게 해보려는 거 아니었다고. 근데, 그거 알아? 네가 내 마음을 가져갔어."

어리둥절해서 손등으로 제 입술을 문지르고 있던 하나가 아직도 눈물이 고인 눈으로 그를 보았다. 허공에서 둘의 눈이 마주쳤다. 그의 뜨거운 눈길이 사나웠다.

……야수다, 그 눈이야.

그녀는 떨리는 몸을 어쩌지 못하고서 어색한 눈길을 내리떴다.

"젠장…… 그렇게 됐다고. 그러니 이제 네가 알아서 피해야겠어."

어쩐지 성마르고도 두려운 고백이었다.

하나는 단화를 신은 발뒤꿈치를 들어 올려서 그의 입술에 손등을 가져갔다. 그리고 조금 세게 문질러 닦았다.

"립스틱 범벅이에요. 닦아내야 해."

그리고 힐끗, 문 쪽으로 시선을 보냈다. 맞다, 김인정이었다. 그녀는 그들을 쭉 지켜보고 있었다. 안도의 한숨이 새어나오면서 순간적으로 맥이 탁 풀렸다. 저 여자한테 보이려고 허락한 키스였는데, 하고 하나는 기묘한 기분이 들었다.

내가 빠져들고 말았어. 다행히도 첫 키스는 무척이나 달콤했다. 이 남자에게 그 사실을 들키지 말아야 한다고, 하나는 혼자 다짐하는 거였다.

한밤중이었다. 잠결에 하나는 부스럭거리는 기척을 느끼고는 눈을 떴다. 의식이 들자마자 목이 말랐다. 사이드 테이블을 더듬었을 때에 생수병이 없다는 것을 깨달았다. 그녀는 객실로 나갔다가 하마터면 소리를 지를 뻔했다.

강우가 바닥에 앉아 있는 주변으로 도자기 접시와 그릇들이 죄다 늘어져 있었다. 그녀가 아시시를 오가며 부지런히 사 모은 것들이었다. 커다란 캐리어로 네 개나 되는 그것들을 강우는 바닥에 펼쳐놓고 있었다. 그는 신문지로 도자기 그릇들을 싸서 가방에 담는 중이었다.

"뭐 하는 거예요?"

머리카락을 귀 뒤로 넘기며 그의 곁으로 가서 앉으며 하나는 감탄사를 터트렸다. 그릇을 싸고 있는 것은 비단 신문지뿐만이 아니었기 때문이다. 그릇들은 일명 '뽁뽁이'라는 에어캡으로 둘둘 감겨져 있었다.

"설마, 이걸 손으로 다 싼 거예요?"

"더 자도록 해."

그는 무뚝뚝하게 말하며 부지런히 도자기 포장에만 신경 쓰고 있었다.

"신문지랑 뽁뽁이는 다 어디서 났는데요?"

하나는 달가운 표정으로 에어캡을 조금 잡아 뜯어서는 손톱으로 톡톡 터트리기 시작했다. 그런 그녀를 흘깃 보는 강우의 표정은 어쩐지 풀어져 있었다.

"비밀인데, 이삿짐 아르바이트를 해본 적이 있지."

"그 길로 계속 가지 그랬어요? 보니까 재능 있네. 진짜 이삿짐 회사에 취직하면 되게 우수한 사원이 될 것 같아요."

"이 짐 가방들을 화물칸에 싣지 않게 할게. 기내 안에 있어야 안전해."

"……고마워요, 그렇게 생각해주지 않아도 되는데."

"너에 대해 깨달은 게 있어. 소하나의 도자기에 대한 애정이 이성에 대한 애정을 이기고 있다는 것."

"에이, 그건 너무 거창하고요. 이런 그릇들을 손으로 직접 만드는 게 내 일이잖아요. 부지런히 따라가도 많이 늦는걸요. 어떻게든 더 연구해야죠. 어딜 가든 그럴 것 같아요. 그거 아세요? 독일에도 유명한 마이센이 있는데……."

"내가 거기 데려가줄게."

네에? 하고 하나는 눈썹을 모으며 흘끔 그의 모습을 보았다. 트레이닝 바지만을 입은 채로 아예 웃옷은 벗어던지고 굵은 팔뚝으로 신문지를 착착 접는 그의 모습이 성실하기 그지없었다. 솔직히 믿음직스러우면서도 끌렸다.

"도자기를 연구하기 위해 필요한 곳이라면 내가 어디든 데려가줄 수 있다, 그 말이라고."

"이거 순수한 호의예요?"

하나가 불쑥 물었다. 그가 웃음을 작게 웃었다.

"순수한 호의 같은 소리 하고 있네. 아랫도리는 난리를 치지, 머릿속은 순전히 그 생각으로 들끓고 있는데 노동이라도 해야 하지 않겠어?"

"아, 네에. 무척 진솔하시네요. 계속 수고하시죠, 그럼."

하나는 놀란 마음에 자리에서 벌떡 일어났다.

뭐지? 저 남자가 어째서 친절해졌지?

강우의 배려에 가슴이 뛰고 있었다. 애써 사 모은 그릇들이 손상되지 않게 포장을 해 주고 있는 그의 정성이 고마웠다. 꼭 자신의 편을 들어주는 기분, 더 나아가 든든한 남편을 둔 것 같았다.

그들이 허니문을 마치고 한국에 온 지 이틀날이 되었다.

아직도 어스름한 새벽녘에 하나는 채 떠지지 않은 눈을 비비며 침실에서 나왔다. 어질어질한 채로 스트라이프 무지의 실크 벽지를 더듬어 기다란 복도를 걸었다. 다행히도 그녀가 걸음을 내디딜 때마다 할로겐램프가 반짝 켜지며 시야를 밝혔다. 익숙하지 않은 집의 구조에 발을 떼기가 어려웠다. 간밤에 인천공항에 도착한 신혼부부는 양가 부모들 찾아뵙는 일을 생략하기로 하고 바로 신혼집으로 왔었다.

짐 정리마저도 뒤로 미루고 침대에 쓰러지자마자 잠이 든 탓에 하나는 뭔가 개운하지 않았다. 자꾸 남의 집에서 잠을 잔 것과 같은 묘한 기분에 잠자리가 편할 리가 없었다. 강우는 서재로 쓰는 방에서 출장 보고서를 만든다고 했었다.

"잘됐다. 더 눕고 싶었는데."

잠이 덜 깬 탓인지 그녀는 거실 한가운데에 놓인 소파를 보자 우선 반가웠다. 말만 오피스텔이었지 한남동의 신혼집은 복층 구조의 빌라였다. 강우가 홀로 쓰던 집인 만큼 모든 구색이 철저히 독신 남자의 그것이었다.

주인을 닮아 전체적으로 군더더기 없이 깔끔한 인테리어가 돋보이는 스타일이었다. 스틸로 짠 책장이나 크리스털 테이블 등등의 소품들도 지극히 명료해 보이는 디자인에 고급스러운 것들이었다. 원래 그녀의 시어머니가 되는 애라가 전체적으로 신혼집의 느낌이 나게 공사해준다고 하는 것을 극구 사양했었다. 표면적인 이유는 물론 '시간이 없다.'는 것이었지만 사실 그렇게까지 공들이는 것이 싫어서였다.

가짜, 전부 가짜!

결혼식이며 남편이니 아내의 자리는 모두 가짜다. 해서 그녀는 결혼에 관하여 제 돈을 들여 무엇을 하고 싶지도 않았고 실상 그럴 물질적인 여유도 없었다. 하나는 카키색의 소파에 발라당 누워서 복잡한 머릿속을 달랬다.

이 지독한 여독은 언제쯤이면 풀릴까?

온몸이 찌뿌듯하고 머릿속이 멍한 것이 흡사 마취 수술에서 갓 깨어난 사람 같았다.

가만있자, 오늘의 일과가 어떻게 되더라?

오전에는 공방 식구들과 박운열 사기장에게 인사하는 스케줄을 소화해야 하겠고, 교수님들과 스터디 회원들에게도 선물을 돌려야 한다. 오후에는 강우와 나란히 시부모를 만나러 가야 하는 일정이 있었다.

'내가 결혼을 했구나. 이제 기혼녀로 사회에 나가는 거야.'

이런 생각을 끝으로 그녀는 다시 잠에 빠졌다. 꿀잠이었다.

-그 겨울이 지나 또 봄은 가고 그 여름날이 가면 더 세월이 간다…….

하나는 잠결에 들려오는 오디오 음을 따라 '솔베이그의 노래'를 부르고 있다가 눈을 떴다. 낯선 천장이 눈에 확 들어오며 정신이 번쩍 들었다.

여긴 어디?

난 누구?

하나는 몸을 일으키며 오디오 기기의 디지털 숫자를 읽었다.

오전 7시.

시간을 읽고서야 장강우의 아내가 되어 낯선 신혼집에서 아침을 맞이하는 중이라는 현실감이 찾아들었다. 소파 아래로 다리를 내리던 그녀는 고개를 갸웃하며 의아해했다. 자신의 몸에는 담요가 덮여져 있었다.

누가 그랬겠나?

그렇게 하나는 강우를 의식했다. 이제 그와 자신은 어쩔 수 없이 한동안은 부부라는 사실이 깨달아졌다. 반듯하게 담요를 개켜서 소파 한구석에 놓고는 자석처럼 이끌리듯 하나는 식당 쪽으로 갔다. 목이 까끌까끌한 탓에 생수라도 마셔야 할 것 같아서였다.

"잘 잤습니까?"

화들짝 놀라며 하나는 돌연 표정을 굳혔다. 강우가 아일랜드 식탁 앞에 앉아 있었다. 아침 면도를 거른 모양인지 턱이며 코 밑으로 수염이 거뭇하게 난 채로 그는 파자마 바지만을 입고서 그녀를 바라보았다. 즉, 강우는 상반신에 아무것도 걸치고 있지 않았다.

'괜히 야수라고 불러가지고, 원. 어째 더 인간 같지가 않네. 아마도 상체에 몹시 자신 있는 모양이지?'

슬림하면서도 자잘한 근육이 잡혀 있는 몸이었다. 하나는 바로 인정했다. 저렇게 걸핏하면 벗고 있는 이유를 알 것 같다고 말이다. 그는 관리를 잘한 훌륭한 몸을 가지고 있었다. 윤곽이 섬세한 등과 어깨 그리고 기다란 팔 등은 지극히 남성적이고도 동물적인 굴곡으로 눈길을 끌었다.

"더 자도 뭐라 할 사람 없는데."

저런다, 또!

경어를 쓰든 반말을 쓰든 한 가지만 하란 말이지. 좀 오버해서 표현하자면 삼십 평생을 경제만 공부해서 그런가? 무슨 남자가 초지일관을 몰라요! 아니지, 어쩌면 두 가지를 섞어 쓰는 것으로 초지일관하는 것인지도.

공연히 그가 어색해서 하나는 그를 지나쳐 냉장고로 다가갔다. 그는 태블릿 화면을 들여다보다가 흘깃, 하나를 보았다. 그의 앞에는 커피 메이커와 토스터기가 나란히 놓였는데 식빵이 탁, 소리를 내며 올라왔다. 그는 나이프로 치즈를 듬뿍 떠서 뜨겁게 달궈진 식빵에 발랐다. 그것을 입에 물고는 그녀를 향해 나이프를 흔들어 보였다.

"뭘요?"

하나는 생수병을 꺼내며 그를 불퉁하게 보았다. 그는 빵을 입에 문 탓에 말을 할 수 없는 모양인지 나이프로 잼이 담긴 접시와 치즈가 든 병을 번갈아 가리키고 있었다. 어서 와서 아침 식사를 하자는 소리 같았다.

"아아, 알아들었어요. 내가 먹을게요."

그의 표현을 알아들은 하나는 고개를 끄덕였다. 그러나 강우는 집요하게 잼과 치즈를 연신 가리켜댔다. 그 모습이 하도 필사적인지라 할 수 없이 져주기로 했다.

"잼이 낫겠어요."

그러나 그것으로 끝난 게 아니었다. 그는 두어 개의 잼이 든 접시를 또다시 가리키고 있었다.

"알았어요, 차라리 내가 가요."

하나는 피식, 웃으며 생수병을 들고서 식탁 앞에 가서 앉았다.

세상에나!

여태 이걸 다 먹었단 말인가? 그녀는 어이가 없었다. 닭고기 가슴살과 파마산 치즈에 로메인을 섞은 샐러드가 수북하게 담긴 볼이 있었는가 하면 고구마와 렌틸콩을 한데 삶은 것과 계란 프라이가 한 접시였다. 그것들은 거의 다 비워진 채였다. 그게 끝이 아니었다. 토스터기에서 연신 식빵까지 굽는 그에게 하나는 솔직히 감탄이 나왔다. 이 남자 대식가였구나, 라고.

"딸기, 포도, 블루베리 등등…… 기호에 맞는 잼으로 직접 골라 보시지."

우물우물 빵을 씹어 먹으며 그가 말했다. 그녀가 딸기, 라고 답하자 그는 그럴 줄 알았어, 라고 혼잣말을 하며 잼을 발랐다.

"버터하고 양상추하고 치즈하고 계란 프라이, 이렇게 끼워 넣겠습니다."

그는 요리 강좌를 하는 사람처럼 일일이 설명을 했다.

"버터는 빼주세요."

"오케이. 근데, 편식하면 안 되는데."

그는 후딱 토스트를 만들어 그녀에게 건네었다.

"커피? 아님 우유?"

그녀가 얌전히 토스트를 받아 들자 그가 이번에는 음료를 권했다. 제 홈그라운드에 왔다, 이건가? 보니까 아주 신이 났다. 하나는 멀뚱히 앉아서 그가 내미는 커피 잔을 받았다. 향기가 그윽했다.

"혹시 이것이 말로만 듣던 그 유명한 고양이 똥 커피예요?"

"루왁, 말하는 건가?"

"네에, 맞아요. 커피 루왁이요."

"헛짚었어, 부인."

그렇게 말해놓고서 그는 능글맞게 웃었다.

"그럼?"

향기가 참 좋은데, 하고 하나가 의아해하자 그가 바로 답을 해왔다.

"인스턴트야, 그거."

인스턴트? 하고 눈을 깜박거리는 그녀를 보고 그는 장난기 그득한 표정으로 답했다.

"마침, 메이커가 고장이 나 있었어."

그녀가 흠, 하고 머쓱해하자 그가 또다시 큰 소리로 웃었다.

"실망했나?"

"아니에요, 난 또 부자들이 마시는 커피가 따로 있다고 들어서요. 상무님 수준이면 그런 것으로만 마시고 사는 줄 알았지요."

"일반화시키는 일이 이렇게 무서운 거야."

"매일 이렇게 먹어요?"

토스트를 베어 물며 그녀가 물었다.

"그때그때 다른데, 그쪽 한우는 신경 쓰게 안 해."

그녀는 어떻게 그럴 수 있나, 하고 잠시 고민에 빠졌다.

"아침에 몇 시에 나가는데요?"

"뭐, 대략 이 시간이면 아침 먹으니까. 만약에 내가 6시 반부터 보이지 않으면 그때는 수영이나 유도를 하러 나간 줄 알라고. 물론 때에 따라서 오찬 약속이 있을 수도 있겠고."

"유도라고요?"

'유도'라는 말에 태권도 유단자인 그녀의 귀가 솔깃해지지 않을 수 없었다.

"못써!"

그가 짓궂은 표정으로 그녀를 호통 쳤다.

"예?"

"공연히 태권도 유단자와 유도 유단자가 붙으면 누가 이기나, 하는 쓸데없는 호기심은 접어두라는 말."

하나가 그만 씩, 웃었다. 눈이 완전히 감기는 웃음이었다. 그가 그녀의 웃는 얼굴에 대고 흥미진진한 표정을 지었다.

"유도했다니까 반가워? 난 한국에 온 뒤로 이따금씩 회사 근처의 고등학교 유도부 학생들과 함께 빗당겨치기 한 판씩 해주는 식으로 몸을 풀어주고 있어. 뭔가 믿어지지 않는다는 얼굴인데……."

"상무님 몸은 유도 같은 것보다 퍼스널트레이닝을 한 몸으로 보여서요."

그것도 죽어라고 아주 열심히 한 것 같다, 라고 그녀는 혼자 덧붙였다. 그는 토스터기에 툭 튀어 올라온 식빵을 가지고 잼을 바르며 그녀의 말을 인정하는 얼굴을 했다.

"그것도 맞아. 자기 관리를 잘 해야 살아남는 시대를 살고 있으니까 운동은 필수지."

"자기 관리를 잘 하면서 혼자만 행복하게 살면 좋아요?"

그녀는 내심 김인정을 의식해서 정곡을 찌른 셈이었다.

"왜 그렇게 묻는데?"

당신, 전 여친이 그러더라, 장강우는 저만 아는 남자라고……. 이렇게 사실을 말하려던 그녀는 밥 먹을 때는, 특히 아침 식사 때는 개도 건드리는 것이 아니라는 모친의 말을 떠올리며 입을 열었다.

"결혼하는 거 싫어하셨잖아요? 본인은 독신주의자라고도 인터뷰했던데요? 상무님같이 모든 것을 다 가지고 있는 남자가 가정 갖기를 저어한다, 이것은 혼자만 잘 살겠다는 의도인 거 모르세요?"

"그게 이기적으로 보였단 말이지? 나 혼자만 잘 먹고 잘 살겠다는?"

그가 열심히 빵의 표면에 잼을 발랐다.

"아니, 내 말은……."

저도 모르게 하나는 허둥거렸다. 그녀와 달리 여유로운 태도로 강우는 설명을 했다.

"내가 여자를 못 믿겠다고 했었지? 그런데도 여자와 가정을 꾸리라고? 그건 너무 아니지 않나?"

그는 잼을 가득 바른 빵을 한 장 접어서 그녀의 접시에 놓았다. 벌써 배가 부르다는 신호로 그녀가 미간을 살짝 찌푸리는 것을 보고 그는 일말의 망설임도 없이 그것을 덥석 제 입에 구겨 넣었다.

"혹시, 상무님이 여자를 막 대한 것은 아니고요?"

"소하나는 누군가가 대놓고 등을 치는 행위, 자고로 배신을 때리는 행위를 한 번도 안 당해봤을 테지."

그는 식어빠진 커피를 벌컥 마시고는 그녀를 향해 또 웃고 있었다.

"편견이에요. 나도 우리 아버지가 돌아가시자마자 사람들이 배반하고 떠나는 것을 당해봤거든요."

그녀의 난색에 그는 커피 잔을 들어 건배 모양을 했다.

"내가 저녁 7시에 데리러 가면 되겠나?"

오늘의 일정 중에 시댁에 함께 가기로 되어 있는 것을 말하는 것 같았다. 그럴 거 없다는 듯이 하나가 손을 가로저었다.

"그냥 내가 알아서 갈게요. 뭐하러 수고해?"

"우리 오애라 여사님이 기필코 함께 와야 한다고 하셨는데?"

"어쩐지 안됐다. 가장 결혼하기 싫은 신랑 후보 1위가 마마보이라고 하던데. 아차, 기분 나쁜 말이죠?"

솔직히 그의 타박을 각오했는데, 그는 언짢은 기색 하나 없이 대꾸해주었다.

"내가 마마보이라는 말인가? 어쨌든 나는 우리 오 여사를 걱정시키고 싶지 않은 것뿐이니까, 뭐."

하나는 공연히 무례했다고 후회하며 그에게 미안했다. 하하, 하고 그가 웃었다.

"그런 표정 안 해도 돼. 넌 무슨 말을 해도 다 괜찮으니까."

그래 놓고 그는 뭐가 좋은지 연신 싱글거리며 그녀의 얼굴을 뚫어져라 바라보고 있었다. 그것이 거북한 하나는 불쑥 용기를 내었다.

"그거 알아요? 상무님은 혼자 기분 좋아 보여요. 아까부터 묻고 싶었어요. 왜 자꾸 어울리지 않게 하회탈같이 웃으면서 사람을 쳐다봐요?"

하나는 혹여 제 턱이나 뺨에 잼이 묻었나, 하고 손끝으로 만져 확인을 했다.

"무진장 신기해서."

"뭐가요?"

"잠자는 모습이야 다 그렇게 황홀하도록 예쁘다고 쳐. 그런데 갓 깨어난 얼굴은 더없이 예쁘단 말이지."

"우욱, 토하고 싶어요."

커피 잔을 쥐고 고개를 기울여 향을 음미하던 그녀는 불시에 뜨악한 표정을 지었다.

"소하나 말이야. 아주 예뻐. 미치게 예뻐. 마치 대낮에 떠 있는 달같이 하얗고 뭐랄까……"

그만!

하나는 그의 진짜인지 가짜인지 모를 밀어를 싹 무시할 요량이었다.

"왜 이래요, 촌스럽게? 마치 처음 본 여자한테 시간 있으면 차나 한잔하실까요, 하듯이 진부해요. 사람 외모가 뭐 대수인가?"

그녀의 투덜거림에도 그는 아랑곳하지 않다는 듯이 태연하게 입을 열었다.

"그럼, 정곡을 찌를까? 소하나는 내가……"

그는 숨을 한 번 내쉬더니 단도직입적으로 물었다.

"싫습니까?"

뜨끔!

싫으냐고?

당신이?

하나는 정곡을 찔린 느낌이었다. 이때까지 남자의 마음은 별것 아니라고 치부하며 살았다. 연애 감정? 은근 고대는 했지만 이 남자와의 결혼으로 인해 무참히 깨졌기에 다음 생이나 기다리자고 회의적이었다.

그런데 이 남자가 신경 쓰인다.

눈빛, 웃음, 손짓, 목소리…… 그의 모든 파동이 가슴을 두근거리게 했다. 나 어찌해야 해? 이 남자한테 대책 없이 빠지면 안 되는데. 이 결혼은 가짜인데.

"야수는 그런 거 몰라도 돼요."

마음속을 들키지 않으려고 입으로는 새침하게 쏘았다. 그래 놓고 뜨겁고 화끈한 얼굴을 감추기 위해 그녀는 식당을 총총 나왔다. 뒤에서 강우의 웃음소리가 크게 따라왔다.

"혼자 신나셨지, 아무튼."

하나는 일부러 심드렁한 척 웅얼거렸다.

그날 공방에 간 하나는 아시시에서 구입한 도자기나 피겨린 등을 한 명도 빠짐없이 식구들에게 선물하고는 박 사기장과 함께 촉박한 전시회 일정을 논의하느라 분주했다.

사기장은 공방의 공식 일정도 일정이지만 그녀의 작품 활동이 더 문제라고 지적해왔다. 그러나 하나는 결혼이 자신의 앞길을 방해하는 일은 절대 없을 것이라고 못을 박았다.

"하긴, 우리 소하나는 억척스럽지. 바쁘더라도 여태 하던 대로 네가 잘 해내리라 믿는다."

노회한 사기장의 얼굴에 촘촘히 드러난 주름에는 온갖 인간군상이 떠 있다고 하나는 생각했다. 그중 가장 두드러진 것이 사람에 대한 이해와 연민이었다. 그것을 잘 알기에 사기장의 온화하고도 깊은 연륜을 하나는 존경하고 있었다.

"우리 소 도공이 이렇게 예쁜 너를 두고 어떻게 눈을 감았겠나? 네가 새색시가 된 것은 보고 갔어야 하는데, 너무 무심한 사람이야."

사기장은 눈물을 글썽거렸다. 순간, 가슴이 뭉클해진 하나는 활짝 웃으며 사기장을 위로해야 했다.

"아버지는 하늘에서도 안심하고 계실 거예요. 저는 평생 선생님을 보좌하며 그렇게 제 꿈을 이루면 되고요."

"아버지도 참, 왜 애를 울리고 그러셔요?"

뒤에서 상현이 기척 소리를 냈다.

"선생님!"

하나는 자리에서 일어나며 반갑게 상현을 맞이했다.

"선생님 소리는…… 제길."

상현은 몹시도 분개한 얼굴이었다. 이상하다. 하나는 속으로 의아했지만 아무렇지도 않은 얼굴로 재잘재잘 이야기를 늘어놓았다.

"선생님, 제가요. 가장 근사한 빛이라는 아시시의 돌을 봤어요. 거기서 물레를 직접 돌려서 만든 도자기도 많이 사왔고요. 참, 선생님. 그리고요, 도전도 많이 받았어요. 이탈리아 피겨린이 너무 아기자기하고 예뻐서 저는 도저히 그렇게 만들지 못할……."

"됐어! 듣기 싫다."

핀잔을 툭 던지며 그가 저벅저벅 걸어 들어오더니 느닷없이 따지고 들었다.

"뭐? 장강우 상무와의 결혼은 가짜라고? 짜고 치는 고스톱? 좋아하네! 아무래도 재벌 아들이 싫을 리가 있겠어? 그러니 그렇게 신혼부부 행세를 하고서 이탈리아까지 날아가서…… 아주 볼만했을 거야."

"쉿, 선생님!"

하나는 급히 그를 만류하며 사기장의 기색을 염려했다. 다행히 상현도 더 이상의 말을 꺼내지는 않았다.

"저놈이 요즘 뭐에 수틀렸는지 내내 저래. 너는 신경 쓰지 말거라."

사기장은 아슬아슬하게 심통을 부리는 제 아들의 일을 수습하는 아비처럼 민망한 표정이었다.

"녀석도 참! 하나, 넌 그렇게 눈치가 없느냐? 원래 네 아비 소 도공이 점찍은 사내가……."

그렇게 사기장이 너털웃음을 웃으며 넌지시 한 말에 대해 강한 어조로 상현이 반박했다.

"그만두십시오, 아버지! 지금 와서 그런 게 다 무슨 소용이 있습니까?"

상현은 문을 박차듯 열고는 다시 밖으로 나가버렸다. 사기장은 계속해서 허허, 웃기만 했다.

"저것도 남자라고, 참!"

왜 저렇게 잔뜩 가시를 세우는 거지?

평소의 상현과는 너무도 다른 모습에 하나는 불안해졌다.

"대동그룹의 하나밖에 없다는 며느님 납시었네. 근데, 너는 옷이 그거밖에 없냐?"

오랜만에 만나는 지현은 하나가 입은 원피스를 탓하기부터 했다. 아니, 공연한 시비 같았다. 그 때문에 막 현관문을 열고 들어와 엄마— 라고 소리치던 하나는 우뚝 멈춰 서고 말았다.

"그래요, 소하나 납시었습니다. 엄마는 갱년기 또 겪나 봐? 왜 그렇게 삐딱해요?"

튕겨내듯 하는 시비조에 농담으로 받아쳤지만 도무지 지현의 낌새는 장난이 아니었다.

"아니, 새신부가 되었으면 한복을 곱게 차려입고서 신랑 팔짱을 끼고 친정에 와야 하는 거 아니니? 넌 그런 것도 안 배웠어? 허긴, 번갯불에 콩 구워먹듯 휙 해치운 결혼식 탓인가? 내가 가르치지 못했지, 뭐."

왜 이렇게 신랄한 어조일까? 하나는 빈정이 상했지만 내심 참아내고 싶었다.

"우리가 무슨 형식 따질 처지인가? 그쪽은 대재벌, 우리는 서민 중의 서민. 어차피 격식은 물 건너간 결혼인걸."

하나는 입술을 비죽 내밀면서 선물 꾸러미가 든 포장 가방을 내려놓았다. 그러면서 제 차림을 훑었다. 흰색 티셔츠에 끈이 달린 원피스를 걸치고서 붉은색 카디건을 입은 모습이 솔직히 제 자신이 봐도 별스럽긴 했다. 그러나 어쩔 수 없는 일이라고 자위하며 그녀는 결혼하면서 받은 소위 명품 브랜드의 옷을 여간해서는 입지 않겠다고 다시 한 번 다짐하는 것이었다. 그건 장강우의 '가짜 와이프'인 내 소유가 아니다, 라고 그녀는 일찌감치 포기하고 있었다.

"너 그렇게 입고서 재훈이한테…… 아니, 내가 자꾸 이름을 막 부르네. 여하튼 너 오늘 네 시아버지한테 그렇게 입고 갈 거야?"

허리에 양손을 짚고 서 있는 지현은 오늘따라 매우 신경질적으로 보였다.

"이상하네? 재훈이가 너한테 운전수니 개인 비서니 안 붙여줬니? 보니까 네 시어머니는 몇이나 대동하고 다니던데?"

"아니, 엄마는? 2주 동안이나 외국 나가 있다가 이제야 들어온 딸한테 한다는 소리가 그게 뭐예요? 그리고 내가 오애라 교수님하고 같을 수가 있나? 게다가 난 그 집에서 아무것도 받고 싶지 않으니까 엄마도 그리 알아요. 절대로 기대 같은 것도 하지 말고. 우린 속물이 아니니까."

"속물? 오냐, 너 말 잘했다. 너 이리 와봐! 오늘 날 잡아서 한 대 맞자!"

갑자기 지현은 하나의 팔을 끌어당겼다.

"엄마, 왜 이래? 나 신발도 안 벗었어."

스트랩으로 된 구두는 손으로 끈을 벗겨내야 했다. 그러나 인정사정 봐주지 않고서 지현은 하나의 팔을 잡아 안으로 이끌었다.

"오냐, 내가 오늘 너 때문에 학교도 조퇴했다. 너 모르지? 어제 내가 박상현 전수자 선생, 네 사수 만났어. 무슨 이야기 들었는지 아냐?"

이게 무슨 소리란 말인가? 하나는 가슴이 덜컥, 내려앉는 기분이었다. 갑자기 제 등짝으로 지현의 손바닥이 날아왔다. 동시에 눈앞이 캄캄해지면서 통증이 밀려왔다.

"내가 너 때문에 진짜 못 살아! 너 어쩜 그렇게 어미 얼굴에 똥칠을 할 수가 있어? 그러고도 네가 내 딸이냐? 이 몹쓸 것아……."

소리도 제법 크게 하나의 등을 내려치면서 그녀가 따지고 들었다.

"아주 동네방네 떠들고 다니지 그랬어? 뭐? 내가 장재훈하고 그렇고 그런 사이인 것을 무마시키기 위해 결혼을 해? 설마 했지만 너……."

"엄마, 이것 좀 놔!"

가녀린 하나의 몸에 비해 통통한 살집이 잡힌 지현은 막무가내였다. 그녀는 아예 딸의 몸을 벽으로 밀어붙이더니 숨을 씩씩 몰아쉬며 울먹거렸다. 그리고 그녀는 만국 어머니들의 공통적인 대사를 늘어놓기 시작했다.

"내가, 너를, 어떻게, 키웠는데, 네가, 나를, 이렇게, 물을, 먹일 수가……."

어이가 없다, 정말!

나도 누구 때문에 지금 이 고생인데?

내가 어떻게 해서 일생 한 번 있는 결혼을 '가짜'로 치르고 말았는데?

내가 뭣 때문에 소하나, 내가…….

'내가 싫습니까?'

문득, 아침나절에 그가 했던 질문이 또렷이 되살아났다.

아아, 당신 싫지 않다. 삐딱하게 비롯된 우리의 시작이 싫은 것뿐.

만약에 우리가 정상적으로 만난 사이라면, 하고 하나는 모든 것이 원망스러웠다. 그런데 그 원인이 뭐였더라?

별안간 억울한 감정이 엄습해왔다. 하나는 엉클어진 머리카락을 쓸어 넘기며 독하게 쏘아붙였다.

"엄마가 바람피워서 그렇잖아?"

"이것이 말이면 다야?"

경악한 얼굴로 지현이 소리를 질렀다.

"아니면 아니라고 말해보든지! 내가 그랬지? 장강우 상무가 엄마하고 회장님이 무슨 짓을 했는지 다 알고서……."

"아니, 정말! 너?"

지현이 눈을 부릅뜨며 팔을 높게 치켜들었을 때였다.

"고정하십시오!"

강우, 그의 목소리였다.

하나는 무심결에 찡긋, 감았던 눈을 떴다. 언제 온 것일까? 물론 문이 활짝 열린 채였긴 했다. 그렇다고 소리도 없이 들어온 강우가 지현의 허공중에 들린 팔목을 붙들어 낮은 소리로 만류하고 있다는 것은 도무지 현실 같지가 않았다. 때는 이때다 싶은지, 지현은 봇물 터지듯 강우에게 항의를 퍼부었다.

"자네, 그러면 내가 장재훈하고 그렇고 그런 사이인 줄 알고……."

잠시 머뭇거리던 지현은 바로 돌 직구를 날렸다.

"그래서 내 딸아이하고 사고 친 건가?"

"아니라고는 말 못 합니다."

강우의 한마디 대답은 냉랭한 것이었다.

"저 바보 딸년을 봤나? 소하나, 헛똑똑이 같으니라고!"

아이고, 하면서 지현은 하나의 어깨를 부여잡고는 넋두리를 해 댔다.

"내가 팔자 펴보겠다고 발악을 하는 것도 아니고…… 아니지! 본격적으로 팔자를 고치겠다고 팔 걷어붙였어도 그렇지! 내가 이미 가정 가진 남자를, 그것도 바싹 곯은 중늙은이를 뭘 보고……."

지현은 냅다 하나의 어깨를 두들겨 팼다. 그러자 강우는 그악스러운 그녀의 손에서 하나를 떼어내고는 그 주먹을 대신 맞았다.

"제가 그랬습니다. 원망은 저한테 하십시오."

"오냐, 소원대로 해주지."

지현이 때리는 대로 두들겨 맞으면서도 강우는 하나에게 괜찮아? 하고 입 모양으로만 묻고 있었다. 하나는 그를 외면하며 돌아섰다. 부끄러움과 치욕으로 인해 다리가 후들거릴 지경이었다.

"이 사람아, 그래도 그렇지. 나를 어떻게 보고……."

퍽퍽, 하고 지현의 손이 더 매섭게 강우의 어깨를 쳤다. 더 이상 볼 수 없었던 하나가 지현의 허리를 부둥켜안았다.

"엄마, 이러지 마. 이 남자가 뭘 잘못했다고 그래? 따지고 보면 어른들 잘못이잖아? 불륜이 뭐야, 불륜이?"

"……안 되겠다."

강우는 하나를 감싸고서 꾸벅, 지현에게 인사를 올렸다.

"저희는 일단 자리를 피하고 보겠습니다. 실례합니다."

그렇게 그는 재빨리 하나를 부축하고는 집을 빠져나갔다.

"장재훈, 너 죽었어!"

회오리바람같이 두 사람이 사라져버린 자리에서 지현은 씨근덕대며 재훈을 원망했다. 장본인들에게 확인을 들었다. 이제 장재훈이 당할 차례였다. 막 휴대폰을 찾던 지현의 눈에 언뜻 비친 것이 있었다. 하나가 도자기 세트가 든 가방을 내려놓고 간 옆으로 커다란 종이 가방이 버젓이 놓여 있었다. 분명 딸아이는 도자기가 든 가방만 들고 왔었다.

"사위? 저 싸가지 없게 생긴 상무가?"

싸늘한 표정이 압권인 미남 사위, 아니 자신을 불륜녀로 매도하고 있는 장강우 상무가 놓고 간 물건이었다.

"헉? 샤넬?"

종이 가방의 로고를 보고 알았지만 설마 했었다. 그녀는 몇백만 원은 훌쩍 넘는, 아니 더 값이 나갈지도 모르는 가방을 꺼내 들며 망연자실한 표정이었다. 더스트 백까지 확인하니 진품이 맞았다.

"소하나, 너는 이런 것 좀 배워라! 제 엄마 준다는 선물로 도자기 접시가 뭐냐? 그나저나 저 두 사람은 나한테 흠씬 얻어맞고만 갔는데…… 시댁에 가져갈 것들도 놓고 갔고."

눈물이 채 마르지도 않은 얼굴로 지현은 허탈하게 웃었다.

"이거, 딸아이가 속물이라고 욕하는 소리가 들리는 것 같아."

"……한우로 준비했다."

어렴풋이 장 회장의 말소리가 들려왔을 때였다. 하나는 손을 번쩍 들어 올렸다.

"저요? 찾으셨어요?"

그러자 순식간에 주위가 고요해졌다.

"야수? 나는 나의 길을 갈 거예요. 마이 웨이, 알아요, 몰라요? 그런데 당신 너무 잘해주는 것 같아."

그녀는 뜻도 모를 말을 하고 있었다. 그러고 난 후에야 주변 공기가 달라진 것을 깨달았다.

뭐지? 이것은 뭔가?

하나는 끔벅끔벅 눈을 뜨며 사람들을 휘둘러보았다. 장재훈 회장과 오애라 여사가 앞에 보였다. 또다시 그녀는…….

여긴 어디?

난 누구?

그렇게 잠시 어리둥절해서 주먹으로 제 허벅지를 꼬집었다.

"안 돼! 차라리 나를 꼬집으라고."

바로 곁에 있었는지 강우의 손이 하나의 손을 찾아 쥐고 있었다.

아, 낭패다.

어디 쥐구멍이라도 있으면 숨어 들어가고 싶었다.

여긴 어디인가? 성북동 본가.

나는 누구인가? 장강우의 아내, 지금은 장재훈 회장 부부의 며느리다.

오애라 여사의 소원이라고 했나? 당부라고 했나? 어쨌든 시어머니의 말에 따라 강우와 나란히 시댁에 와서 저녁을 먹는 자리였다.

아주 기분 좋은 얼굴로 장 회장이 경사스런 날에 먹는 술이라며 건배를 제의했던 것이 기억에 있다. 그녀는 따라주는 대로 두 잔인가를 거푸 받아 마셨다. 세 잔째에는 강우가 낚아채서 대신 마셔주기도 했다. 지현에게 얻어맞은 탓인지 아님, 뭐가 그렇게 분한지 그녀는 내내 속이 상했다. 친정인 응암동에서 이곳으로 올 동안에 강우는 아무 소리도 하지 않았지만 부끄럽기가 한이 없었다. 차라리 술이 달가웠던 것 같다. 그렇게 흔쾌히 받아 마신 술이 문제였던가? 그 이후에는 까무룩 잠이 든 모양이었다.

"얘가 많이 취했습니다. 저희는 이만 일어섭니다."

눈치를 챈 건지 강우가 그녀의 어깨에 팔을 두르며 몸을 일으켰다.

그래, 나는 취했어. 취한 거야.

하나는 창피한 심경에 그저 취했을 뿐이라는 면죄부를 작용하려고 했다. 그래서 일부러 스르르 강우의 어깨에 얼굴을 파묻었다.

"시간도 늦었는데 위에서 자고 가거라."

이럴수가!

이것은 상냥하기 그지없는 애라의 말소리가 아닌가? 속으로 하나는 어머니, 그것은 안 돼요, 라고 조용히 부르짖었다.

"그래, 너도 피곤해 보인다. 어서 데리고 올라가거라."

강우는 그럼 그러겠습니다, 라고 대답하더니 그녀를 번쩍 안아 들었다. 눈앞이 핑그르르 돌면서 하나는 그저 눈을 감고 잠든 척을 할 수밖에 없었다. 그러다 실제 잠 속으로 깊이 빨려 들어갔다.

"젠장, 소하나! 이제 봤더니 술주정도 고약해."

이건 또 무슨 소리지?

아하, 그녀의 남편인 장강우의 목소리였다. 몽롱한 의식과 어두 컴컴한 시야로는 아무것도 분간할 수가 없는 채로 하나는 자신이 따뜻한 품에 안겨 있다는 것을 알았다. 이불 속은 더없이 포근하고 따뜻했다. 남자의 체온도 뜨거웠다.

"……울지 마, 제발."

내가 울고 있는 건가? 하지만 그의 채근에 하나는 코웃음을 치며 대꾸를 했다.

"왜요? 난 울면 안 돼요?"

"무조건 안 돼."

단호한 어조, 웃긴다.

"왜 안 되는데?"

"제멋대로 하고 싶으니까."

턱을 움켜쥔 손을 느낀 순간에 남자의 깊은 숨결이 이마에 닿았다. 그것은 데일 듯이 뜨겁고 부드러웠다.

"……왜요? 왜 제멋대로……."

"당연한 거 아냐?"

뭐가 또 당연하다는 걸까? 하나는 눈을 뜨려고 애를 쓰며 불현듯 가만가만 제 등허리께를 만지는 손길을 느꼈다.

"웃는 것도 기막히게 예쁜데, 우는 건 더 사람 환장하게 해."

"으…… 윽."

하나는 몸을 비틀면서 신음했다. 그가 꽉 움켜쥔 것은 엉덩이였기 때문이다. 하아, 하고 깊은 한숨을 터트리며 강우의 끈적한 속삭임이 들려왔다.

"……맘대로 해버린다."

"어디, 맘대로 해버리세요."

하나는 조롱하듯 비아냥거리며 웃었다.

강우는 하나와 나란히 누워 있었다. 남자와 여자, 단둘이 그것도 한 침대에 누워 있다는 사실은 그 얼마나 은밀한 일인가? 은밀하기만 한가? 아주 달콤했다. 게다가 속옷조차 걸치지 않은 채로 둘 다 알몸이라면?

그리고 가장 중요한 사실은…… 그들은 부부다!

'이거, 나중에 문제 삼는 거 아니야?'

그녀가 정신 돌아왔을 때에 술 취한 사람을 왜 이따위로 옷을 벗겨놨냐고 따지고 들면 곤란하다.

그가 잠시 겪은 아내의 성정은 그 또래답게 물살을 거슬러 올라가는 연어와 같이 팔팔했다. 때문에 그는 잠시 고민했지만 결국에는 본능에 지고 말았다. 어쩔 수 없다는 핑계를 대면서.

……이건 모두 네 탓이다. 하나, 네가 그랬다.

길고도 구불구불한 나선형 계단을 한 번에 두 칸씩이나 건너뛰어서 안고 침실에 들어왔을 때였다. 하나가 그의 품에서 가볍게 구토를 해버렸던 것!

그는 잔뜩 난감해했지만 은근히 쾌재를 불렀다.

내가 씻겨주겠어!

강우는 그녀의 옷을 죄다 벗겼다. 그러고 나서 물에 적신 타월로 그녀의 몸을 닦아주었다.

그건 나쁘지 않은 경험이었다. 아니, 다시 정정해서…… 강우에게는 무척이나 즐거운 경험이었다.

아내의 나신은 그가 혼자 상상한 것보다 훨씬 여성스러웠다. 깡마른 체형에다가 키가 큰 탓에 별로 의식하지 못해서 그렇지 그녀는 깜짝 놀랄 만큼 잘록한 허리를 가지고 있었다. 그 뜻은 여자의 선이 매우 아름답고 유려한 몸이라는 거다.

'이렇게 잘 빠진 몸을 하고서 잘도 나를 아는 척도 안 했겠다?'

강우는 연신 감탄을 터트리면서 그녀의 알몸을 오래 심취해서 감상했다. 그러다 결국 전체 조명을 끈 채로 침대 속으로 들어갔다. 야들야들하고 부드러운 아내의 살을 몰래 만지며 점차 흥분했다. 아예 옆으로 누운 하나의 팔을 제 목에 두르게 하고는 그 어깨며 쇄골 부분을 서서히 애무했다. 솔직히 탐스런 유방에 손이며 입술을 대고 싶어 환장하겠는 것을 참느라 아주 죽을 맛이었다.

혹여 거기까지 손이 간다면 그다음이 문제일 것 같았기 때문이다. 희고 가느다란 목선을 매만지고 귓불을 쓰다듬어 머리카락을 치우는 정도인데도 가끔 그녀의 입에서 으음, 하는 신음이 비어져 나왔다.

"이봐, 한우. 안 일어나나? 나는 다 벗었는데."

일부러 깨워보기도 했다. 그래도 전혀 미동도 없이 그녀는 쿨쿨 잠을 잤다. 그것이 괘씸해서 계속 도발을 했다.

"나 안 멋져?"

목소리가 갈라져서 나왔다. 그건 자신이 몹시도 흥분했다는 조짐이었다.

"하나야, 소하나!"

이번엔 하나의 뺨에 키스하며 이름을 불렀다. 눈꺼풀이 살짝 떨리긴 했지만 그녀는 절대 깨지 않고 있었다.

에라, 될 대로 되라! 아시시에서도 그 얼마나 속을 태웠던가?

그는 속으로 체념 비슷한 감정을 느끼며 연신 손바닥으로 허리와 엉덩이를 어루만졌다.

그런데 그때였다.

"……나빠!"

이 여자가 운다. 그는 곤혹스러웠다. 이 여자의 절대적인 특기는 눈물이었다. 이태리에서도 그랬지만 그녀가 잠결에 흐느껴 울면 그것은 세상에서 가장 아름다운 무기가 되었다.

울지 마, 소하나.

네가 울면 더 만지고 싶잖아? 난 너 때문에 변태가 되어가고 있어.

숙연해지는 한편으로 슬며시 죄책감도 고개를 들었다.

뭐가 또 서러울까? 낮에 지현에게 흠씬 두들겨 맞았던 일이 서글픈가? 아니면 제 모친의 불륜 때문에 코 꿰어서 결혼까지 한 일이 억울한 건가? 어쨌거나 그 이유들이 전부 내가 꼭 죽일 놈 같잖아?

"울면 안 돼."

"왜요?"

손가락으로 그녀의 눈물을 닦아주며 그가 얼러댔다.

"왜냐고요?"

하나는 좀처럼 흐느낌을 멈추지 않으면서도 잠투정처럼 물었다.

"우는 아이에겐 산타 할아버지가 선물을 안 준다는 이야기도 못 들어봤나?"

말도 안 되는 이유는 가짜다. 진짜 이유는 따로 있었으니. 하나의 창백한 얼굴에 코가 빨개진 모습, 눈가가 파르르 떠는 모습은 그야말로 사내의 애간장을 녹이는 거였다.

"젠장, 둘 중의 하나만 해라! 예쁘지나 말든지, 내 옆에 있지를 말든지!"

나중에는 신경질이 났다.

아니, 다시!

울지를 말든지, 잠을 깨든지, 부디 둘 중의 하나만 하기를.

"하나야, 예쁘지? 우는 거 아니다."

아직 덜 자란 어린아이라고 해도 믿겠네, 하고 그는 혀를 찼다. 그의 목소리를 들은 탓인지 하나는 그에게 더욱 몸을 비벼왔다. 바싹 밀착된 채로 하나는 구슬피 울며 잠꼬대까지 했다.

"……내가 안 그랬어요. 믿어줘."

그래, 그래. 나도 널 믿어.

인정사정 봐주지 않고서 그의 물건은 발기한 채로 뻣뻣하게 서 있었다. 그가 막 뜨거운 숨을 토하려는 찰나였다.

"정말이야…… 내가 결혼하고 싶어서 한 게 아니란 말이야."

아, 진짜!

강우는 머리카락이 쭈뼛 서도록 소름이 끼치고 말았다. 어이, 소하나! 너 이런 식으로 분위기를 와장창 깨냐?

그는 화가 났다.

"……울지 말라고, 젠장!"

"왜요?"

또 이럴 수가?

하나는 자면서도 꼬박꼬박 말대꾸를 해왔다. 그는 이때다 싶어서 바로 쏘아붙였다.

"무조건 안 돼!"

그래, 맛을 보여주지. 네가 울면 나는…….

"제멋대로 하고 싶으니까."

그렇다!

나는 제멋대로 너를 다루고 싶다. 남자가 여자를 가질 때는 진심이 아니면 안 된다, 라고 배워왔다. 즉, 그는 지금 진심으로 그녀를 가지고 싶었다.

"……진짜 사람 환장하게 하네."

사랑스러웠다.

그는 등허리를 반복해서 쓰다듬던 손을 더 밑으로 내렸다. 포동포동한 엉덩이가 쥐어졌다. 한 손바닥으로 틀어쥐었다가 놓았다가를 반복하며 그는 그 부드러운 감각을 즐겼다. 앞부분에서 타는 듯이 뜨거운 열기가 전해져왔다. 하나의 까끌까끌한 수풀이 닿은 부근이 묘하게 축축해져 있었던 탓이다.

"⋯⋯으음."

이 녀석이 자면서도 느끼나?

"아고, 예뻐라. 소하나, 느낄 줄도 알아요?"

그녀의 이마에 입술을 대고 비비며 그는 얼러댔다. 그리고 울음을 그치지 않으면 내 맘대로 해버린다는 말도 안 되는 엄포를 날렸다.

"내 맘대로 해버린다!"

"어디, 맘대로 해요."

젠장, 어쩌자고 이렇게 막 나가고 싶은 건가? 하고 강우는 이가 악물려졌다.

그래, 어쩌자고!

어쩌자고 넌 내 마누라가 되었는가?

또 어쩌자고 나는 너에게 반하고 있는가?

"소하나, 하나야. 아훗⋯⋯."

그는 절로 터지는 신음을 삼키며 하나의 엉덩이를 쓸던 손을 이동했다. 결이 고운 살결을 타고서 앞으로 간 그의 손가락은 드디어 여자의 비밀한 수풀을 더듬었다. 털이 성긴 그곳을 가만히 감싸며 흥분에 취했다.

이제 너를 맛보겠어.

⋯⋯좋다.

마치 깨지기 쉬운 유리 항아리를 손으로 더듬는 느낌으로 아름다운 여자였다. 그녀는 높은 망루에 서서 아래를 내려다보는 것같이 아찔하고도 아슬아슬하게 예쁘다.

"야수?"

이런, 젠장!

어느새 하나가 눈을 반짝 뜨고서 그를 보고 있었다.

"그래, 딱 걸렸어! 내가 오늘 진짜 야수가 되어주지."

그는 자신이 생각해도 유치한 말을 아무렇게나 내뱉고는 혀를 내밀어 하나의 입술을 핥았다.

"으음."

다행히도 하나가 그의 목을 더욱 바투 끌어당겼다.

"너 왜 이래? 괜찮은 거야?"

그는 얼얼한 눈을 하고 물었다. 뿌리칠 줄 알았기 때문에 적잖이 당황하고 있었다. 하나는 커다란 눈동자로 그를 바라보며 은근한 미소를 짓고 있었다.

"내가 뭘 하려고 하는지 알겠어?"

"우리 참, 웃기다. 부부가 되고 신혼여행도 다녀왔는데…… 섹스는 안 했네."

그녀는 배시시 웃으며 그의 목에 매달리듯 했다. 용기를 얻은 그는 좋아, 하고 딥키스를 시도했다. 그녀의 혀를 뽑을 듯이 빨아당긴 다음에 얼굴을 떼어냈다. 거칠었나? 이번에는 하나가 가쁜 숨을 토해내며 얼얼한 표정을 지었다.

"너 다치는 일은 없어야 해. 알아들어?"

"야수가……"

그는 하나의 얼굴을 똑바로 들여다보며 당부를 했다.

"그래, 나 야수야. 이제부터 나 너하고 섹스할 거야. 그러니까 너는 이제부터……."

"이제부터 뭐요?"

"너는 따라와주면 돼."

"그래요."

그녀의 응낙에 강우가 폭발하듯 입술을 묻었다. 거칠게 시작한 키스는 차츰 부드럽고 뜨겁게 상대방의 호흡을 빼앗고는 타액을 섞으며 혓바닥끼리의 애무를 시도했다. 그러자 하나의 호응이 수줍게 변했다.

"좋아요."

어느새 눈물에 젖은 두 눈이 그를 응시하고 있었다. 그는 심장이 벅차게 두근두근 뛰었다. 애, 오늘 왜 이래? 뭐랄까? 아, 맞다! 모네의 수련, 비 오는 날에 함초롬히 젖은 그 수련이 연상되었다.

"울지 마."

그는 하나의 눈가에 맺힌 눈물을 입술로 훔쳐내고는 뺨에 쪽, 키스했다. 이 여자를 잔뜩 괴롭히고 싶은 이상한 마음, 육체의 쾌락에 눈을 뜨게 해서 진탕하게 아우성치는 모습을 보고 싶은 마음 등등 강우는 지금 여러 가지 감정으로 흥분되었다.

"……해도 돼?"

잔뜩 쉬어버린 음성으로 재차 물었을 때에 알듯 말듯 하나의 눈에 수긍하는 빛이 들어찼다. 오케이, 하고 그는 다소 들뜬 얼굴로 그녀에게 타이르듯 말했다.

"나 너한테 키스할 거야."

"방금 했잖아요?"

가물가물, 그녀의 목소리가 기어들어가고 있었다.

"아니, 입이 아니고, 딴 데……."

그녀의 진홍빛으로 물든 미간이 자잘하게 떨리는 것을 보며 그가 바싹 다그쳤다.

"가르쳐줄게."

아주 제대로 가르쳐주지.

그는 뜨겁게 피가 몰리는 아랫도리를 의식하면서 하나의 다리 쪽으로 자리를 옮겨 앉았다. 그러고는 양쪽 발목을 붙잡아 활짝 벌렸다. 그는 서슴없이 여자의 소복한 음모로 입술을 파묻었다. 시큼하면서도 비릿한 것 같은 체향이 맡아졌다. 불끈, 더욱 그의 물건이 요동을 쳤다. 안 돼, 참아야 해. 그래야 한다. 인내해서 클라이맥스로 이끌 줄 알아야 모름지기 남자이지, 안 그래? 애가 날 야수라고 하잖아. 야수답게, 장강우!

그는 우선 혀를 내밀어서 음습하고 뜨거운 하나의 그곳으로 파고들었다.

"으흣……."

하나의 입에서 열에 들뜬 소리가 새어 나왔다. 발목이 마치 으스러질 듯 가늘어서 그는 다소 힘을 풀어야 했다.

"가만히 있어."

하나가 허리를 젖히며 끙끙 앓는 소리를 낼수록 그의 혀는 더욱 집요하게 안을 들쑤시고 헤집었다.

"쉬이, 그래. 가만있으면 돼."

아래를 정신없이 물고 빨았다. 물속같이 어둠이 깊은 방 안에 그가 내는 진탕한 소리만이 요란했다.

"흑…… 어떡해?"

하나가 앞이 보이지 않는 사람처럼 두 팔을 허공중에 내뻗었다. 그와 동시에 그는 여자의 속살에 손가락을 찔러 넣었다.

됐다!

축축하게 잘 젖어 있었다. 그는 하나의 애액을 묻힌 손가락으로 클리토리스를 어루만졌다. 살살, 그러다 조금 아프도록 거칠게, 그러다가 또 살살. 그렇게 한곳에 집중하며 계속 얼러댔다.

"아, 상무님······."

"젠장, 여기서 상무가 왜 나와?"

꼭 여직원하고 하는 것 같잖아? 그러면서도 그는 손길을 늦추지 않았다. 하나가 점차 숨넘어가도록 헐떡이더니 나중에는 몸을 뒤챘다.

"아······."

갑자기 왈칵, 하나의 묽은 애액이 튀었다. 그것은 꽤나 자극적인 앵글이었다.

"······대단해!"

그의 벅찬 기분과는 달리 하나는 발갛게 익은 얼굴로 울상이 되었다.

"나빠요, 나빠······."

"좋았으면서, 앙탈이냐?"

그는 이내 하나의 촉촉한 속으로 손가락을 집어넣어 감도를 살폈다. 절정이 지나간 질벽은 움찔거리며 사정없이 그를 죄고 있었다.

"됐다."

그는 상반신을 일으키고는 하나의 입구에 제 물건을 가져다 댔다. 벌써 그의 물건은 붉게 충혈되어 핏대가 두드러질 정도로 힘차게 까딱거리고 있었다.

"내가 책임진다고 했다."

그는 으스대며 이상한 말을 주워섬겼다. 잔뜩 흐트러진 채로 숨을 몰아쉬고 있는 하나의 뺨이 발갛게 익은 것이 너무 귀여워서 충동적으로 나온 말이었다.

"나 너한테 들어갈 거야."

그는 조심스레 아래에 힘을 주었다. 그의 물건이 잔뜩 젖어서 흐트러진 질구를 헤치고서 안으로 파고들기 시작했다.

"……아흑."

하나의 입에서 억눌린 신음이 새어 나왔다.

"힘주면 다친다."

그는 씨근덕거리며 허리에 힘을 주었다.

"……엄청 뜨거워."

거칠게 하면 안 된다, 성급하면 안 된다…… 그는 주문을 외우듯 자신을 타이르면서 그녀 안에 천천히 길을 냈다.

"아, 아흑……"

아직 무리인가?

입술을 깨무는 하나는 분명 고통을 삼키는 얼굴이었다. 그는 잠시 주춤했다가 자신의 엄지로 그녀의 클리토리스를 괴롭혔다. 다행히도 하나는 거기서 극치를 느끼는 듯했다.

"아파?"

그가 그녀의 이마에 흐트러진 머리카락을 쓸어 넘겨주며 물었다.

"참을 만해요."

"착하네."

남자의 물건을 삼키는 그녀의 홍조가 된 얼굴은 흥분을 부채질했다. 그녀가 자꾸 엉덩이를 뒤로 빼며 고개를 내저었으므로 엉클어진 머리가 눈과 이마를 가렸다. 그는 또 한 번 하나의 머리카락을 쓸어 넘겼다. 이마에 송골송골 땀이 배어나와 있었다.

"괜찮아?"

그는 안쓰러운 마음에 혀를 차며 그녀의 살결을 손바닥으로 쓸어 격려했다. 그러면서도 한 손으로 클리토리스를 애무하는 것은 멈추지 않고 있었다.

"아, 어떡해……."

드디어 왔다!

하나는 두 번째의 오르가슴으로 몸을 경련하며 다시 뜨거운 액을 쏟았다. 그는 회심의 미소를 지으며 마치 기다렸다는 듯이 그녀속으로 더욱 깊이 밀고 들어갔다. 용케도 뜨겁고도 질척한 여자의 안쪽이 페니스를 꾸물꾸물 받아들이고 있었다.

"아프면 말…… 해."

그는 이마를 찌푸리면서 제 페니스를 곧게 꽂아 넣었다. 그러자 뜨거운 몸 안 깊숙이 그의 물건이 미끄러지듯 들어갔다!

성공!

그는 잠시 호흡을 고르며 하나의 속에 주목했다. 마치 살아 있는 것처럼 자신의 물건을 씹어대고 있었다. 대견하고 감사한 마음에 그는 몸을 숙여 하나의 입술에 입맞춤을 했다. 그가 상체를 숙여오는 것과 동시에 속에서 합쳐진 페니스가 그녀에게 꽉 물렸다.

"······흑!"

강우가 딱딱하게 경직한 하나의 입 안에서 혀를 끌어내어 보듬었다. 터져 나오는 신음을 제 목구멍 안에 가두고 나서 그는 서서히 피스톤질을 했다. 점점 그녀의 속살이 착 달라붙어서 그의 페니스를 핥아대는 경험은 어디에서도 겪어본 적이 없는 거였다. 얼마 안 가서 사정감이 밀려왔지만 그는 제 한계를 시험하고 싶을 정도로 참고 또 참았다. 얼마나 시간이 흘렀을까? 눈앞이 아찔한 순간에 그는 이를 악물며 움직임을 멈추었다.

"아파?"

그가 속삭이듯 물었다.

"흑, 흐으······ 아니."

하나는 그의 입에 갇혀서 간신히 대답을 했다. 거짓말인 것 같지는 않았다.

"이렇게 계속 움직일 거야. 너도 좋고, 나도 좋고······ 그러다 한껏 고조된 다음에 빵, 하고 터지는 거지. 그런 게 섹스야."

"윽, 훗······ 알았······ 으니까······ 말 시키지 좀 마요."

견디지 못하겠다는 듯이 하나는 그의 목에 두 팔을 두르며 허리를 들어 올렸다. 그는 더욱 흥분했다.

"그럼, 계속······ 한다."

그렇게 그는 한동안은 부드럽게 하나의 속을 들락거렸다. 둘의 숨결이 위험할 정도로 거칠게 이어졌다. 제 페이스를 찾은 그는 속력을 높이기 위해 몸을 일으켰다. 하나의 속이 움찔움찔 남자의 물건을 조였다가 풀어대는 것이 범상치가 않았다.

"그렇게 조이면······ 나보고 어쩌라고······."

그는 숨이 턱이 닿도록 헐떡이면서 사정을 늦추고 있었다. 그렇다고 해서 움직임도 늦추었다는 뜻이 아니다.

찰박찰박.

그의 아랫배가 하나의 아래에 닿아서 요란한 소리를 내며 분탕질을 쳤다. 그에 따라 하나의 입에서는 점점 열에 들뜬 신음 소리가 커졌다.

"그, 그만⋯⋯."

꽤 당황한 얼굴이었다. 이미 두 차례의 오르가즘을 경험한 그녀답지 않게 뭔가 두려운 모양이었다. 그 얼굴이 또 미치도록 아름다워서 그의 욕망은 더욱 온도가 올라가고 있었다.

"하아, 젠장!"

결국 그는 급히 물건을 빼냈다. 그러고는 뭐가 뭔지 몰라서 어리둥절해하는 하나의 몸에 엎드려 실한 유방을 탐하기 시작했다. 톡, 하고 진홍빛 유두가 바깥으로 튀어나왔다.

에고, 귀여운 것!

진즉부터 만지고 싶었는데, 이렇게 만나니 반갑다. 한 손으로는 밀가루 반죽을 주무르듯이 가슴을 만지면서 다른 한쪽의 유두에 입술과 혀를 대고 그는 격하게 빨아 당겼다.

"⋯⋯아흑!"

설마, 고통은 아니겠지? 하나의 입에서 나오는 숨찬 신음에 그는 걱정이 앞섰지만 어찌할 도리가 없었다. 그는 쭉쭉 융기한 가슴을 빨아댔다. 지독하게 감칠맛이 났다. 쾌감은 때로는 잔인하다. 그는 사정감에 몰린 페니스가 뇌리까지 강타하며 주는 극한 기쁨에 미쳐 날뛰고 싶었다. 그 기분을 그녀의 가슴에 한껏 풀면서 그는 손 하나를 내려 질 속을 익숙하게 더듬었다.

"아, 거긴……."

남자의 물건이 들어갔다 나간 자리에 손가락의 압박도 대단한 모양이었다. 하나의 비명 같은 소리를 무시하며 그는 마음껏 손가락으로 여자의 내벽을 샅샅이 탐험했다. 하나의 엉덩이가 높이 들려 올라갔다.

"엄마…… 엄마…… 얏!"

"내가 해주는 건데, 누굴 찾는 거야?"

강우는 어쩐지 즐거운 얼굴이었다. 손가락의 피치를 올리자 하나가 눈을 크게 뜨면서 그를 밀쳐내려고 애썼다. 가슴을 빨리고, 질 속을 사정없이 더듬는 그에 의해 그녀는 울상이 되었다. 그는 처음인 그녀에게 일부러 극심한 쾌락으로 몰아갈 작정이었다.

"안 돼, 어떡해…… 아앗!"

"괜찮아, 괜찮은 거야. 그냥 느끼기만 하면 돼."

결국 하나는 비명을 지르며 그에게 안겨왔다.

"기분 좋았어?"

그는 만족한 얼굴로 그녀의 뺨에, 입술에 그리고 이마에 차례로 키스했다.

하아하아…….

하나는 봄날에 맘껏 흐드러진 꽃처럼 만개한 오르가슴으로 인해 깊은 열락에 취해 있었다. 그는 진땀을 흘리며 서서히 밑으로 내려갔다. 내가 이 좋은 걸 왜 참고 살았을까? 퉁퉁 부어서 새부리 같은 것이 불쑥 튀어나온 클리토리스가 그는 몹시 대견스러웠다.

"아주 좋았나 봐?"

"짐승, 변태!"

"왜? 야수라면서?"

그는 유쾌한 낯으로 웃더니 다시 제 물건을 가지고 하나의 질구에 가져갔다. 으응? 하고 하나는 의아한 눈으로 고개를 들었다. 끝난 거 아니었나? 라는 눈빛에 그는 단호하게 고개를 저었다.

"아직 멀었어."

"아앙!"

다시 입구를 벌리며 들어가는 그의 페니스에 하나가 치를 떨듯 신음했다. 그는 힘껏 하체에 힘을 주며 절대 함부로 사정하지 않을 결심을 했다.

여태까지는 애피타이저였다고, 부인.

진짜 오르가슴을 보여주겠어!

하나가 경련하며 허리를 비틀었지만 그는 그녀의 골반 뼈를 다 잡으며 그대로 꾹 밀고 들어갔다. 깊이 들어간 그의 물건이 여리고 비밀한 속살을 맘껏 헤집었다.

"흐윽, 앗, 아, 아핫, 앗……."

일부러 의도한 건 아니겠지만 그녀의 입에서는 그의 물건이 치고 들어가는 것에 따라 각기 다른 교성이 흘러나오고 있었다. 이 여자가 나를 아주 죽이려고 한다. 그는 미칠 것 같은 기분으로 점점 한계로 몰아쳐갔다.

"이리 와봐."

"하악……."

그가 하나의 몸을 일으켜 앉혔다. 가늘게 경련하는 그녀의 어깨에 가볍게 입술을 대며 키스 마크를 남긴 후에 머리카락을 뒤로 넘겨주었다. 기운이 없는지 하나가 그의 가슴에 얼굴을 묻어왔다.

"힘들어?"

탁하게 가라앉은 목소리로 그가 그녀를 챙겼다. 대답 대신에 하나는 그의 뺨에 축축한 이마를 비비며 긴 숨을 토했다. 숨결도, 물건이 들어가 있는 그곳도 매우 달뜬 채였다. 그는 그녀의 엉덩이를 단단히 고쳐 잡았다.

"……간다."

그는 하나의 엉덩이를 제 아랫배에 대고 위아래로 문댔다. 하나의 입에서 이젠 가쁜 비명이 새어 나왔다. 강우는 그 입술을 삼키듯이 키스했다.

"읍, 읍……."

그는 하나의 뜨거운 애액이 자신의 복부를 축축이 적시는 것을 느끼며 열심히 움직였다. 그의 어깨를 짚은 하나의 손바닥에서는 어디서 그런 힘이 나오는지 굉장한 악력이 전해졌다.

사정하고 싶은 욕구를 얼마나 참아냈는지 그녀의 안에서 그는 동통을 느낄 정도로 눈앞이 아찔해졌다. 그가 흔드는 대로 하나는 그의 아랫배에 제 몸을 비벼대면서 적나라한 숨결과 소리를 받아내고 있었다.

"으음……."

점차 흥분이 고조되어 높은 곳으로 도달해 가고 있었다. 단전에서 시작된 감각이 척추를 치고 올라와 온몸의 핏줄을 타고 돌아다닌 지도 오래, 이만하면 그는 버틸 만큼 버텼다고 자신을 타일렀다.

"아…… 아앗!"

허우적거리던 하나의 몸이 꼿꼿해지더니 그대로 부르르 경련을 일으켰다.

왔구나!

그는 흡족해하는 동시에 자신에게도 그 순간이 찾아왔음을 알아차렸다.

"하나야…… 우욱!"

그는 더욱 속력을 올리며 하나의 발버둥 치는 몸을 바싹 끌어안고서 마지막 고개를 넘는 중이었다.

"아, 아홋……."

하나의 몸이 축 늘어지는 순간에 그는 제 물건을 뽑아냈다. 아직 앞길이 창창한 그녀가 아닌가? 피렌체 출장에서도 봤듯이 도자기에 미쳐 있는 그녀는 해야 할 일이 많았다. 임신이라도 하면 안된다. 빠르게 찾아온 이성으로 인해 그는 정액을 그녀 몸 밖으로 뿌렸다.

"……죽여주는데?"

좋다, 좋아!

좋아서 죽을 수도 있다는 게 믿어졌다.

한참의 절정에서 그는 서서히 내려오며 심장이 뻐근해지는 아픔을 느꼈다. 이 여자하고 정말 이래도 되나? 어쩐지 의구심과 이상한 생각들이 수만 가지 교차하며 지나갔다.

"소하나."

탁하게 가라앉은 목소리로 하나를 찾는데도 쉬이 대답이 들려오지 않았다.

"이것 보라고, 소하나."

죽은 듯이 시트 위에 누워 있던 그녀가 천천히 몸을 꿈틀거렸다.

"괜찮아?"

"……네에."

대답을 하면서도 그녀는 정신을 차리지 못하는 모양으로 엉금엉금 제게로 기어오고 있었다. 그 모습에 그는 그만 푹, 웃고 말았다.

"이봐, 안 아파? 아니, 눈앞에 별이 반짝이지 않았나?"

어느새 그의 허벅지를 베고 엎드려 누운 하나의 몸은 흡사 마네킹처럼 뻣뻣해져 있었다. 그는 다정한 손길로 하나의 등이며 허리를 쓸어내렸다. 온통 땀에 젖어 미끈거렸다. 그는 고개를 내려 하나의 툭 불거진 엉덩이에 키스를 했다. 펄쩍 뛰면서 내는 목소리를 들어보려고 그랬는데 그녀는 괘념치 않는 듯이 늘어져버렸다.

"젠장, 소하나! 한 번 더 하자."

희한하게도 그녀의 엉덩이 골 사이에 키스한 순간에 페니스가 용트림을 하고 있었다.

"야수가 별거냐?"

그는 잇속으로 새어 나가는 신음을 흘리면서 하나의 몸을 뒤집었다. 땀인지 눈물인지 분간이 안 되는 것으로 젖은 하나의 얼굴에 온통 머리카락이 달라붙었다. 그는 떨리는 손가락으로 그녀의 얼굴에 묻은 머리카락을 쓸어 넘기면서 혼잣말로 중얼거렸다.

"사람 미치겠네."

이상하게 그는 가슴이 뭉클해졌다. 내가 너를 가졌다. 너도 나를 가진 셈이지. 섹스 한 번 나눈 것으로 소속감을 느끼는 모양이었다. 탈진한 모양으로 어린아이같이 무방비한 눈빛의 하나가 그를 올려다보고 있는 것도 그의 가슴을 뛰게 만들었다.

'막 들이대지 말아요. 안 넘어가줄 거니까요.'

네가 그랬던가?

느닷없이 떠오른 하나의 외침에 그는 가슴이 철렁해지면서 내가 실수했으면 어쩌나? 하는 공포심이 엄습했다.

"소하나, 내가 조금은 멋있어 보이지 않나?"

금세 몸이 달아오르면서 침이 꿀꺽 삼켜졌지만 그는 이렇게 묻지 않을 수가 없었다. 가늘게 떨면서 하나의 입매가 위로 끌어 올려졌다. 어림없다는 뜻? 그는 축 늘어진 하나의 손을 쥐어 제 입술에 가져다 댔다. 그 손등에 입술을 묻으며 그가 눈을 감았다.

"……야수."

"으음?"

그는 하나의 짠맛이 나는 손등을 혀로 핥던 중에 눈을 둥그렇게 떴다. 하나가 간신히 입을 열어 말하고 있었다.

"야수가 맞았다고요."

강우는 그녀의 허벅지를 붙잡아 밀어 올렸다. 단숨에 그의 눈앞으로 푹 젖어버린 그곳이 적나라하게 모습을 드러냈다.

"또 왜요? 설마……."

하나는 헉, 하고 숨을 들이쉬며 깜짝 놀랐다.

"응, 맞아."

어리둥절한 그녀의 얼굴을 못 본 척하면서 그는 다리 사이의 음습한 부위에 페니스를 가져다 붙였다. 물 만난 고기처럼 하나의 속이 그를 빨아들이고 있었다.

"으으……."

또다시 시작된 건가? 질겁한 표정으로 하나가 입술을 앙다무는 것이 보였다.

"그간 얼마나 참았는데 이 정도 보상은 해줘야 하는 거 아니야?"

"웃, 으윽……."

그는 하나의 뜨겁게 젖은 몸속에서 규칙적으로 움직이기 시작했다. 하나는 두 손으로 시트를 움켜쥐면서 그가 찌르고 빠질 때마다 같이 흔들거렸다. 알록달록 달아오른 하얗고 선이 고운 분명한 여자의 몸이 그의 눈을 황홀하게 했다. 기막히게 달콤하고 기분 좋은 밤, 한층 차오른 욕망이 열기를 더해가는 밤, 소하나 그녀가 그의 아내가 된 진정한 밤이었다. 그는 더없이 만족해했다.

다음 날 아침, 평소보다 늦은 시각이었다. 강우는 아직도 하나가 깨지 않은 통에 혼자 양복을 입고 출근 준비를 서둘렀다.

"못 일어나겠지, 부인?"

미칠 것 같은 쾌감이 할퀴어댄 정사의 밤을 보낸 터라 강우의 목소리가 그예 쉬어 있었다.

"그렇잖아도 지금 많이 늦었거든."

보통의 출근 시간보다 한 시간 이상이 늦어 있었다. 하나는 엉클어진 머리를 하고 죽은 듯이 잠든 채였다.

"난 출근할 건데."

"그게요…… 상무님……."

으으, 하고 하나에게서 기척이 들려왔다. 그녀가 반가워 그는 슬며시 미소가 나왔다.

"깼어, 부인?"

강우는 침대로 다가가 그녀의 몸에 시트를 제대로 여며주었다.

"오지 마요, 오면 안 돼."

결코 얼굴을 보여주지 않겠다는 듯이 하나는 급히 몸을 엎드렸다.

"왜 그렇게 숨어? 달팽이 같잖아, 꼭."

그는 시트를 확 잡아끌었다. 꺄악, 하고 하나가 비명을 지르며 몸을 더욱 움츠렸다.

"수줍어요, 부인?"

엉클어진 머리카락으로 얼굴을 가리고 애벌레처럼 웅크리고 누운 그녀의 새하얀 몸은 군데군데 발간 물이 들어 있었다.

"새삼 왜 그래? 알았어, 알았다고. 안 만질게."

그는 달래는 어조를 하며 하나의 머리카락이 덮인 관자놀이에 입술을 눌러 키스하고는 시트를 도로 덮어주었다.

"어떡해요? 때려죽인대도 못 일어날 것 같아요."

흐느끼듯 소리가 새어 나왔다.

"내가 죽 가져왔어."

"죽이요?"

그제야 하나의 얼굴이 시트 위로 쏙 드러났다. 와락, 그는 소녀의 얼굴로 갓 잠이 깬 하나를 보고 또 반하고 말았다. 크림같이 하얀 피부에 오늘은 웬일로 두 눈 밑이 그림자로 얼룩져 있지만, 간밤의 부드러운 열기가 아직도 머금어져 있는 둥그런 눈이 그의 가슴을 설레게 했다. 내가 저 어린것하고 밤새 무슨 짓을 한 건가? 사내의 죄책감이 조용히 그의 양심을 찔러왔다.

"어떻게 그쪽은 그렇게 멀쩡해요?"

하나는 그를 뚫어지게 보며 고개를 갸웃했다.

"나는 지금 야간작업을 며칠째 하고서 또 밤새야 하는 사람처럼 온몸이 죽을 맛인데, 상무님은 벌써 일어나서 옷도 다 차려입고…… 무엇보다 기분도 밝아 보이고요."

아이고, 하고 그는 소리 내어 웃으며 하나의 얼굴을 감싸 제 가슴에 묻었다.

"누구 덕분에 힘이 남아도네. 뭐, 달리 야수겠나? 자아, 아침 먹자."

그러나 막상 죽이 담긴 그릇을 보며 하나는 눈을 질끈, 감았다.

"도저히 안 되겠어, 머리가 아파요. 그나저나 우리 오애라 교수님이 뭐라고 하실 텐데. 시어머니가 계신 집에서 아침 문안도 못 한 거잖아요. 가정교육 제대로 못 받았다고 흉 들을지도 몰라요."

"이 집 주인들은 이미 나가고 없습니다만. 그나저나 많이 아팠나 봐?"

그가 슬그머니 하나의 은밀한 부위로 손을 가져갔다. 하나가 그 손을 쳐내며 진저리를 쳤다.

"막 만지지 마요……."

"그 몸으로 공방 갈 수 있겠나?"

그는 하나의 몸을 추슬러 제 무릎에 앉힌 상태로 죽 그릇을 들고 수저를 쥐었다.

"떠 먹여주려고요?"

그녀가 입술을 깨물고는 앓는 소리를 내며 물었다.

"아시시에서 내가 병아리 콩 수프를 떠 먹여준 거 기억해? 난 가끔 그 생각하면 심장이 간질거려."

"늦었을 텐데, 어서 출근하셔야지요. 은근 즐기는 것 같아."

하나가 눈살을 찡그렸다. 그의 허벅지 위에 걸터앉아 있으니 발기한 페니스가 선연하게 느껴진 탓이다.

"혹시 해서 묻는 건데, 수치스럽거나 그런 건 아니지?"

하나는 무릎 위에서 내려와서는 시트로 친친 제 온몸을 감쌌다. 아마도 옷을 완전히 다 입고 있는 남자에게 벗은 몸으로 안겨 있다는 사실이 부끄러웠던 모양이다.

"수치까지는 아니니까 걱정하지 않아도 돼요."

그는 하나의 귓불을 만졌다.

"너, 너무 좋아서 졸도까지 한 거 알아?"

"아, 그게……."

하나가 시트로 감싼 몸을 팽 돌아섰다.

"그렇게 좋은 건지 몰랐어요."

그 모습이 너무 사랑스러워서 그는 또 하하, 소리 내어 웃었다.

"사람들은 소동일 도공이 생활 도자기의 대가라며 칭송을 하고 있지만 나는 다른 뜻으로 칭송을 하고 싶어. 해도 돼?"

뭔가 경직된 것 같은, 긴장하고 있는 것 같은 그녀의 모습을 보며 그는 안심하라는 듯이 입가에 미소를 지었다. 넌 짐작도 못 할 것이다, 내 기분을.

"장인어르신은 생활 도자기만 잘 만드신 분이 아니야. 이 세상에서 가장 아름다운 여자를 만드셨더라고."

"아니, 사부인! 뭐하러 일부러 오셔요? 우리 사이에 무슨 인사치레라고요?"

"아이들이 정신이 있는지 없는지, 참! 저도 기가 막히더라고요. 다른 것도 아니고 신부 이바지 음식을 안 가지고 가는 게 어디 있어요? 장 서방이랑 하나는 전화도 안 받고 있고요……."

굳이 싫다는 하나를 안고서 강우가 계단을 내려가는 중이었다. 분명 장 회장과 오 여사는 아침 일찍부터 출근을 했었다. 그런데 거실 한가운데에 오 여사와 지현이 나란히 서 있는 게 아닌가?

"맙소사, 엄마예요."

하나가 불시에 핼쑥해진 얼굴로 그를 보았다.

"뭐가 어때서?"

그는 아무렇지도 않다는 듯이 그녀의 몸을 더욱 추슬렀다.

"아우, 이 꼴로는 안 돼요. 어서 내려놔요."

겨우 잠옷을 걸친 모습인 하나가 그의 어깨를 주먹으로 콩콩 쥐어박으며 바닥으로 내려달라고 애원했지만 그는 히죽, 미소를 지을 뿐이었다.

"늦게라도 신부 이바지 음식을 챙겨 왔습니다만, 애들은 다들 나갔나 봐요?"

거실 한가운데의 소파에 자리 잡은 두 사람은 본격적으로 이야기를 나누기 시작했다.

"강우가 출근이 원래 이르잖아요. 사부인, 저 정말 자격 없는 거 있죠? 이래 봬도 명색이 시댁에서의 첫날인데 그만, 시어머니라는 작자가 많이 못나서 애들 아침도 못 먹이고 첫 시간 강의 때문에 나왔거든요. 듣자 하니 강우는 지방 공장에 들렀다가 본사 들어간다는 거 같고, 며늘아기는 공방으로 출근…….."

우당탕탕.

갑자기 계단에서 들려온 소리에 담소를 나누던 두 부인들은 눈이 휘둥그레지면서 시선을 모았다. 그다음에는 애라와 지현의 얼굴이 일시에 붉어지면서 둘 다 당혹감으로 할 말을 잃고 말았다.

"저 애들이 나갔다고 하지 않았나요?"

"그러게요. 나간 줄 알았는데? 아직까지 어쩐 일일까요?"

계단 한가운데에 하나를 안고 있는 강우가 풀썩 주저앉아 있었다. 게다가 하나는 막 자고 일어난 얼굴에 느슨하게 늘어지는 상의만을 걸친 채였다.

"일찍 나간 게 아니라 둘이 늦잠 잤나 봐요. 아무래도 한창때니까요. 아아, 그거다! 신혼!"

애라가 눈 둘 곳을 몰라 어색해하는 지현에게 장난스럽게 말했다.

"아무리 신혼이라도 그렇지, 시댁에서…….."

망측해라, 하고 지현은 얼른 고개를 현관 쪽으로 돌려 외면했다.

"어머, 망측하다니요? 우리 아들이 좀 유별나게 건강한 것뿐이에요. 따님은 땡 잡은 거고요."

그날 저녁.

하나는 공방에서 한창 야간작업 중이었다. 케이크 조각으로 대충 끼니를 때우고는 다시 도자기를 집어 들었을 때였다. 띠링, 하고 휴대폰으로 강우의 메시지가 왔다.

[아직 공방인가? 일 끝나는 시간에 맞춰 갈게.]

하마터면 쥐고 있던 도자기를 손에서 놓칠 뻔했다. 하나는 잠시 고심하다가 답장을 보냈다.

[오늘은 공방에서 밤새울 거예요. 알잖아요. 전시회 때문에 일이 많이 밀렸어요.]

그러자 몇 초 지나지 않아서 짧은 답이 날아왔다.

[밥은 먹어야 하잖아? 데리러 갈게.]

이 남자가 왜 이러나?

가뜩이나 그와 잠을 잔 사실이 맘에 걸려 종일 손에 잡히는 것도 없이 힘들었던 하루였다. 아무리 술김이었다고 해도 그녀는 쑥스럽기 그지없었다. 그를 도저히 볼 낯이 없어서 그녀는 뜬금없이 이런 기도까지 했었다.

'장강우 상무님이 제발 출장을 가게 해주세요. 그것도 아주 긴 출장을요.'

그러나 기도는 불발로 그친 모양이었다.

[미안해요, 오늘 못 들어가요. 우리 사기장님의 송현미술관 초

청 전시가 얼마 안 남았잖아요. 그렇잖아도 허니문이다 뭐다로 너무 시간을 빼앗겨서 면목 없어요.]

[얼굴만 보고 간다니까.]

이 남자가?

무슨 얼굴을 보고 간다고?

내 얼굴을 사진 찍어 전송해 보내야 하나?

내가 이 남자한테 걸려들었어.

바보였어.

그녀는 하릴없이 녹차 티백이 든 식어빠진 찻잔을 입술에 가져갔다. 울고 싶었다. 자신은 남자를 너무 경계하지 않았다.

능숙한 남자였다. 미친 여자처럼 그의 품에 안겨서 음란한 소리로 앙앙대고 좋아하던 자신의 모습이 화면처럼 지나갔다. 날 싸구려 여자로 보는 거 아니야? 아님, 이런 거 막 밝히는 여자로······.

아아, 나는 나한테 별 관심도 없는 남자한테 팔리듯 시집와서는 잠자리도 아무렇게나 갖고 말았다! 무너지지 않겠노라, 함부로 몸 주지 않겠노라, 단단히 결심했던 것이 무색하게도 그녀는 외려 그에게 달라붙어 소리를 질러대고······.

졌다.

자신이 그의 유혹에 넘어간 거다. 한 침대에서 벌거벗고 누운 몸에 욕망이 발끈해지는 것은 어쩔 수 없는 노릇이었다.

오늘 하루 아랫도리가 불편한 통증에 미미하게 시달리면서 저 자신도 모르는 제 몸을 맘껏 다룬 남자에게 시종일관 감탄도 나왔다.

하긴 그녀 입장에서 열 살이나 많은 서른네 살의 강우는 완전한 사내였다. 그런 그가 섹스에 능란한 것은 어쩌면 당연한 일일지도 몰랐다.

"이게 중요한 게 아닌데."

사실 그녀에게는 목적이 따로 있었다.

이혼을 할 것이다. 그러고 나면 그녀는 독일의 마이센으로 유학을 갈 계획이었다. 현재는 어서 결혼 날짜가 지나가기만을 바랄 예정이었다. 그런데 이 남자가 자꾸…….

내가 모를 줄 알았나?

그는 문을 두드리고 있었다. 그녀 안에 장강우의 존재가 있는지, 그는 확인을 하고 싶은 모양이다. 위험하다. 이탈리아에서도 가끔씩 그런 의구심이 들었다. 그가 자신을 보는 눈이 달라진 것을 의식하며 그녀는 알듯 말듯 불안했었다.

그는 누가 봐도 멋진 남자였다. 그런 그가 자꾸만 유혹을 해온다면?

……반칙 아닌가?

아님, 그 남자는 진짜 내가 좋아졌나?

그녀는 굳은 표정으로 문자를 새로 보냈다.

[우리가 진짜 부부인가요?]

그러고는 자신의 야근을 돕기 위해 공방에 남아 있는 다영에게 먼저 가라고 일렀다.

"야근하신다면서요? 괜찮으시겠어요?"

"아니, 어쩌면 집에 들어갈지도 몰라서……. 그리고 이 정도는 나 혼자 해도 되고요."

실은 공방에 들른다는 강우의 등장을 후배에게 들키고 싶지 않아서였다.

"와아, 신혼 찬스…… 되게 부럽다."

그런데도 다영은 그녀를 놀렸다.

진짜 그랬으면 좋겠다, 라고 하나가 애매한 표정으로 미소를 지었다. 서로 사랑해서 한 결혼, 그리고 자신만을 바라보는 남편의 존재……. 어쩌면 보통의 여자들이 누리는 평범한 것들이 부러웠다. 이혼녀가 되어 유학을 가면 뭐하나?

불현듯이 그녀는 이혼 후의 결심 같은 것은 다 부질없다고 우울해졌다.

이랬다가 저랬다가!

자신의 심경이 오락가락하는 데에 놀라면서 하나는 한숨을 쉬었다.

한편, 강우는 조바심이 일었다.

늦은 시각이었다. 하나에게 금방 들렀다 갈 것처럼 말했지만 팀장급 회의가 늦어지는 바람에 어느덧 밤 10시가 지났다. 같이 퇴근하고 싶었지만 야근을 한다는 아내의 말을 무시할 수는 없었다. 한창 일에 집중할 시기일 뿐만 아니라 결혼에는 관심조차 없던 여자와 억지로 부부가 되었다. 서로의 일에 간섭은 있을 수 없었다.

[우리가 진짜 부부인가요?]

따가운 일침.

한 번 잠자리를 나누었다고 해서 마음까지 나누지는 않겠노라는 차가운 행간이 읽혀졌다. 그녀가 이해되기도 하는 한편으로 서운했다. 하지만 별수 있나? 나는 네가 보고 싶은걸.

보고 싶으면 가서 봐야지.

허겁지겁 공방에 들어서니 작업실과 전시실 벽을 따라 쌓여 있는 소나무 장작들이 먼저 눈에 들어왔다. 눅눅한 물욕의 습기를 거두고 예술혼의 화력을 높일 장작들, 그는 그런 생각을 하며 경외감이 담긴 눈을 했다.

긴 복도에는 하나가 만든 작품들이 놓여 있었다. 기계로 찍어내는 천편일률적인 그릇에서는 절대 느낄 수 없는 품격이 느껴졌다. 그는 오늘 일부러 짬을 내어 도자기에 대해 검색을 하며 타 작품들을 둘러보았었다. 마치 제 아내를 아무도 모르게 자세히 들여다보는 것 같은 짜릿한 쾌감까지 수반하며 그는 설레었다. 그래서 그런 건가? 실물로 전시된 작품들을 보며 그는 그릇을 빚는 그녀의 정성과 체온을 느꼈다.

음악 소리가 나는 작업실의 문을 살짝 열었다. 아무도 없는 작업실에 하나가 있었다. 한 손에 스패튤러를 들고 있던 그녀가 고개를 들었다.

"아직 멀었어?"

하나가 놀라 눈을 동그랗게 뜨며 얼굴을 붉혔다.

"이런, 갑작스러워? 얼굴 보고 간다고 했는데."

그는 천천히 그녀에게로 다가갔다. 하나의 정수리에 올려 묶은 머리에서 잔머리카락이 내려와 기다란 목선에 흐트러진 것이 거슬러 만져주고 싶었지만 주먹을 꽉 쥐었다.

"무슨 작업?"

"굽깎기 하고 있는 거예요. 그릇 바닥 정리하는 거요. 바닥이 너무 두꺼우면 무겁고 사용이 불편하거든요."

"이 정도면 끝난 거 아니야?"

"아직이요. 스펀지로 표면도 닦아줘야 해요. 사람 손이 닿는 곳
이니 매끄러워야 하거든요."

"그럼, 언제 끝나는데?"

이 여자는 진짜 나한테 관심이 없나 보다. 나는 네 얼굴을 보고
싶어서 단숨에 달려온 건데, 너하고 조금이라도 같이 있고 싶어서
말을 걸고 있는 건데, 너는 내가 아니구나.

"오래 걸릴 것 같아요. 내일도 그렇고……."

"그릇이 뭐 그렇게 대단하다고. 밥만 잘 담으면 됐지."

그녀의 도자기 작업에 자신이 완전히 밀린 것 같아서 그는 다소
화가 난 억양을 했다.

"이게 상무님이 쓰는 그릇들하고 같아 보이죠?"

"아니, 전혀."

그의 누그러진 말투에 하나가 환하게 미소를 지으며 제법 진지
하게 설명을 하기 시작했다.

"있잖아요, 상무님. 내가 만든 그릇을 쓰는 사람은요, 이 그릇은
정말 쓰면 쓸수록 좋구나, 라고 감탄했으면 좋겠어요. 그러니까 어
느 한 공정 소홀히 할 수 없는 거예요."

갑자기 아내가 이루 말할 수 없이 대견스러워졌다. 너는 이렇게
너의 삶의 속도를 지키며 담백한 일생을 보내고 싶은 거구나. 강우
는 무심코 눈시울이 붉어진 채로 흠, 하고 헛기침을 했다.

"선이 곱군. 꼭 너같이."

그는 얼른 몸을 돌려 작업대 위에 반듯하게 놓인 달항아리를 가

298

리켰다.

그녀가 만든 항아리는 꼭 그녀처럼 선이 고왔다. 흙과 물, 바람과 불. 그녀의 손길에서 만들어진 도자기는 사람의 마음까지 편하게 만드는 신비함을 가진 것 같았다. 아님, 지금 내가 이 여자한테 감동을 받고 있기 때문에 그렇게 느껴지는 것인가?

"전부터 궁금했어. 왜 네 아버지는 가스나 전기 가마를 이용하지 않았지? 화력이 일정하게 유지되어서 좋은 점이 더 많다고 하던데."

하나는 카운터 쪽으로 가서 물수건으로 손을 닦더니 전기 주전자의 버튼을 누르며 입을 열었다.

"차 만들어드릴게요. 음, 장작 가마는요 온도, 바람, 외부 조건에 민감하게 영향을 받아요. 불의 세기와 불을 받는 위치에 따라서도 가지각색의 도자기가 탄생하지요. 사람의 손을 가하지 않고 자연스럽게 기묘한 색과 변화를 유도할 수 있는 게 장작 가마의 특징이거든요. 아버지는 그것을 포기할 수 없으셨던 거지요. 비록 그것 때문에 많은 빚을 졌지만요. 그리고 아버지는 저에게 가르쳐주셨어요. 좋은 흙이란 따로 있는 게 아니라고. 지방마다 흙이 다르기에 각각 흙의 본질을 찾아내 그에 맞는 불을 조절해야 하는 게 우리의 임무라고요."

하나가 두꺼운 무게가 느껴지는 도자기 잔에 온수를 붓고 녹차 가루를 집어넣었다. 강우는 가만 지켜보았다.

"커피보다는 이게 낫겠죠?"

"좋은 흙을 찾아다니기도 했겠네? 아님, 벌써 구했나?"

하나는 그에게 잔을 건네고 나서 다정스레 웃음을 흘렸다.

"아버지가 그러셨어요. 비가 올 때 생긴 발자국 모양이 날씨가 갠 뒤에도 그대로 남아 있으면 좋은 흙이래요. 찰기가 있다는 증거니까요."

"일이 고되지는 않고?"

"도자기를 통해 느리지만 단단하게 사는 삶을 터득한 것 같다고 대답하면 다들 아무도 안 믿어요. 내가 그런 말을 하기에는 많이 어리거든요."

"나는 믿어, 믿어져."

그는 진심을 다해 대꾸했다.

"어릴 때부터 아버지 손이 움직이면서 물레에서 그릇이 만들어지는 게 신기했어요. 시작은 그래서였던 것 같아요. 지금도 물레를 들여다보면 마음도 머리도 차분해지는 기분이에요. 그래서 그 시간이 행복하고 그래요."

"나하고도……."

나하고 있을 때도 행복했으면 좋겠다, 라는 말을 할 뻔했다. 그러나 강우는 입을 다물어버렸다. 그의 심경을 아는지 모르는지 그녀는 꿈꾸듯이 다음 말을 이었다.

"도자기는 지옥을 통해 다시 태어난대요."

"고갱이 했던 말이지?"

"네에. 그 사람은 화가인 동시에 도예가이기도 해요. 흙을 섞어 다지고 물레를 돌리고 문양을 새기고, 유약을 입히는 여러 과정을 거친 후의 마지막 단계가 불이란 거지요. 3년간 건조시킨 소나무 장작으로 1,300도까지 불 온도를 올려요. 불 지피기를 이삼 일, 그러면 가마 안의 도자기들은 미세한 불 온도에서 민감하게 반응해요. 한시도 눈을 떼지 못하고 장작을 던져 넣으며 온도를 지키는 게 또 일이지요. 불 온도가 잘못되면 그동안의 노력이 허사가 되거든요. 그러니까 도자기는 사람의 손에서 만들어지는 게 아니에요. 내 손으로는 아마 간단히 성형쯤은 할 수 있겠지요. 그러나 불에 의해 각각 다른 변수와 상황 속에서 도자기가 만들어지는 거라고요. 나는 상무님 같은 불을 만났어요. 이제 어떤 식으로 재탄생될지 조금 어리둥절하고 그래요."

갑자기 하나의 시선이 강우에게로 곧장 박히듯 꽂혔다. 그는 뜨끔한 속으로 당황했다.

"불을 지필 때는 한시도 자리를 뜨지 못해요. 아마 그때가 작업 중 가장 힘들 때지요. 하지만 여러 색채를 띠는 도자기가 가마에서 나올 때면 항상 두근두근하죠. 불의 온도가 높으면 하얀 빛을 내거든요. 마치 한낮의 태양을 내 가마에 가둔 그런 느낌? 얼마나 가슴이 요동치는지 몰라요. 그런데요, 제가요. 어젯밤에 그렇게 가슴이 뛰어봤어요. 아니, 살면서 가장 많이."

"너……."

그가 손을 내밀었다. 하나가 두 손으로 감싼 잔을 입술에 머금으며 고개를 저었다.

"섹스는 그랬다고요. 불 같았고, 불 같아서……."

두꺼운 잔을 감싸 쥐고 있는 손에서 작은 떨림이 드러났다.

"그토록 뜨겁고 가슴 뛰어보긴 처음이에요. 문득 고백하고 싶어졌어요."

"나는……."

그는 침을 꿀꺽, 삼키며 속내를 말했다.

"나는 너 정도면 계속 결혼생활을 할 수도 있을 것 같아."

아, 하고 하나의 손에서 떨어진 도자기 잔이 둔탁한 소리를 내며 바닥을 뒹굴었다.

"괜찮아?"

바로 바닥에 주저앉아 깨진 조각들을 주워 담는 그녀에게로 몸을 숙이며 그가 외쳤다.

"……봐요, 다쳐요."

하나는 그의 손길을 떨쳐내면서 조심스럽게 조각을 줍고 있었다.

"너야말로 비켜."

그는 그녀의 손목을 쥐고 몸을 일으켜 세웠다.

"왜 이러세요? 얼른 돌아가세요."

이런, 그녀는 울먹이고 있었다. 두 눈에 그렁그렁한 눈물을 매달고서 하나는 흑, 코를 훌쩍였다.

"어디 아파? 다쳤어?"

"아니, 일해야 하잖아요. 이제 돌아가세요."

"내가 방해돼? 그냥 돌아갔으면 좋겠어?"

그녀는 말없이 고개를 끄덕거렸다. 촉촉해진 채로 빨개진 눈꼬리와 고집스럽게 꼭 다물어진 입매가 불안해 보였다.

"알았어. 방해하지 않을게."

그러나 주차장으로 나온 그는 안 되겠다는 생각이 들었다. 뭔가 잘못되었다. 하나는 아파 보였다. 강경하게 데리고 가야 되겠다고 결심하며 그는 도로 공방 안으로 들어갔다.

"다영이 학생도 보내고, 그러니까 너 혼자 남아서 일한다고?"

"……네에."

하나는 거북한 얼굴로 망설이듯 대답했다. 강우가 나간 뒤에 상현이 바로 들어왔다. 상현은 묵묵히 제 주머니에서 키홀더를 꺼내 보이더니 말했다.

"상태 안 좋아 보인다, 가라. 데려다줄게."

"아, 저기요, 신랑이 온댔어요."

일부러 하나는 거짓말을 했다. 갑자기 상현의 손동작이 툭 멈췄다.

"그래? 그럼……."

하나는 서둘러 꽃 프린트 원피스 위로 카디건을 걸쳤다. 그러고는 황황히 가방을 집어 들고서 문 앞으로 갔다. 그런데도 그가 따라오자 하나는 걸음을 멈추고 고개를 흔들었다.

"선생님, 들어가세요. 정류장 앞에서 신랑을 만나기로 했거든요."

"앞장서라, 저기까지만 가자. 이 동네가 워낙 이슥하잖아?"

이러면 안 되는데, 하고 하나는 뭐라고 말하려다가 입을 다물어 버렸다. 그러나 내심 궁금한 것이 있었다.

"선생님."

결국 호기심을 이기지 못하고 그녀가 입을 뗐다. 왜? 라고 대답을 하며 상현이 그녀를 뒤돌아보았다. 그 눈길이 너무 을씨년스러워서 하나는 가슴이 철렁, 내려앉고 말았다.

"저희 엄마한테 무슨 말씀을 하신 거예요? 어제 엄마가 그러는데……."

"사실이잖아? 너희 결혼 말이야. 조작이잖아."

갑자기 상현이 크게 어조를 높였다.

"왜? 너야말로 무슨 꿍꿍이인 거야? 어떻게 맨땅에 헤딩도 아니고, 그런 무모함으로 결혼까지 해? 이게 대체 말이 된다고 생각해? 그러니까 결론은 너도 속세에 물든 이물일 뿐이야. 좋았던 거지. 부자 남편 만들 기회도 되고."

속세에 물든 이물?

하나는 커다란 눈을 깜박이면서 입 속으로 그가 한 말을 되뇌었다. 어디서 들었던 말이다. 아아, 전구가 켜지듯이 생각났다! 그건 평소 아버지가 제 자신에게 덕담처럼 하던 소리였다.

'그릇을 빚는 사람은 욕심이 없어야 해. 세파에 찌들지도 말아야 하며 또 속세에 물들면 아니 된다. 그건 한낱 이물일 뿐이야. 다른 일도 마찬가지이지만 도공 자격 없어!'

하나의 눈시울이 뜨거워진 것도 모른 채 상현은 더욱 확고한 어조를 했다.

"내가 왜 너를 여태 지켜만 봤는데? 마음에 담은 정인이랍시고 난 너한테 함부로 안 했어! 아직 어린 너를 배려했었지. 천천히 그리고 정성껏 너를 봐왔어. 그런데 너한테 실망이야! 어떻게 그렇게 함부로 결혼식장에 들어갈 수가 있어?"

"남의 사정도 모르고……."

하나는 그냥 아무 대꾸도 하지 않을 셈이었다.

"너 정도면 결혼생활을 같이 할 수도 있을 것 같아.'

심장에 콕 박힌 강우의 말 때문에 내심 아팠다. 어떻게 그런 소리를 할 수 있단 말인가? 가마에 도자기를 굽듯이 가슴 뛰었노라는 고백을 하는 자신에게 그는 분명하게 '너 정도면.'이라는 말을 했다.

뭔가 가슴을 긁어대는 아픈 것에 예민해 있었다. 그런 차에 상현의 분노는 귀찮은 것이었다.

"선생님이 하신 일은 어린아이가 할 만한 유치한 일이에요."

"억울해서 그랬어! 미치도록 억울해서!"

상현이 와락, 소리를 지르고는 하나의 어깨를 부여잡았다. 깜짝 놀란 하나가 비틀거리며 몇 걸음 물러섰다. 상현은 얼굴이 붉게 달아오른 채로 계속 소릴 질렀다.

"화가 나더라. 김지현 선생한테 마구 따졌지. 당연하게도 아무 변명도 못 하시더군. 그래서 그랬지. 당신이 저지른 과오 덕분에 소하나가 전혀 관심도 없던, 이 세상에 있는지도 몰랐던 외간 남자와 결혼을 한 거라고. 근데 그 남자가 돈 많은 재벌인 게 문제였어. 그 인간은 순전히 돈을 가지고 있기 때문에…… 너를 차지한 거야."

"그런 거 아니에요!"

그녀의 반박에도 그치지 않고 상현은 여전히 어깃장을 부렸다.

"맞잖아? 표면적으로는 네 어머니의 불륜을 막고자 결혼하는 거라고 했지만, 너도 그 인간이 좋았잖아? 아니, 그 인간이 가지고 있는 것이 좋았던 건가?"

"선생님, 소하나는 속물이라고 쳐요. 근데요, 아쉽게도 장강우 그 남자는 아주 빠삭한 타입이라서요. 거기다가 눈도 높아서요. 저 같은 속물은 평생 배필이 될 수 없다는 것 같으니까 이 결혼생활도 곧 끝날 거예요."

그렇게 말하고 나서 하나는 문을 열어젖혔다.

야수?

먼저 나가지 않았나?

거짓말처럼 눈앞에 강우가 서 있었다. 이 남자가 되돌아왔구나. 솔직히 반가웠지만 하나는 시치미를 떼며 아는 체를 했다.

"왔어요?"

그러나 강우의 등장을 알지 못하는 상현은 그녀의 뒤에서 집요하게 따져 묻고 있었다.

"소하나, 너…… 확실한 거야?"

"……가지."

강우는 그녀의 가방을 덥석 잡아채더니 손을 내밀었다. 어라? 하나는 코앞으로 내밀어진 그의 손바닥을 보며 가만 눈치를 살폈다. 그것은 다분히 강우가 상현을 무시하는 저의였다. 아니나 다를까? 그가 나직한 말로 속삭였다.

"닭 쫓던 개가 지붕 쳐다보게 만들어볼까?"

그래, 그의 행동에 동참해야 한다. 가뜩이나 버거운 상현의 대치를 피하는 게 우선이니까. 하나는 그의 손을 잡았다.

"우리 하나는 제가 데리고 가겠습니다. 그럼, 또…….."

그들은 상현이 보는 것을 의식하며 나란히 손을 잡고 걸었다. 그의 손에 잡혀 걸으면서 그녀는 저 혼자 수많은 상념에 사로잡혔다. 이혼은 확실해. 그걸 빌미로 결혼했으니까.

제대로 사랑받고, 제대로 연애하는 감정을 가지고, 제대로 결혼하고 싶었는데…… 그런 감정도 없이 그냥 자버리고 말았으니.

그녀는 새록새록 억울했다.

이 남자는 섹스를 한 것에 대한 일말의 책임감이라도 생긴 것인지 '너 정도면 괜찮다.'고 하지를 않나, 암튼 엉망이다.

"……묻고 있잖아."

정신을 차려보니 강우가 그녀에게 말을 걸고 있었다. 어느새 집으로 돌아가는 그의 차 안이었다. 하나는 침을 꿀꺽, 삼키며 운전대를 잡은 그의 옷소매쯤에 시선을 두었다. 영문으로 그의 이름 이니셜이 새겨진 양복 소매가 헛헛한 가슴에 울음을 차오르게 할 만큼 울적하게 보였다.

"박상현 전수자하고 한우, 그쪽하고 말이야. 그러니까 어른들끼리는 이미 결혼 이야기가 있었던 거였나? 알고 있던 일이야?"

그녀가 아무리 도자기 외길 인생의 대표 주자라고 하는 소동일 도공의 딸이라고 해도 말이다. 어떻게 대한민국의 국보라고 할 수 있는 박운열 사기장의 수하에 들어올 수 있었겠는가? 그 내막에 대해 살짝 알고는 있었다. 자신의 아버지와 박운열 사기장이 모종의 거래를 한 것을 말이다.

모르지 않는다. 모른 척했을 뿐이다. 원래부터 존경하는 대상일 뿐, 상현은 스승이자 선배이자…… 아무튼 그를 일컫는 모든 수식어는 어마어마하게 하늘 같은 존재였다. 그 거리감은 이루 말할 수가 없었다. 한 번도 남자라는 생각을 따져볼 겨를이 없었다고나 할까?

"저기…… 집에는 언제까지 있을 거예요?"

"집?"

집이라는 말이 의외였나? 그는 그녀를 보았다가 다시 전방을 향했다가 하며 다소 황망한 표정이었다.

"원래는 신혼여행 끝나고 나면 계열사 호텔 프라이빗 룸에서 지

낼 거라고 그랬잖아요. 결혼생활 하는 동안에는 우리가 떨어져 지
낼 거라고, 한남동에는 나 혼자 기거하는 걸로 한다고⋯⋯."

"계획이 바뀌었어. 누구 때문이지."

어이가 없어진 그녀는 몸을 완전히 강우 쪽으로 틀었다.

"무슨 말이에요?"

"같이 지내자고."

"아니, 갑자기⋯⋯."

그는 자조적으로 웃었다.

"말 그대로야. 나쁘지 않을 것 같아."

"저기요, 상무님이 자꾸 이상한 거 알아요?"

"난 무언가가 시작되고 있는 것 같다. 그러니 네가 알아서 벗어
나보라고."

8. 문이 열리기를 기다리면 안 되나?

"무형문화재라는 것은 전승계보가 몹시 중요한 일입니다. 지금 유럽의 명품 도자기 시장에 밀려 우리 도자기가 많이 어려워요. 우리도 우리만의 절대 철학이 필요합니다. 전통의 나무로 만든 발물레를 시계방향으로 회전시켜 물레 돌리는 방법이 우리 장인의 기술이지요. 그런데 그거 아무나 못해요. 우린 따지고 보면 기능인입니다…… 자아, 이 정도만 하자."

"네에, 사기장님."

하나는 노트북의 키보드 위에서 춤추듯 손가락을 움직이던 것을 멈추었다.

박 사기장은 예술계간지의 서면 취재에 답변을 서술하는 중이었다. 원래 이 일을 해야 할 비서가 바쁜 탓에 하나가 돕는 중이었다.

하나는 사기장의 구술을 정리하여 메일을 전송하고는 일어났다.

"오늘도 야간작업 하겠니?"

"네에."

"그럴 것 없다. 너는 결혼한 몸이니 집에 들어가라. 낮에 하는 것만으로도 충분해. 이건 엄명이다. 그리고 전시회 전까지 컨디션 조절 잘 해야 한다. 너 지금 혈색이 엉망이야."

네에, 하고 대답해주고서 하나는 달항아리를 품에 안아 들고서 작업실로 향했다. 때마침, 퇴근을 하느라 그녀를 스쳐 지나가던 사기장의 비서가 은근해 보이는 웃음을 지으며 손가락으로 현관을 가리켰다. 왜요? 하듯 하나가 눈을 크게 떴다.

"남편분이 와 있어요. 국.민.상.무. 파이팅!"

그와 동시에 하나의 앞치마 주머니에 든 휴대폰이 진동을 했다.

"꺼내줄게요."

비서는 달항아리를 소중하게 안고 있는 그녀를 대신해서 앞치마 주머니 속에서 휴대폰을 꺼내주었다. 그것을 하나의 귀에 가져가자 강우의 목소리가 들려왔다.

-데리러 왔어.

벌써 오후 6시 40분이 지나 있었다. 하나는 새치름하게 변한 얼굴로 입술을 깨물었다. 하루 종일 붕 뜬 채로 머리와 손이 따로따로 놀았던 이유가 거기 있었다.

이 남자, 어떻게 해야 하나? 퇴근 시간에 맞추어 공방에 찾아오다니!

'나보고는 알아서 벗어나라더니.'

강우는 그랬다.

자신은 무언가가 시작된 것 같다고.

그러니 네가 알아서 벗어나보라고.

하나는 가방을 챙겨 들었다.

"실물이 훨씬 잘생겼어요."

아직 퇴근하지 않고 있던 비서와 학생들 몇이 현관 유리문을 향해 손가락질을 하며 수군거리고 있었다. 하나는 널따란 창 너머로 그를 보았다. 오래 저러고 있었나?

그는 차체에 등을 기댄 채로 팔짱을 끼고 서 있었다. 훤칠한 몸에 딱 맞는 검정색으로 보이는 짙은 슈트 차림에 무표정한 그의 얼굴이 완벽하리만치 잘나 보였다.

아무런 감정도 없이 억지로 결혼을 한 남자, 예기치 않게 섹스를 하고서 '너 정도면 같이 살아도 괜찮을 것 같다.'라는 말을 서슴없이 한 남자.

투명한 유리창을 통해 그녀는 갑자기 그와 눈이 마주쳤다. 흠칫, 놀라는 하나와 달리 그는 환한 미소를 지으며 몸을 똑바로 세웠다. 동시에 여자들의 한탄 섞인 환호가 터져 나왔다.

"난 몰라. 봤어?"

"어떡해. 웃는 거 봐봐."

좋으시겠어요, 라는 소리를 뒤로하고 하나는 얼른 현관문을 열었다. 왜 자꾸 찾아오고 그러지? 하나의 양 볼이 붉어졌다.

"가자."

그는 흘긋, 그녀의 손을 잡아챘다. 에구, 귀여운 것! 강우는 하나를 보조석에 태운 다음에 자신도 운전석으로 가서 앉았다.

안 건드려요, 레이디.

생각 같아서는 확 키스해버리고 싶었다. 그의 아랫도리는 진즉부터 팽창하여 그녀를 원하느라 아우성이었다. 어제부터 하나는 토라진 얼굴이었다. 그러나 그는 분명히 들었다. 가마의 불을 이야기하며 강우를 향해서도 가슴이 뛰었노라고 말하는 그녀의 고백을 말이다.

분명 호감일 것이다. 그런데 그다음에 이어진 하나의 서늘한 행동에는 이해가 가지 않았다. 그는 어차피 서두르지 않을 결심이었다.

원래부터 그는 여자에 대해서 희망이 없다고 단언했었고, 또한 이 감정이 진짜라는 확신도 적었던 탓이다. 저 녀석과는 처음이라 그래. 지금 내가 잠시 맛이 갔는지도 몰라.

아이러니하게도 그것은 진심이었다. 하나와 이혼하지 않고 계속 부부로 지내는 일이 나쁠 것 같지 않은 마음 말이다.

"배고프지?"

하나는 대답이 없었다. 그녀가 시큰둥한 것에도 아랑곳하지 않고 강우는 멋대로 차를 몰아서 근처의 스테이크를 전문으로 하는 식당으로 갔다. 그곳은 그의 고등학교 동기가 운영하는 레스토랑이었다. 미리 친구에게 언질을 한 덕분에 근사한 요리를 하나에게 먹일 수 있을 것 같았다.

감정을 살랑살랑 간질이는 것 같은 피아노 선율을 타고 맛난 음식 냄새가 후각을 자극한다. 나이프가 챙, 하고 와인 잔에 살짝 부딪쳐내는 소리와 조곤조곤 이야기를 나누는 사람들의 기척들, 천장이 높은 탓에 길게 내려온 조명등이 상대방의 얼굴을 조금 다른 빛으로 보이게 한다.

하나는 제 앞에 앉아서 자신을 뚫어지게 바라보는 강우의 시선이 어색했다. 그의 얼굴이 불그스름한 간접조명에 의해 유달리 생경스럽게 보이는 것도 뺨을 화끈하게 만든다. 뭐랄까? 날것의 느낌이 그에게서 폴폴 나고 있었다.

언제부터인지 정확하게 알지는 못하지만 하나는 그에게서 물씬 맡아지는 수컷의 냄새가 버겁기만 했다. 게다가 그는 그녀에게로 환하게 빛나는 등불을 깜박이고 있었다.

"분위기 어때?"

강우는 자신만만하게 턱을 치켜든 폼이 사뭇 자신 있다는 태도였다.

"괜찮아요."

"괜찮기만 해?"

뭔가 더한 것을 원하는 것 같은 질문에 하나는 어쩔 수 없이 속마음을 이야기했다.

"좋아요."

마음을 차분하게 해주는 은은한 피아노 소품과 함께 하루를 잘 마감한 것 같은 안도감이 한데 어우러져 좋은 저녁 시간을 보장하는 것 같았다.

"취미가 뭐야?"

그가 문득 물어왔다. 올리브 소스에 버무려진 키위를 포크로 짓이기던 하나는 화들짝 놀라서 그를 다시 보았다.

"그런 걸 왜?"

"내가 뭐 잘못했나?"

그녀의 주춤거리는 표정을 보고 강우는 불안한 기색을 드러냈다.

"아니, 조금 이상해서요."

"뭐가?"

"원래 상무님은 나한테 관심 같은 거 없었거든요? 갑자기 기억상실이라도 걸린 것처럼 사람이 달라진 것 같아요."

"……관심 생겼어."

툭, 하고 하나의 손에서 포크가 빠져나갔다. 고개를 숙이면서 손끝으로만 포크를 찾아 쥐는데 그 손에 뭉클, 강우의 손이 잡혔다. 그가 하나의 손을 붙잡고 놔주지 않은 채로 잠시 적막이 흘렀다.

"네가 궁금해."

"궁금해할 것도 없어요. 그저 도자기에만 미쳐 있는 아이라고 알고 있으면 돼요. 다른 건 아무것도 없으니까요."

"그것만이 아니지. 소하나는 아침잠이 많더라. 고집이랄까, 자기 주관도 세서 옷은 자기가 가져온 것들로만 입고 다니지. 그렇게 안 봤는데 잠자리에서는 아주 뜨겁고……."

"모험 좋아해요?"

그에게 잡힌 손을 빼내며 하나가 슬그머니 그를 보았다. 그 와중에 두 사람 앞에 스테이크가 놓여졌다.

"한 번도 가본 적이 없는 길을 가는 것은 위험한 일이잖아요?

뭐가 나타날지 알 수 없는 데다가 순식간에 삶의 균형이 깨지고 말아요. 그러니까 내 말은요…… 모험 같은 거 하고 싶지가 않네요."

소고기 안심 스테이크를 썰며 하나는 될 수 있으면 무심한 어조를 했다. 솔직히 그에게 하고 싶은 말이 목구멍에 걸렸다. 당신하고는 이혼하고 말겠다고, 가까워지지 않겠다고, 내가 다치는 일은 하고 싶지 않다고, 그렇게 말하고 싶었다.

"왜 그렇게 못 썰어? 이리 줘봐."

강우는 그녀의 접시를 제 앞으로 옮기더니 칼질을 하기 시작했다. 하나는 그의 손을 물끄러미 보며 계속 말을 이었다.

"이게 모험이지 뭐예요? 생판 모르는 남자와 결혼식을 하고 지금은 공식적으로 유부녀가 되어 있는 거요. 하지만 끝이 정해져 있으니까 그걸 희망 삼아 살고 있어요."

"난 모험 좋아. 어떤 변수든지 오라고 해. 나는 뭐가 됐든 나한테 이롭게 바꿀 자신이 있거든."

"그건 상무님이니까 가능한 거고, 나는 아직 모험을 하고 살 여유가 없어요. 평온한 일상, 그리고 아무 일도 일어나지 않을 것처럼 조용한 하루를 원해요. 그 안에서 그릇을 만들어낼 거예요. 운이 좋으면 사람들은 평온한 도공의 손에서 만들어진 그릇을 알아볼지도 몰라요."

"나를 못 믿겠어? 도자기만 사랑한 아내를 못 견뎌서 내가 떠나기라도 할까 봐?"

하나는 입을 꽉 다물고 있었다. 그것을 긍정으로 알아들었는지 그가 입꼬리를 한쪽으로 길게 늘이며 재차 물어왔다.

"그래? 그렇단 말이지?"

"……식사하세요."

강우는 일정한 모양으로 고기를 썬 스테이크 접시를 그녀 앞으로 놓아주었다. 하나는 그의 얼굴을 미심쩍은 표정으로 건너다보았다. 그는 즐겁고 유쾌해 보였다. 조금 어이가 없다. 이 남자는 정말 내 심정을 이해하지 못하고 있는 건가?

그때 강우의 동창이라는 셰프가 다가왔다. 셰프는 강우와 몇 마디 말을 주고받더니 하나에게 눈인사를 하고는 사라졌다.

"나 실례 좀 할게."

디저트가 나왔을 때에 강우는 냅킨을 빼내면서 자리에서 일어났다.

잠시 후에 하나는 어리둥절했다. 영국식의 빈티지한 소품으로 인테리어를 한 무대에 강우가 색소폰을 들고 서 있었다.

'저 남자는 자신이 누구보다 멋진 남자라는 것을 잘 알고 있어.'

그는 양복저고리를 벗은 채로 눈처럼 흰 드레스셔츠의 소매를 두어 번 접어 올린 모습이었다. 하나는 주변의 사람들이 환호하며 박수를 치는 것을 의식해서 얼굴이 빨갛게 달아올랐다.

"하나, 다 보여. 박수 안 치고 뭐 해?"

강우가 그녀에게도 박수를 치라고 강요하고 있었다.

'왜 저러지?'

사람들이 집중하는 것을 즐기지 않는 탓에 하나는 몹시도 부끄러운 가운데 기계적으로 박수를 쳤다. 다소 의기양양한 가운데 강우는 멋들어지게 연주를 해냈다. 색소폰에 문외한인 하나가 듣기에도 썩 좋았다.

한 곡을 마치고 났을 때에 사람들이 일어나서 박수로 화답했지만 하나는 꼼짝하지 않았다.

"맘에 안 들어?"

그는 무대에서 내려와 하나에게로 걸어왔다. 하나는 멍하니 그를 바라보았다.

"항상 그랬지만 우리 와이프가……."

그는 무릎 하나를 꿇고 앉아서 그녀의 손을 움켜쥐었다.

"오늘 유독 예쁘다."

홍당무가 된 얼굴로 주변을 살피니 식당 주인이라는 셰프가 캠코더로 동영상을 찍고 있었다. 사람들이 키스해, 키스해, 라고 한목소리를 냈다.

"설마…… 안 돼요."

그녀의 엄중한 눈빛에 강우가 손등에 쪽, 소리를 내며 키스했다. 그래 놓고 일어나더니 하나의 어깨를 잡아 제 품에 당겨 안았다.

"저기, 상무님."

당황한 하나가 그를 뿌리치려고 했으나 역부족이었다.

"잠시만 안고 있자."

그가 하나의 머리카락에 입술을 묻었다. 온몸에 소름이 쪽 끼치는 것 같아서 하나는 눈을 감으며 그를 타박했다.

"이렇게 공개적으로……."

"잠시만, 잠시만 참아. 사람들이 보고 있어."

아닌 게 아니라 저마다 사람들은 휴대폰 카메라로 사진을 찍고 있었다. 강우는 그녀의 머리카락에 뜨거운 숨을 뱉더니 중얼거렸다.

"조금만 나를 겪어봐. 그래 놓고 싫은지 좋은지 결정해도 돼."

"알았으니까 그만 떨어져요."

어쩔 수 없이 하나는 고개를 끄덕거렸다.

서둘러 차를 달려 집에 당도했다. 아까부터 강우는 호흡이 가빠라졌다. 역시 강우는 제 자신을 억제할 수가 없었다. 남자의 욕망이 전부라는 듯이 행동하지 않겠다고 고민했던 것이 모두 헛수고였다.

"상무님, 읍……."

허겁지겁 현관문을 닫자마자 하나의 몸을 벽으로 밀어붙였다. 얼마나 원하던 순간인가?

"상무님, 저어……."

"가만히 있어봐."

기겁을 하며 그를 떼어내려던 하나는 그의 키스에 말이 막히고 말았다. 헉헉, 하고 다급한 숨을 토하며 강우는 한 손으로는 하나의 뒤통수를 잡고 다른 손으로는 제 허리 벨트를 끌렀다.

"도와줘. 내가 너무 급해서 그래."

그는 하나의 입에 혀를 밀어 넣으면서 원피스 아래로 손을 집어넣었다. 속바지와 팬티를 한꺼번에 끌어 내리고는 맨살을 더듬었다.

"알겠는데요. 너무 서두르지……."

하나가 당황하여 그의 어깨를 밀어냈지만 소용없었다. 그는 그녀의 속으로 손가락을 집어넣었다. 아직은 촉촉함이 덜했다. 그러나 그는 급해도 너무 급했다. 차라리 맛이나 보지 말 것을, 한 번 맛본 그녀의 몸은 그를 욕망으로 달뜨게 했다. 그는 하나의 입술에 게걸스럽게 키스하며 저항을 늦추기 위해서 기를 썼다.

"……도와줄 거지?"

그는 끈질기고도 성의 있게 클리토리스에 손가락질을 했다. 불끈해서 서 있는 물건이 요동을 치며 어서 들어가게 해달라고 애걸하는 것을 이 악물어 참으며 그는 그녀 몸에서 물기가 돌기를 기다렸다.

"괜찮은 거지? 한다……."

어느 정도 질척해진 것을 확인한 그는 성급하게 그녀 안으로 진입을 했다.

"아…… 핫!"

"욱, 소하나!"

젠장, 하고 욕이 씹혀졌다. 하나의 속으로 들어가자마자 뜨겁고도 부드러운 그곳은 그의 물건을 환영하듯이 맘껏 옥죄어왔기 때문이다. 그는 하나의 다리를 들어 올려 제 팔에 걸쳤다.

이로써 더욱 움직이기가 편해졌다. 팍팍, 그는 하나의 속을 치대며 호흡을 골랐다. 하나 또한 그의 목에 팔을 두르며 흐느끼듯 신음했다.

"아픈…… 거 아니지?"

질벽을 자극하며 꿰뚫을 듯이 치고 들어갔다가 빠지는 그의 피스톤질에 하나가 잔뜩 느끼는 것을 알았다.

"안 아파요."

이르게 사정감이 몰려왔지만 그는 이를 악물었다.

"하고 싶어 죽는 줄 알았어."

"으응, 응, 으흑……."

그의 뜨거운 속삭임에 하나가 쉴 새 없이 신음하더니 급기야 비명을 내질렀다.

"아앗!"

"벌써 그러면……."

그는 하마터면 사정을 할 뻔했다. 오르가즘에 의해 하나의 질벽은 움찔거리며 그를 자극하고 있었다. 그는 급격한 사정감을 떨치기 위해 하나의 입술에 키스를 했다. 축축한 입술을 벌려 그 안으로 혀를 들이밀자 하나는 괴로운지 그를 깨물 것처럼 힘을 주었다.

"으응, 으으, 으……."

"너무 좋다, 소하나."

그녀의 혀를 맛보며 타이르듯 입 안 구석구석을 쓸어댔다. 하나의 몸이 자꾸만 쓰러질 것처럼 힘을 잃었다. 할 수 없이 그는 하나의 몸을 그대로 들어 올렸다. 아직 서로의 몸이 연결이 된 채였다.

성큼성큼, 걸음을 옮겨 그는 침실로 향했다. 걸음을 걸을 때마다 속을 거침없이 들쑤시는 그의 페니스 때문인지 하나가 숨 가쁘게 비명을 삼켰다.

"아, 어떡해. 아아……."

"침대는 또 왜 이렇게 먼 거야?"

처음으로 넓은 집이 원망스러웠다. 결국 침실까지 가기는 글렀다고 판단했다. 그는 그녀를 소파에 눕혀놓고는 그대로 몸을 겹쳤다. 이제 가차 없는 속도로 그녀의 안을 공격하기 시작했다.

퍽퍽, 살과 살끼리 부딪치며 내는 소리가 제법 컸다. 눈앞이 아찔해지면서 그는 급박한 느낌에 숨을 삼켰다. 안 되겠다, 사정할 것 같았다.

"……우욱!"

최고의 인내심을 발휘해서 그녀의 몸 안에서 제 페니스를 끄집어냈다.

꿀럭꿀럭.

움찔, 몸을 떨며 강우가 하얀 정액을 뿜어냈다. 하나의 허벅지를 타고 흐르는 그것은 진한 냄새를 풍겼다.

하아하아.

둘 다 백 미터를 전력질주한 사람들같이 숨을 골랐다. 강우는 하나의 들춰진 원피스 천을 잡아 위로 벗겨냈다. 그 안의 티셔츠며 속옷까지 벗겨내고는 봉곳이 솟은 유방에 입을 맞췄다.

"이러려고 고기 먹였어…… 요?"

"또 있지. 이러려고 색소폰도 불었잖아."

그가 그녀의 얼굴 쪽으로 입술을 옮겨갔다. 우선 입술에 쪽, 키스를 하고 귓바퀴를 살짝 깨물었다.

"……힘들어?"

"아뇨, 그다지."

하나가 흠칫, 몸을 떠는 사이에 그는 낮은 음성으로 타이르듯 속삭여주었다.

"그럼, 한 번 더 해도 되지?"

"미쳤어요?"

하나의 눈동자가 흥분으로 인한 열기로 젖어 있는 것을 보며 강우는 웃었다.

"너는 가만히 있으면 돼. 내가 다 알아서 할게."

강우와 하나의 결혼으로 인해 가장 흐뭇해하는 장본인은 아무래도 재훈이었다. 그는 신혼부부가 무사히 허니문을 다녀온 것을 기념하는 바비큐 파티를 기획했다. 그 덕분에 토요일 오후에 자리가 성사되었다.

강우는 회사 일이 밀려 늦는다는 언질이 있었다. 해서 '귀한 며느늘아기'가 예뻐 죽겠다는 시선으로 술을 권하는 재훈의 상대를 하나 혼자 해내는 중이었다. 아니, 달리 말해서 그녀는 시아버지의 관심과 애정을 독차지하고 있었다. 축구를 해도 될 정도의 잔디밭이 펼쳐진 뒷마당의 나무 그늘 밑에서 재훈은 여자들을 위해 손수 고기를 구웠다.

처음엔 조심스럽고 거북하기만 했던 하나는 차츰 화기애애한 분위기에 동화되어갔다. 아무래도 두 팔 걷어붙이며 고기를 굽거나 음식 시중을 드는 시아버지의 공로가 컸음은 말할 것도 없었다.

그러나 애주가이기도 한 재훈은 어느 정도 고기로 허기가 가신 하나에게 자꾸만 술을 권했다. 결국 뒤로 빼는 것도 어느 정도지, 이건 예의가 아니다 싶은 그녀는 딱 한 잔만, 이라는 조건으로 술을 받아 마셨다.

크으, 쓰다!

목구멍으로 넘어가는 따갑고 알싸한 술은 그녀를 어느 정도 알딸딸하게 만들었다. 그녀는 거푸 몇 잔째를 이어갔다.

"긴요하게 드릴 말씀이 있습니다. 잘 들으셔야 해요, 저는 오늘 폭탄을 터트릴 거예요."

어른들의 불륜으로 시작된 결혼, 그리고 ……큰일이다, 강우가 좋아졌다!

"혹시, 강우가 못되게 구니?"

"그런 거야? 사실, 그 녀석이 보통 까칠한 물건이냐고? 그러냐, 아가야?"

애라와 재훈이 조심스레 물어왔다. 지현도 침을 꿀꺽 삼키며 긴장한 기색이었다. 이윽고 고요한 침묵이 감도는 가운데 진짜 폭탄이 터졌다.

"이 남자 너무 매너가 좋아요. 여자한테 진짜 잘해요."

"아우, 이것이? 곱게 취할 일이지, 어른들 앞에서 민망하게……."

지현은 바로 딸아이의 어깨를 퍽, 쳤다. 그러자 재훈과 애라가 동시에 그녀를 뜯어말렸다.

"어허, 귀여운데 왜 그래?"

하나가 한 손으로 어깨를 감싸 쥐며 항의를 하기 시작했다.

"엄마는 엄마 딸이 어떤 맘으로 결혼했는지 모르지? 그리고 이 제야 알았어요. 내가 눈에 넣어도 안 아픈 딸이란 말은 모두 거짓 말이었던 거야. 그것도 모르고 나는 경주로 수학여행 가서도 내가 쓸 돈을 아껴가며 비싼 자석 목걸이나 사다 바치고 말이야…… 아 빠한테는 가장 싸구려인 석가탑 열쇠고리를 선물한 게 지금 와서 너무 억울해요. 그리고요, 제 남편은 가짜예요. 우린 시한부 결혼을 하고 있다고요. 근데, 어떡해요? 이 남자가 너무 잘해주는 거야. 그건 반칙이잖아?"

"아니, 이것이 지금 무슨 소리를 하는 거야?"

지현의 손이 매섭게 위로 치켜올려졌을 때였다.

"아무리 자식이라고 해도 폭력은 금물입니다."

어느새 강우의 목소리가 끼어들었다. 강우는 지현의 높이 들려 있는 팔을 붙잡아 밑으로 내렸다.

"누가 또 술을 권했나?"

강우는 이번에는 몸을 돌려 하나의 발치로 무릎을 꺾어 앉았다. 그는 하나의 얼굴을 들여다보며 다정하게 말했다.

"술 마시면 안 된다고 했던 것 같은데?"

"이보게, 큰일났네. 술에 취해서 이 아이가 뭐라고 했는지 아나?"

확 분기가 터졌는지 지현이 언성을 높였다. 강우가 팔을 들어 지현 쪽으로 흔든 다음에 다시 한 번 하나의 얼굴을 유심히 보았다.

"……취했네, 하나. 들어가 있을래?"

하나는 고요히 앉아 있기만 했다. 조막 만하게 작은 얼굴에 홍조가 한가득이었다. 포니테일로 틀어 묶은 탓에 잔머리가 흘러내리듯 수그리고 있는 얼굴을 감싸고 있었다. 그는 하나의 흐트러진 머리카락들을 정리해 귀 뒤로 넘겨주고는 뺨을 어루만졌다. 그녀가 어눌하게 중얼거렸다.

"우리가…… 왜 결혼하게 되었는지…… 진실을…… 내가 폭탄을 던졌는데요."

"알아들었어. 내가 해결해볼게. 넌 안에 들어가 있어."

그는 하나의 뺨을 만지던 손으로 그 머리를 감쌌다. 소중하다는 듯이 그녀의 머리를 제 얼굴 쪽으로 끌어당겼다. 이처럼 강우의 스스럼없는 애정 표현에 두 눈이 휘둥그레진 재훈 부부, 반면에 붉으락푸르락 달아오른 지현의 얼굴이 제각각 가관이었다.

"야, 소하나! 네가 뱉은 말에는 책임을 져야지! 얼렁뚱땅 넘어가겠다는 거야?"

지현이 버럭, 소리를 지르자 강우가 하나의 이마에 쪽, 키스를 하고는 누구에게랄 것도 없이 일렀다.

"조금 상황이 여의치 않습니다만, 제가 다 설명하겠습니다."

다시 쑥대밭처럼 고요함이 찾아든 가운데 그들 중의 대표인 것처럼 재훈은 헛기침을 하며 답했다.

"됐어, 나도 다 인지하고 있는 사실이다. 너희들이 어떤 연유로 결혼했는지 말이야. 다만, 너희가 생각하는 그런 건 아니다."

이 대목에서 장 회장은 고개를 빳빳이 세웠다.

"아들에게 신뢰와 믿음이 단번에 깨지게 된 것은 안타까운 사실이지만 나는 솔직히 그 점을 이용했다. 일이 이렇게 되려고 그랬는지 그날 호텔 지하 바에서 하나 엄마와 우리 메세나 사업에 딸아이를 쓰고 싶다는 논의를 하고 있었다. 공교롭게도 그 자리에 있던 채춘수 기자가 와서 네가 웬 여자를 업고 룸으로 올라갔다고 알려 오더라. 그러면서 넌지시 딜을 요구하더군. 기사화시킬까요, 아니면……. 그래서 이기철 대리를 통해 알아봤지. 이럴 수가, 하늘이 내 편이었어. 네가 스위트룸으로 업고 올라간 여자가 바로 소하나라는 거야. 옳지, 잘됐다! 나는 어깨춤이라도 추고 싶었어. 그리고 너하고 하나를 확실히 결혼시키기 위해 의심을 받고 있는 것을 알면서도 일부러 가만히 있었다. 됐냐?"

"저도 제 의심으로 끝난 것을 나중에야 알았습니다만……."

강우의 말에 다들 일제히 뭐야? 하고 한목소리를 냈다. 강우는 하나의 부르튼 입술에 손가락을 가져가 문지르며 유유자적한 눈빛으로 입을 뗐다.

"그 해프닝으로 인해 이 여자와 결혼한 것을 감사해하고 있고요."

그는 하나의 얼굴을 양손으로 감싸더니 혼잣말을 했다.

"근데, 애가 왜 이래? 얼마나 마신 거야, 대체?"

하나는 영문을 모르겠다는 얼굴로 눈물을 글썽였다.

"……후회해요. ……결혼 따위는 하는 게 아니었는데."

"그랬어?"

강우는 하나의 눈꼬리에 맺힌 눈물을 손가락으로 훔쳐내더니 혼자 싱거운 표정으로 웃었다. 그러나 어른들에게 고개를 돌렸을 때는 경직되어 있었다.

"이상, 그럼 먼저 가보겠습니다."

재훈이 만류하고 나섰다.

"그냥 가지 마라. 정 가려거든 위층으로 올라가거라. 잊었느냐? 마침, 내일 일요일에는 일가들이 너희들 보러 온다고 했다."

"그래, 자고 가. 어차피 새벽같이 와야 하잖아. 어이, 아들. 너 하나가 하는 말 들었어? 이혼할 거면서 네가 너무 잘해준단다."

애라의 말에도 강우는 아무 대답도 없이 아내의 팔을 제 목에

326

두르고는 번쩍 안아 일으켰다.

"부인, 안 일어날 거야?"

부인?

나를 부인이라고 부르는 사람은 누굴까?

누굴…… 까는 무슨! 강우, 그가 분명했다. 아주 한 이불 속에서 같이 자게 된 뒤로 무슨 남자가 성대에 참기름을 발랐나, 음침한 목소리를 하고는 느끼하게 자신을 부른다. 뿐이냐? 그녀의 몸에 사탕같이 달콤한 게 묻었는지 구석구석 물고 빨고 아주 장난이 아니다.

"안 일어나? 그럼, 이건 어때?"

가슴부터 복부까지 쓸어내리며 그 손이 속옷의 밴드를 지분거리기 시작했다.

그러자 으으, 하고 하나의 입에서는 신음이 토해졌다.

왜 이렇게 온몸이 무거운 걸까? 더더군다나 머리가 깨질 듯이 아프다. 타는 것 같은 갈증도 한몫해서 너무 괴로웠다.

이것은 다름 아닌 숙취의 고통이었다. 그럼 그렇지, 또 마셨나 보다. 아니, 바꿔 말해서 또 사고 친 것은 아닌지? 무거운 눈꺼풀 위로 빛이 스며들어 절로 미간이 찌푸려졌다.

"어쩐다? 일어나야 하는데?"

알고 있다. 자신의 뇌리도 기상 시간이 왔다는 것을 충분히 인지하고 있었다. 그러나 지금 그녀의 몸은 오감이 무딘 데다가 가장 뚜렷하게 느껴지는 단 한 가지 감각은 관자놀이의 편두통뿐이었다.

"……아파?"

이마 위로 손바닥이 닿았다. 그 손은 어지럽게 흐트러진 머리카락을 정돈하더니 결대로 쓰다듬기 시작했다. 하나는 힘겹게 그의 손을 치워냈다. 입에서 절로 앓는 소리가 나왔다.

"물 줘?"

어찌 알았는지 그가 물을 준다고 했다. 하나는 입술을 달싹거렸다. 얼마 후에 그가 키스를 해왔다.

"뭐 하는 거……."

꿀꺽, 하며 다음 말이 물과 함께 삼켜졌다. 그가 입에 물을 머금고는 자신의 입술에 키스를 했다는 사실을 알았다. 그녀가 당황해서 눈을 크게 뜨자 그가 짓궂은 웃음을 삼키며 손등으로 제 입가를 훔쳤다.

"우린 신혼부부니까 이 정도쯤은 허용해줘야지."

신혼부부는 이렇게 물 마시나 보지? 따지고 물을 겨를도 없이 하나는 그저 물을 받아 삼켰다. 대여섯 번의 키스가 이어진 후에야 어느 정도 해갈이 된 것을 느낀 하나는 용건 끝났다는 듯이 몸을 돌렸다.

"서운해."

그의 중얼거리는 소리를 모른 척하며 베개로 귀를 막으려는데 그가 그것을 휙 잡아챘다.

"더 잘 거야? 우리 부부를 보러 사람들이 몰려온다고 했는데?"

웅얼웅얼, 모기가 우는 것같이 소리는 가까웠다가도 멀어졌다. 무서운 잠 속으로 빨려 들어가는 징조였다. 이내 젖은 입술이 그녀의 이마에서 쪽, 소리를 냈다가 떨어졌다. 그녀에게 졌다는 듯이 그가 나직하게 웃었다.

"그래, 더 자라."

돌아누운 그녀의 엉덩이를 마치 아기한테 하듯 그가 툭툭 쳐주었다.

"……하지 마요."

"아이고, 귀여운 것! 너 같은 딸이 있었음 좋겠다."

그러면서 그녀의 어깨부터 해서 팔꿈치까지를 부드러운 손길로 쓸어내기 시작했다. 이 남자는 자꾸 왜 이러는 걸까? 하나는 착잡한 한편으로 가슴이 동당거렸다. 하지만 그녀는 꼭 감은 눈을 뜨지 않았다.

"신혼부부 놀이, 재미있군."

자장자장, 하고 그의 나지막한 자장가 소리와 함께 손바닥이 가만 엉덩이를 두드리기 시작했다. 그것까지 참지 못한 그녀가 이번엔 다시 몸을 그쪽으로 돌렸다.

"자장가 부르지 마요."

"알겠습니다, 부인."

그녀의 퉁명스러운 타박에도 그는 여전히 기분 좋은 모양이었다.

"그렇게 부르지도 마요."

"한우…… 라고 불러?"

그가 주춤, 머뭇거리며 물었다.

"차라리 그러는 게 낫겠어요."

얼마나 시간이 흐른 걸까?

"이젠 진짜 일어나야 해, 부인."

하나는 아래의 수풀을 더듬는 손길에 후다닥 눈을 떴다. 그러고는 강우의 얼굴을 보았다.

"설마, 또 하려고요?"

"이러니까…… 정신이 드나?"

그가 한쪽 입꼬리를 씨익, 올리며 그녀의 이마에 흐트러진 머리카락을 쓸어주었다. 그는 면도를 하고 제대로 정장을 갖춰 입은 모습이었다. 그에게서 희미하게 쉐이빙 로션의 향이 상쾌하게 맡아졌다.

"어디 안 좋은 거 아니지? 머리 아픈 건 어때?"

"술…… 그놈의 술, 나빴어."

"설마 나한테도 유감 있는 건 아니겠지?"

"야수님한테도 유감……."

그녀의 퉁명스러운 말을 막으며 강우가 웃었다.

"어떡하나, 부인? 아래층에 전부 모였어. 내가 여태껏 시간을 벌어뒀는데 이젠 어쩔 수가 없게 되었어. 우리 일가친척들이 너무 보고 싶대."

하나는 몸을 벌떡 일으켰다. 그렇다, 여긴 시댁이 아닌가?

"어떻게? 지금 몇 시예요?"

"점심 먹기 전."

"오, 마이 갓!"

하나가 낭패했다는 얼굴인 것을 보고 그가 손을 내밀어 어깨가 드러난 맨살을 매만졌다.

"안심하라고, 여긴 홈그라운드이고, 고로 내가 주인이기도 하니까."

"어떻게 그래요? 나에게는 엄연히 회장님하고 사모님 집이에요. 몰라요, 어떡해. 엄마가 오늘은 꼭 한복 입으랬는데."

"소하나가 한복 차림이면 다 씹어버리지. 자아, 내가 도와줄게."

그가 하나의 두 손을 끌어 침대 아래로 내려오게 했다.

"내가 이제부터 술을 마시면 소하나가 아니라, 개하나다!"

"그거 어쩌면 옳은 말이야."

"지금 농담할 때가 아니잖아요?"

"씻어줄게."

하나가 안색이 싹 변하는 사이에 이미 강우는 제 양복저고리를 벗으며 넥타이에 손을 대고 있었다. 이대로라면 욕실에 같이 들어갈 판국이었다.

"그만 좀 하시지요. 그나저나 어제 술 마시고 무슨 실수라도 한건 아닌지 몰라."

"실수랄 것까지는 없고, 그저 우리 회장님과 장모님 앞에서 우리 부부는 가짜라는 소리를 한 정도랄까."

어머, 하고 하나의 입에서 비명이 터져 나왔다.

"어떻게 그게 실수가 아니라고 해요?"

강우는 나무 밑동처럼 만들어진 테이블에서 티 포트를 들어 잔에 따랐다.

"진정하고 마셔."

"진정하게 됐어요? 나 이제 어떡해요?"

하나는 자신이 입은 것만도 못한 슬립 차림이라는 것을 의식해서 서둘러 주변을 살피며 허둥거렸다. 강우가 제 것인 하얀색의 반팔 티셔츠를 그녀의 머리 위로 씌워주고는 타이르듯 말했다.

"꼭 한 번은 짚고 넘어갈 일이었어. 너는 두 분의 불륜을 사실로 믿고 있었잖아."

티셔츠에 팔을 꿰며 하나가 눈을 둥그렇게 떴다.

"가만, 무슨 말이 그래요? 사실로 믿고 있었다니? 사실…… 이잖아요?"

강우는 하나의 기다란 머리카락을 옷 속에서 빼내주며 단호하게 대답했다.

"아니었어!"

……아니라고?

하나의 얼굴이 일그러졌다. 내가 아직 술이 덜 깬 건가? 강우는 차를 따라낸 잔을 그녀의 손에 쥐여주었다. 그것도 의식하지 못할 만치 그녀는 의아한 얼굴로 그를 뚫어지게 살피고 있었다.

"마셔. 머리 아픈 데는 도움이 될 거야."

"말해봐요. 사실이 아니라니요? 우리가 어떻게 결혼했는데……."

강우는 그녀를 자단나무 의자에 앉히고는 잔을 입술에 대주었다. 일단 하나는 그것을 꿀꺽 삼켰다. 커피인 줄 알았는데 그것은 달고 쌉싸래한 칡차였다.

"차근차근 말해보세요. 장난하지 마시고요. 사실이 아니라니? 그게 무슨 뜻인지 모르세요?"

강우는 하나의 맞은편에 앉고는 자신도 찻잔을 입으로 기울였다.

"나도 결혼하고 나서야 안 사실이야."

아!

하나는 한 손으로 제 가슴의 옷깃을 움켜쥐었다.

"……확실해요?"

"두루두루 정황이 그래. 오해할 수밖에 없었어. 그리고 내가 헛짚은 것도 없지 않아 있지만 우리 회장님의 간계에 넘어갔다고 표현하는 게 더 정확해."

"없지 않아 있지만…… 무슨 말이 그래요?"

그가 한 말을 되뇌던 그녀의 얼굴이 순식간에 새하얗게 질렸다.

"이보세요, 장강우 상무님! 이건 아니지요. 내 결혼은 굴욕적이었어요. 그렇게 쉽게 말씀하시면 안 돼요."

이게 뭔가?

나는?

내 결혼은? 아니, 내 인생은?

"단순 해프닝이었어. 하지만 그 일을 계기로 결혼한 일은 후회 안 해."

후회 안 해?

하아, 하고 하나는 실소를 터트렸다.

"상무님, 지금 떳떳하지 못해야 하는 거 아닌가요?"

"내가 떳떳하지 못할 이유 없는데? 특히 너에게라면 더욱."

"……사랑도 없이 했잖아요."

그거? 강우가 툭 웃었다. 하나는 가만히 입술을 깨물었다. 유들유들하게 웃어넘기는 그의 얼굴에 하나는 아쉽고 마음이 아팠다.

이 남자를 사랑하는 사이로 만났더라면?

이 남자가 정말로 나를 순수하게 사랑해서 시작한 관계라면?

그런 것들이 못내 아쉬운 마음이라서 분하고 서러운 마음을 누가 알까?

"넌 그게 중요해?"

그가 양팔을 벌리며 하나를 보았다.

"이리 와봐."

지극히 다정다감한 미소에 하나는 억장이 무너지는 기분이었다.

"사랑 없이? 정말 그렇게 생각해? 너, 나한테 안겨봐 놓고도 그런 말을 해?"

"본능이잖아요. 그리고 내가 술 취한 김에 허물어진 거고요. 아무튼 사랑은 아니지요. 잊지 마세요. 상무님은 애초에 나하고 가정 만들겠다고 결혼한 게 아니랬어요. 혹시라도 내가 평생 와이프로 달라붙을 것 같으니까 변호사하고 이혼 계약서 작성해서 나한테 들이댄 사람이 누군데요? 그래 놓고서 잠 한 번 잤다고, 섹스 좀 했다고 그걸 사랑이라고 엮어요?"

말을 하던 중간에 눈물을 삼켰지만 하나는 할 말을 다 하고야 말았다. 뭔가 한 대 얻어맞은 모양으로 강우는 가만히 있었다. 하나는 다그쳤다.

"당신은 당신 입으로 본인은 계산이 빠삭한 장사치라고 했었어요. 그게 맞았어. 나 소하나는 빚더미에 앉은 도공의 딸인 데다가 나이도 어리고 매력적인 여성도 아니고…… 할 줄 아는 것이라고는 흙 만지는 것밖에는 없으니까 당신의 와이프감으로는 영 아니다 싶었건 거예요."

"젠장, 말이면 다야?"

그가 의자에서 몸을 일으켜 세우며 숨을 거칠게 몰아쉬기 시작했다. 하나는 저도 모르게 턱에 힘을 주면서 눈물이 고이는 것을 애써 참았다. 강우는 잠시 제 자신을 추스른 듯했다. 몇 초간 두 눈을 모아 뭔가를 깊이 생각하는 것 같더니 그가 갑자기 바닥에 한쪽 무릎을 꿇고 앉았다.

하나의 얼굴에 어리둥절한 기색이 완연한 순간에 그가 손을 내밀었다. 하나의 손을 잡아 제 입술에 대더니 그 손등에 키스하고는 그가 입을 열었다.

"내가 너한테 준 목걸이 기억해? 나는 맹세코 여자한테 다시는 보석 같은 것을 주지 않겠노라고…… 내가 그런 맹세를 어기게 될 줄은 몰랐었어."

그녀의 손등에 대고 더듬거리는 그에게 하나는 위화감을 느끼는 중이었다. 그러한 하나의 마음과는 상관없이 그는 마저 말했다.

"그게…… 나는 너한테 프러포즈한 거였어."

그가 눈을 들어 그녀를 응시했다가 눈썹을 모았다.

"이런, 안 믿어져?"

그는 쥐고 있던 하나의 손가락 위로 입술을 문질러댔다.

"아아, 내가 실수했군. 결혼을 해달라고 진즉 이렇게 무릎 꿇고 빌었어야 하는 건데."

그가 하나의 손을 다시 잡아채며 이번에는 제 뺨에 가져다 댔다. 남자답게 각이 진 턱 선을 따라 손을 비비더니 입술에 묻었다. 뜨거운 숨결이 손바닥에 닿았다. 어느새 하나의 눈에서는 커다란 눈물방울이 툭툭 그어졌다.

"너하고 잠잔 것을 본능 때문이라고 말하지 마. 나는 지금 꽃피는 봄날이란 말이야. 부디, 방해하지 말아줘."

하나가 손바닥에 깊이 파고드는 그의 입술을 뿌리쳤다.

"너 정도면……."

하나가 입을 열어 떨리는 목소리를 냈다.

"상무님은 나한테 너 정도면 괜찮을 것 같다는 말을 했어요."

잠시 동안 조용한 침묵이 흐른 뒤에 강우가 대꾸했다.

"다시 말해줘? 나는 너 정도면 같이 있어도 괜찮을 것 같다는 얘기가 왜……."

또 저런다!

너 정도면…… 하고 하나는 독하게 파고드는 그의 말을 되씹으며 낯이 뜨거워졌다. 그래, 섹스 파트너로서 괜찮다, 이건가?

내 죄다, 하고 하나는 제 자신을 탓하고 싶어졌다. 함부로 몸을 굴린 내 죄다! 하나는 잽싸게 손등으로 눈물을 훔쳐냈다.

"다들 내가 상무님의 돈이나 배경에 혹한 줄 알더라고요. 상무님도 그런 마음인가요?"

강우의 얼굴이 굳어지며 딱 한마디를 했다.

"어불성설."

"아무도 사랑하지 않는다면서요?"

그녀가 연달아 묻는 말에 허탈한 얼굴로 그가 피식, 웃었다.

"아무도? 내가?"

"본인이 워낙에 금수저로 타고났으니 뭐든 제 눈에 찰 리가 없지요. 상무님은 누군가에게 지독한 상처를 준 사람이에요. 아무도 사랑하지 않는, 자기 자신만 소중하고…… 그런 상무님의 마음은 이기적인 거예요. 알아요? 그 누군가가……"

"지독한 상처? 대체 누가……."

강우는 혀를 찼다. 가슴 앞으로 팔짱을 끼면서 그가 툭 던지듯 물었다.

"김인정? 만났었어?"

하나는 흠칫, 몸을 떨었다. 그 표정에 드러난 진실을 알아본 강우는 자조적으로 웃음을 지었다.

"그러니까 남의 말만 듣고 지금 나한테 따지는 거네?"

남의 말만 듣고? 정말이지, 그 김인정이라는 여자에 대해서는 일말의 죄책감도 없는 남자다. 그녀는 말했었다. 자신은 장강우의 겉모습에만 혹해서 그를 진심으로 사랑하는 과오를 범했노라고. 그녀의 말을 되새기며 하나는 고개를 저었다.

"따지고 보면 나한테 한 행동도 그런 거였어요. 자기 이익만 생각하고, 본인 회사의 이미지만 생각해서 나를 죄인 다루듯 하고 내 아버지의 빚이라는 약점을 이용해서 돈 10억에 무조건 결혼으로 몰아붙이고는……."

그가 심란한 어투로 툭 내뱉었다.

"젠장, 김인정! 애한테 대체 무슨 짓을 한 거야? 이 장면 봤으면 아주 통쾌해서 죽으려고 하겠네."

그때였다. 삐이, 하고 방 안의 전화벨이 울렸다.

"이야기는 나중에 하고, 우선 내려가야 해."

전화의 내용을 아는 그는 그녀를 넌지시 달랬다.

"나는…… 상무님에게 얼렁뚱땅 빠지지 않을 거예요. 아니, 이미 반 정도는 빠진 것 같지만 발목에 힘을 주고 빼내면 돼."

"미안한데, 우리가 지금은……."

그가 입술을 잠시 깨무는 것 같더니 바로 내뱉었다.

"쇼를 보여주어야 해. 저 밑에 내려가서 우리가 한 팀인 것을 확인시키자는 말이지."

거래, 하고 하나는 중얼거렸다. 잊을 뻔했다.

정신 차려, 소하나. 우리는 거래를 했다. 그의 아내로서 제대로 행동해야 해.

"걱정 말아요. 장강우의 새색시 소하나를 완벽하게 보여줄게요."

강우는 착잡했다. 하나는 낯선 사람들 앞에서 새신부의 역할을 잘 해내고 있었다.

그게 그를 우울하게 했다. 그녀와 대화를 하다 말았지만 그가 얻어낸 사실은 참혹했다.

젠장, 저 여자는 나를 증오하고 있어. 잘못된 결혼이 축복인 나와는 반대로 지옥을 경험하고 있다고!

하나는 새색시의 아름다움을 한껏 드러내는 한복 차림으로 그의 곁에서 아내 역할을 충실히 했다. 그의 친척들은 결혼식 당일 날에 생략한 폐백을 구실 삼아 신혼부부에게 절을 받았다. 드디어 며느리가 생긴 일로 인해 축하를 잔뜩 받아 챙기며 장 회장 부부는 매우 행복해 보였다.

하나는 사랑스러운 새댁이 되어 새신랑이 잘해주느냐는 사람들의 질문에 뺨까지 붉히면서 웃기까지 했다.

진짜 능청스럽다!

……아니, 무척이나 사랑스러웠다. 그는 하나의 모습에 얼이 빠질 지경이었다. 한창 서재에서 대농유통의 업무 협약에 대한 의논을 하다가도 그는 궁금한 마음을 참지 못하고 거실로 나가보곤 했었다. 그럴 때마다 하나는 생글생글 잘도 웃으며 시댁 식구들을 상대하고 있었다. 한번은 하나가 보이지 않기에 그는 심장이 철렁, 내려앉는 줄 알았다.

그러자 눈썰미 좋은 가정부가 그에게 주방 쪽을 가리켰다. 복도로 뛰어 나갔다. 과연, 하나는 붉은 스란치마 위로 흰 광목 앞치마를 두르고서 다반을 들고 나오는 중이었다. 다반 위에는 색이 고운 다식 조각들과 함께 각각 기호대로 주문한 것 같은 대추와 작약 등의 차가 든 잔들이 올려져 있었다.

"됐어, 이런 것까지 할 필요 없어."

그는 그녀가 쥐고 있는 다반을 가로채듯 받아 들었다. 그때 하나의 손가락이 그의 피부에 스쳤다. 그것만으로도 절로 이가 악물려졌다.

그에게 잔뜩 골이 나 있는 주제에 그의 아내는 아름다웠다.

언제 이런 걸 다 했지? 정수리에서 사르르 흔들리고 있는 떨잠에 시선을 고정시키며 한참을 보고 있었다. 그러고 있자니 사람들이 짓궂게 놀렸다.

한번은 하나가 과일을 든 쟁반을 들고 걷고 있는 모습을 보고 그가 달려갔다.

"이리 내!"

그것을 낚아챘다. 그러자 하나가 조바심치는 발걸음으로 그를 쫓아오다가 치맛자락에 걸려 주저앉았다. 돌아보니 하나가 쭈그려 앉아서는 망연자실한 표정을 짓고 있었다.

젠장, 다쳤나?

그는 황급히 그녀에게로 다가갔다. 하나가 손을 내밀어 오지 마요, 라는 입 모양을 하며 그를 제지했다.

"얘한테 한복까지 입히고 이런 걸 시키고 그러세요?"

그는 애라를 불러 신경질적으로 타박을 하기까지 했다.

"장강우, 너 총각 때 뭐라고 했어? 결혼은 무덤이에요. 여자는 못 믿어요. 평생 일만 하고 살 거예요…… 근데, 어쩌자고 이 꼴이냐?"

"소하나, 하나니까…… 그건 이 아이를 만나기 전에 한 소리였습니다."

즐거운 식탁에서는 술이 오고 갔다.

"술은 저 주십시오."

그녀 대신으로 술잔을 받으며 강우는 잠시 그런 생각을 했다.

'젠장, 평생 이렇게 살고 싶은데.'

다행히도 다음 날이 월요일이라는 사실은 좋은 것이었다. 온 집 안을 떠들썩하게 했던 손님들의 모임은 저녁 식사를 끝내자마자 마무리가 되었다. 강우는 주인의 역할을 완수하기 위해서 대문 밖까지 나갔다. 그는 일일이 차고에서 빠져나가는 차들을 배웅했다. 가을 찬바람 쐬면 안 좋다고 만류한 재훈 덕분에 하나는 안에 있었다.

나중에 따로 시간 내자는 외가의 젊은 사촌들은 자꾸만 차창을 열어 그를 놀리려 했다.

"자식, 어린애하고 사는 소감이 어때? 연애는 또래들하고 하더니 정작 결혼은 열 살 차이가 뭐냐? 이 날도둑놈아!"

"솔직히 예뻐서 골라잡은 거지? 네놈을 모를 것 같아?"

예뻐서 골라잡았다고?

차라리 그랬으면.

그는 새삼 하나와 자신이 평범한 결혼을 했더라면 어땠을까, 라는 생각을 했다.

"돈으로 샀지? 애가 제법 쓸 만하던데, 네놈이 재벌이라는 이유로 팔려온 게 틀림없어. 역시 돈이 최고야."

개중에는 이렇게 키득거리는 사촌이 있었다. 강우는 입가에 비릿한 냉기를 띄우며 으르렁거렸다.

"그냥 지나가줘라. 죽는 수가 있다."

그러자 일시에 웃음소리가 잦아들었다.

"돈도 많은 데다가 여자도 잘 얻은 장강우, 행복해라."

부랴부랴 차를 출발시키는 사촌들에게 손을 들어 보인 후에 강우는 숨을 내쉬었다. 젠장, 소하나.

'이대로 쭉 같이 지내도 될 것 같은데 말이지.'

그는 또다시 아까와 같은 생각을 했다.

"집에 가자."

그렇게 말하며 그가 거실로 들어왔을 때에 마침 하나의 모습은 보이지 않았다. 2층에서 옷이라도 갈아입고 있는 거겠지, 하는데 돌연 재훈의 정색한 말소리가 들려왔다.

"새아가 찾아? 녀석, 늦었다. 너한테 긴히 할 말이 있다. 워낙 상황이 급해서 어쩔 수가 없었다."

"······무슨?"

재훈은 은밀한 눈짓으로 안방을 가리켰다. 강우는 그를 따라 방으로 들어가며 은근히 불안해지는 감정을 이기기 어려웠다. 겸재의 수묵화가 그려진 병풍을 뒤로하고서 애라가 앉아 있었다. 왠지 표정이 그늘져 있는 것이 심상치가 않았다.

설마?

하나가 기어이 내일이라도 갈라서겠다고 '이혼 선언'을 했는가? 강우는 침을 꿀꺽, 삼키며 긴장의 촉을 세웠다.

"얘는 어디 있습니까?"

그는 날카로운 눈으로 방 안을 둘러보며 하나의 자취를 찾았다. 그 모습을 꼼꼼한 시선으로 좇던 부친의 입에서 청천벽력 같은 말이 떨어진 것은 다음이었다.

"어쩌지? 네 안사람은 지금 공항에 갔는데."

뭐라?

강우는 당치도 않다는 듯이 차갑게 웃으며 바로 대꾸했다.

"농담하지 마십시오."

천연덕스럽게 재훈은 어깨를 으쓱했다.

"비싼 밥 먹고 무슨 농담? 이래서 네가 나보다 한 수 아래라는 거다. 회사 임원들이나 경제 전문가들은 너를 나보다 높이 사지만 말이다, 이럴 때는 네가 어쩔 수 없이 내 자식이로구나. 하나, 공항 갔어. 우리는 한시도 지체할 수가 없었다."

말 같지도 않은 소리를 하고 있다! 강우는 온몸의 피가 서늘하게 식는 것 같은 착각을 하고 있었다. 아니, 실제로 피가 빠져나가는 기분이 들었다.

아버지가 장난치는 걸 거다. 어릴 때부터 재훈은 어떻게든 강우를 놀려먹으려고 애를 썼었다. 한 번도 그 아버지의 장난에 맞장구를 쳐주지 못했지만, 아니 일부러 안 했지만 실없는 장난들은 계속되곤 했었다.

가령, 이런 식이었다. 산타클로스가 없다는 강우에게 직접 산타 분장을 하고 지붕 위에 올라간다든지, 출장을 다녀오는 날에는 그 날짜보다 앞당기거나 뒤로 해서 불쑥 나타나 놀라게 한다든지, 학교 행사에 깜짝 메시지를 전해서 억지 감동을 자아낸다든지…… 아무튼 그는 그런 아버지였다. 지금 이 상황도 말이 안 된다. 그가 대문 앞에서 친지들을 배웅하는 그 짧은 사이에 하나가 공항으로 향한다는 것은…….

가만!

그는 잠시 생각을 멈추었다.

"진짜 떠난 겁니까?"

그가 머뭇거리며 마치 현실을 마주할 용기가 나지 않는 사람같이 물었다.

"그래, 며늘아기는 원래 우리 기업의 메세나 사업을 위해 더 많은 공부를 해야 하는 인재인데……."

"아, 젠장! 답답해! 지금 무슨 소리를 하고 있는 겁니까? 하나, 갔냐고요?"

그는 말이 통하지를 않는다고 판단하고 아예 애라 쪽을 보며 다그쳤다. 침통한 표정으로 애라는 고개를 끄덕거릴 뿐이었다.

이런!

그는 기가 찼다.

그러니까 소하나, 이것이 냉큼 짐을 쌌단 말이지? 장강우의 와이프로서 쇼 타임이 끝났다, 이건가? 그래서 그렇게 연기를 능숙하게 했던 건가?

"어딜 가?"

그가 일어나 문 쪽으로 향하자 다들 질겁한 목소리로 물어왔다.

"당장 데리고 올 겁니다."

그의 거친 손길이 손잡이를 잡는 찰나에 부부가 같이 일어나 그를 만류했다. 그들은 어쩐지 갈팡질팡하는 사람들 같았다. 그런 모습들을 보니 더욱 확신이 섰다.

애가 진짜 갔구나.

망했다!

'……상무님에게 얼렁뚱땅 빠지지 않을 거예요. 아니, 이미 반 정도는 빠진 것 같지만 발목에 힘을 주고 빼내면 돼.'

하나의 물기 머금은 말소리가 그의 귀를 때렸다.

아니야, 하나야!

내가 너한테 빠진 거야. 나는 발목에 힘을 주는 정도로는 너한테 빠진 것을 빼내지 못해. 너, 이런 나를 두고서 어딜 간 거야?

"아들! 공항에 가는 아이를 뒤쫓아 가겠다고?"

한참 애라와 재훈은 그를 붙들고 있었다.

"이 녀석아, 내 설명부터 들어봐. 아가가 뭐 하러 갔는지, 왜 비행기를 타러 갔는지, 또 몇 년이 걸릴지는 알아야 하는 거잖아? 그러니까 소하나는 이 집에 시집을 온…….."

"가뜩이나 급한데 말 좀 시키지 마십시오!"

어금니에 힘을 주며 그는 문을 박차듯 열어젖혔다.

"아, 이런!"

그만, 그는 얼어붙은 듯이 그 자리에 서버렸다. 그러고는 나른한 한숨과 함께 실소를 터트렸다.

"……당했군."

하나, 그녀가 눈앞에 서 있었다. 그녀는 이미 한복을 갈아입고서 몸에 딱 붙는 원피스 차림이었다. 그녀는 영문을 모르는 얼굴에 커다랗게 뜬 눈으로 그와 함께 무섭게 열린 방문을 번갈아 보고 있었다. 뒤에서는 재훈과 애라가 키득거리는 소리가 점차 커졌다.

"하나, 소하나!"

그가 무섭도록 큰 소리로 부르자 하나는 눈살을 찡그렸다.

"왜요? 어디 아파요? 얼굴은 또 왜 그렇게……."

"아아, 이 녀석!"

그는 한 걸음 앞으로 내디디며 두 팔을 뻗었다. 그는 하나가 저항할 사이도 없이 품에 꼭 안았다. 처음엔 거칠게 당겼다가 마치 소중한 것을 안듯이 그녀를 제 품에 가두고는 그 정수리에 손바닥을 덮었다. 그러고는 머리를 감싼 제 손등에 입술을 문질러 댔다.

그녀의 정수리에 턱을 괴고서 미세하게 맥이 뛰는 것을 느끼고 있자니 푹 안심이 되었다. 온몸의 긴장이 풀리며 일시에 허물어질 것 같은 느낌?

뭘까?

아무튼 평온한 것이었다. 그래, 네가 가긴 어딜 가? 그리고 떠났다고 해도 내가 찾아내면 된다, 그러면 돼.

"……아이고, 재밌다. 임자, 드디어 강우가 나무에서 떨어진 원숭이가 되었어."

"내가 뭐랬어요? 아주 마누라 바보 되었다니까. 그나저나 쌤통이다."

맘껏 놀리며 폭소하는 그들의 반응에 그는 으득, 이를 갈았다. 그러나 하나가 그의 품 안에 있다는 사실이 가장 중요하고 절실했다.

　재훈은 지금 기분이 묘했다. 언제부터인지 임원들의 눈초리가 달라졌다. 최종 결정권자인 자신에게는 그저 '사인'을 받는 데 의의를 두는 것만 같았다. 반면 강우에게는 달랐다. 긴장하는 눈치가 역력했다.

　오늘도 자신이 주재한 회의임에도 불구하고 어느새 강우가 모든 현안을 챙기고 결정을 내리고 있었다. 그나마 화학을 맡고 있는 노재순 사장만이 회장인 재훈의 의사를 물어올 뿐이었다. 3년 전부터 회장 이임 준비를 해오곤 했지만 강우의 일 집중력과 추진력은 자신이 지금 당장 그만둔다고 해도 전혀 구멍이 없을 정도로 손색이 없었다.

　이거 기뻐해야 하나, 울적해야 하나?

　허긴 내 완벽한 유전자 덕분이 아닌가, 라고 생각하려 해도 한편으로는 기분이 씁쓸한 것은 사실이었다.

"회장님!"

강우가 그를 부르고 있었다. 정신을 차려 앞을 보니 계열사 사장들과 이사들이 모두 자신을 바라보고 있었다. 딴생각을 너무 깊게 했나?

"왜?"

강우의 목소리에 실려 있는 감정이 제발 일에 집중 좀 하라는 힐난이었기에 재훈도 짜증스럽게 대답을 했다. 친절하게 신은만 대동유통 사장이 다시 한 번 회의 안건을 상기시켜주었다.

"대동유통 이전 문제로 나남시와 업무 협약을 맺으려 합니다. 회장님은 어떻게 생각하십니까?"

"뭘 어떻게 해? 가서 사인한 다음에 시장하고 악수 한 번 하고 사진 찍히고 오면 되잖아?"

재훈의 말에 신은만 사장이 어색하게 웃었다.

"그렇죠."

"날짜가 언제야?"

장 회장이 술렁술렁한 어투로 날짜를 물을 때였다.

"아, 절대 이런 식으로는 참을 수가 없습니다."

결국 강우가 자신 앞에 놓인 마이크 버튼을 눌렀다.

"신은만 사장님, 나남시와 협의된 내용 부탁합니다."

"인허가를 빠른 속도로……."

"신은만 사장님, 대동유통에 종사하는 근로자가 몇인 줄 아십니까? 우리가 유통 회사를 이전하면 그 지역 경제가 얼마나 살아나는지는 아십니까?"

"예, 저희도 꼼꼼하게 비교해서 나남시에 입주할 때 토지 구입비를 절반이나 절감하였습니다."

신 사장의 대답에 만족할 수 없는 강우는 조금도 여유를 주지 않았다.

"그걸로 만족하셔야 되겠습니까? 법인세 및 소득세 등 조세감면 혜택을 딜하세요. 건폐율, 용적률 완화는 덤이구요. 아시겠습니까? 그거 다 맞춘 뒤에 나남시와 업무 협약 추진하십시오."

"거참! 장강우 상무, 욕심이 많아도 너무 많다."

신 사장의 창백해진 안색을 보며 장 회장이 한마디 거들었다. 강우의 냉철한 시선이 자신에게 부딪친 것은 그때였다.

"회장님, 이 정도 딜을 하고 나서야 업무 협약식 보고를 했어야 합니다."

"장 상무, 우리가 지금 법인세 깎아달라고 할 정도로 어려운 것도 아니고……."

"잘나가니까 협의가 되는 겁니다. 우리가 못 나가면 협의가 되겠습니까? 그렇지 않습니까, 신은만 사장님?"

딱딱하면서 치기 어린 강우의 말에 좌중은 쥐 죽은 듯이 조용해졌고 장 회장은 혀를 끌끌, 차며 괜스레 물 잔을 들이켰다. 항상 정답만 말하는 강우에게 할 말이 없어서였다. 있는 놈이 더하다니까, 하고 장 회장은 중얼거렸다.

"알겠습니다. 잘 검토하고 보고하겠습니다."

신은만 사장은 손수건으로 이마와 콧날의 땀을 닦으며 충실히 대답을 했다.

"제대로 조율하고 업무 협약식의 날짜를 잡겠습니다."

신은만 사장의 말에 강우가 그제야 고개를 끄덕이고는 입을 열었다.

"회사는 학교가 아닙니다. 회사의 최대 목적은 이윤입니다. 돈을 버는 것도 중요하지만 지출을 줄이는 것도 중요하죠! 이해해주셔서 감사합니다, 신은만 사장님."

말은 신 사장에게 하면서 눈빛은 장 회장을 향하고 있었다. 갑자기 배알이 틀린 장 회장이 냅다 발표를 했다.

"업무 협약식은 장 상무한테 맡길 테니까, 가는 것도 장 상무가 가면 되겠네?"

"회장님! 대동의 얼굴은 제가 아니고……."

갑자기 업무 협약식을 위한 출장이 떨어진 셈이었다. 강우의 기막힌 얼굴을 사뿐 지르밟으면서 장 회장은 회의를 마칠 것을 알렸다.

"나는 회사보다 학교가 더 잘 어울리는 사람이라, 대학교 특강이나 가야겠으니까 아무튼 상무가 가셔. 자아, 회의 끝."

회의를 마친 강우는 집무실로 향하면서 곤혹스러운 표정을 지울 수가 없었다.

내가 요즘 왜 이러지?

뭐가 잘못된 걸까?

한 번도 이런 기분인 적은 없었다.

꿀꿀하다. 오늘로 결혼한 지 한 달이 찼다. 대동그룹의 상무보에서 완전히 상무 자리에 오른 강우가 결혼했다고 해서 달라질 것은 없었다. 여느 때와 다름없이 착실하게 업무에 임했고 공격적인 경영 방침에 따라 한 치의 오차나 후퇴 없이 전진 중에 있었다.

집중력을 총동원해서 척척 일을 해내가다도 그 끝에 늘 하나가 있었다. 마치 음식을 잘 먹고 났는데 명치끝에 뭔가가 얹힌 것처럼 내심 그녀가 걸렸다.

좋은 게 좋은 거 아닌가? 대한민국에서 1등 신랑감이라고 소문난 내가 아니던가? 그런 남자와 기왕 결혼한 거 앞으로 잘 살면 그만 아닌가?

아아, 세상에서 가장 복잡한 그 이름, 그대 이름은 소하나!

강우는 뻐근해진 목을 돌리며 잠시 걸음을 멈추었다. 그를 따르던 일단의 임원들이 같이 멈추자 그가 이 대리에게 눈짓했다. 눈치껏 이 대리는 다른 임원들에게 묵례를 올려 흩어질 것을 종용했다.

이 대리와 옥상에서 커피를 나누고 있을 때였다.

"상무님, 요즘 대체 문제가 뭡니까? 일로는 막히는 게 없을 테니, 혹시 작은 사모님 때문입니까?"

강우는 그가 넌지시 무슨 문제가 있느냐고 말을 꺼냈을 때에 마치 구세주라도 만난 듯이 반가워했다. 이 대리는 연애 경력만 자그마치 18년인 자칭 프로 사랑꾼이 아닌가?

"뭘 어떻게 해야 좋을지 모르겠어."

"사모님은 아직 어리십니다. 그것을 간과하시면 안 된다, 이 말입니다. 처음 사모님을 박운열 사기장님 공방에서 만났을 때였나요? 그때 확연히 느꼈습니다. 사모님은 삿된 욕심 같은 것이 전혀 없어 보였습니다."

"보석에도 안 빠져, 말 몇 마디에도 안 넘어와, 진짜 내가 무슨……. 너 정도면 괜찮을 것 같다는 말이나 하고. 돌이킬 수가 없어. 난 죽을죄를 지은 거지."

그는 말을 멈추었다가 가까스로 덧붙였다.

"범죄자가 된 느낌이 든다면 말 다 했지, 뭐."

"한 대 태우시겠습니까?"

금연을 선언한 지 4년, 그간 한 번도 규칙을 깬 적이 없는 강우였다. 그러나 요즘은 담배라도 찾고 싶었다. 귀신같이 그 심정을 꿰뚫은 이 대리는 케이스에서 담배를 뽑아 들었다. 아무 말 없이 강우는 불이 붙은 담배를 입에 가져가 입 안에 쏙 빨아들였다. 매캐한 연기가 허공으로 흩어지자 당연하다는 듯이 하나의 얼굴이 떠올랐다. 젠장, 이렇게나 보고 싶어 하고 있는데!

"후회해. 신혼여행 따위를 가는 게 아니었어."

"왜요? 거기서부터 문제가 발생한 겁니까?"

"원래도 나쁘지 않았어. 처음 봤을 때부터 괜찮다고 생각한 것 같아. 근데 단둘이 있어보니까 그 풋풋한 아이가 하루가 다르게……."

이걸, 어떻게 설명해야 하나, 잠시 고심하던 그가 진심을 툭 털어놓았다.

"그런 거 있잖아? 막 건들고 싶고, 그게, 그러니까 막 건들고 싶은, 그…… 아무튼! 없던 성욕이 막 왕성해지는데……."

아우, 하고 강우가 점점 벅차오르는 감정에 못 이겨 벽에다 대고 얕게 주먹질을 했다.

"지금 며칠째 집에 안 들어오고 있어. 공방에서 학생들 몇하고 철야 작업 한다더라고."

"이럴 수가? 진짜 상무님한테 마음이 없는 게 틀림없습니다."

이 대리가 딱 벌어진 입을 다물 줄을 몰랐다. 강우는 미간을 찌푸리고는 투덜거렸다.

"그건 아니야. 나한테 빠져들었대. 물론 발을 빼는 중이라고도 했지만."

"상무님, 나남시의 출장 건 말입니다."

"그게 왜?"

"역시 상무님은 연애에 관해서는 꽝입니다. 나남시의 협약식에 사모님도 동행해야 한다고 하십시오. 거기서 사흘 정도 같이 계시다가 오면 되지 않습니까?"

"지금도 전시 준비한답시고 밤새고 들어오는 사람이 회사 일 때문에 사흘을 빠지겠나?"

"계약서를 들이대는 거지요."

"아, 젠장! 그 계약서 이야기는 꺼내지도 마."

망할 계약서, 라고 강우는 중얼거렸다. 바로 그것이 그들의 관계가 수틀리게 된 원인이라고!

"계약서에 보면 결혼을 유지하는 기간이 명시되어 있지 않습니까? 그 날짜를 가리키면서 상무님의 아내로서의 의무를 이행할 것을 명확하게 가르쳐드리는 겁니다. 그리고 이미 결혼을 전제로 10억 원이나 받아 챙긴 분이 아닙니까? 당연히 의무가 있습니다."

망할 10억!

강우는 입술을 악물었다.

"아, 젠장! 사람이 보고 싶은데도 볼 수가 없어. 이건 대체 어느

나라 연애야?"

강우가 서슬이 퍼런 눈으로 이 대리를 보았다. 갈팡질팡, 모든 것이 혼돈이다. 연애 따위, 여자 따위는 개나 주라고 퍼붓던 자신이 아니던가? 그의 인생에서 이런 감정 소모는 일찌감치 끝낸 줄 알았는데…… 더 지독하게 그 자신을 옭아매고 있었다.

"보고 와야지, 뭐. 내가 그 정도도 못 해?"

그날, 퇴근을 하면서 강우는 도담공방으로 향하고 있는 제 자신을 깨닫고는 변명을 주워섬겼다. 오늘은 꼭 얼굴을 보고 싶었다. 아니, 봐야 했다.

하나가 일부러 자신을 피한다는 사실을 알고 있었다. 그러나 지금 자존심이 문제인가? 그래, 물에 빠진 사람이 지푸라기라도 잡아야지, 별수 있겠나?

우선은 연애의 달인인 이 대리를 믿어야 할 것 같았다. 계약서를 보이면서 정해진 기간 동안에 아내의 역할을 충실히 해달라고 말하면 된다……. 어느새 강우는 의미심장한 미소를 짓고 있었다.

아아, 소하나!

너는 누구인가? 너는 어떻게 내가 4년이나 끊었던 담배를 피우고 싶게 만드냐? 아니, 지금은 무엇보다 네가 더 간절해.

그렇게 찾아간 공방에서 그는 뜻밖의 장면을 보고 말았다. 막 열어젖히려던 작업실 문은 오늘따라 활짝 열어젖혀진 채였다. 그리고 그를 등지고 서 있는 두 사람이 한창 말다툼 중이었는지 하필, 하나의 열띤 음성이 흘러나왔다.

"……남편 때문이 아니에요. 원래 사기장님 제자로 받아들여졌을 때부터 저는 낙하산이라고 말 많았었어요."

"네가 사람들에게 시달리고 있는 것을 그따위로 핑계 대지 마. 소동일 선생님이나 아버지의 막역한 사이는 이 바닥에선 이미 고 릿적 옛이야기야. 다들 그것까지 염두에 두진 않아."

박상현 전수자라고 했나?

자꾸 거슬리네? 강우는 이질적인 감정을 느끼지 않을 수 없었 다. 그나저나 시달려? 누가?

설마, 하나가?

강우는 열심히 그들의 대화에 귀를 기울였다. 때마침, 상현이 열 렬한 어조로 반박하던 참이었다.

"딱하네, 소하나. 너 못 알아들어? 재벌과의 결혼이라는 것은 얻는 것도 있는 반면에 잃는 것도 있는 법이지. 단 한 번도 현대 작가전을 한 적이 없는 송현미술관에서 내 아버지와 소하나의 공동 전시를 초청한 것은 과분할 정도로 좋은 일인데 말이야, 과 연 그게 네 남편의 배경 없이 이루어진 일일까? 역시 시집을 잘 가니까 그런 초고속도로를 달리는구나, 하고 여기저기 소문 도 는 것이 과연……. 그리고 그뿐인 줄 알아? 전시회를 도와야 하 는 협력 업체 사람들이 전부 이 바닥 사람들인지라 일을 회피하 고 있는 형국이라고. 이런 게 장강우 상무와 연관이 없다는 말이 야?"

강우의 설핏, 구겨진 이마에 짙은 불쾌감이 스몄다. 하나는 한마 디 한마디에 힘을 실어 독한 화살을 내쏘듯 답하고 있었다.

"만약에 장강우 상무님 때문이라고 해도 전 그 사람 원망 안 해 요. 사람들이 지나친 거예요."

오, 하고 강우는 입을 꾹 다물었다. 말 잘했어, 소하나!

"그 남자가 정상이냐고? 너 같은 어린애를 현혹해서 가짜 결혼
이라는 명분으로 제 목적 달성을 이루고, 뭐 그런 개 같은 경우가
다 있어? 따지고 보면 너도 손해는 없지. 네가 내 아버지와 공동
전시회라는 스펙을 달게 된 것도 대동그룹 며느리라는 타이틀 때
문이잖아? 토 나온다, 정말."

안 되겠다! 당신, 지금 내 아내에게 모욕을 주고 있어.

"……말이 지나치십니다."

강우는 두 주먹을 움켜쥐고서 문 안으로 한 발 들어섰다.

"너무 걱정하지 마십시오. 박 선생의 제자는 진짜 훌륭한 도예
가니까요. 제가 보증하겠습니다."

그러나 그의 침착한 발언이 더욱 상대방의 분기를 탱천하게 한
것 같았다. 상현은 그의 앞으로 다가와 멱살을 틀어쥐었다.

"너 따위가 뭘 알아?"

"부자 남편을 가짜로라도 만났다고 칩시다. 만약에 저 같으면
그 남편을 꼬실 겁니다. 허니문으로 이탈리아까지 가서 저 여자가
한 짓이 뭔지 아십니까? 아마, 박 선생이 봤으면 대단하다고 상을
줄 노릇입니다. 며칠을 걸려서 도자기를 구입하고 다니더군요. 한
국의 전통 도자기를 굽는 도예가랍시고 다른 나라의 도자기를 수
집하고 연구하면서……. 저 같은 부자 남편은 쳐다보지도 않더라,
이 말입니다."

말을 멈추고 나서 강우는 조금 여유를 두었다가 설명을 이었
다.

"저는 세상천지에 그렇게 열심인 사람은 처음 봤습니다. 박 선

생은 안심하십시오. 아주 훌륭한 제자를 두었으니까요."

"장강우 상무, 네가 다 망쳤어!"

강우의 멱살을 쥐고 있던 상현이 고함을 질렀다.

"……좋은 게 좋은 거라고 그런 제자가 장강우의 아내라는 것에 유감 좀 갖지 맙시다. 제가 사랑하는 사람입니다! 하나, 넌 나가 있어."

강우는 곁눈질로 문밖을 가리켰다. 다행히도 하나는 그의 말을 따랐다.

"그럼, 수고가 많으십니다."

그녀가 밖으로 나간 것을 확인하고서 강우는 그에게 잡힌 멱살을 일부러 거칠게 떼어냈다. 우당탕탕, 박 선생이 바닥을 뒹구는 모양을 보고는 서늘하게 돌아섰다. 그러자 날카로운 말 한마디가 그의 등을 쓱 찌르고 들어왔다.

"신분에 맞지 않는 결혼을 억지로 한 셈인데, 언제 놓아주려나?"

다시 강우는 뒤를 돌았다. 그러고는 천천히 입을 열었다.

"저런, 그럴 일은 절대 안 일어납니다. 꿈 깨시지요. 그리고 한 번 더 제 아내한테 이상한 소리를 했다가는……."

그가 음성을 낮추어 위협적인 어조를 했다.

"손모가지를 부러뜨리겠습니다."

밖으로 나온 하나는 강우의 차가 세워진 것을 그냥 지나쳐 골목 길로 급히 들어섰다.

홀로 생각할 필요가 있었다.

'……저 같은 부자 남편은 쳐다보지도 않더라, 이 말입니다.'

강우의 음성이 귓속을 파고들었다. 두근두근, 심장이 미친 듯이 뛰면서 낯이 하얗게 질려갔다.

'걱정 마십시오. 박 선생의 제자는 진짜 훌륭한 도예가니까요. 제가 보증하겠습니다.'

마법이 일어난 걸까?

평생 내 편이 되어줄 사람을 소원했는데, 이루어진 기분이었다.

또 뭐라고 했더라?

그녀는 울컥, 치미는 눈물에 목이 메었다.

'제가 사랑하는 사람입니다!'

진심일까?

진심이겠지. 그녀에게 닿았던 그것은 절대 거짓일 리가 없었다.

'……너 정도면 괜찮을 것도 같아.'

바보 같은 남자.

야수는 바보였다. 사랑하게 되었다는 말을 할 줄 모르는. 아니, 바보는 그녀였다. 그의 말로 인해 오래 애태우고 아파했으니까.

그런데 이제 그의 마음을 깨달았다.

가을바람이 우수수 그녀의 옷깃을 스치며 지나가서 그녀는 흠칫, 몸을 떨었다. 그리고 구둣발을 멈추었다. 저도 모르게 볼을 타고 흐르는 눈물을 훔쳐내고는 뒤를 돌아보았다. 강우가 공방 문을 박차고 나오는 모습이 보였다.

'장강우, 바보.'

눈물이 그렁그렁 매달린 눈으로 웃으며 그녀는 일부러 길가를 천천히 걸었다. 그가 따라오도록.

하나의 뒤를 따라 걸으면서 긴 숨을 토해냈다. 그것은 어느 누구에 대한 분노가 아니었다. 스스로에 대한 혐오감 그리고 자괴감이 우직하게 제 심장을 파고드는 아픔이었다.

아아, 이제야 뭔가가 알아졌다.

나는 이기적인 놈이다. 그러니까 나는 나만의 목적을 위해 결혼을 불사한 거다.

……그래서 너는 내가 싫은 건가? 아니, 상처가 심했으려나?

하나야, 그런 거야?

강우는 지금 당장 하나에게 말하고 싶었다. 아니, 등을 보이며 총총 걸음을 걷는 그녀가 너무 야속했다. 그리고 이때껏 보고 싶었던 것과는 비교도 안 되게 그녀가 너무도 절실했다. 말을 해야 했다. 들려줄 말이 많았다. 단순히 이혼을 전제로 한 결혼이라는 것이 한 여자의 인생을 망치는 것인 줄은, 그런 줄은 몰랐다고, 그걸 몰랐다고 우선 사과를 하고, 사과를 하고, 사과를 하고……. 강우는 맥이 탁 풀리는 것을 느꼈다. 그는 상현에게 멱살을 잡혔을 당시에 느꼈던 감정을 똑똑히 기억한다.

상현, 그는 절망하는 눈빛을 하고 있었다. 그것은 다른 수컷에게 제 짝을 엉겁결에 빼앗긴 짐승의 눈이었다.

이걸 어쩐다? 자신이 아니었어도 하나는 저런 어엿한 남자와 결혼을 할 수 있었다는 이야기다. 게다가 두 사람은 도자기라는 공통분모가 존재한다. 마음이 맞는 더없이 좋은 짝이 되었을 수도 있다는 뜻이다.

자신만 아니었다면.

별의별 생각이 그의 머릿속을 휘젓고 있었다.

미안하다, 소하나.

근데, 너는 내가 사과한다고 하면 과연 알아들을 것인가? 그리고 사과를 한 다음에는 뭐라고 하지? 나는 네가 싫지 않아서 결혼을 유지하겠다는 게 아니야.

……좋아졌어.

그래, 그거다!

나는 네가 좋아.

정말 좋아.

안아주고 싶고 만지고 싶고 내 눈에 널 담고 싶어. 여태 여자는 아무도 믿을 수 없다고 확언했었던 나인데, 하나 너는 믿어져.

그는 하나에게 할 말을 머릿속으로 되뇌며 성큼성큼 걸음을 옮겼다. 하나가 지하철역으로 향하고 있는 게 심상치가 않았다. 그도 자신의 차를 포기하고 그저 그녀를 따라가는 중이었다.

그의 예상을 깨고 그녀는 지하철역으로 통하는 계단을 내려가지 않고서 쭉 길게 뻗은 골목으로 발길을 돌리고 있었다.

멈칫, 그의 걸음이 멈추었다. 하나가 작은 등이 매달린 구멍가게 앞에서 무언가를 들여다보고 있는 것을 보았던 탓이다. 더 가까이 다가갔다.

사방이 투명한 상자, 그리고 그 안에 켜켜이 쌓인 동물 모양의 인형들.

그것은 뽑기 기계였다. 하나는 처음엔 아예 그 기계 위에 엎드리듯 하더니 나중에는 가방에서 지갑을 꺼내 드는 모습이었다. 설마? 그의 의혹이 무색하게도 하나는 동전을 집어넣고는 버튼을 조작하기 시작했다.

질끈 아무렇게나 묶은 머리, 흰색의 티셔츠에 트렌치코트를 걸친 그의 아내는 아직 어린 소녀와도 같았다.

그가 며칠 못 본 사이에 하나는 더욱 예뻐져 있었다. 처음 봤을 때도 그녀는 예뻤더랬지.

그는 슈트 안주머니를 뒤적여 담배를 찾아 입에 물었다. 하나가 인형을 뽑는 놀이를 하는 동안 그는 기다릴 참이었다. 그러나 그가 담배 하나를 다 태우고 났는데도 하나는 인형을 뽑지 못했다. 나중에는 기계를 쾅쾅, 두드리더니 그 앞에 쪼그리고 앉아서 휴대폰을 들여다보는 폼이 많이 안달 난 것 같았다.

그는 슬슬 웃음이 나오는 얼굴로 그녀에게 다가가 말을 걸었다.

"지식인 들여다보고 있는 거지? 인형 뽑기 성공하는 법?"

휴대폰 액정에서 눈을 떼지도 않고 하나는 바로 응수해왔다.

"왜 두 팔 걷어붙이고 나서지 않나 했더니, 상무님은 이런 거 처음 보는 거죠?"

"한번 나서봐?"

"서민 코스프레 하시게요?"

"응, 해볼게. 내가 못 하는 게 있어야 말이지."

그는 땅바닥에 엉덩이를 대고 앉은 그녀를 향해 두 팔을 뻗었다. 그제야 하나가 고개를 들어 그와 눈을 마주쳤다. 희붐한 달빛 아래의 그녀가 청초하게 피어난 백합마냥 그를 유혹하듯 아름다웠다.

미치겠군.

강우는 새삼 급히 뛰는 심장의 고동에 이를 사리물면서 그녀의 두 손목을 잡아 일으켜 세웠다.

"이런 거 처음 보는 거야. 하지만 난 뭐든지 했다 하면…… 제대로 해."

"알지요. 상무님은 자신감도 좋아요."

"뭐랄까, 끝을 아는 자의 자만?"

"끝을 볼 줄 알아요?"

"응."

"어떻게요?"

"노력은 결코 나를 배신하지 않는다, 이 정도로만."

"뭐야, 그게?"

하나가 가볍게 웃는 소리를 들으며 강우는 슈트 상의를 벗었다. 그것을 그녀가 자연스럽게 건네받았다. 강우는 새하얀 드레스셔츠의 소매를 걷어 올리고 난 다음에 시계를 풀었다. 하나가 손목시계를 받아 들었다.

"아내가 지켜보고 있다. 자아, 승부욕이 돋는군."

그는 손뼉을 한 번 치고 나서 버튼을 꿰뚫듯이 보았다가 하나 쪽을 보았다.

"키스해봐."

네에? 하고 하나가 뜬금없다는 듯이 배시시 웃음을 웃었다. 그 웃음에 심장이 녹아나는 것을 느끼며 그도 같이 웃었다.

"됐어, 충분해. 이미 기를 얻었어."

그녀의 웃음이야말로 이 순간 그가 획득할 수 있는 전부였다.

"레버를 잘 봐요. 이거 우습게 보면 안 돼요. 나름 기술이 있어야 되거든요? 이 색깔이 잡아당기는 거고요, 이건요……."

하나의 설명을 들으며 그가 버튼에 손가락을 댔다. 오케이, 이 분위기 좋아!

강우는 몽글몽글, 기분이 좋아졌다.

꽤 늦은 밤.

강우가 제 차를 몰아 하나와 함께 빌라 지하 주차장에 도착한 시간은 어느덧 11시였다. 하나는 동물 모양의 인형을 제 품에 안고서 고개를 기울인 채로 잠들어 있었다.

인형을 뽑는 일은 보기 좋게 실패로 끝났다. 아슬아슬, 될 듯 말 듯…… 인형은 그의 손길을 잘도 피해 갔다. 그래도 다행스러운 일은 하나가 유쾌하게 웃었다는 거다. 그녀는 강우가 만 원짜리 지폐를 두 장이나 동전으로 바꾸면서도 인형을 건지지 못하는 것에 재미를 느낀 듯이 한참을 웃어댔다.

'내가 실패하는 것에 쾌감이라도 느끼나 봐?'

그가 다시 동전을 기계에 투입하려는 찰나, 가만히 하나가 만류했다.

'됐어요. 이제 인형은 갖고 싶지 않아요.'

그래도 인형을 선물하지 못한 것이 실망스러운 강우는 근처의 잡화를 파는 숍에 들어가 그녀가 마음에 들어할 만한 인형을 사다 주었다. 다행히도 그 인형을 순순히 품에 안으며 발그레, 뺨을 붉히는 그녀를 보면서 짐짓 강우는 안도했다. 공방의 주차장에 세워둔 자신의 승용차에 데리고 갔을 때에도 그녀는 아무 말 없이 당연하다는 얼굴로 차에 탔다. 그리고 집에 도착하도록 그녀는 잠들어 있었다. 내가 어떻게 해야 하나?

두드려 깨워서 우리 다시 처음 연애하듯 시작해보자고 말을 꺼내? 아님, 내가 무조건 나쁜 놈이라고 자백해? 그녀의 기울어진 고개를 똑바로 해주고 있는데 돌연, 하나의 눈이 떠졌다.

아!

강우는 무슨 나쁜 짓이라도 하다 걸린 꼬맹이 같은 심경이 되어 침을 꿀꺽 삼키며 말을 더듬거렸다.

"그게 아니고…… 하나야, 네가 잠이 들어서 내가……."

갑자기 하나는 착 가라앉은 음성으로 그에게 말을 걸었다.

"그 말 들었을 때 심장이 뭐에 찔리듯 아팠어요."

그러고 나서 그녀는 머뭇거리더니 이내 덧붙여 말했다.

"……하나, 제가 사랑하는 사람입니다."

그는 맥이 탁 풀렸다.

"나같이 멋진 남자가 옆에 있는데도 눈길 한 번 주지 않고서 그릇에만 빠지는 여자라. 대단했어. 그 열정은 어디서든 통할 거야."

"당신…… 멋져요, 그거 알고 있었어요."

말끝에 하나는 빙그레 웃더니 그에게 팔을 뻗어왔다. 그는 고개를 숙여 키스를 했다. 입술을 비비고 혀를 섞어 몇 번 상대의 숨결을 빨아들인 다음에 그가 입을 떼었다.

"먼저 들어갈래? 나 회사 일이 아직 남았어."

도저히 이 상태로는 하나와 함께 아무렇지도 않게 집 안에 들어갈 수가 없었다. 벌건 소유욕을 드러내며 안고 싶어 할 것이 뻔했다. 두 사람 사이에는 아직 정리할 것도, 또한 그가 사과할 것도 많은데 무작정 섹스부터 할 것 같아서 그는 겁이 났다.

"야수…… 라면서요?"

그러나 하나가 그를 보채는 것이 아닌가?

"있잖아요, 혼자 집에 들어가고 싶지 않은데."

그는 하나를 안고 엘리베이터에 올랐다.

10. 날 보러 와요

책상 위에 놓인 꽃바구니와 메모 한 장, 그것은 김인정에게서 온 것이었다.

<결혼생활이 행복해? -김인정->

짤막한 메모가 적힌 카드에는 사진이 한 장 붙어 있었다. 사진을 본 강우의 입매가 천천히 굳어졌다. 이탈리아의 스테이크 전문점에서 하나와 그가 몸을 포개고서 키스하고 있는 사진이었다.

그렇군.

그날, 하나와의 첫 키스를 그는 기억한다. 그 모습을 인정이 지켜보고 있었다는 뜻인가? 그는 분노와 함께 어쩌면 이것이 기회일지도 모른다는 생각이 들었다.

하나는 인정을 만난 것이 분명했다. 그 덕분에 자신에 대해 많은 것을 잘못 알고 있는 것이 아닌가? 쇠뿔도 단김에 빼라고 그는 인터폰을 눌렀다.

"소향 어패럴의 김인정 수석 디자이너, 바로 연결 부탁합니다."

곧 인정과 통화를 했다.

-반가운데, 장강우? 목소리 들으면서도 믿겨지지가 않네. 진짜 나 찾은 거 맞아? 결혼 축하 꽃다발이 늦어서 미안해.

인정은 속사포처럼 반가움을 전해왔다. 그는 미간을 일그러뜨리고는 되도록 딱딱한 어투로 말했다.

"내가 너무 스케줄이 빡빡해서 말이야, 만나서 이야기할 시간이 없어. 그런데도 너에게 사과할 기회를 주겠다는 거야. 어때? 그 용건이 아니면 이 전화도 그냥 끊어질 것 같은데?"

그의 말이 끝나자 인정은 한참이나 조용했다. 고민이 많겠지. 됐어, 그건 네 사정이고.

"네가 내 아내한테 무슨 말을 했는지 상관 안 해."

그는 나직하게 한마디 했다.

"……단지 나는 네가 책임지기를 원해."

잠시 숨죽이고 있던 인정이 격한 어조로 입을 열었다.

-피렌체에서 네 와이프를 봤는데 말이지, 기가 막히더라고. 맙소사, 그렇게 어린아이 데려다가 너 뭐하자는 거니? 네 와이프는 필사적으로 감추는 것 같았지만, 나는 훤히 알겠던데. 네가 그 여자를 사랑해? 아니잖아. 뭔가 비즈니스에 의해서…….

"제길! 김인정, 말이 길다."

그러자 그녀가 더욱 언성을 높여왔다.

-그래, 나도 복수 좀 했다. 잊었어? 네가 나를 떼어내는 통에 난 리도 아니었다고. 나쁜 자식, 나한테 애인이 따로 있는 것은 좀 신사답게 감춰주었으면 했는데…… 넌 비열했어! 덕분에 정운 씨도 나도 끝장났다고!

"어불성설도 정도껏이지."

생각보다 이 여자가 더 미쳤다! 그렇다면 끝까지 제 애인은 따로 두고서 내 와이프가 되고 싶었다는 얘긴가?

-그래, 어차피 모두가 엉망진창인 세상이잖아. 나만 정상이어야 해? 아무튼 너 때문에 우리 집안이며 그쪽 정운 씨 집안이 쑥대밭이 된 것도 있고, 너에 대해 유감 많아. 그런데 마침 네 색시가 혼자 식당에 앉아 밥 먹고 있는 것을 봤지. 내가 그 정도 장난 좀 치면 안 되는 거니? 나는 이렇게 망가졌는데, 너만 어리고 예쁜 처자 데리고 알콩달콩 사는 꼴을 내가 보고만 있으라고? 그리고 별 장난도 안 쳤어! 네 와이프도 진짜 대단하더라. 너는 여자 같은 것은 진심으로 사랑하지 않을 거라고 그렇게 가르쳐주었는데도 말이지, 끝까지 반박하는 거야. 게다가 너 그날 기억해? 레스토랑에서 둘이 진하게 키스했던 날 말이야. 발칙한 네 색시가 나를 도발한 거였어. 분명히 똑바로 시선을 나한테 두고서 보란 듯이 네 키스를 받더라니까. 기가 막혀서, 흥! 자기는 너하고 진짜라는 거지.

옳지, 소하나! 잘했어. 강우는 심호흡을 하며 평정심을 꾸리고서 차갑게 대꾸했다.

"됐고. 어쨌든 너는 앞으로 네 자리에서 더 이상 못 올라가."

공갈협박이냐고 난리를 치는 인정의 목소리를 들으며 어쩐지 그는 홀가분한 심정이었다. 김인정, 그녀와는 사랑이 아니었다는 것이 확실해지는 순간이었다.

나의 진짜 사랑은 이제야 진행 중이다.

강우는 도담공방 앞에서 차를 세운 뒤에 성큼성큼 마당을 가로질렀다. 공방 직원들이 지나치다 강우를 알아보고 걸음을 멈추는 게 보였다.

"아내 데리러 왔습니다."

어느덧 공방 문 앞에서 그는 당당하게 용무를 밝혔다. 그를 알아본 여대생이 하나가 있는 성형실로 안내를 해주었다.

아!

그는 하나를 소리 내어 부르려다가 그만두고 말았다. 널찍한 작업대에 달라붙을 듯이 서서 하나가 반죽을 하느라 흙을 치대고 있는 옆모습을 마주한 까닭이었다. 긴 머리를 묶어 올리고서 섬세하고 진지한 얼굴 표정을 하고 있는 그녀는 온통 집중하고 있었다. 우주의 시간과 공기마저도 잠든 듯이 침묵과 적요가 그녀를 감싼 모양이었다. 오직 소하나, 그녀만이 존재하는 것 같았다. 강우는 목울대를 움직이며 침을 삼켰다. 내 여자가 저기 있다, 참을 수 없었다.

"소하나!"

그는 하나의 뒤로 다가갔다. 실제로 서너 걸음도 되지 않았지만 그녀에게 가는 거리가 굉장히 멀게 느껴져서 초조하기까지 했다.

"한번 안아보자."

하나의 등 뒤에서 그는 그녀를 와락, 끌어안았다.

"오늘 아침밥이 맛있어서 이러는 거예요?"

하나가 자그맣게 웃었다. 그녀의 어깨에 제 턱을 괴고 강우가 목이 메어 물었다.

"원래 이렇게 열중해서 일해? 진짜 흙 만지는 게 그리도 좋은 건가? 나보다…… 좋아?"

별 기대를 하지 않았는데 하나가 제 목을 두르고 있는 강우의 팔을 붙들며 담담하게 설명을 해주었다.

"어릴 적에는 흙을 빚는 일이 노동이었어요. 결코 좋은 게 아니었어요. 그냥 내가 가장 사랑하는 아버지를 닮았다는 게 좋았을 뿐이에요. 그런데 친구가 없었어요. 원래 말하는 것도 서툴고 집이 가난하다 보니까 움츠러들었던 게 원인이었나 봐요. 늘 외로웠어요. 아버지밖에는 대화할 사람이 없을 정도였으니까요. 그러다 보니까 아버지를 기쁘게 하기 위해 점점 흙에 빠져들었어요. 무엇보다도 구차하게 이해를 구해도 되지 않고요, 상대방의 동의나 타협을 이끌어내지 않아도 돼요. 내 손으로 빚은 것들이 나 대신에 이야기를 들려주더라고요."

"나한테도 그렇게 느끼면 안 되나?"

강우는 진정으로 졸랐다.

"상무님 매력 있어요."

딱 한마디, 하나의 말에 그는 용기를 얻어 내친김에 고백했다.

"있잖아, 하나야."

그가 숨을 삼키고는 속삭이듯 말했다.

"너와 함께 있는 날이 영원했으면 해. 안 끝났으면 좋겠다고."

"그럴 거예요."

그때였다. 갑자기 성형실의 문이 열리며 불쑥, 상현의 얼굴이 나타났다. 그는 하나를 뒤에서 끌어안고 있는 강우를 발견하고서 몹시 놀란 것 같았다.

"뭐, 뭐 하는 겁니까?"

강우는 개의치 않고서 상현을 향해 무언으로 자리를 피해달라는 눈짓을 보냈다. 그러나 상현은 아예 문을 활짝 열면서 소리를 질렀다.

"어디서 이런……. 뭐 하는 수작입니까?"

"뭐 하는 것 같습니까?"

강우는 하나가 그의 품을 빠져나가려고 바르작거리자 더욱 힘을 주며 속삭였다.

"가만 좀 있어. 우리가 부부라는 것을 확실히 보여줘야 할 것 아니야? 그래야 저 선생도 장가를 가지."

그러고는 상현을 향해 여유가 넘치는 미소를 짓고서 양해를 구했다.

"회사 스케줄이 있어서 우리 하나는 내일부터 잠시 공방을 비울까 합니다."

그는 하나를 향해 고개를 숙였다.

"가자, 하나야."

"네에."

그에게 덥석 안기느라 엉클어진 머리카락을 귀 뒤로 넘기면서 그녀는 눈을 찡긋, 감은 채로 웃고 있었다.

네가 웃었다. 그것도 내 품에서.

큰일이다.

나에게 웃어주는 네가 너무 고우니 말이다.

강우와 머물게 된 나남시의 호텔 방에서 하나는 상현의 메시지를 한 통 받았다.

[소하나, 대동그룹 상무가 남편이라는 것은 이런 거였어. 네 남편이 영향력 행사를 조금 한 것 같은데?]

무슨 말이지?

의아해하며 하나가 문자의 링크를 타고 들어가니 인터넷이 열리면서 기사가 하나 떴다. '윤소윤 기자의 문화가 산책'이라는 타이틀이 붙은 국제일보 기사였다.

['……나는 이미 자기 답습에 지친 상태입니다. 오히려 소하나 제자는 새로운 예술의 경지를 내게 보여주는 자극제예요. 나이는 어리지만 천재적인 친구지요. 어렸을 때부터 제 부친의 가르침을 받은 덕에 타고난 재능에 노력까지 덤으로 얹어진 인물이랍니다. 나는 제자에게서 영감을 받아요. 공동 전시를 하는 까닭도 다 그런 이유랍니다.' 이렇듯 박운열 사기장의 깊은 제자에 대한 찬사는 끝없이 이어졌다. 나는 전시 작품들을 미리 둘러보면서 그것이 과찬이 아님을 확신할 수 있었다. 소하나, 그녀의 작품들은 19세기와 21세기를 아우르며 천생 도예가의 기품을 잃지 않는 장점이 드러났다. 여성 특유의 감성이 전해져온다. 달항아리와 백자가 특기라더니 청화 안료로 그림을 그린 쯔비멜 무스터 스타일의 주전자는 뜻밖의 유럽풍을 발견하게 해주었다. 전시장의 찻주전자에서 장인에게 흠뻑 취하는 사람들의 발길이 많

아지길 고대한다. -윤소윤 기자-]

"······무슨."

하나는 잔뜩 경계하는 눈초리로 댓글들을 클릭했다. 그러나 끝까지 읽을 수가 없었다. 대부분 대동그룹 며느리에 대한 특혜가 아니냐면서 기자에게까지 욕을 하고 있었다. 마른침이 삼켜지면서 손끝이 바들거렸다. 하나는 그만 휴대폰을 꺼버렸다.

설마, 돈으로 이런 일을 한 것인가? 그녀는 떨리는 손으로 윤소윤 기자의 메일을 열어 편지를 썼다.

출장 둘째 날의 일정을 마친 강우는 아내와 함께 호텔 방으로 들어가며 급히 움직였다.

"······엄마얏!"

등 뒤로 문이 닫히자마자 강우는 하나를 방으로 밀어붙였다. 그러고는 입술에 키스를 하며 하나를 소파에 눕히다시피 했다. 침대까지 갈 여력이 안 되는 통에 그는 그녀를 소파 등받이에 엎드리게 해놓고 허리의 버클을 풀었다. 다급하게 숨넘어가는 소리가 그의 흥분을 여실히 드러내고 있었다.

"아니, 저기요, 상무님······."

하나가 소리를 지르는 것도 듣지 못한 채로 강우는 한 손으로는 어깨를 눌러 내리며 나머지 성마른 손길로 바지를 벗겼다. 그것도 미처 다 벗기지도 못하고 팬티와 함께 허벅지쯤에 걸치게 한 뒤에 제 물건을 엉덩이 사이로 조준했다.

"상무님, 저기요······."

하나가 헐떡이는 숨결 사이로 그를 불러댔지만 들릴 리가 만무했다. 온통 그녀의 안으로 들어가고 싶은 욕망이 그를 활활 불태우고 있었다. 짐승이라고 욕해도 좋아, 나는 이 여자의 남편이다!

강우는 기세 좋게 껄떡거리는 검붉은 물건을 하나의 음습한 곳으로 밀어 넣으며 물었다.

"……좋아? 응? 왜 아무 말을 안 해?"

"좋아요, 사랑해요. 됐지요?"

그녀의 절절한 고백에 그가 그녀의 목덜미로 더운 숨결을 토하며 신음했다.

"내가 죽겠다."

둘은 뜨거운 열락으로 이어지며 서로를 부둥켜안았다.

[전시회에 쓸 쇼케이스 때문에 문제가 발생했어요. 급히 와주셔야겠어요.]

나영에게 이런 문자가 온 시간은 새벽 5시였다. 곤하게 잠이 든 강우가 깰 것을 두려워하며 하나는 주섬주섬 캐리어를 챙겨 들고는 얇은 셔츠 위에 재킷을 걸쳐 입었다. 어떡하나, 고민하다 편지를 써놓았다.

<전시회가 급해서 먼저 가요. -소하나->

"내가 또 무슨 잘못한 건가?"

결국에는 망할 놈의 계약서대로 하자는 이야기인가?

<전시회가 급해서 먼저 가요. -소하나->

그는 눈을 뜨자마자 발견한 하나의 쪽지 한 장 때문에 당장 천국에서 지옥으로 떨어진 사내가 되었다.

전시회가 급하다고 하는 내용 외에 별다른 것은 없었다. 아니, 자신에게 뭔가 수틀린 것을 이런 식으로 티내는 이유는…… 뭘까?

……버림받았다. 아니, 또다시 상대방에게 하찮은 존재가 되었다. 그냥 상대방도 아닌, 열렬히 사랑하는 여자한테서.

그는 천천히 호텔 방의 남향으로 뚫린 탓에 채광이 밝은 창문을 열어젖혔다. 뭘 어떻게 해야 좋은지 알 수 없어 갈팡질팡하는 기분이었다.

그는 잠시 호흡을 가라앉혔다.

이로써 명백해졌다.

망설였던 그의 의문에 답이 켜지는 순간이었다.

'내가 이 여자를 진짜 사랑하고 있는 거다!'

피하지 못한다. 아니, 피할 수 없다!

스스로 자각하는 것보다 훨씬 더 많이 그는 그녀가 소중하다는 것을 알았다.

아아, 소하나!

나는 어떻게 해야 하는 건가?

"역시 나 같은 남자의 아내로는 살기 싫어진 거야? 지금 내게서 발목을 빼내겠다는 거야, 뭐야?"

그는 휴대폰을 벽으로 힘껏 던져버렸다. 아내와 쓰는 휴대폰은 벽에 부딪쳐 박살이 났다.

강우는 출장 일정 기간 내내 연락을 받지 않고 있었다.

'이 남자가 그렇게 바쁜가?'

하나는 의아한 한편으로 자신도 전시회 준비로 눈코 뜰 새가 없었으므로 더는 신경을 쓸 수가 없었다. 송현미술관에서의 전시회가 이틀 뒤로 다가왔다. 하나는 휴대폰으로 메일을 확인하며 미술관으로 이동 중인 상현의 차에 앉아 있었다.

"왜 그래? 뭐, 안 좋은 소식이라도?"

상현은 하나의 눈썹이 일그러지며 두 눈이 붉어지는 것을 흘깃, 살폈다.

"아니었어요, 아니래요."

하나는 금방 환하게 웃는 얼굴로 상현을 보았다. 그러고는 뭐가? 하는 표정인 상현에게 입을 열었다.

"국제일보 문화부 기자한테 제가 직접 메일 보냈었거든요. 제 남편이 청탁? 뭐, 그런 비슷한 것을 해서 제게 호의가 가득한 기사를 쓴 거냐고 따지듯 단도직입적으로 묻는 메일이었어요."

"그런데?"

하나는 가냘프게 비치는 햇살 같은 미소를 지으며 고개를 저어 보였다.

"아니라고 해?"

보다 못해 상현이 다그치듯 물었을 때에 하나는 슬며시 창 쪽으로 고개를 돌리며 회피하듯 답했다.

"맞대요. 부탁이 왔었다고 해요."

"그런데 그게 웃을 일이야?"

상현은 혀를 찼다.

"웃겼어요. 기자님 말씀으로는 자신은 오히려 감사히 여기고 있대요. 장강우 상무님 덕택에 자칫 놓칠 수 있는 것을 보게 되었다고요. 요사이 계속 서양 미술사를 다루고 있던 눈을 도자기로 돌리게 했다면서요. 특히 상무님이 간곡히 철저하게 세인의 눈으로 제 작품을 봐달라고 통사정했다는 말에…… 제가 감격했어요."

실은 기자의 메일 중에서 마지막 부분을 읽고 기분이 몹시 설레는 거였다.

[……비밀리에 아내를 지원하면서 신나하는 남편을 보는 기분이 썩 나쁘지 않았습니다. 사실 부러웠습니다. 아내 되시는 분이 사랑받고 있구나, 하고요. 저희 기자들에게는 어떠한 루트든지 들려오는 뻘 소리가 있는데 장강우 상무님이 사랑도 없는 정략결혼을 한 것이라는 일각의 후문을 잠재우는 것이었어요.]

"선생님, 내일은 남편한테 좀 다녀올게요. 출장지에 홀로 두고 왔는데 연락이 되지 않고 있어서요."

-상무님, 놀라지 마십시오. 사모님이 와 계십니다.

전시회를 하루 앞둔 오늘, 아직도 출장 일정을 소화 중에 있던 강우는 깜짝 놀랐다.

"여기까지 왔다고? 지금이 한창 분주할 시기인데?"

강우는 아무리 급박한 출장 일정 중에도 하나의 일거수일투족을 귀에 담고 눈에 담고 있었기에 큰일을 치를 그녀가 우선 걱정이었다. 자신을 버리고 가서도 아내는 용케 전시회 일에 매진하고 있었다.

모든 신경을 그녀 쪽으로 돌리고 있는 스스로를 비웃었다. 사람을 좋아하게 되면 그다음으로 따라오는 문제가 바로 집착하는 거였다. 그런 다음에는 소유욕이다. 그는 자신이 이미 두 가지 감정으로 인해 무척이나 괴롭다는 결론을 내렸다.

집착!

그렇다, 그는 집착하고 있었다.

"꼴좋다, 장강우! 집착하면 뭘 해? 너는 버려지는 중이라고."

강우는 혼자서 몇 번이고 같은 말을 되뇌며 초조하게 그녀를 기다렸다. 따지고 보면 근 2주 만에 마주치는 아내였다. 그는 거울을 통해 제 자신의 모습을 갈무리하면서 잔뜩 긴장을 했다.

"내가 진짜 소하나한테 미쳤어."

막 넥타이를 다시 고쳐 매고 났을 때였다. 똑똑, 문을 노크하는 소리가 났다. 어서 와요, 하고 강우는 제 반듯한 이마에 몇 올 흐트러진 머리카락을 거두었다.

"기꺼이 미친놈이 되어주지, 뭐."

빼꼼, 문이 열리고 하나가 들어오는 모습을 보며 그는 심장이 쿵, 소리를 내는 것을 느꼈다.

"오랜만이네."

그는 하나가 의자에 앉기를 종용하며 접견용 테이블로 다가갔다. 수척해졌네? 일이 고된가? 아기같이 보얀 하나의 얼굴은 그예 반쪽이 되어 있었다. 마로 된 원피스에 허벅지까지 내려오는 롱 카디건을 걸친 하나는 아직도 목에 전시회 이름이 새겨진 명찰을 달고 있는 양이 꽤 급하게 달려온 것 같았다.

"어떻게 나남까지 왔어?"

무슨? 하듯이 하나는 두 손으로 머리를 쓸어 올리며 그를 물끄러미 보았다. 그는 이내 빙글, 웃음기를 달고 그녀와 시선을 마주쳤다. 솔직히 너무 반갑고 사랑스럽다.

"전시회가 코앞인데 이렇게 나 보러 올 여유가 있냐는 거지. 뭐 마실래? 빈속이면 뭐라도 먹겠어?"

하나가 무언가를 결심한 듯이 말문을 열었다.

"아무리 바빠도 그렇지, 전화기까지 꺼놓고 일해요? 이 대리님도 바쁘고⋯⋯. 왜요? 무슨 일이 있었어요? 얼마나 바쁘기에 이렇게 마누라가 내려오게 만들어요?"

"⋯⋯네가 그렇게 사라졌잖아."

그의 기름한 눈매가 어둡게 가라앉아 있었다.

"네가 너무 환하다고 해야 하나, 빛이 난다고 해야 하나? 아무튼 너는 그런 사람이야. 네가 나를 혐오하는 것도 이해해."

"왜 그러세요? 혐오? 혐오라니⋯⋯."

하나는 커다랗게 뜬 눈으로 그를 보았다. 이 남자가 지금 무슨 말을 하고 있는 건가? 하듯이 영문을 모르겠다는 얼굴이었다.

"제길, 왜 자꾸 흔들어? 그러면 안 되는 거잖아? 내가 너 얼마나 아끼고 사랑하게 됐는데. 너 모르지 않잖아? 그렇게 도망치듯 가버리면 어떡해?"

"그럼, 상무님은 그날 새벽에 내가 서울에 올라온 일을⋯⋯ 내가 도망쳤다고 믿고 있는 거예요? 그래요? 지금 이 시추에이션은 도망친 마누라가 괘씸해서 연락도 딱 끊고 있는 거였단 말이에요?"

하나는 무릎 위에 얹어놓은 두 손으로 원피스 자락을 움켜쥐며 호흡을 골랐다. 강우는 굳어진 듯이 잠자코 있었다. 하나의 나직하고 침착한 말이 다시 흘러나왔다.

"다 보고 있었더랬죠? 그날 새벽에 서울에 달려온 이유도 다 알고 있었잖아요? 쇼케이스가 문제가 되어 다시 맞추는 문제로 비상이 걸렸었어요. 근데, 오늘 아침에 독일에서부터 주문 제작한 물건이 도착했어요. 진짜 최고의 전시 쇼케이스요. 그것도 빛이 반사되지 않는 특수 유리로 짜왔더라고요. 오늘 날짜에 맞추기 위해 무진 애를 썼다는군요. 다 알고 있었어. 그거 다 당신이 한 일이잖아."

강우는 하나의 두 뺨에 찬찬히 그어지고 있는 눈물을 보았다. 돌연, 지중해의 해풍 속에서 그의 입맞춤을 받던 하나의 달뜬 표정이, 그의 손길과 입술에 꽃을 피우던 새하얀 피부가 생생히 되살아났다. 그 모든 것이 아름답고 지극히 행복했다. 인정한다.

"하나야…… 나는…… 네가 만든 도자기가 제대로 보이는 게 소원이었어."

일반 관객들에게 하나가 만든 도자기가 전시되는 날을 기다렸다. 그래서 딴에는 궁리를 하여 독일의 전문가에게 쇼케이스를 제작해달라 주문 의뢰를 했었다. 가장 선연하고 고급스럽게 표현해내는 특수 강화유리를 특별 부탁한 거였다. 날짜가 촉박해서 우려했는데 다행히도 제때에 도착할 수 있겠다는 보고를 받고 그는 흡족한 터였다. 그랬는데…….

"왜 그런 건데요?"

하나가 왈칵, 울음을 삼켰다. 그는 적잖이 당황하며 급히 테이블위에 세팅이 되어 있는 티슈를 뽑아서 건넸다.

"너한테 잘 보이고 싶어서."

하나는 그가 내밀고 있는 티슈를 잡아채 눈가를 지그시 눌렀다. 발갛게 익은 눈매가 그의 눈에 몹시 예뻤다.

"울음 그쳐. 큰일 앞둔 사람이 기운 소진하면 안 돼."

강우가 그녀 곁으로 다가가서 등에 손을 가져갔을 때다. 하나가 발끈해서 따져 물었다.

"근데 어떻게 마누라가 도망쳤다고 오해해요?"

"그날 침대에서 눈을 떴는데 네가 갑자기 사라지고 없었어. 감이 딱 오더라고. 내가 또 뭘 실수했구나."

그리고 작게 덧붙였다.

"나를 떠났구나."

그러자 하나가 원망조를 하고 대꾸했다.

"신문기자한테 새내기 도예가인 아내를 부탁하고, 전시회를 위해 쇼케이스를 가장 최고의 상품으로 독일에서까지 주문 배달해 주는 일 같은 것은…… 그런 것은 하지 말아야 되는 거 아니에요? 반칙이잖아요, 그건…… 그건 정말 아내를 사랑하고 위하는 남편의 모습이에요."

그는 앓는 소리가 절로 나왔다.

"감동받았다는 이야기를 그런 식으로 하는 건가?"

"내가 도망친 것으로 착각했다면서요? 등을 치고 내뺀 여자한테 그러는 거 아니에요."

하나는 티슈를 접어 이번에는 코를 풀었다. 강우는 그녀를 으스러지도록 품에 안았다.

"전시회가 중요한 행사니까…… 네가 얼마나 집중해야 하는지 아니까……. 일이 끝나면 데리러 가려고 했어."

갑자기 피가 거꾸로 솟는 것 같은 심정에 목이 메었다.

"내가 이제 너밖에 없는 거 몰랐냐?"

하나가 뭐라고 대꾸를 하려는 것을 그가 어깨를 당겨 안아 만류했다.

"나는 요새 하루 종일 네 생각이고 네 걱정뿐이다. 아냐?"

그녀는 눈가를 한 번 손등으로 훔쳐내고는 웃었다.

"나는 그런 줄도 모르고 서울에서 이 남자가 많이 바쁘구나, 방해하면 안 되겠구나, 이런 게 사업가의 아내가 할 내조구나, 이러고 있었는데."

그녀의 눈가에 키스를 하며 강우가 속삭였다.

"그랬어? 이뻐 죽지요, 소하나."

하나의 전시회가 끝난 다음 날 아침이었다. 나남에서 일정을 마치고 올라온 강우는 압구정동 크라운 호텔 1층 대회의실에 와 있었다. 그는 초조해 보였다. 슬쩍 이 대리를 불러 그는 넌지시 하나에 대해 물었다.

"아무래도 무리겠지?"

"아닙니다. 제게는 벌써 긍정적으로 시간 맞춰 오겠다는 대답을 해주셨습니다. 그래서 제가 홍보부 직원의 차를 보내겠다고 했는걸요?"

정상회담으로 내한한 덴마크 총리를 비롯해 유럽 대사들과의 오찬이 있는 날이었다. 이틀 전에야 스케줄을 인도받을 정도로 급박하게 몰아친 일정이어서 취소를 할 겨를도 없었다. 게다가 원활한 예술 교류를 위한 모임이라고 해서 갑자기 메디치 가문을 표방

한 대동그룹의 대표에게 일이 떨어진 셈이었다. 어쩔 수 없이 강우는 이 대리를 시켜 하나에게 동반을 권유했었다. 마침, 전시회가 끝났기에 망정이지 안 그랬으면 그것도 여의치 못할 뻔했다. 벌써 그의 곁에는 취재진들이 북새통을 이루고 있었다.

"장강우 상무님, 오늘 부부 동반 아닙니까?"

갑자기 그에게 꽂힌 질문에 강우는 일부러 부드러운 미소를 열게 지으며 일갈했다.

"제 아내가 전시회 일로 많이 바빴습니다……."

"오셨습니다, 오셨어요."

그의 말이 끝나기도 전에 이 대리가 플로리스트들이 왔다 갔다 하는 통로를 향해 손가락질을 해댔다. 강우의 시선이 그 손을 따라갔다.

"제 아내가 왔군요."

강우는 언제 초조했냐는 듯이 입가에 미소까지 띄우며 성큼 걸음을 옮겼다. 하나는 이른 시간부터 단장한 것이 분명했다. 외국 정상과 함께하는 모임의 특성을 언제 숙지했는지 그녀는 단아한 한복 차림이었다. 허니문 때와 달리 색감을 톤 다운한 치마저고리의 색감은 깊어가는 한국의 가을과도 닮아 있었다. 그녀는 사락사락 한복 천의 소리를 내면서 천천히 그에게로 다가왔다. 그가 우뚝, 멈춰 서 있노라니 취재진들의 카메라가 우르르 그녀에게로 몰려갔다. 그제야 정신이 난 그는 서둘러 하나를 에스코트하느라 바짝 붙었다.

"오느라 수고했어. 피곤했을 텐데."

그녀와 눈이 마주쳤다. 평소에는 하지 않는 화장까지 하는 수고를 한 모습에 감동까지 받았다.

"아시다시피 이런 자리가 처음이에요. 도와주셔야 해요."

그는 하나의 허리에 팔을 두르며 심장이 튀어나올 듯이 벅차오르는 것을 느꼈다.

"잘했어, 너 힘들게 안 해. 알아서 할 테니까 안심하라고."

저도 모르게 하나의 떨잠이 흔들리고 있는 정수리에 고개를 숙여 입을 맞췄다. 내 아내는 참으로 곱다, 하고 그는 하나를 뿌듯해했다.

오찬은 평화롭고 유유하게 흘러갔다. 대동그룹의 대표가 될 강우보다는 그의 아내인 하나가 도자라는 예술 쪽에 몸담고 있다는 이력이 주목을 끌었다. 특히 외국인들의 눈에는 하나의 한복 차림이라든가 도자기에 대해 박식한 것이 크게 관심을 끄는 일이어서 분위기가 한결 좋았다. 강우의 유창한 회화 실력 또한 빛을 발해서 식사 자리는 내내 유쾌했다. 덴마크 총리 부부는 그들 부부에게 개인적인 초대까지 하며 친애를 드러냈을 정도였다. 오찬이 끝나고 기념촬영을 한 뒤에 헤어지는 시간이 왔다.

"제법이네. 전시회 하느라 피곤했을 텐데."

하나는 마지막까지 의연하고 우아하게 사람들과 인사를 한 뒤에 그를 향해 소곤거렸다.

"덕분이에요."

그때였다.

"장강우 상무다. 여기 여기로……."

단체로 왔는지 똑같은 황갈색의 점퍼에 어깨띠를 걸고 있는 젊은 남자들이 대여섯 명이나 우 몰려왔다. 그들 중에 한 사람이 확성기를 입으로 가져가더니 구호를 외쳤다.

"경쟁력 있는 중소기업을 육성하지 않고 부패 권력과 결탁하는 재벌만을 살리는……."

"안 돼!"

꺄악, 하고 올리는 하나의 새된 비명과 함께 강우의 귀가 얼얼해지면서 앞이 캄캄했다. 무슨 일이 벌어진 걸까?

평소 대외적인 행사를 할 경우에는 경호원이 한두 명은 꼭 붙어 있기 마련이었다. 오늘따라 강우는 모두 물리친 뒤였다. 외국 정상을 만나는 자리에서 자칫 불손해 보일 우려가 있어서였다. 하필 호텔 로비에서 하나와 그가 마주 보고 서 있는 자리, 그리고 정체 모를 시위꾼들이 닥친 자리에 그들을 비호할 사람들이 아무도 없다는 얘기다.

"……괜찮아요? 이래서 사람은 민첩해야 한다니까."

숨을 씩씩거리며 하나가 웃고 있었다. 그는 정신을 차리며 눈을 크게 떴다. 그리고 일시에 깨달아졌다. 그가 눈을 감고 있었던 것이 아니었다. 하나가 한복 치마로 그의 얼굴을 가리고 있었다. 동시에 하나의 한쪽 뺨과 목 언저리에 비릿한 액체가 흘러내리고 있는 것을 보았다. 시위꾼들 중 누군가의 손에서 날달걀이 투척된 것을 깨달은 것은 그다음이었다.

"너, 너…… 괜찮아? 안 다쳤어?"

숨이 넘어가도록 다그쳤지만 하나는 다른 것으로 급해 보였다.

"계란 가지고 무슨."

뭐에 광분했는지 시위자들은 또다시 달걀을 던졌다. 이번에는 강우가 하나의 어깨며 머리를 감싸 안았다. 다분히 그의 품 안으로 들어오는 여체는 움찔, 떨고 있었다.

"무엇을 원하시든 간에 폭력은 안 됩니다!"

그가 팔 하나를 내저으며 우렁차게 외쳤다. 하나가 꼼지락거리다가 작은 소리로 소곤거렸다.

"대화가 안 되겠어요. 우선은 피하고 봐야 해요."

그러자 아직 해산하지 않고 있던 보도기자들이 그들을 주목하며 다가오고 있었다.

강우는 급히 입을 벌리고 있는 엘리베이터를 향해 하나를 데리고 뛰다시피 했다. 그러나 불편한 한복 차림인 하나는 치맛자락을 밟고 비척거렸다.

"이런!"

그는 하나의 다리에 팔을 끼우고서 그대로 몸을 안아 들었다.

"안 무서워? 웃고 있네?"

언뜻 마주친 하나의 눈에 생글거리는 웃음이 매달려 있어서 그는 묻지 않을 수가 없었다.

"어서 가요. 상무님이 보고 싶어서 혼났어."

하나가 재촉을 했다.

"놀란 거 아니지?"

스위트룸의 욕실에서 갓 샤워를 마치고 나온 하나에게 그가 다가갔다. 사실, 그는 지금 목이 타고 다리가 휘청거릴 지경이었다. 방금, 달걀 피습 사건을 전해 들은 재훈과 통화를 했었다. 재훈은 청천벽력 같은 사실을 말해주었다.

-하나하고 무슨 일 있었지? 전시회 기간 내내 너 코빼기도 안 보이는 게 수상쩍더라니. 어제 우리 윤 비서가 그러더라. 며늘아기가 독일 가는 비행기 표 끊었다고. 그것도 혼자서 말이다.

그 후 재훈과 무슨 대화를 끝으로 전화를 끊었는지 기억나지 않을 정도로 그는 흥분해 있었다. 그러니까 이 여자가 내 가슴에 불을 당겨놓고서 훌쩍 떠나겠다는 거다.

"괜찮은 거야?"

"괜찮다니까요. 그나저나 그 사람들, 상무님 회사에 불만이 꽤 많은 것 같던데. 나쁘게 돈 벌면 못써요."

하얀 가운을 걸친 채로 젖은 머리를 타월로 털면서 하나는 부드러운 미소를 짓고 있었다.

"전체적으로 대기업의 세습을 반대하는 무리의 주동자들."

"상무님 회사도 세습이잖아요. 긴장하셔야겠어요."

하나는 쿡쿡, 웃었다.

"방금도 네게 무슨 일이 생기는 줄 알고 나 미쳐 죽는 줄 알았어. 나는 하나야…… 나는……."

그가 침을 꿀꺽 삼키며 다음 말을 하려는 사이에 하나가 발뒤꿈치를 들어 그의 이마에 키스를 했다. 강우는 그녀의 눈을 똑바로 응시했다.

"상무님, 그 진심 알아요. 다시는 걱정 안 끼칠게요."

강우는 바이올린의 현이 끊어진 듯이 일시에 맥이 탁 풀리면서 어리둥절해서 몸이 뜻대로 움직여지지 않았다.

"독일…… 갈 거야? 혼자서? 왜? 대체, 또 뭐가 문제인데?"

그는 와락, 하나의 몸을 안았다. 비행기 표의 행방에 대해 묻지 않을 수가 없었다.

"아아, 독일 마이센이요? 내가 언젠가 상무님한테 독일에 있는 유명한 도자기 박물관에 가고 싶다고 하지 않았어요?"

"기억해. 그건 내가, 내가…… 데려다준다고 그랬잖아?"

그는 하나의 정수리에 입을 맞췄다.

"전시회 잘 마쳤잖아요. 수고가 많았다고 우리 사기장님이 휴가를 며칠 주셨어요. 그런데 마침, 인터넷으로 마이센 상품이 저렴하게 나온 게 있지 않겠어요? 기회는 이때다, 하고 서둘러……."

"아아, 소하나!"

얼얼한 머릿속으로 다른 소리는 전혀 들어오지 않았다. 이 여자가 안 떠난다. 그저 그 사실만이 또렷했다.

"내가…… 상무님 없이 이제…… 읍…… 혼자서 어디 안 갈 거니까……."

그는 혀를 섞어 진한 입맞춤을 퍼부으면서 하나의 고백을 들었다.

"똑바로 말해봐, 응?"

"나 혼자 어디 안 간다고요. 그러니까 자꾸 놀라고 그러지 말아요. 참, 그리고 그거 알아요? 소향 어패럴 디자이너 김인정 씨요. 그 여자가 전시회에 왔었어요. 상무님하고 결혼할 뻔했다가 뒤집어진 이야기랑…… 나한테 사과했어요. 당신 뒤통수 치고 헤어져 놓고 내게 거짓말했다면서 미안하대요."

김인정이 직접 사과를 하고 오해를 풀어준 모양이군, 하고 그는 속으로 만족해했다. 그가 하나의 이마에 부드럽게 입맞춤하며 소곤거렸다.

"내가 병에 걸린 것 같아. 네가 훌쩍 떠날까 봐서 겁이 나고 불안해하는 병. 네가…… 도와줬으면 좋겠어."

고맙게도 하나가 고개를 끄덕여주었다.

"알았어요. 내가 상무님의 곁에 있으면 그 병은 고쳐지게 되어 있어요."

"평생 내 곁에서 떨어지지 마. 그런데, 이거……."

그는 이내 음흉한 미소를 짓고는 하나의 훤히 드러난 목에 입술을 내렸다.

"나는 야수야. 하나, 너도 알지?"

"그래서요?"

"널 아주 먹어치워주지."

그게 무슨 말?

하나는 눈만 깜박거렸다. 이어 강우가 키스를 해왔다.

그날따라 일찍 퇴근한 강우는 아내가 아직 돌아오지 않은 집에서 컴퓨터 모니터를 들여다보고 있었다.

[너를 빚다]

고딕체의 글씨와 함께 고아한 달항아리가 배경인 하나의 블로그가 떴다. 도자기 제작 과정과 가마에 대한 설명 같은 포스트는 차치하고서 일단 일상이나 취미로 보이는 카테고리를 클릭했다.

"……그렇단 말이지."

죄다 영화 포스팅이었다. 예상외로 순전히 고전 영화라는 것이 특이했다. '오드리 햅번'이나 '비비안 리' 등의 여배우가 주인공인 영화들에 대한 리뷰가 주를 이루는 것을 보고 그는 그녀의 취향을 발견했다며 속으로 유레카를 외쳤다.

좋다, 확인해보는 거다.

아내를 좀 더 알아가는 일이 요즘 그의 즐거움이었다. 상대방에게 맞추는 법이 없는 그가 제 아내에게는 한없이 약해졌다.

어차피 내일은 휴가였다. 그는 버릇대로 파자마 바지만 입은 차림으로 침실 옆의 홈시어터가 설치된 방으로 갔다.

'카사블랑카'라는 제목의 DVD를 고른 다음에 방문을 열어놓고서 푹신한 소파에 눕듯이 앉았다. 다행히 이 방의 벽은 투명해서 그녀가 복도를 지나친다면 자신을 볼 수 있을 거였다. 그는 볼륨을 최대한으로 키웠다.

'같은 취미를 가지고 있는 것으로 어필해야겠지.'

그러나 며칠 야근을 한 탓에 영화가 시작되고 5분도 지나지 않아 그는 꾸벅꾸벅 졸기 시작했다.

평소보다 늦게 퇴근한 하나는 남편이 먼저 와 있다는 것을 알고 조용히 샤워를 했다. 며칠 밤을 지새우며 일을 한 남편을 배려해서였다. 얼굴에 에센스를 바르다 말고 하나는 뭔가 꽝꽝 울리는 소리를 들었다. 고급 빌라의 방음 장치가 이렇게 엉망인가, 하고 하나는 조금 의아해하면서 복도로 나왔다. 불규칙적으로 심하게 울리는 소음은 바로 옆방에서 들려왔다.

투명한 벽을 하고 있는 장방형의 방에는 고풍스럽게 장식용 석등이 걸려 있었다. 하나는 검정 소가죽 소파 위에 강우가 앉은 채로 잠들어 있는 모습을 보고는 움직임을 멈추었다.

의외였다.

고단한 업무에 시달리고 귀가한 그가 막간의 여가를 이용하는 모습이 보기 좋았다. 그러나 얼마나 고단했을까? 그는 홈시어터의 큰 소리에도 불구하고 잠이 들어 있었다. 하나는 방으로 들어가서 살며시 리모컨으로 음향을 죽이고 나서 고개를 돌렸다. 대리석을 깎아낸 것 같은 남자의 콧날과 이마가 거기 있었다. 안경을 벗은 탓에 소년 같은 분위기가 났다.

잘생겼다, 이 남자.

상반신을 다 벗은 그는 간신히 파자마 바지만 걸친 채로 등받이에 두 팔을 활짝 펼치고 있었다. 갑자기 코끝이 찡해졌다. 얕게 코를 골며 잠든 그가 안쓰러웠다.

아무도 모르는 비밀 하나, 사람이 사람에게 가지는 호감 중에서 이성 간의 사랑을 부러워했었다. 영화나 책에서 본 것처럼 서로 눈이 맞아 불꽃이 튀고, 상대방의 관심을 끌고 싶고, 안 보면 보고 싶고, 맥락 없이 가슴이 뛴다거나 그 사람 때문에 가슴 아픈 경험 등등…… 자신도 언젠가는 겪게 되리라 상상했었다.

장강우, 얼떨결에 결혼을 한 남자와 그 모든 상상을 이룬 셈이었다.

하나는 손을 뻗어 그의 이마를 무방비하게 가리는 머리카락을 치워내고는 얇은 담요를 끌어다가 턱밑까지 덮어주었다. 이제 방을 나가야지, 했다가 그녀는 무심코 화면을 보았다.

희한했다.

이 남자가 카사블랑카를 다 보네?

하나는 빙긋, 미소를 짓고는 강우 곁에 쭈그려 앉았다. 이렇게 커다란 화면으로 고전 영화를 보는 것은 처음 겪는 즐거움이었다. 그녀는 곧 화면에 빨려 들어갈 듯이 집중했다.

"흐음."

기지개를 켜던 강우는 자신의 무릎에 강아지 같은 것이 느껴져서 흠칫 놀랐다.

내가 개를 키웠던가?

그러나 정신이 돌아오면서 그는 웃고 말았다. 그의 무릎 위에 놓인 것은 여자의 벗은 다리였다.

내 마누라야, 용케도 걸려들었군.

어느덧 시곗바늘은 새벽을 지나고 있었다. 홈시어터 화면은 리플레이되고 있었고 하나의 손에는 리모컨이 쥐어진 채였다. 그는 상체를 숙여 하나의 얼굴을 주의 깊게 살폈다.

"굿나잇 키스 정도는 해주는 것이 인지상정이지."

그녀를 안아 침대에 누이려던 그는 생각을 달리했다. 원래 법칙이 그렇다. 잠자는 공주님한테 키스는 필수다. 살짝 베이비 키스만 하려던 그는 또 생각을 바꿨다. 실핏줄이 비치는 흰 얼굴이 매우 가까이에 있었고 도톰한 입술이 약간 벌어져서 그를 희롱하는 듯했다. 강우는 하나의 입술 틈에 혀를 집어넣었다.

"흡, 음, 음......"

달뜬 신음 소리가 누구에게서 나오는지 알 수 없었다. 그러나 그는 젖은 혀를 그녀의 입 안에서 마구 놀렸다. 그러면서 두 팔로 그녀의 몸을 붙잡아 제 품에 안았다. 미약하게 저항하며 하나가 잠이 깨는 것을 알아차렸지만 그는 멈추지 않았다. 아니, 멈출 수가 없었다. 에라, 모르겠다!

하나의 숨결이 거칠어졌다. 그는 하나가 입고 있는 티셔츠 속으로 손을 밀어 넣고는 둥그런 가슴을 움켜쥐었다. 거기서부터는 본능이 이끄는 대로 따를 수밖에 없었다.

"음, 으, 으으……"

하나가 그의 어깨를 붙잡는가 싶더니 그의 손가락이 가슴의 봉긋 솟은 유두를 곤두세우며 자극하자 그대로 풀어졌다.

"……싫어?"

그가 게걸스럽게 잡아먹을 듯이 키스하던 입술을 떼어내며 다급하게 물었다.

"대답해봐. 싫어, 응?"

"그렇게 물으면……"

갓 잠에서 깬 탓에 부어오른 눈자위가 붉어지며 하나가 안타까운지 심호흡을 하고 있었다.

"마누라, 나 좀 도와줘."

그가 하나의 손을 제 파자마 바지의 불룩 솟아오른 부분에 가져갔다. 크게 용트림을 하고 있는 페니스를 느낀 하나가 눈을 찡긋 감으며 몸서리를 쳤다.

"도와줄 거지?"

그는 재빨리 하나에게서 셔츠를 벗겨냈다. 우선 벗은 가슴에 얼굴을 묻었다. 살 냄새를 맡으니 살 것 같았다. 그는 하나의 가슴 사이에 코를 묻고 나른한 숨을 내쉬었다. 그녀의 팬티를 끌러 내리고서 자신의 파자마도 벗어버렸다. 하나의 뽀얀 나신이 눈부시게 먹음직스러웠다.

이런 게 사랑이…… 아니면 뭐란 말인가?

아껴주고 싶은 마음.

내가 맘껏 취할 수 있어서 뿌듯한 행복감.

또 오로지 내 것으로만 하고 싶은 욕심 등등.

강우는 가슴 한구석이 미어지는 아픔을 느꼈다. 그것을 단지 아픔이라고 단정 짓기에는 애매한 뭔가가 있었다. 제 품에 안고 있는 이 여자가 너무 소중해서 심장이 고통스러운 것이 아닐까, 하고 그는 잠깐 상념에 빠졌다. 그러나 그것은 그리 길지 못했다. 하나의 달뜬 호흡과 살 냄새에 의해 모든 것은 공중에서 자취도 없이 사라질 지경이었다.

그는 하나의 유두를 이로 씹어댈 듯이 가슴을 핥았다. 둥글고 실한 유방이 그의 입술과 혀에 의해 침 범벅이 되었다. 그는 참지 못하고서 하나의 손을 제 사타구니로 가져가 페니스를 쥐게 했다. 그가 살살 제 것을 어루만지게 했다. 아직 능숙하지 못한 하나는 어쩔 줄을 몰라 하면서도 그것을 만졌다.

"안 되겠어, 미안해."

그는 하나의 다리 사이에 제 물건을 비벼 넣었다. 아직은 건조한 탓에 힘이 들었지만 그는 조금은 성급하게 그녀의 몸 사이로 파고들어갔다.

"아앗……."

"아파?"

"아뇨…… 계속해요."

사랑하는 여체를 맛본 그의 몸이 극강의 다디단 감각으로 부르르 떨었다. 그는 하나의 새하얀 이마에 키스하고는 잠시 숨을 골랐다.

"안 되겠다."

그는 하나의 몸을 소파에 눕게 했다. 그러고는 허벅지를 붙잡아 제 어깨에 올려놓았다. 아직은 움직이지 않았다. 대신에 그녀의 입술에 키스를 퍼부었다. 하나의 혀가 그의 혀에 감겨들면서 점차 아래에 뜨거운 열기가 퍼졌다.

"그렇지, 우리 하나."

그가 춥, 소리를 내면서 하나의 입술에서 떨어졌다. 끈적한 타액이 그녀의 입술과 그의 입술에 연결이 되어 있었다. 동시에 그의 하체가 움직이기 시작했다.

"으응, 읏, 으으……."

하나의 입에서 신음이 터졌다. 그 소리에도 그의 촉수는 예민하게 반응을 하는 모양이었다. 찌릿하게 단전을 타고 올라오는 경련에 그는 이를 사리물고는 움직임에 힘을 주었다. 그는 하나의 몸속 깊이 제 분신을 찔러 넣었다가 빼내면서 강한 희열에 차올랐다. 괴로운 듯이 신음을 삼키는 하나의 얼굴이 그의 아래에서 맘껏 흐드러져 있었다.

요물이다, 너는!

너는 나를 반하게 하고 있어. 저 혼자서 내 맘을 빼앗아서는 절대로 돌려주지 않을 것처럼 구는 것 좀 봐.

그는 고개를 내려 하나의 입술을 핥았다. 하나가 고개를 돌려 그의 입술을 피하는가 싶더니 불현듯이 입술을 열었다. 이때다, 하고 그는 벌이 꽃술을 취하듯 실컷 그녀의 입 안을 탐닉했다. 그러면서 아래의 여린 속살에 제 페니스를 치대며 속력을 높였다.

"읍, 읍……."

하나가 막힌 입 안으로 신음을 질러댔다. 그녀의 오톨도톨한 속살이 그를 사정없이 죄며 움찔거리는 것으로 보아 분명 정상을 눈앞에 두고 있는 것 같았다.

강우는 그만 울컥, 해방감을 마주쳤다. 정면으로 내려다보이는 여자의 두 눈에 맺힌 눈물이 너무 아름답다고 생각한 나머지 방사가 이루어진 탓이었다.

"윽, 젠장!"

아찔한 쾌감이 한순간에 온몸과 뇌리를 차지했다. 순간, 자신의 목에 두르고 있던 하나의 팔에도 힘이 실렸다.

나의 아내, 소하나! 두고두고 제 곁에 두고 싶었다. 뿐만이 아니라 그녀를 지켜주면서 그녀가 기뻐하는 모습을 보고 싶었다. 뭐든지 함께하고 싶은 마음이 간절해졌다.

다음 날, 강우가 눈을 떴을 때는 아침 10시가 지나 있었다. 그는 소파에서 몸을 일으키고는 둘레둘레 하나를 찾았다가 시계를 확인했다. 그제야 그녀가 없는 것이 이해가 되었다.

하나는 이미 공방으로 출근했을 터였다. 방을 나서던 강우는 투명한 문에 붙여져 있는 포스트잇을 보고 걸음을 멈추었다.

<일어나셨으면 식당으로 가보세요.>

강우는 하나와 섹스를 하느라 벗어 던졌던 파자마를 찾을 겨를도 없이 알몸인 채로 식당으로 향했다.

"제법인데?"

그는 감탄사를 뱉었다. 갓 내린 커피 향이 은은한 식당에는 밥상이 준비되어 있었기 때문이다. 그는 우선 버릇대로 커피 잔을 들고서 식탁 쪽으로 갔다. 식탁 중앙에는 작은 뚝배기가 놓였는데 콩나물 무침, 계란 프라이, 멸치 볶음 등의 소박한 밑반찬들이 오밀조밀 모여 있었다. 뚝배기의 뚜껑을 열었다. 조개와 두부가 들어간 된장찌개가 맛깔스러운 냄새를 풍겼다. 어릴 적부터 요리를 전문적으로 하는 사람들이 해주는 솜씨밖에 알지 못하는 그였다. 그 사실을 알고 난 뒤로 하나는 여유가 있으면 직접 음식을 만들었다. 그가 만류하는 것도 뿌리치며 그녀는 그것이 자신의 즐거움이라나, 뭐라나? 기특한 것!

식탁 위에는 또 다른 포스트잇이 붙어 있었다.

<된장찌개는 인덕션에 놓고 데우시면 더 맛나요. 그리고 그 옆의 돌솥을 열어보세요. 짜잔, 밥이 들어 있지요? 한국 사람은 밥이 힘이래요.>

행복하다.

먹어주지, 암!

누가 해준 밥인데, 안 먹어?

식당에는 오페라 '피가로의 결혼'이 한창 울리며 기분 좋은 구색을 맞추고 있었다. 식사를 마치고 나서 강우는 욕실로 갔다. 막 쉐이빙 크림을 턱 선에 치덕치덕 바르고 면도칼을 손에 쥔 그 순간이었다.

"shit~!"

날카로운 칼날에 뺨을 베었다. 거울에 써놓은 하나의 글귀 탓이었다.

<장강우, 소하나의 2세가 온대요. 내년 8월 즈음에요.>

뺨을 그은 칼날에 맺힌 핏방울이 타일 바닥으로 톡톡 떨어지는 장면이 선연했다. 이럴 줄 알았으면 그냥 전기면도기를 쓸걸, 하고 그는 뒤늦은 후회를 하지 않을 수 없었다. 칼날로 서걱서걱 수염을 긋는 소리 듣는 것을 즐기는 탓에 공연히 면도칼을 고집하다가 오늘 같은 날에 피를 보고야 말았다. 그러나 그는 지금 베인 상처 따위가 문제가 아니었다.

'2세, 2세라…….'

그는 하나가 독일로 도자기 유학을 가고 싶어 한다는 사실을 알고 있었다. 그랬기 때문에 임신은 아직 계획에 없었다는 말이 맞았다. 그의 생각을 읽은 것일까? 다음과 같은 쪽지가 드레스룸의 거울에 붙어 있었다.

<나는 형제자매가 많은 사람이 가장 부러웠어요. 할 수만 있으면 네 명 이상의 자녀들을 데리고 여름에는 수영장으로, 겨울에는 스키장으로 몰려다니는 게 꿈이에요. 당신은 야수같이 힘 좋잖아요? 내 소원 들어줄 수 있겠죠? 그리고 오늘 고백할게요. 소하나는 도자기 굽는 것도 좋지만 장강우, 당신이 더 좋습니다. 아니, 세상에서 가장 좋습니다. 나한테 더없이 좋은 남편인 것처럼, 당신은 분명 누구보다 좋은 아버지가 될 거예요. 사랑합니다.>

"……내가 더 사랑해."

이제 그는 아내의 소원을 들어주는 좋은 남편이 될 것이다. 처음부터 아내를 아프게 하고 막무가내로 결혼을 감행한 일이 많이 미안한 만큼, 그는 살면서 모두 갚아줄 마음이었다.

"뭐, 하늘이 도운 거지. 그렇게라도 하지 않았다면 내가 소하나와 결혼을 했겠나?"

그는 자신이 평생을 사랑하고 사랑할 아내를 만난 것이 정말 고맙고 고마웠다.

-마침-